Knaur.

Im Knaur Taschenbuch Verlag sind
von dem Autor außerdem erschienen:
Ein Mensch namens Jesus
Alexandria

Über den Autor:
Gerald Messadié wurde 1931 in Kairo geboren. Mit 20 Jahren veröffentlichte er seinen ersten Roman. In der Folgezeit war er 25 Jahre lang Chefredakteur eines Wissenschaftsmagazins und schrieb zahlreiche Sachbücher und weitere Romane. Sein Roman »Ein Mensch namens Jesus« wurde unmittelbar nach Erscheinen zu einem internationalen Bestseller. Für seinen Roman »Alexandria« erhielt er von der großen französischen Buchhandelskette Relais H den Preis für den besten Unterhaltungsroman des Jahres 1996.

Gerald Messadié

Maria Magdalena

Die Geliebte des Herrn

Roman

Aus dem Französischen von
Eliane Hagedorn und Bettina Runge

Knaur Taschenbuch Verlag

Originaltitel: *L'affaire Marie Madeleine*
Originalverlag: Éditions Jean-Claude Lattès, Paris

Vollständige Taschenbuch-Neuausgabe November 2007
Knaur Taschenbuch.
Ein Unternehmen der Droemerschen Verlagsanstalt
Th. Knaur Nachf. GmbH & Co. KG, München.

Umschlaggestaltung: ZERO Werbeagentur, München
Umschlagabbildung: AKG images / Bridgeman Art Library
Satz: Ventura Publisher im Verlag
Druck und Bindung: Clausen & Bosse, Leck
Printed in Germany
ISBN 978-3-426-63926-9

2 4 5 3 1

1

Die Besucher

Maria ist da, sie will dich sprechen. Marta und Lazarus sind mitgekommen«, verkündete ein junger Mann in fließendem graubraunem Gewande, der vom Ende des Gartens gekommen war, wo er Oliven gepflückt hatte.
Und schon sah man drei Gestalten – im gleißenden Sonnenlicht von Kochba wirkten sie fast schwarz – den steilen Pfad hinaufeilen.
Die Olivenbäume raschelten in der Brise, als wollten sie die Neuankömmlinge willkommen heißen. Ein silbriges Murmeln.
Der Mann, dem ihre Ankunft angekündigt worden war und der mit einem älteren Mann im Gespräch auf einer Bank saß, richtete sich auf. Dann griff er nach seinem Stock, erhob sich mühsam und trat den Besuchern auf seinen verbundenen Füßen drei Schritte entgegen.
Die drei erkannten ihn und beeilten sich. Ja, sie rannten jetzt fast. Maria erreichte ihn als Erste. Außer Atem, verwirrt, den Tränen nahe, sah sie ihn an. Die Gemütsbewegung zeichnete sich auf ihren Zügen ab, die blass waren unter der Kapuze ihres dunklen Mantels. Nun verneigte sie sich, nahm behutsam die Hand des Mannes, küsste sie und drückte sie an ihre Wange.
Als hätte sie eine Wolke in sich getragen, brach sie plötzlich in Tränen aus. Die Handfläche legte sich sanft auf die Wange. Sie sah ihn fragend an und fand jene Mi-

schung aus Distanz und Zärtlichkeit wieder, die sie so gut kannte.

»Du hättest nicht aufstehen müssen«, sagte sie. »Setz dich wieder, ich bitte dich.«

Er lächelte. Er war sonst immer glatt rasiert, heute aber bedeckte ein drei Tage alter weißer Stoppelbart sein Gesicht, der im deutlichen Widerspruch zu seinen jugendlichen Zügen stand.

»Dass ich hier bin, verdanke ich dir«, sagte er.

Dann fügte er sich und ging die drei Schritte, die er ihnen entgegengekommen war, wieder zurück. Nun kamen die beiden anderen Besucher näher, ergriffen seine Hand, küssten sie und drückten sie an ihr Gesicht. Er nahm wieder auf der Bank Platz, und die drei ließen sich zu seinen Füßen nieder. Der junge Mann, der sie angekündigt hatte, trat ins Haus. Der ältere blieb stehen, aufrecht und gertenschlank trotz seines Alters von fünfzig Jahren oder mehr; sein asketisches Gesicht wurde von einem noch dunklen, sorgfältig gestutzten Bart eingerahmt. Er bedachte die Ankömmlinge mit einem unschlüssigen Blick, verbeugte sich dann aber lächelnd und hieß sie willkommen.

»Ich bin Dositheus«, sagte er.

»Der Friede des Herrn sei mit dir, Dositheus!«, erwiderte Lazarus.

»Dositheus«, sagte der Mann mit den verbundenen Füßen und begleitete seine Worte mit einer präzisen Geste, »das sind Lazarus und seine Schwestern Maria und Marta.«

Ein Leuchten erhellte den Blick von Dositheus. Er hatte diese Menschen noch nie gesehen, aber er kannte ihre Namen und nickte freundlich. Vor allem Maria musterte er eingehend.

»Möge der Segen des Allerhöchsten auf euch ruhen!«, sagte er herzlich.

Lazarus wandte sich an den jüngeren Mann und fragte: »Was machen deinen Wunden?«
Sie betrachteten seine Füße. Was war mit diesem Mann geschehen? Sie sahen unter den Riemen der Sandalen jeden Faden der Binden, die um seine beiden Füße gewickelt waren, gewahrten jedes der heilenden, in Öl gekochten Wegerichblätter, die unter dem Leinenverband hervorschauten. Jeden Nagel einer jeden Zehe. Den kleinsten Kieselstein, der ringsumher schimmerte. Die Füße schienen auf einem Teppich aus Edelsteinen zu stehen.
Diese Füße hatte Maria einst mit wohl riechenden Ölen und ihren Tränen gewaschen und mit ihren Haaren getrocknet. Einst, fast wie in einem anderen Leben. Damals hatte sie alles vorausgeahnt.
»Die Handgelenke verheilen schneller als die Füße«, antwortete der Mann. »Die Wunden haben sich an der Oberfläche schon geschlossen. Bei den Muskeln dauert das länger. Der Knochen des rechten Fußes, desjenigen, der oben war, ist jedoch gebrochen. Ich bin nicht sicher, ob ich mit diesem Fuß schon bald so werde laufen können wie früher. Aber am Ende werde ich laufen.«
»In fünf Wochen wird es gut sein«, bemerkte Lazarus. »Und die Wunde an der Seite?«
»Sie ist auch schon fast vernarbt.«
Der Blick des Mannes umwölkte sich. »Ihr seid gemeinsam gekommen? War das nicht unvorsichtig?«
»Wir haben Vorsorge getroffen«, antwortete Maria. »Marta ist mit Josef von Arimathäa vorausgereist; sie haben in Damaskus auf uns gewartet. Lazarus und ich sind ihnen im Abstand von drei Tagesmärschen gefolgt. Was sollten wir befürchten?«
»Spione. Die Spione des Hohen Rates. Vielleicht die von Pilatus.«

»Alles ist ruhig in Galiläa«, sagte Lazarus.
»Josef ist in Damaskus?«
»Er wartet nur auf ein Zeichen, um dich besuchen zu dürfen.«
»Sag ihm, er soll kommen, wann er will. Nikodemus auch. Und die anderen? Johannes, Petrus, Andreas?«
»Petrus und Andreas sind für einige Zeit nach Kafarnaum zurückgekehrt«, sagte Maria. »In Jerusalem wurden sie arg beschimpft. Wo die anderen sind, weiß ich nicht.«
Der Mann nickte.
»Das ist erst der Anfang«, sagte er betrübt.
»Petrus und Andreas glauben nicht, dass du noch lebst«, sagte Lazarus. »Sie meinen, wir hätten ihnen Märchen erzählt.«
Der Mann lächelte.
»Einstweilen ist es besser so.«
Der junge Mann, der die Besucher angekündigt hatte, erschien mit einem Tablett: Frischkäse, kleine Fladenbrote, eine Schale mit Oliven, cinc andere mit Salz, ein Krug mit frischem Wasser und eine Karaffe mit Mandelmilch. Er stellte es auf einen Schemel und ging. Dositheus setzte sich.
»Bedient euch!«, sagte er und deutete auf die kleine Mahlzeit. »Die Reise muss anstrengend gewesen sein.«
»Etwas mehr als eine Stunde von Damaskus aus«, erwiderte Lazarus. »Wir sollten besser früh aufbrechen, denn der Rückweg ist beschwerlich.«
»Welche Neuigkeiten bringt ihr?«, fragte Dositheus.
»Eigentlich sind wir es, die Neuigkeiten erfahren wollen. Zwei Tage nachdem Josef und sein Sohn gekommen sind, um Jesus abzuholen und hierher zu bringen, haben wir Betanien verlassen. Betanien ist zu nahe bei Jerusalem. Und die Tempelwache begann, alle Teilnehmer un-

serer Gruppe zu durchsuchen, denn sie verdächtigte sie einer Verschwörung ... Wir zogen uns also nach Magdala zurück, weil wir dort eher in Sicherheit sind.«

Dositheus runzelte die Stirn. Die Besucher nahmen von der kleinen Mahlzeit. Marta und Maria löschten vor allem ihren Durst. Alle sahen den Genesenden an, der kein Wort sagte. Sie warteten auf ein Zeichen, einen Kommentar, aber nichts geschah. Sie hatten ihn oft aufbrausend, selten aber schweigsam erlebt.

»Wir wissen also nur wenig von dem, was sich in Jerusalem abspielt«, fuhr Lazarus fort.

»Wir dagegen haben einiges in Erfahrung gebracht«, sagte Dositheus. »Der Tempel, vor allem der ehemalige Hohepriester Hannas und sein Schwiegersohn Kajaphas, der an seine Stelle getreten ist, sind aufgrund des Verschwindens von Jesu Leichnam aufs Höchste verärgert und scheinen eine Untersuchung ins Auge zu fassen. Diese Untersuchung soll von einem gewissen Saulus, der zur Tempelwache gehört, durchgeführt werden. Auch der Rest der Geistlichkeit ist in Sorge, weil dieser Jesus nach ihren Schätzungen allein in Jerusalem fünftausend Anhänger zählt und noch einmal so viele in Judäa. Ich spreche natürlich nicht von Galiläa. Und all diese Menschen sind voll des Grolls gegen den Tempel. Die Geistlichkeit befürchtet darüber hinaus Unruhen unter den Zeloten, die sich diesen Groll zunutze machen könnten.«

»Dieser Saulus ist ein Herodianer!«, rief Lazarus.

»Ob Herodianer oder sonst was«, fuhr Dositheus fort, »auf jeden Fall ist er so weit gegangen, Petrus einzuschüchtern und ihn um sechs Uhr morgens, eskortiert von einem Dutzend seiner Häscher, aufzuwecken und zu bedrohen.«

»Bedrohen womit?«, rief Maria.

»Mit Steinigung, wenn er nicht die Urheber der Verschwörung und den Ort nennt, an dem Jesus sich aufhält.«
»Kennt Petrus ihn?«, fragte Maria.
»Ich glaube nicht. Er ist überzeugt, dass Jesus am Kreuz gestorben ist. Deshalb hat er geantwortet, dass er nichts weiß«, sagte Dositheus. »Um den Machenschaften des Tempels zu entfliehen, sind er und sein Bruder Andreas nach Kafarnaum zurückgekehrt. Kurz, ihr müsst auf der Hut sein.«
Aller Augen richteten sich jetzt auf den Genesenden.
Jesus.
Er betrachtete sie unbeteiligt. »Das sind überraschende Ereignisse«, erklärte er völlig unbewegt. »Dieser Saulus wird die Meinen mit Sicherheit weiter verfolgen. Und nach Saulus wird es andere geben. Eines ist sicher: Das Herz Israels, das ich erweckt habe, wird all diese Leute ausspeien, die nur noch mit dem Mund Juden und zufrieden sind, im Schatten der römischen Adler zu schlafen. Habe ich es nicht schon oft genug gesagt? Das alles wird in einem Blutbad enden. Jerusalem wird darin versinken.«
Auf seine Worte folgte ein langes Schweigen.
»Was wirst du tun?«, fragte Lazarus schließlich.
»Was kann ich tun? Warnungen gab es reichlich. Jerusalem ist taub. Ich habe gesprochen, aber diejenigen, die mich hören sollten, haben mich zum Tode verurteilt. Die Härte der Priester ist undurchdringlicher als Stein. Sie hätten die Flammen löschen können und haben sich stattdessen auf die gestürzt, die sie vor dem Feuer gewarnt haben.«
Die Stimme war fest und fast hart. Dositheus beugte sich zu den Besuchern: »Hofft nicht, dass er sein Amt wieder aufnimmt! Diesmal würden sie ihn nicht verschonen.«
Sie schüttelten den Kopf. Nein, hundertmal nein, sie hat-

ten es nicht gehofft. Sie hatten es satt, für Jesus zu zittern und die Heftigkeit seiner Feinde zu fürchten.
»Bleibst du noch lange hier?«, fragte Maria.
»Bis ich genesen bin. Danach sehe ich weiter.«
»Willst du, dass ich wiederkomme?«
Er beugte sich zu ihr und legte die Hand auf ihre Schulter.
»Ja, aber sei vorsichtig!«
Ihre Augen wurden feucht.
»Seid auch ihr vorsichtig, Lazarus, und du, Marta! Unsere Feinde sind überall. Sie werden immer mehr.«
Die Besucher erhoben sich, und Jesus stand auf, um sie zu begleiten. Die syrische Landschaft funkelte silbern und golden, voller Frieden und Herrlichkeit.
Doch der Schein trog. Wilde Raubtiere lauerten.

2

Die Fliegen und die Gerüchte

Die Fliegen. Mit seinem Fliegenwedel – Pferdehaare, befestigt an einem goldverzierten Elfenbeinstiel – peitschte der Statthalter von Judäa die Luft. Vergebens. Die winzigen Kreaturen besaßen die Hartnäckigkeit des Hasses, der sich hinter Leichtigkeit verbirgt. Sie waren wie das Gerücht, das ihm so sehr geschadet hatte, nicht greifbar, aber giftig. Fünfzehn oder zwanzig dieser Insekten, aus der Schmach entstanden, summten im Raum; eines setzte sich auf die nackte, dunkelhäutige Schulter des Würdenträgers, und er vertrieb es mit seinem Wedel. Ein zweites landete auf seiner Wange mit der erkennbaren Absicht, an sein Auge zu gelangen, und er versuchte, es mit einem Schlag auf sein Gesicht zu töten. Auch das vergebens.
Er hob erzürnt den Kopf. Ein massiver Kopf – kahl rasierter Schädel, Gesicht mit starker, glänzender Hakennase, schmalem, beweglichem Mund und kleinen braunen Augen, die trotz seiner siebenundvierzig Jahre äußerst wachsam waren. Als sein Sekretär Kratylos, ein junger Kreter mit Ziegenbockgesicht, sich der Gereiztheit seines Herrn bewusst wurde, geriet er in Unruhe. Er erhob sich, den Rücken gebeugt, und wartete auf die Befehle seines Herrn.
»Schließ das Fenster!«, rief der Statthalter Pontius Pilatus. »Nein, schließ es nicht! Wir ersticken sonst.«
Um eine dieser fetten Fliegen mit den dicken haarigen Beinen zu vernichten, schlug er mit der flachen Hand auf

den Tisch, vor dem er saß. Eine Pergamentrolle fiel zu Boden. Der Kreter beeilte sich, sie aufzuheben und wieder an ihren Platz zu legen. Die Kreatur war in der Tat tot, hatte aber auf der Rolle einen Blutfleck und eine Spur von Kot hinterlassen. Mit einem Ausdruck tiefen Ekels wusch Pontius Pilatus den Schandfleck mit einem der Schwämme ab, die er von Zeit zu Zeit in eine Wasserschale tauchte, um sich zu erfrischen.

»Herr, das Kampferholz …«

»Verdammtes Kampferholz!«, brüllte der Statthalter. »Es erstickt eher den Menschen als die Fliegen.«

Es war Juni. Seit fünfzig Tagen hielt die feuchte Hitze Palästina mit seinen Fliegen und Mücken, den Kakerlaken, Skorpionen, Tausendfüßlern und Wanzen, den geheimnisvollen Fiebern, den Hautausschlägen und den Durchfällen fest im Griff. Der Statthalter erschlug eine weitere Fliege und fegte sie vom Tisch auf die Bodenfliesen. Daraufhin lehnte er sich in seinen Sessel zurück. Ein Vertreter des Reiches hatte doch wohl anderes in seiner senatorischen Provinz zu tun, als Fliegen zu töten.

Er wischte sich mit dem Schwamm über die Stirn und sprach mit rauer Stimme:

»Gut, das Kampferholz!«

Der Kreter eilte zur Tür, beschimpfte die Sklaven, ließ auf Griechisch einen Schwall von Befehlen und von Flüchen gespickten Drohungen los und verschwand dann in den Gängen des Prätoriums, das in dem alten hasmonäischen Palast untergebracht war.

Durch das geöffnete Fenster sah Pontius Pilatus jenseits des Innenhofes das Gebäude des Hohen Rates. Wie bekamen die Juden dieses Fliegenproblem in den Griff? Nun trugen ja die meisten von ihnen selbst bei schlimmster Gluthitze so viele Kleiderschichten am Leib und waren

zudem so behaart, dass die Fliegen höchstens auf ihrer Nasenspitze Platz fanden.
Es war das Jahr dreiunddreißig, wie man es später nennen würde.
Der Statthalter griff erneut nach der Pergamentrolle, die die Fliege besudelt hatte. Sie war ihm vor zwei Tagen mit der üblichen Post auf der zweimal monatlich verkehrenden Triere geliefert worden. Er entrollte den gelblichen Papyrus, der vom Schreiber des Senats wiederverwendet worden sein musste, da man noch deutlich die Spuren des früheren Textes, der mit Bimsstein abgeschabt worden war, unter der neuen Beschriftung durchschimmern sah. Er las noch einmal die Zeilen, die ihn so erzürnt hatten:

»*... Berichte aus unserer Provinz Judäa berufen sich auf Gerüchte, die mehrere bedeutende Mitglieder unserer Versammlung sehr verstört haben. Diesen Gerüchten zufolge soll ein gewisser Jeschua, der im April zusammen mit anderen zelotischen Aufrührern gekreuzigt worden war, drei Tage nach seiner Bestattung sein Grab verlassen haben. Wir wissen, dass solche Legenden beim niederen Volk der östlichen Provinzen einen fruchtbaren Boden finden, doch nun ist festzustellen, dass sie, von Reisenden nach Rom gebracht, auch beim Plebs der Hauptstadt für Aufruhr sorgen. Sie erscheinen uns umso bedauerlicher ...*«

Eiligen Schrittes kehrte der Sekretär zurück. Aus den Augenwinkeln beobachtete Pilatus, wie er einen Stoffbeutel voller Kampferspänen über der Glut der beiden Dreifüße des Arbeitszimmers ausleerte. Bläulicher Rauch begann, in Spiralen aufzusteigen. Pilatus kannte den Preis eines solchen Beutels: ein Denar! Man ließ einen Silberdenar in Rauch aufgehen, um Fliegen zu verjagen! Er las weiter:

»... umso bedauerlicher, als sie von einer lächerlichen Deutung begleitet werden. Diese vermeintliche Auferstehung« – Pilatus zuckte bei diesem ungewöhnlichen Wort zusammen – »des gekreuzigten Missetäters sei der Beweis für sein göttliches Wesen. Diese Gerüchte sind dem Kaiser zu Ohren gekommen. Er ist besorgt ob des Aufruhrs, der von unseren Spionen nicht nur außerhalb der Stadtmauern festgestellt wurde, sondern bis hin nach Ostia und in den Handelsvierteln an den Tiber-Ufern, wo eine große Anzahl von Juden lebt ...«

Der Kampferrauch erfüllte den großen Raum. Pilatus seufzte und fand sich damit ab, diesen Geruch einzuatmen, der wie alles hier im Orient – Duft oder Gestank, Wohlgefühl oder Ekel – zu üppig war. Alarmiert von den feindlichen Rauchwolken, wurden die Fliegen zornig und nervös, das war deutlich zu hören. Eine fiel auf den Schreibtisch des Statthalters und zappelte mit heftigen Zuckungen. Zugleich neugierig und befriedigt beugte sich der Statthalter vor, um den Todeskampf dieser abscheulichen Kreatur aus der Nähe zu beobachten. Fast war Pilatus geneigt, den Aberglauben der Juden für bare Münze zu nehmen, der besagte, dass es auf der Welt hinterlistige Geister gibt. Aber glaubten nicht auch die Römer an die Existenz der Lemuren, dieser infernalischen Halbkreaturen, die sich nachts aus Rachegelüsten in die Häuser der Lebenden schlichen?
»Der Kampfer erscheint mir heute wirksamer als sonst«, meinte Pilatus.
»Ich habe Chrysanthemen hinzugefügt«, entgegnete der Kreter, »das wirkt todsicher.«
Jetzt konnte sich Pilatus die bittere Note, die er in dem Rauch wahrgenommen hatte, erklären.

»Die Fliegen sind heute so viel zahlreicher wegen der Abfälle, die die Leute von gegenüber im Hof angesammelt haben«, fuhr der Kreter fort.

»Man wird darauf achten müssen, dass sich so etwas nicht wiederholt«, sagte Pilatus und nahm die Lektüre der Schriftrolle wieder auf. »Erinnere mich daran, dass ich die Quästur beauftrage! Man soll den Müll jeden Tag im Morgengrauen abholen und zur großen Halde außerhalb der Stadtmauern bringen, wo er dann verbrannt wird.«

Die Leute von gegenüber: der Hohe Rat. Gab es in dieser Stadt denn nicht genug Platz, dass er, der Vertreter des Reichs, gezwungen war, den alten hasmonäischen Palast mit diesen Leuten zu teilen! Er beschränkte seine Beziehung zu ihnen aufs Notwendigste. Eine Horde von Bartträgern, die sich eisern an ihre Vorrechte klammerten, aber außerstande waren, für Ordnung in ihrem Volk zu sorgen. Ohne die kaiserliche Verwaltung wäre Jerusalem längst zu einer Kloake und einer Räuberhöhle verkommen, in der die zelotischen Aufrührer bei Einbruch der Nacht alle Juden, die ihnen nicht gefielen, niederstechen. Gut, das alles war nicht neu. Pilatus vertiefte sich in seine Lektüre:

»*... Es kommt schon zu Zusammenstößen zwischen den Juden, die diesen Gerüchten Glauben schenken und behaupten, ein neuer Gott sei erschienen, und denen, die meinen, dass dieser Irrsinn eine eindeutige Gotteslästerung darstelle. Auf Wunsch unseres geliebten Kaisers Tiberius hin hat der Senat demnach beschlossen, eine Untersuchung einzuleiten, um diesen Märchen ein rasches Ende zu bereiten. Ihre Urheber müssen festgenommen und außerstande gesetzt werden, solche verderbli-*

chen Erfindungen in Umlauf zu bringen. Das ist die Aufgabe, die unserem Statthalter Pontius Pilatus durch dieses Schreiben anvertraut wird.«

Unser geliebter Kaiser Tiberius! Pilatus hob die Schultern. Tiberius war vor fast sieben Jahren nach Capri geflohen, wo er mit einem Hofstaat von jungen Mädchen und Knaben ein ausschweifendes Leben führte. Seit zwei Jahren setzte er kaum mehr den Fuß nach Rom, das heißt, seitdem er die Verschwörung Sejans aufgedeckt hatte, die ihn fast Thron und Leben gekostet hätte. Er hatte Sejan und all seine Gefolgsleute im Prätorium ermorden lassen und Schrecken unter die Senatoren gesät, die Sejan mehr oder weniger vertraut hatten. Pilatus verzog verächtlich den Mund: Man durfte Zweifel daran hegen, dass sich der Kaiser für die Geschichte der Juden interessierte. Es war wahrscheinlich einer der Verräter, der sich aus einem persönlichen Grund an dieses Gerücht der Auferstehung von Jeschua geklammert hatte; und der hatte den Senat beauftragt, für Klarheit zu sorgen.

Pilatus lehnte sich in seinem Sessel zurück und streckte die Beine von sich. Er kannte diese Geschichte von der Auferstehung natürlich. Das Grab, in dem man besagten Jeschua bestattet hatte, war geöffnet und leer aufgefunden worden. Jener Jeschua, den er hatte zum Tod am Kreuz verurteilen müssen, weil der Hohe Rat gedroht hatte, sonst Unruhen heraufzubeschwören. Und man erzählte sich – es war sein kretischer Sekretär, der ihm das berichtet hatte –, dass Jeschua aufgrund seiner göttlichen Kraft dem Tod entkommen sei. Im Orient wimmelte es von solchen Geschichten über himmlische oder halbgöttliche Persönlichkeiten, die sich durch Wunder auszeichnen. Er selbst war einem von ihnen begegnet, Simon, genannt der

Magier, der noch immer in Samarien tätig war. Es hieß, er könne in der Luft fliegen. Er, Pilatus, und seine Gemahlin Procula waren also hingegangen, um sich zu vergewissern. Ein Bartträger, einer von denen, die Menschen heilten, Kranke, von denen man nicht wusste, woran sie litten, und der verwirrende Reden über die Macht hielt. Welche Macht? Weder Pilatus noch seine Frau sprachen Aramäisch, und so hatten sie sich von einem Dolmetscher begleiten lassen; trotzdem hatten sie kaum etwas von den Reden Simons verstanden. Vielleicht war der Dolmetscher unfähig, vielleicht sprach dieser Simon aber auch ganz bewusst so unklar. Das einfache Volk glaubt einem Scharlatan umso mehr, je weniger es von seinen Vorträgen versteht, da man glaubte, dass ein Mensch, der Zugang zu übernatürlichen Sphären hat, eine andere Sprache spricht. Pilatus wusste noch von einem anderen, es war Apollonios von Tyana, der im Mittelmeerraum, in Griechenland, Italien und Spanien, herumzog und ebenfalls Wunder vollbrachte. So hatte er eine Frau aus dem römischen Adel von den Toten auferweckt. Ja, ja, zahlreiche vermeintliche Zeugen hatten es ihm versichert. Kratylos hatte ihn gesehen: »Er ist schön, schön wie Apoll, dessen Name er gewissermaßen trägt. Sein Bart ist blond wie Gold, seine Augen sind blau wie Saphire. Er strahlt göttliche Gelassenheit aus ... Man muss ihn nur sehen, und schon fühlt man sich besser.«
Gut. Die Fliegen waren tot. Er musste sich um die Aufgabe kümmern, die ihm vom Senat anvertraut worden war. In einem solchen Fall war es am klügsten, die Zeugen vorzuladen. Aber welche Zeugen? Pilatus kannte niemanden von diesen Leuten. Er kannte nur die Hauptperson, Jeschua. Ein kluger Mann, dieser Jeschua. Man sagte ihm so manches Wunder nach, Procula aber weigerte sich ganz

energisch, einen Scharlatan in ihm zu sehen: »Hör zu, Pilatus, es gibt einfach Menschen, die Wunder vollbringen.« Der Oberbefehlshaber der Legion hielt diesen Jeschua für einen Zeloten, also einen Feind Roms. Bei seinem Verhör aber hatte Pilatus keine Angriffslust feststellen können, nichts von dieser hasserfüllten Überheblichkeit der anderen Zeloten, die er vor ihrer Kreuzigung verhört hatte. Dieser da hätte nie ans Kreuz geschlagen werden dürfen. Und er, Pilatus, hatte getan, was er konnte.

Und nun hieß es, er sei nicht tot.

Diese Geschichte erfüllte ihn mit vagen Ängsten. Sobald er sich mit religiösen Angelegenheiten der Juden befasste, warfen ihm alle vor, zu hart durchzugreifen, und die Juden ergingen sich in endlosen Beschwerden. Aber schließlich brauchte er Gewissheit, was diese Auferstehungsmärchen betraf, sonst würden irgendwelche bösen Geister in Rom – oder vielleicht in Capri – ihm Nachlässigkeit vorwerfen. Pilatus kannte letzten Endes nur einen einzigen Menschen, der mit diesen Kreisen vertraut war – es war der Anführer eines Trupps, der für den Hohen Rat arbeitete. »Kratylos«, befahl er, »lade mir Saulus vor!«

3

Spion und Verfolger

Saulus erschien gegen Mittag. Ungelenk und ungeniert – wie immer. Wenn er aufrecht stand, reichte sein großer Kopf mit den Augenbrauen, die so dick wie Schnauzbärte waren, nur bis zum Scheitel des sitzenden Statthalters. Sechsundzwanzig Jahre war er alt und so durchtrieben wie ein Fuchs.

Er war der einzige Römer in ganz Jerusalem, der gleichzeitig für den Hohen Rat und für den Statthalter arbeitete. Unterstützt von einer Bande gedungener Mörder, die er aus der eigenen Tasche bezahlte, machte er Jagd auf Zeloten, was ihm zugleich ein Einkommen vom Statthalter und vom Tempel einbrachte – Ersteres aus politischen und militärischen Gründen, Letzteres aus religiösen Motiven, da die Zeloten auch die Priester angriffen. Die eigentlichen Tempelwachen hatten nicht das Recht, außerhalb ihrer Mauern, das heißt im Westen jenseits des Eichentors und im Osten jenseits des Tals der Zedern, offiziell einzugreifen.

Pilatus forderte Saulus auf, Platz zu nehmen. Eine überflüssige Höflichkeitsgeste, denn Saulus hatte schon den Stuhl herangezogen.

»Was hat es auf sich mit dieser Auferstehung von Jeschua?«, fragte er ohne Umschweife. »Hast du davon gehört?«

»Natürlich«, erwiderte Saulus selbstgefällig. »*Auferste-*

hung, eine reine Redensart. Denn er war gar nicht tot, das weißt du ja.«
»Warum, *das weiß ich ja*?«, wiederholte Pilatus entrüstet.
Saulus musterte ihn mit seinen pechschwarzen Augen, dann sagte er: »Als diese beiden reichen Juden, Josef von Arimathäa und Nikodemus, dich um den Leichnam von Jeschua, oder Jesus, baten, warst du doch erstaunt, dass er schon tot war, nicht wahr?«
»In der Tat. Ich habe einen Zenturio ausgeschickt, um es überprüfen zu lassen. Man stirbt nicht nach acht Stunden am Kreuz.«
»Nicht acht Stunden. Drei.«
»Wie – *drei* Stunden?« Pilatus schien immer mehr aus der Fassung gebracht. »Die Kreuzigung der drei Verurteilten fand zur siebenten Stunde nach Mitternacht statt. Als die beiden Juden kamen …«
»Die Kreuzigung von Jeschua fand zur zwölften Stunde und sogar etwas später statt«, fiel ihm Saulus ins Wort.
Kratylos, der dabeistand, machte große Augen.
»Warum hat man mir nichts davon gesagt?«, schrie Pilatus. »Du zum Beispiel hättest mir Bescheid geben können.«
Saulus warf ihm einen weiteren pechschwarzen Blick zu.
»Ich dachte, du wüsstest es schon«, antwortete er schließlich gedehnt.
Pilatus beschlich die Gewissheit, dass es hier noch ein weiteres Rätsel gab. Die Unverschämtheit des Saulus war verdächtig.
»Und woher hätte ich es wissen sollen?«
Saulus zuckte die Achseln und schlug die kurzen Beine übereinander.
»Warum wurde er erst zur zwölften Stunde ans Kreuz geschlagen?«

»Weil der Kreuzigungszug so lange gebraucht hat, nehme ich an«, erwiderte Saulus mit träger, fast spöttischer Stimme.
Pilatus fixierte ihn streng, Saulus aber schien seine dreiste Haltung nicht ablegen zu wollen.
»Wie auch immer, ob in drei oder acht Stunden, er war tot«, schloss Pilatus. »Der Zenturio hat es bestätigt.«
»Ja, der Zenturio hat es bestätigt«, wiederholte Saulus und vermochte kaum ein Lachen zu unterdrücken.
»Was hat das alles zu bedeuten?«, schrie Pilatus aufs Höchste gereizt.
»Ich kenne den Zenturio, den du geschickt hast. Er ist Syrer und zwanzig Jahre alt. Er hat in seinem ganzen Leben noch keine Leiche gesehen. Er ist kein Arzt und außerstande, einen Schlafenden von einem Toten zu unterscheiden.«
Schweigen machte sich breit. Kratylos warf etwas Kampfer auf die Glut, da sich neue Fliegen im Raum eingefunden hatten.
»Du willst also sagen, Jesus lebte, als er vom Kreuz genommen wurde?«
»Es hat ganz den Anschein«, entgegnete Saulus schläfrig.
»Warum hast du mir das verschwiegen? Du hast dich damit strafbar gemacht!«
»Ach, wirklich?«, sagte Saulus unbekümmert. »In diesem Fall bin ich sicher nicht der Einzige.«
Er hob den Blick, heftete ihn auf den Statthalter und hielt dessen herausforderndem Blick stand.
»Erkläre mir das!«, schrie Pilatus und beugte sich zu seinem Gegenüber vor.
»Procula«, sagte Saulus nur. »Unter anderen.«
Jetzt hörte man bloß noch das Surren der Fliegen.
Pilatus wurde blass.

Procula. Ja. Sie hatte nie einen Hehl aus der Zuneigung gemacht, die sie diesem Jeschua entgegenbrachte. Aber wenn man in Rom erfährt, dass die Frau des Statthalters Ränke geschmiedet hat, um die Kreuzigung eines Mannes zu verzögern, den ihr Gemahl verurteilt hat, wird das einen schönen Skandal heraufbeschwören.

»Procula? Wieso?«, fragte Pilatus mit einer Stimme, die möglichst fest klingen sollte.

»Sie und andere Frauen haben dafür bezahlt, dass die Kreuzigung erst gegen Mittag stattfand.«

»Woher weißt du das?«

»Du bezahlst mich dafür, dass ich Bescheid weiß, Pilatus. Ich weiß es. Ich bin das Geld, das man mir zahlt, wert. Frag sie!«

Pilatus lehnte sich wieder zurück. Kratylos machte ein Gesicht, als sitze er auf einem der Kohlenbecken.

»Welche anderen Frauen?«

»Maria und eine der Frauen von Herodes dem Großen. Johanna, die Frau von Chuzas, dem Kammerherrn von Herodes Antipas. Maria und Marta ben Esra aus Magdala. Und andere noch.«

»Wie viele Menschen wissen davon? Der Hohe Rat?«

»Nein, darüber habe ich nicht mit dem Hohen Rat gesprochen.«

Pilatus versuchte, sich seine Erleichterung nicht anmerken zu lassen. Seine Ruhe war jedoch nur von kurzer Dauer.

Denn Saulus fuhr fort: »Ich verrate meine Freunde nicht – ich nicht.«

Das machte Pilatus klar, dass er Saulus auf Gedeih und Verderb ausgeliefert war. Und das war kaum besser als dem Hohen Rat ausgeliefert zu sein.

»Ich glaube jedoch, dass viele Mitglieder des Hohen Rates

etwas ahnen. Aber sie zügeln ihre Zunge, weil wenigstens zwei von ihnen, Josef von Arimathäa und Nikodemus, die Hand im Spiel hatten, um das Leben von Jesus zu retten.«

»Die beiden auch?«

Saulus schien nachzudenken.

»Sie auch, doch das ist eine wesentlich kompliziertere Geschichte. Gut. Für den Hohen Rat ist es das Wichtigste, dass Jesus beseitigt worden ist.«

Er sprach »Jesus« auf griechische Art aus.

»Tot oder lebendig«, fuhr Saulus fort und strich mit der Hand über seinen kahlen Schädel, »sie sind der Meinung, er stelle keine Gefahr mehr für sie da. Würde er wieder auftauchen, nähme man ihn auf der Stelle fest, und diesmal wäre er endgültig verloren.«

Das, sagte sich Pilatus, war eine ganz andere Sache. Man hatte sich vielleicht der Person des Jeschua entledigt, nicht aber seines Einflusses. Der Beweis war, dass sich dieser Einfluss innerhalb von weniger als zwei Monaten nach Jeschuas vermeintlichem Tod schon bis nach Rom ausbreitete. Ob die Auferstehung von Jeschua wahr oder erfunden war, die Folgen blieben die gleichen. Er dachte an ein Gespräch, das er mit Seneca geführt, und an ein Zitat von Aristoteles, das ihm der Philosoph vorgetragen hatte: »Das Volk will nicht wissen. Es will glauben.«

Gut, das Volk verfügte fortan über ein neues Märchen.

Pilatus seufzte. »Und jetzt erzählt man sich bis nach Rom, dass Jeschua von den Toten auferstanden und dass er ein göttliches Wesen sei.«

»Ach ja, in Rom auch?«, fragte Saulus, die Augen halb geschlossen. »Dann ist es doch eine gute Sache, dass ich derzeit beauftragt bin, seine Jünger zu beseitigen. Sie sind es, die diese aufrührerischen Geschichten verbreiten.«

Die Neuigkeiten, die Saulus ihm soeben mitgeteilt hatte,

lösten in Pilatus Gefühle aus, die man mit denen eines Hausherrn vergleichen könnte, der beim Verrücken seiner Möbel feststellt, dass sich unter seinem Bett ein Nest von Skorpionen befindet. Pilatus hatte geglaubt, die Sache mit der Kreuzigung von Jeschua sei ein für alle Mal erledigt, wie unerfreulich sie auch gewesen war. Dann war die Nachricht vom Senat eingetroffen. Und nun diese Enthüllungen. So war das in Palästina. Bei jedem Schritt umschwirrten einen Geheimnisse und Intrigen wie die Fliegen, um sich dann mit all ihren Krankheitserregern auf einen zu stürzen. Es konnte ihm gleichgültig sein, wenn ein weiterer orientalischer Aberglaube die Runde machte oder wenn sich die Juden in die Haare gerieten. Was ihn indes verärgerte, war die Tatsache, dass er die Vorgänge nicht beherrschte.

»Diese Sache ist wirklich verdächtig«, sagte Pilatus. »Wie haben all die Menschen, die du genannt hast, wissen können, dass Jesus nur drei Stunden am Kreuz bleiben und nach diesen drei Stunden wie ein Toter aussehen würde?«

Saulus seufzte. Kratylos saß wie versteinert auf seinem Stuhl.

»Vor der Kreuzigung ließen die Frauen Jeschua, wie du ihn nennst, eine ordentliche Menge Myrrhewein trinken. Sie hatten dem Getränk Absud von Mohn hinzugefügt. Außerdem bezahlten sie einen der Legionäre, damit er Jesus in einem Schwamm, der auf die Spitze einer Lanze gesteckt war, noch mehr davon hinaufreichte. Jesus trank ein zweites Mal davon. Kennst du die Wirkung von Myrrhewein? Es ist ein Schlafmittel. Man weiß sehr genau, nach wie viel Zeit die Wirkung eintritt. Knapp drei Stunden nachdem er ans Kreuz geschlagen worden war, ließ der Gekreuzigte den Kopf sinken und verfiel in einen Dämmerzustand. Sie schauten vom Efraim-Tor aus gebannt zu, ich selbst beobachtete sie aus der Ferne. Es waren ihrer mindestens dreißig, zählt man die Jünger mit. Sobald er den Kopf neigte, eilten Josef von Arimathäa und Nikodemus zu dir, um dich zu bitten, ihnen den Leichnam zu überlassen. Den Rest kennst du selbst.«

Pilatus biss die Zähne zusammen. Er hatte nicht die geringste Abneigung gegen Jeschua, aber es hatte also eine Verschwörung gegeben, die ein Todesurteil des Vertreters des Reiches in einer senatorischen Provinz unterlief. Das Verbrechen war schwer genug, um eine Geißelstrafe all dieser Menschen zu rechtfertigen. Aber dann hätte er zunächst einmal seine eigene Frau auspeitschen lassen müssen, dann die Mutter des Tetrarchen Herodes Antipas und schließlich zwei Mitglieder des Hohen Rates. Undenkbar.

»Was für ein Land!«, murmelte Pilatus.

»Sobald du deine Erlaubnis gegeben hattest«, fuhr Saulus fort, »sind sie mit einem Dutzend ihrer Diener nach Golgota zurückgekehrt. Um glauben zu machen, dass Jesus wirklich tot ist, haben sie ein Leichentuch und Duftöle gekauft. In Wirklichkeit haben sie Jesus die Handgelenke und Füße mit Wegerich verbunden und haben nicht einmal den Körper gewaschen, bevor sie ihn in das Tuch einschlugen. Das widerspricht ganz und gar den Gebräuchen. Ein Kind von fünf Jahren hätte begriffen, dass all das sehr sonderbar war. Dann brachen sie eilig zu dem neuen Grab auf, das Josef von Arimathäa gekauft hatte, und sie legten den Körper hinein, bis die Wirkung der Myrrhe nachlassen würde. Drei Stunden später, bei Einbruch der Dunkelheit, kehrten sie zurück und nahmen den Gekreuzigten mit.«

»Und wohin?«, schrie Pilatus.

»Das weiß ich nun wirklich nicht.«

»Also ist er am Leben?«

»Ich nehme es an. Er ist ein kräftiger Kerl. Die Verletzungen der Kreuzigung haben ihn nicht unbedingt getötet.«
»Sag mir, waren neben Josef von Arimathäa und Nikodemus nicht auch Frauen an der Verschwörung beteiligt?«
»Es waren vor allem Frauen. Vor allem *eine* Frau.«
»Eine Frau? Wer?«
»Maria ben Esra, diese Frau aus Magdala. Sie war zu allem entschlossen, um ihn zu retten. Sie ist reich. Ich bin nicht über alles auf dem Laufenden, aber ich glaube, dass sie es war, die Malthake, die Gemahlin von Herodes dem Großen, angeworben hat, Johanna und ...«
»Gut«, fiel ihm Pilatus ins Wort. »Wo ist diese Maria?«
»Ich kann versuchen, es herauszufinden. Entweder in Magdala bei ihrem Bruder Lazarus. Oder sie hat sich davongemacht.«
»Davongemacht?«
»Das bedeutet, dass sie nicht weit von Jesus entfernt sein wird. Er ist der Mann ihres Lebens. Sie wird ihn nicht gerettet haben, um ihn verschwinden zu lassen, wie du es dir vorzustellen scheinst.«
»Was für eine Unverfrorenheit!«, schrie Pilatus, der vorgab, die letzte Äußerung von Saulus nicht gehört zu haben. »All diese Menschen haben zugleich die kaiserliche Macht und den Hohen Rat herausgefordert!«
»Hör zu«, bemerkte Saulus, »dieser Jesus hatte viele Anhänger. Vergiss nicht, dass er, knapp einen Monat bevor der Hohe Rat ihn festnahm, zum König gekrönt werden sollte. Es war klar, dass sie um jeden Preis versuchen würden, ihn zu retten.«
Ein trockener Knall ertönte im Raum; Saulus zuckte zusammen und drehte sich um. Es war Kratylos, der mit der flachen Hand eine Fliege erschlagen hatte.
»Brauchst du mich noch?«, fragte Saulus.

»Ein letztes Wort. Was muss ich tun, um diese Maria von Magdala zu treffen?«

»Was hast du vor?«

»Ich will sie verhören.«

»Ich kann mir kaum vorstellen, dass sich Maria ben Esra in ein heidnisches Gebäude genau gegenüber dem Hohen Rat begeben wird, um sich verhören zu lassen. Ihr Ruf ist ohnehin schon schlecht genug. Nein, ich denke, man muss nach Magdala gehen. Wenn sie dort ist. Ich lasse es dich wissen, sobald ich es herausgefunden habe.«

Er erhob sich und hüllte sich in seinen Mantel aus leichter Wolle, so leicht, dass man sie für Leinen halten konnte. Pilatus kannte diese Wolle; sie kostete ein Vermögen. Selbst Procula hatte gezögert, sie zu kaufen. Saulus aber war ein reicher Mann, das war bekannt. Er schaute den Statthalter einen Augenblick an und nahm Abschied.

Pilatus und Kratylos blieben allein zurück.

»Gut, jetzt hole mir etwas zu essen!«, befahl Pilatus.

Kratylos machte sich auf die Suche nach seiner Geldkatze. Auf der Türschwelle drehte er sich um.

»Saulus hat dir nicht alles gesagt, Herr.«

Pilatus sah ihn fragend an.

»Er hat schon begonnen, die Jünger zu verhören, weil auch er diesen Jeschua finden will.«

Pilatus' Miene drückte Gereiztheit aus. »Ich ahnte es schon. Aber woher weißt *du* es?«

»Ich habe wachsame Ohren, Herr. Saulus will sich vor dem Hohen Rat auszeichnen. Du hast seine Aufmerksamkeit auf diese Frau gelenkt, Maria, Maria ben Esra. Verzeih mir, aber ich wette mit dir, dass er sich noch heute Abend auf den Weg macht, um sie als Erster zu verhören.«

Im Orient geht es schlimmer zu als in den Gesindehäusern der kaiserlichen Paläste, dachte Pilatus. Es gab nicht einen Koch, den man nicht verdächtigen konnte, Gift in eine Sauce zu geben, nicht eine Amme, die nicht vielleicht einen Dolch in den Falten ihrer Röcke verbarg.

»Saulus ist die gefährlichste Person in ganz Jerusalem«, bemerkte Kratylos.

Pilatus musterte seinen Sekretär.

»Er ist Römer«, sagte Kratylos, »und selbst wenn man ihn festnehmen ließe, würde er sich auf sein Recht berufen, in Rom verurteilt zu werden – vom Kaiser persönlich. Dann würde er aufrührerische Nachrichten über dich nach Rom senden. Und da seine Mutter Jüdin ist, stellt er sich vor dem Hohen Rat als Jude dar. Er lässt sich von Rom und Jerusalem bezahlen und hält beide zum Narren. Er gehört zur Sippschaft der Herodianer. Nimm dich vor ihm in Acht, Herr!«

Sprach's und schloss die Tür hinter sich.

4

Erklärungen und eine Tracht Prügel

Kratylos hatte sich nicht getäuscht. Pilatus befahl ihm, nachdem er ihm sein Essen – Taube gefüllt mit Weizen und Kümmel – serviert hatte, Saulus erneut herbeizuholen. Doch dem jungen Kreter wurde von dessen Dienerin gesagt, ihr Herr sei eben zu einer Reise aufgebrochen.

»Eine Reise wohin?«, fragte Kratylos, um einen möglichst drohenden Tonfall bemüht.

»Ich weiß nicht …«, erwiderte die Alte mit weinerlicher Stimme.

»Wohin?«, fragte Kratylos noch eine Spur lauter.

»Nach Galiläa, glaube ich.«

»Und wohin in Galiläa? Ich rate dir, Frau: Antworte auf der Stelle!«

»Nach Magdala.«

Natürlich, wohin sonst! Kratylos wandte sich ab und eilte unverzüglich ins Prätorium zurück, um Pilatus Bericht zu erstatten.

»Wie ich es dir gesagt habe!«, rief er, kaum dass er eingetreten war. »Er ist nach Magdala aufgebrochen.«

»Was hat er nur vor, dieser Zwerg, diese Missgeburt?«, schrie Pilatus.

»Er will der Erste sein, der Jeschua findet, Herr! Hast du das denn nicht begriffen? Er will sich so vor dem Hohen Rat auszeichnen. Er will seinen Rang als herodianischer

Prinz zurückgewinnen. Er wird dich übergehen, Herr, und versuchen, vor Tiberius zu glänzen. Besitzt er nicht das römische Bürgerrecht? Er wird sich eine Provinz von Palästina zuerkennen lassen. Er will, dass Kajaphas ihn unterstützt, um wieder in Gnade aufgenommen zu werden. Der Zwerg träumt von Ruhm! Wie sollen Zwerge von etwas anderem träumen als von Größe!«

Pilatus wunderte sich über den Eifer seines Sekretärs. Er lächelte.

»Er wird also diese Maria aus Magdala vernehmen?«

»Er wird sie foltern, ja.«

Es gab jemanden, der gute Lust zum Foltern hatte, und das war Pilatus selbst, als er abends zu Procula kam.

»Hast du dich in die Kreuzigung dieses gewissen Jeschua eingemischt?«, fragte er seine Gemahlin, als sie freundlich lächelnd zum Nachtmahl erschien.

Sie nahm Platz und setzte eine bekümmerte Miene auf.

Am Abend waren es nicht die Fliegen, sondern die Motten, die die Luft in Palästina bevölkerten. Sie tanzten in kapriziösen Kreisen um die Fackeln, Öllampen und Kerzen.

Procula nahm Platz.

»Weißt du, es gibt so viele Kreuzigungen«, sagte sie beiläufig. »Eine mehr oder weniger ... Jedenfalls warst nicht du es, der ihn kreuzigen ließ, das waren diese ... diese Leute. Diese Leute von gegenüber.«

Sie verabscheute die Bartträger des Hohen Rates. »Weißhaarige Esel« nannte sie sie. Er konnte ihr nicht widersprechen.

Pilatus war entwaffnet. Es stimmte ihn bedenklich, dass er seine Frau so gut verstand. Das Klima des Orients war wirklich das reinste Gift. Es machte alles zunichte, selbst dieses herrliche und schützende Unverständnis, das zwi-

schen Gemahl und Gemahlin zu herrschen hat. Denn wo sollte das hinführen, wenn man anfing, seine Frau zu verstehen?
Er stocherte auf seinem Teller mit den eingelegten Seezungenfilets umher, wickelte eines um ein Stück Brot und kostete von dem pikanten Bissen.
»Wer hat dich überredet einzugreifen, um die Kreuzigung zu verzögern?«, fragte er.
»Eine Frau.«
»Maria ben Esra aus Magdala.«
»Woher weißt du das?«
»Ich weiß es eben.«
»Hast du sie gesehen?«
»Nein.«
»Sie ist schön. Sie liebt ihn. Und er hat es verdient, geliebt zu werden. Er hat nichts Unrechtes getan. Er hat niemanden getötet. Er hat nichts gegen Rom unternommen. Er hat nur diese Leute von gegenüber verärgert.«
Die Neigung zu verzückten Gefühlen und die allgemein verbreitete weibliche Komplizenschaft, vermischt mit gesundem Menschenverstand, hatten im Grunde nichts Verwerfliches an sich, es sei denn, dass sie den alten Bartträgern von gegenüber nicht geheuer waren. Es stimmte wohl, dass Jeschua kein Verbrechen begangen hatte, jedenfalls keines nach römischem Recht. Es gab wirklich nichts Ermüdenderes als diese jüdischen Geschichten. Und obwohl er Statthalter war, hatte er angesichts eines drohenden Aufstands, angezettelt wieder einmal von diesen Bartträgern von gegenüber, der Kreuzigung zustimmen müssen. Mit anderen Worten, er persönlich hätte diesen Mann freigelassen.
»Wenn du wüsstest, wie schön sie ist, Ponz!«, rief sie, plötzlich wieder ganz die alte Procula.

Neugierig musterte er sie. Fing sie jetzt etwa an, Frauen zu lieben?
»Sie ist einfach hinreißend!«
Pilatus hatte sich im Geiste große Vorhaltungen zurechtgelegt; jetzt sah er sich gezwungen, die heimlichen Machenschaften seiner Gemahlin stillschweigend zu billigen. Er hatte von Anfang an gewusst, dass sie ganz vernarrt in diesen Jeschua war. Es war ihm klar, dass die Römerinnen der Anziehungskraft orientalischer Schwärmer nur schwer widerstanden. In Rom wimmelte es von ihnen.
»Um was hat sie dich gebeten?«
»Ihr zu helfen, die Zenturionen zu bezahlen.«
Pilatus nickte.
»Hat sie diese Verschwörung angezettelt?«
»Verschwörung?«, wiederholte Procula. »Sie hat ihn etwas später kreuzigen lassen. Es gab keine Verschwörung. Und ich glaube, dass da auch andere Frauen beteiligt waren. Auf jeden Fall die Mutter von Herodes Antipas.«

Saulus traf mit einem Gefolge von sechs Personen in Magdala ein und stieg in der Herberge der Stadt ab. Ihre Ankunft blieb nicht unbemerkt. Die ganze Mannschaft, er selbst an der Spitze, ritt nämlich auf Pferden in die Stadt ein. Pferde! Warum keine Elefanten? Sein Gepäck war kaum abgeladen, als er auch schon mit zwei seiner Wachen aufbrach, um das Haus von Maria, Marta und Lazarus, einen großartigen Besitz am See Gennesaret, aufzusuchen. Er befragte die Dienerschaft in jenem gebieterischen Tonfall, der sich in Judäa wohl als äußerst wirkungsvoll erwies, weniger, sehr viel weniger aber in Galiläa.
Die beiden Sklaven, die eben dabei waren, das welke Laub

vor dem Eingang wegzufegen, antworteten ihm unbeeindruckt, dass Lazarus und seine Schwestern zur Sommerfrische nach Jericho aufgebrochen seien. Oder anderswohin. Dass weder die Sklaven noch die Diener über die Reisen ihrer Herren Rechenschaft ablegen müssten. Saulus hob die Stimme, was den Haushofmeister, einen hochgewachsenen, kräftigen Galiläer, herbeilockte.

»Antwortet mir!«, befahl Saulus gebieterisch. »Ich bin im Auftrag des Hohen Rates hier.«

Der Haushofmeister musterte ihn von oben bis unten, was ob seiner Kleinheit weniger Zeit als bei anderen in Anspruch nahm, und lachte höhnisch.

»Ja und?«, erwiderte er.

»Ich lasse dich festnehmen!«, kläffte Saulus.

»Versuch es doch!«, entgegnete der Haushofmeister, der eineinhalbmal so groß war wie Saulus.

»Du forderst mich heraus?«

»Mach, dass du fortkommst, du Morgenkreatur du!«

Morgenkreatur! Eine der schlimmsten Beleidigungen. Die Kinder, die in den frühen Morgenstunden gezeugt wurden, waren kleiner und oft missgebildet, weil der Samen des Mannes nur noch Bodensatz war. Mit einem höhnischen Lachen schlug ihm der Haushofmeister die Tür vor der Nase zu.

Es gab in Magdala Menschen, die Jerusalem gut kannten, weil sie dort zweimal im Jahr ihre kostbarste Wolle verkauften. Sie kannten auch Saulus, weil die Händler ihr Abendessen in den Tavernen beendeten und weil eine Taverne der geeignetste Ort war, um Neuigkeiten zu erfahren. Sie kannten also den Beruf des Zwergs. Und der Beruf des Ordnungshüters gefällt den Reichen kaum mehr als den Armen. Die Leute aus der Herberge von Magdala hat-

ten ihn erkannt. Der Haushofmeister hatte von seinem Eindringen in den Besitz von Lazarus berichtet. Da war also dieser Ordnungshüter, der eine ehrwürdige Familie aus Magdala belästigte, und das mit Sicherheit nur, weil sie zu den Vertrauten eines sehr heiligen Mannes namens Jesus gehört hatte. Man musste diesen Leuten aus Jerusalem also beibringen, dass Galiläa nicht Judäa war und dass der Hohe Rat hier nicht herrschte.
In stockfinsterer Nacht erschien eine Bande von entschlossenen Männern, darunter der Haushofmeister, in der Herberge und fand im Handumdrehen das Zimmer von Saulus. Beim Licht einer einzigen Kerze wurde er am Bart von seinem Lager gezerrt. Er konnte kaum die Gesichter erkennen, die von den Kapuzen der Mäntel verdeckt waren.
»Bist du Saulus?«
»Ja ... Was ist?«
Ein kräftiger Schlag ins Gesicht war die Antwort. Dann ein Hieb in die Magengegend. Darauf ein weiterer Schlag ins Gesicht. Und schließlich eine Ohrfeige. Er konnte schreien, so laut er wollte, niemand kam ihm in dieser teuflischen Herberge zu Hilfe. Am Ende ein Fausthieb, der ihn auf sein Lager niederstreckte.
»Zu Hilfe!«
»Verschwinde von hier, wenn dir deine Knochen lieb sind!«
Auch seine Gefolgschaft blieb nicht verschont. Sie jammerten und schrien und fanden doch genauso wenig Gehör wie ihr Herr. Man leerte die Nachttöpfe über ihren Köpfen aus.
Am nächsten Morgen hielt Saulus – körperlich und seelisch entstellt – dem spöttischen Blick des Herbergsvaters stand.

»Ich hoffe, du hast eine gute Nacht verbracht, Fremder«, ließ sich dieser vernehmen.
Saulus stieg wie ein Kümmerling, der auf einen Hügel steigt, auf sein Pferd und machte sich auf den Rückweg nach Jerusalem – und ans Schmieden von finstersten Plänen.

Drei Tage nach seiner Rückkehr sah Kratylos ihn auf der Straße; Saulus hatte, wie es auf Griechisch hieß, Krabbenaugen und tat, als würde er den Kreter nicht sehen. Das half ihm aber wenig, denn Kratylos gab Pilatus Bescheid, und der zitierte Saulus noch am gleichen Nachmittag zu sich.
»Sei gegrüßt, Saulus! Du siehst mitgenommen aus«, bemerkte Pilatus.
Saulus sah ihn finster an.
»Du warst in Magdala, wie mir scheint«, fuhr der Statthalter fort.
Sein Gegenüber erwiderte seinen Blick, niedergeschlagen und doch fast herausfordernd.
»Und?«
»Ich muss dich beglückwünschen. Du kommst meinen Wünschen mit löblichem Eifer zuvor.«
Pilatus' ironische Bemerkung blieb ohne Antwort.
»Und hast du diese Frau gesehen?«
Es war wohl besser, nicht zu lügen. Die Römer hatten noch andere Spione außer ihn. Pilatus wusste vielleicht bereits von den Prügeln, die er bezogen hatte.
»Nein.«
»Warum?«
»Ich bin aus Magdala verjagt worden«, erwiderte Saulus missmutig.
»Ich habe mir sagen lassen, dass man in Galiläa den Men-

schen aus Jerusalem gegenüber nicht immer gastfreundlich ist«, bemerkte Pilatus. »Du hast ein blaues Auge.«
»Ich habe nichts weiter hinzuzufügen, Statthalter. Ich sagte schon, ich werde melden, was ich erfahre, sobald ich es erfahre. Und seit unserem letzten Gespräch habe ich nichts Neues gehört.«
Er erhob sich sichtlich gereizt.
»Ich vermute, der Hohe Rat weiß von deinem Missgeschick.«
»Noch nicht.«
»Dein Versagen wird die Herren verärgern.«
»Ich weiß es nicht.«
»Du wirst jetzt den Hof überqueren und sie davon in Kenntnis setzen.«
»Ich arbeite auch für sie, Statthalter. Sie bezahlen mich. Die Anhänger dieses Jesus sind sehr eifrig. Kein Wunder, dass der Hohe Rat in Sorge ist. Diese Jünger tun nichts anderes, als überall Unruhe zu stiften und den Hohen Rat zu beleidigen.«
Pilatus nickte.
»Gut, nun geh!«
Kaum hatte sich die Tür hinter ihm geschlossen, trat Kratylos an den Tisch des Statthalters.
»Gib mir zwei Wochen frei, Herr, und ich gehe zu ihr, zu dieser Maria. Saulus spielt ein doppeltes Spiel: Er arbeitet für dich, aber er arbeitet auch für den Hohen Rat und vor allem für sich selbst. Er wird dich nichts Neues wissen lassen, aus dem er nicht vorher Nutzen gezogen hat. Ich weiß, wo ich diese Maria finden kann, und was ich erfahren werde, erzähle ich niemandem außer dir.«
»Du?«
Pilatus maß den jungen Mann mit dem Blick. Er konnte durchaus für einen Juden gehalten werden. Seine knochi-

ge Gestalt, seine gebeugten Schultern lösten kein Misstrauen aus, und außerdem war er sehr viel weniger bekannt als Saulus.

»Was genau willst du wissen?«, fragte Kratylos.

»Ob dieser Mann, Jeschua, tot ist oder lebendig«, erwiderte Pilatus nachdenklich. Ihm war der Gedanke gekommen, dass Kratylos von der Verschwörung gewusst und seiner Gemahlin Procula als Bote gedient haben könnte. »Ich will wissen, was es mit dieser Verschwörung auf sich hat, in der meine eigene Gemahlin verwickelt ist, wie Saulus behauptet.«

Kratylos nickte.

»Ich werde diese Frau finden. Und sie zum Sprechen bringen, ohne Gewalt anzuwenden.«

»Also gut, dann geh! Ich gebe dir eine Woche Zeit.«

5

Der Abend in Magdala

Der Kiesstrand roch stark nach Fisch. Überall schimmerten Schuppen, die das Glitzern des Sees widerspiegelten. Zerrissene Fischernetze trockneten in der Sonne. Drei Männer dichteten ein Boot mit Naphtha ab. Das Erdöl, im südlichen Sodom gewonnen, kochte in einem Topf, in den sie ihre Pinsel tauchten, um die dampfende schwärzliche Flüssigkeit sorgfältig auf die Fugen des Bootsrumpfes aufzutragen. Sie bedachten den sich nähernden Kreter zunächst nur mit einem zerstreuten Blick, wandten sich wieder ab und schenkten ihm erst Beachtung, als er sich nicht weit von ihnen am Boden niedergelassen hatte.

»Wartest du auf die Flut?«

»Nein.«

»Suchst du Arbeit?«

»Nein.«

Sie widmeten sich erneut ihrem Boot. Der Geruch des erhitzten Naphthas war nicht weniger abscheulich als der Fischgestank, der vom Kies aufstieg. Kratylos setzte eine kummervolle Miene auf, betrachtete das Spiel der kleinen Wellen und tat so, als seien ihm die drei Männer gleichgültig. Die indes waren neugierig, was es mit dem finsteren Fremden auf sich hatte.

»Wartest du auf Almosen?«

»Nein, ich suche einen Mann, der mir, als er in Jerusalem

war, seine Freundschaft gelobt hat und plötzlich verschwunden ist.«

Er sprach das in Judäa übliche Aramäisch, das hier deutlicher und wohlklingender als in Galiläa artikuliert wurde, sehr gut.

»Ein Mann von hier?«, fragte einer der Fischer.

»Ja, er heißt Lazarus. Lazarus ben Esra.«

Die drei Männer bedachten ihn mit einem noch aufmerksameren Blick.

»Lazarus ben Esra hat dir seine Freundschaft gelobt?«

»Ja.«

Es folgte ein Augenblick des Grübelns.

»Sprichst du die Wahrheit?«

»Warum sollte ich lügen?«

»Dann such ihn doch auf!«

»Ich weiß nicht, wo er wohnt.«

»Wenn er in Magdala ist, bewohnt er das große Haus aus schwarzem Stein mit der Terrasse zum See.«

»Warum? Lebt er nicht immer hier?«

»Nein. Aber das wird er dir selbst erklären.«

Sie nahmen ihre Arbeit wieder auf. Kratylos erhob sich und ging den Strand entlang.

»Dorthin!«, riefen sie ihm gestikulierend nach.

Er steuerte auf ein Anwesen zu, das ihm prachtvoll erschien. Er wurde von dem Haushofmeister empfangen, der Saulus verprügelt hatte und ihn jetzt eingehend musterte.

»Ich möchte Lazarus sprechen.«

»Erwartet er dich? Wer bist du?«

»Sag ihm, Kratylos sei da!«

»Warte hier!«

Kratylos ließ den Blick schweifen. Die Ebene weit hinten schien zu wogen wie das Meer. Schafe. Wolle. Magdala lebte ausschließlich von der Wolle, und in den Provinzen Palästinas trug man fast nur Wolle aus Magdala. Die Stadt war reich an Spinnereien, achtzig an der Zahl, und auch sonst wohlhabend. Ihre Abgaben an die Heilige Stadt waren so gewaltig, dass man mehrerer Karren bedurfte, um sie dorthin zu schaffen. Kratylos seufzte. Er war weder von hier noch von dort. War Römer, aber kretischen Ursprungs, wurde also in Rom, der kaiserlichen Stadt, in die er mit seinem Herrn zurückkehren würde, als Fremder erachtet. Fremder war er auch in Palästina.

Das waren seine Gedanken, als er hinter sich leise Schritte vernahm und sich umdrehte. Lazarus. Schlank, fast schmächtig. Dieses ausgemergelte Gesicht, beherrscht von glühenden Augen, die sich stark von seiner elfenbeinfarbenen Haut abhoben. Sein fast schwarzes Haar wirkte wie der verkohlte Rest eines inneren Feuers.

»Kratylos!«

Sie umarmten sich.

»Wie ich mich freue, dich zu sehen!«

Derselbe Überschwang in der Art, wie er die Hand seines Gastes fest drückte. Kratylos beneidete ihn. Er hätte gern das gleiche Feuer in seinem Innern gespürt. Der Haushofmeister beobachtete sie nachdenklich.

»Bring uns etwas zu trinken auf die Terrasse!«, sagte Lazarus zu seinem Haushofmeister. »Und auch zu essen. Komm!«, sagte er zu seinem Gast und zog ihn an der Hand hinter sich her.

Sie gingen durch das Haus und gelangten auf die Terrasse, die Kratylos von außen gesehen hatte. Der See von Galiläa glühte unter der Sonne. Die Segel der Fischerboote verschwammen in einem flammenden Licht. Ein Diener brachte ein Tablett mit Krügen voll Mandelmilch, Wein und Wasser, ein zweiter eines mit ausgelösten Granatapfelkernen, mit Aprikosen, kandierten Orangen und anderem Obst. Der durstige Kratylos trank zunächst Mandelmilch, verdünnt mit Wasser. Dann nahm er mehrere Feigen.

»Was führt dich zu mir?«, fragte Lazarus.

»Ich möchte Maria sehen. Pilatus schickt mich her.«

Lazarus' Züge umwölkten sich.

»Was hat das zu bedeuten?«

»Jeschua … ist er wirklich am Leben?«

»Ja, das ist er. Aber sage mir, warum will Pilatus das wissen?«

»Die Kunde von der Auferstehung Jeschuas ist bis nach Rom gelangt. Es kommt bereits zu Unruhen zwischen Juden und Römern. Pilatus muss einen Bericht nach Rom schicken. Ich fände es besser, wenn dieser Bericht auf dem fußt, was ich herausfinde, und nicht auf den Aussagen von Saulus. Du kannst beruhigt sein: Pilatus will Jeschua nichts Böses. Seine Gemahlin würde ihm dergleichen verbieten, wie du ja weißt.«

Lazarus nickte: Durch Kratylos' Vermittlung waren Maria und die anderen Frauen an Procula herangetreten, und sie war bereit gewesen, ihnen bei dem Versuch, die Kreuzigung hinauszuzögern, zu helfen. Gefahr drohte nicht von den Römern.

»Was willst du von Maria wissen?«

»Ich will, dass sie mit mir spricht. Dass sie mir die Wahrheit sagt.«

Lazarus schien nachdenklich.

»Wenn sie das tut, könnte das trotz allem Jeschua schaden. Die Tempelwache sucht ihn.«

»Ja, ich weiß. Saulus war ja auch schon hier, und er wurde, glaube ich, nicht gut empfangen.« Kratylos lachte. »Er kehrte mit einem blauen Auge nach Jerusalem zurück.« Lazarus fiel in sein Lachen ein. »Nein, Saulus sieht keine Zeile von dem Bericht, den ich für Pilatus schreiben werde.«

Er wandte sich um.

Mitglieder der Familie waren aufgetaucht, lautlos wie Schatten. Maria stand plötzlich da, im Halbdunkel nur vage zu erkennen.

Kratylos blinzelte und erhob sich.

»Maria?«

Sie trat vor, ihr Haar war zerzaust, und doch wirkte sie wie eine Fürstin. Ein paar von Henna glänzende Strähnen schauten unter der Kapuze aus feiner Wolle hervor, die ein wenig nach hinten gerutscht war. Ihr Gang in den Sandalen aus Kalbsleder war gebieterisch. Ihr Blick aus fiebernd glänzenden Augen, die mit Kajal umrandet waren, schien beunruhigend. Das Gesicht war von ungeheurer Blässe. Schön, aber irgendwie beängstigend.

»Ich habe Stimmen gehört«, sagte sie. »Und ich glaubte, die deine zu erkennen. Du bist es wirklich. Sei willkommen!«

Sie nahm Platz.

»Was führt dich her?«

Höflichkeitsfrage, dachte Kratylos, denn sie hatte sicher auch das Gespräch verfolgt. Trotzdem erklärte er es ihr. Sie blieb einen langen Augenblick stumm.

»Sag Procula, er lebt. Er erholt sich bestens von den Grausamkeiten, die ihm die Leute des Hohen Rates zugefügt haben. Die Wunden verheilen. Es ist nicht nötig, dass du weißt, wo er ist. Es könnte sich herumsprechen, und Mörder machen sich auf die Suche nach ihm.«

Der Wind trug den Geruch des Sees und der Stille herüber. Mehr würde er nicht erfahren.

Lazarus füllte das Glas seines Gastes, der es ebenso gierig leerte wie das erste. »Und jetzt?«
»Du willst wissen, was er tun wird? Ich weiß es nicht.«
»Aber es ist ausgeschlossen, dass er nach Jerusalem zurückkehrt«, rief Kratylos.
»Er allein kann darüber entscheiden«, entgegnete Lazarus.
»Wenn er nach Jerusalem zurückkehrt, würde das Bürgerkrieg bedeuten.«
»Zweifellos«, sagte Lazarus.
Kratylos schenkte sich Wasser ein. Maria betrachtete den See.
»Jerusalem ist seiner nicht würdig«, sagte sie langsam. »Er hat der Stadt das göttliche Wort gebracht. Die Antwort waren schändliche Machenschaften einer Bande von Priestern, die ihn ans Kreuz geschlagen haben. Du sagst, wenn er zurückkäme, würde es ein Blutbad geben. Vielleicht würde das Blut Jerusalem von seiner Schande reinwaschen. Vielleicht ist es die notwendige Strafe. Doch ich bezweifle, dass Jesus über Ruinen herrschen möchte. Er kann heftig sein, aber er ist nicht grausam.« Sie betrachtete Kratylos. »War es das, was du wissen wolltest? Ich fürchte, dein Herr wird enttäuscht sein. Und die Herren deines Herrn noch mehr.«
»Du sagtest, die Juden von Rom stritten sich schon wegen der Auferstehung?«, erkundigte sich Lazarus.
Kratylos nickte.
»Manche behaupten, wenn er über den Tod triumphiert habe, sei er ein Gott. Deshalb sollten diejenigen, die ihn getötet haben, selbst ans Kreuz geschlagen werden. Das löst Unruhen aus, und die Machthaber sind besorgt.«
»Genauso hat es sich zugetragen. Er hat tatsächlich über

den Tod triumphiert«, erwiderte Maria. »Daraus hat sich eine Lage ergeben, die niemand mehr beeinflussen kann. Weder Rom noch der Hohe Rat können etwas dagegen unternehmen. Niemand kann das. Nicht einmal Jesus selbst. Der Allmächtige hat sich offenbart. Früher oder später wird Jerusalem den Preis für seinen Fehler zahlen. Indem Jerusalem ihn ans Kreuz schlug, hat es sich selbst zum Tode verurteilt.«

In der Sonne glichen die drei Standbildern. Das einzige Zeichen von Leben, das man ausmachen konnte, war die leichte Bewegung, die die Brise in die Gewänder brachte.

»Und du?«, fragte Kratylos Maria.

»Meine Freude ist übergroß. Ich bin der Schatten dieses Mannes. In den drei Stunden, die er am Kreuze hing, ist mein Herz öfter stehen geblieben. Jetzt füllt es sich mit Freude, denn ich weiß, dass er atmet, dass er isst, dass er schläft – einen anderen Schlaf als den des Todes.«

»Dir hat er es zu verdanken, dass er am Leben ist. Du hattest die Idee, die Kreuzigung hinauszuzögern und die Kreuzabnahme vorzuziehen.«

»Nein«, sagte sie und schüttelte den Kopf. »Das Einzige, das ich bewirkt habe, war, die Bosheit des Hohen Rates zu bannen. Ich und ein paar andere, darunter auch du, Kratylos, der du nicht einmal Jude bist. Erinnerst du dich? Du kannst es nicht vergessen haben. Du warst es, der auf Geheiß von Josef von Arimathäa hin Procula gebeten hat, die Henker zu bestechen, damit sie mit der Kreuzigung warten. Sie sollte um sieben Uhr morgens stattfinden, fand dann aber erst gegen Mittag statt. Warum hast du das getan? Du hast dich damit in Gefahr begeben. Dieser Mann hat dir doch nichts bedeutet.«

Sie hatte mit großem Eifer gesprochen. Inzwischen war Marta zu ihnen auf die Terrasse getreten; sie schien beunruhigt ob der Reden ihrer Schwester. Schließlich nahm sie Platz.

»Maria, dieser Mann hat mir tatsächlich nichts bedeutet«, sagte Kratylos. »Aber als ich Lazarus durch Josefs Vermittlung kennen lernte und als ich dir dann begegnet bin an einem Abend, da du wie von Sinnen wirktest, sagte ich mir, dieser Mann muss, wenn ihr ihn alle so liebt, außergewöhnlich sein. Eure Liebe war es, die mich verwirrt hat. Und darum besaß ich die Kühnheit, Procula das Unaussprechliche vorzuschlagen. Und mir wurde klar, dass auch sie …«

»Die Liebe«, fiel ihm Maria ins Wort. »Sie ist die einzige Antwort. Suche keine andere!«

Kratylos war sprachlos.

»Wirst du das deinem Statthalter Pontius Pilatus mitteilen?«, fuhr Maria in herausforderndem Tonfall fort. »Ich stelle mir schon jetzt den Bericht eines römischen Statthalters an den kaiserlichen Senat vor. Es ist die Liebe, die Jesus gerettet hat!« Sie brach in ein galliges, fast unangenehmes Lachen aus.

»Was sonst soll ich tun?«, murmelte Kratylos seufzend. »Was *ich* sagen werde, ist immer noch besser als das, was ein Saulus berichten würde.«

Die Silberfarbe des Himmels war langsam in Gold übergegangen und nahm jetzt Kupfertöne an. Bald würde die Nacht hereinbrechen.

»Bleib hier heute Nacht!«, sagte Maria. »Es ist zu spät, um den Rückweg anzutreten.« Sie legte Kratylos die Hand auf die Schulter. »Ich sehe dich beim Abendessen wieder.«

Maria rief den Haushofmeister und befahl ihm, den Esel

ihres Gastes in den Stall zu führen. Dann folgte sie ihrer Schwester ins Haus.

»Es gibt einen Punkt, der mir an dieser ganzen Geschichte immer noch unklar ist«, sagte Kratylos. »Was ist mit ihm geschehen, nachdem er vom Kreuz genommen wurde?«

6

Der Bericht des Lazarus

»Das Unternehmen war zu wichtig, um Frauen daran zu beteiligen«, sagte Lazarus. »Und ich, ich gelte als schwacher Mann«, fügte er mit einem Lächeln hinzu. »Auf jeden Fall durften wir nicht zu viele sein. Also nahmen Josef von Arimathäa und Nikodemus die Dinge in die Hand. Aber ich verfolgte alles in gewissem Abstand. Es war Pascha, noch vor Sonnenuntergang, und du wirst dich erinnern, dass man kaum jemand auf den Straßen sah. Als Pilatus den beiden die Erlaubnis erteilte, den Körper vom Kreuz zu nehmen und über ihn zu verfügen, kehrten sie schnell nach Golgota zurück. Die Wachen hatten die Münzen eingesteckt und vertranken das Geld in der Taverne. Zu Beginn des Nachmittags war wie zur Strafe ein nicht enden wollendes Gewitter über Jerusalem niedergegangen. Der Himmel war pechschwarz. Der Berg wirkte unheimlich. Ich hatte das Gefühl, meiner eigenen Beerdigung beizuwohnen. Leute, ich weiß nicht mehr welche, hatten sich schon der Leichname der Zeloten bemächtigt, die zur gleichen Zeit wie Jesus gekreuzigt worden waren. Josef und Nikodemus verbanden nun die blutenden Füße und Handgelenke von Jesus, legten den Körper auf ein Leichentuch und streuten Duftstoffe darüber aus. Dann schlugen sie das Leichentuch über dem Körper zusammen und legten diesen auf eine Bahre. Die Sonne war untergegangen, das Pascha-Fest hatte begonnen, und Josef und Nikodemus hatten schon genug damit zu schaffen, dass sie am Vortag des Festes einen ›Toten‹ berührt hatten. Du weißt, bei uns ist das Berühren eines Toten das Gleiche wie das Berühren einer Frau, die ihre Blutung hat, es macht unrein …«

»Bei den Römern auch«, bemerkte Kratylos.

»Nun wollten sie also nicht mitten in der Nacht das Ritual der Totenwaschung vornehmen. Vor allem wollten sie nicht, dass andere den Körper von Jesus berührten, denn dann hätte man bemerkt, dass er noch am Leben war. Nun gut. Vier ihrer Diener trugen die Bahre bis zum Grab, das Josef bereitgestellt hatte. Aber die Spione des Hohen Rates trieben sich in der Nähe herum und überwachten alle, die sich beim Efraim-Tor, das nach Golgota blickt, aufhielten. Ich begriff, dass Josef und Nikodemus sie hinters Licht führen wollten. Die Spione hatten gesehen, dass Josef, Nikodemus und ihre Diener den Körper auf die Bahre gelegt hatten, um ihn zum Steinbett im Innern der Grabstätte zu tragen und dann den Stein vor die Tür zu wälzen. Einer der Spione aber erkundigte sich bei einem Diener von Josef: ›Und ihr lasst den Toten einfach so, ohne ihn zu waschen?‹ Der Diener antwortete ihm: ›Wir nehmen die Waschung nach Pascha vor. Die Dunkelheit ist hereingebrochen. Wir würden alle unrein sein.‹ Die Antwort schien die Spione zu befriedigen, und sie machten sich davon.«

»Maria war nicht dort?«

»Nein, weder sie noch Marta, noch die Brüder und die Mutter von Jesus waren am Grab. Josef, Nikodemus und ihre Diener haben natürlich so getan, als wollten auch sie aufbrechen. Ich war bei Johannes und Thomas, die mich in die Stadt zurückgebracht haben, weil ich, als man die Tür zur Grabstätte schloss, nicht aufhörte zu weinen, und

die beiden fürchteten, ich könne zusammenbrechen. Wir sind zu Freunden gegangen, und dort bin ich dann eingeschlafen. Was ich dir jetzt berichtet habe, ist alles, was ich als Augenzeuge wahrnehmen konnte.«
Lazarus versagte die Stimme, so überwältigt war er von seinen Gefühlen. Kratylos ließ ihm Zeit, sich wieder zu fassen. Er schenkte ihm etwas Wein ein und reichte ihm das Glas.
»Und dann?«
»Ich bin erst am nächsten Morgen aufgewacht, reichlich spät übrigens. Johannes saß neben mir, als würde er bei mir wachen. Ich bin zu unserem Haus in Betanien gegangen. Ich fand Marta und Maria völlig aufgelöst vor. Wir hätten gern Josef und Nikodemus befragt, aber wir wussten nicht, wo sie waren noch wo sie Jesus hingebracht hatten. Wir wussten also nicht, ob der Plan gelungen war. Ich bin in die Stadt gegangen, um die Anhänger von Jesus zu suchen, die natürlich keine Ahnung von unserer Verschwörung hatten. Als ich ihnen sagte, dass Jesus vielleicht überlebt habe, sahen sie mich an, als hätte ich den Verstand verloren. Wir konnten uns nicht frei bewegen, weil Pascha war. Und weil wir Angst vor den Spionen des Kajaphas hatten, haben wir nicht gewagt, uns auf die Suche nach Josef und Nikodemus zu machen. Sie wollten, dass möglichst wenig Menschen Bescheid wussten. Vor allem den Dienern misstrauten sie … Der Samstag verging also in einer unbeschreiblichen Angst. Maria war außer sich …«
Lazarus erschauerte und nahm einen Schluck Wein.
»Am Sonntag hielt es Johanna, die Frau von Chuzas, dem Kammerherrn des Herodes Antipas, nicht länger aus und kam, um Erkundigungen einzuholen. Sie war auch von Malthake, der Mutter von Herodes Antipas, gedrängt wor-

den. Wir wussten noch immer nichts Genaueres. Daraufhin beschloss Maria, sich zum Grabe zu begeben, ich weiß nicht, was sie dazu bewogen hat. Eine Art Vorahnung, glaube ich. Wir sind ihr gefolgt, Marta, Johanna und ich. Wie du weißt, ist es dorthin nicht weit, gleich oberhalb von Betanien. Aber ich war der Einzige, der die Stelle gesehen hatte, und zwar bei Nacht, beim Schein der Fackeln, und als wir am Friedhof ankamen, wusste ich nicht mehr, wo es genau war. Maria fragte mich: ›Du sagtest doch, es sei ein neues Grab, also wollen wir uns beim Wärter des Friedhofs erkundigen.‹ Der Wärter des Friedhofs hat uns dann hingeführt und …«

»Und?«

»Als wir das Grab endlich gefunden hatten, stieß Maria einen schrecklichen Schrei aus … Ich glaubte, sie habe erneut … Ich bin herbeigeeilt, und da gab es tatsächlich Grund zu schreien: Der Stein war zur Seite gewälzt worden, und man sah die Tür zum Grabinneren offen stehen. Alle vier standen wir da und wussten nicht, was wir denken sollten. Ich wollte ins Innere treten, doch Marta und Maria riefen: ›Nein, ruf die Jünger von Jesus herbei. Lauf in die Stadt, hol alle, die du finden kannst!‹ Das war leicht gesagt. Aber ich fand am Berg Ofel das Haus wieder, in dem ich mit Johannes und Thomas die Nacht verbracht hatte. Thomas war weg, aber Johannes war noch da. Petrus saß bei ihm, und sie stritten sich. Sie sahen mich kommen, und ich glaube, sie waren erschrocken über mein Aussehen. Ich sagte zu ihnen: ›Das Grab ist leer. Kommt, überzeugt euch!‹ Sie sind hinter mir hergerannt. Eine halbe Stunde später waren wir vor Ort. Johannes und ich als die Jüngsten liefen schneller. Als Johannes am Grab erschien, rief Maria mir zu: ›Geh nicht hinein!‹ Johannes ist ebenfalls nicht hineingegangen, er schien entsetzt. Er hat nur einen kurzen Blick ins Innere geworfen. Dann ist Petrus gekommen, und er ist hineingegangen. Johannes war bleich wie ein Gespenst. Wir haben ihn und Petrus nach Betanien begleitet, damit sie sich erholen konnten …«

Lazarus stieß einen Seufzer aus. Er schenkte sich Wein nach.

»Kratylos, ich kann dir die Stunden, die wir verbracht haben, nicht schildern. Sobald er sich erholt hatte, erzählte uns Petrus, was er im Grab vorgefunden hat. Neben der Tür den Stoff, den die Griechen *sudarion* nennen, du weißt, denjenigen, den man dem Toten aufs Gesicht legt, um den Schweiß aufzusaugen. Der Stoff war zusammengerollt, unbefleckt. Dann hatte er die blutdurchtränkten Verbände gefunden. Kein Leichentuch. Marta versuchte, ihm zu sagen: ›Johannes, Petrus, versteht doch, Jesus ist nicht tot …‹, aber sie waren beide derart erregt, dass sie gar nicht zuhörten. Sie schrien alle beide: ›Nein, er ist nicht tot, er ist auferstanden! Er war der Gesandte Gottes! Er war der Messias!‹ Johannes befand sich in einem erschreckenden Zustand der Verzückung, aber die Verfassung von Petrus war erbarmungswürdig. Maria fragte: ›Johannes, warum ist dann der Stein beiseite gerollt worden? Wenn er der übernatürliche Mensch wäre, wie du behauptest, warum hat er ihn dann nicht durchschritten?‹ Er schrie: ›Sünderin, du hast nichts, überhaupt nichts verstanden! Er hat ihn beiseite gerollt, damit man sieht, dass das Grab leer ist!‹ *Sünderin*. Johannes … Um es kurz zu machen: Er und Petrus kehrten nach Jerusalem zurück, ohne uns auch nur eines letzten Blickes zu würdigen.«

Lazarus verstummte einen Augenblick, sichtlich niedergedrückt.

»Und dann?«

»Johanna machte sich mit ihren Dienern auf den Heimweg. Marta, Maria und ich blieben zurück und fragten uns, wie wir Josef und Nikodemus finden könnten. Wir fürchteten bisweilen, den Verstand zu verlieren. Vielleicht war dies alles nur ein Traum gewesen. Vielleicht hatte man uns zum Narren gehalten. Schließlich waren Josef und Nikodemus Mitglieder des Hohen Rates. Procula war die Gemahlin von Pilatus. Johanna war die Frau eines Kammerherrn von Herodes Antipas, der Jesus misstraute. Malthake war die Mutter von Herodes, und in dessen Palast wimmelt es von Pharisäern. Niemand, dem wir vertrauen konnten.«
Die Dunkelheit war hereingebrochen. Kleine Lichter funkelten am Seeufer.
»Und dann?«, rief Kratylos wieder.
»Dann ist Maria den ganzen Morgen am Fuß des Ölbergs in der Nähe des Grabes umhergeirrt. Sie sprach nicht mehr mit uns, sie hielt Selbstgespräche. Sie machte uns Angst ... Ich erzähle dir nur, was sie mir berichtet hat, denn ich war nicht dabei. Sie hat einen Mann auf der Straße, die am Ölberg vorbei nach Betanien führt, auf sich zukommen sehen. Er ist stehen geblieben und hat sie angeschaut. Sie hat ihn für einen Gemüsebauern oder den Gärtner des Friedhofs gehalten. Er hat sie angesprochen: ›Maria.‹ Sie hat ihn an seiner Stimme erkannt.«
»Warum hat sie ihn nicht sofort erkannt?«
»Er hatte sich den Bart abgenommen ... Deshalb hatte sie ihn für einen Gemüsebauern gehalten.«
»Es ist ein glücklicher Zufall, dass ihr in diesem Augenblick nach Betanien gegangen seid. Aber wo wohnt ihr? In Magdala oder in Betanien?«
»Dies ist das Haus unserer Familie. Wir haben es von unseren Eltern geerbt. Sie sind beide gestorben, und wir be-

halten es aus Mitgefühl mit all den Dienern und auch weil es während der Sommermonate in Magdala sehr viel frischer ist. Das Haus in Betanien hat Marta vor einigen Jahren gekauft, als sie einen Händler aus Jerusalem heiraten sollte. Der Händler ist gestorben, und sie hat das Haus behalten … Als Jesus damals nach Jerusalem kam, haben wir ständig dort gewohnt …«

»Wir waren bei der Begegnung von Jeschua und Maria …«

»Ich war, wie gesagt, nicht dabei, aber ich glaube, nein, ich bin sicher, dass sie einen Zusammenbruch erlitt. Sie wollte ihn berühren, er aber sagte: ›Nein, ich habe Schmerzen, beruhige dich. Ich begleite dich nach Hause.‹ Er konnte sich nur mit Mühe und mit Hilfe eines Stockes voranbewegen. Als er, gestützt von Maria, eintrat, waren Marta und ich zu Hause. Kratylos« – Lazarus ergriff den Arm des Kreters und drückte ihn mit verzweifelter Heftigkeit –, »Kratylos, ich kannte jede Einzelheit unserer Verschwörung, aber ich glaubte nicht, dass wir Erfolg hätten. Ich glaubte es nicht wirklich. Ich sagte mir, dass der Legionär, der ihn mit der Lanze in die Seite gestoßen hatte, ihn wohl getötet hatte … Oder dass er vor Erschöpfung gestorben ist … Als ich dem Fremden entgegentrat, der da mit Maria kam, als ich sein Lächeln erkannte … Kratylos, du weißt nicht, wie das Lächeln dieses Mannes ist … Er ist Verständnis und Güte in Person, er lächelt dich an, und dir wird klar, dass er alles über dich weiß. Er sieht in dich hinein, er kennt die finstersten Winkel deiner Seele, und er vergibt dir … Gut, als ich ihn erkannte, bin ich in Ohnmacht gefallen. Und wieder hat er mich aufgeweckt. Als wir uns schließlich beruhigt hatten, wurden wir uns unserer Lage bewusst. Doch dadurch wurde sie nicht besser. Wir waren verwirrt. Maria riet ihm zu fliehen, weil ihn die Leute des Hohen Rates finden und festnehmen und sich dieses Mal vergewissern würden, dass er wirklich tot war, wenn man ihn ins Grab legte. Selbst Jesus gelang es nicht, sie zu beruhigen ... Er hat zugehört, und es war am Ende sein Schweigen, das uns beruhigte ...«

Lazarus rang nach Luft und nahm einen kräftigen Schluck Wasser.

»Er sagte: ›Maria, sie werden mich nicht wiedererkennen, ebenso wenig wie du. Vor zwei Jahren habe ich dich von deinen sieben Dämonen geheilt, Maria! Du hast mich für einen Gärtner gehalten! Du hast mich nur an der Stimme wiedererkannt.‹ Nun gut, am Ende haben wir uns beruhigt. Während all dieser Zeit bereitete Marta, die Gelassenste von uns allen, das Essen zu.«

Lazarus brach in Lachen aus. Er konnte vom Weinen zum Lachen übergehen wie seine Schwester.

»Sie konnte alles von der Küche aus hören. Sie kam, stellte den Salat auf den Tisch, dann die gefüllten Tauben, Wein, Wasser, Brot, Oliven, Frischkäse ... Sie sah Jesus und sagte: ›Sie werden dich an deinem Gang erkennen, Jesus. Du hast Wunden an beiden Füßen. Und an den Handgelenken. Du hinkst, du ziehst die Aufmerksamkeit auf dich. Werde erst einmal gesund! Dann sehen wir weiter.‹ Er hat gelacht. Ja, er hat gelacht. Er sagte, Marta besitze vielleicht mehr Verstand als wir alle.«

Kratylos senkte den Kopf. Er würde das alles niemals dem Statthalter erzählen können. Er musste vereinfachen, ja, sogar verfälschen.

»Und wo war nun Jeschua während all dieser Zeit?«, fragte er.

»Du nennst ihn Jeschua? Jesus. Er war in Bet-Basi, auf einem Bauernhof, der Freunden von Nikodemus gehört. Als sie mit ihren Dienern zum Grab gegangen sind, in der

Nacht der Grablegung, hielten Josef und Nikodemus ihn für zu geschwächt für eine lange Reise. Sie haben ihn auf einen Esel gesetzt, und Josefs Sohn saß hinter ihm, um ihn zu halten.«

»Aber ... er ist doch dann bei euch in Betanien geblieben.«

»Eine Nacht. Eine Nacht wollte er mit uns verbringen.«

Lazarus schien nachdenklich. Er fuhr fort:

»Am nächsten Tag haben Josef und sein Sohn ihn abgeholt, um ihn weiter weg in Sicherheit zu bringen ... Weit weg von Jerusalem. Jesus begann, sich zu erholen. Deshalb konnte er eine längere Reise überstehen.«

»Wohin?«

»Sehr viel weiter weg. Ich werde es dir nicht sagen.«

»Und jetzt geht es ihm besser?«

»Ja, ich habe es ja schon gesagt; es geht ihm sehr gut. Komm, lass uns essen!«, schlug Lazarus vor.

Sie erhoben sich. Kratylos ergriff Lazarus beim Arm.

»Sag mir, sag mir!«, murmelte er. »Warum liebt ihr diesen Menschen so sehr?«

Lazarus blieb stehen.

»Er ist das Leben selbst. Er besitzt dich mit Körper und Seele. Körper und Seele, Kratylos! Er schneidet scharf wie das Schwert, er umschlingt dich wie die Arme der Liebe, durch ihn wirst du neu geboren. Ich habe keine anderen Worte.«

Plötzlich schien er wie in Trance. Mit starrem Blick und tiefer Stimme fuhr er fort.

»Er hat mich aus dem Grab geholt ... aus dem Grab! Ich hatte einen Anfall gehabt, schlimmer als je zuvor ... ich war nicht mehr da ... ich erinnere mich an nichts ... Ich entsinne mich nur, dass ich im Dunkeln aufgewacht bin ... Ich war in das Leichentuch genäht ... Ich erstickte fast, ein *sudarion* war mir aufs Gesicht gelegt worden, man hatte mich für tot gehalten … Ich weiß nicht, wie lange ich schon in dem Grab war. Ich hatte Durst, Durst … Ich hatte Hunger. Ich weinte … Ich schlug um mich, konnte mich von dem *sudarion* befreien, meine Hände befreien, ich versuchte, das Leichentuch zu zerreißen, ich schrie!«

Tränen standen in seinen Augen.

»Ich habe geschrien, aber niemand konnte mich hören. Niemand geht auf einen Friedhof, um die Schreie der Toten zu hören … Aber er, er hat verstanden. Er hatte geahnt, was geschehen war, aus der Ferne … Er ist mit Marta und Maria zum Friedhof gekommen … Er hat meine Schreie gehört, er!«

Lazarus rang nach Luft.

»Er hat den Grabstein beiseite gewälzt … Ich wand mich am Boden, in dem Leichentuch. Er hat es mit seinem Messer zerschnitten, er hat mir aufgeholfen … Marta und Maria haben mich gestützt und nach Hause gebracht. Er sagte zu mir: ›Geh und wasche dich, reinige dich und komm dann zu mir! Leg ein Leinengewand an und komm zu mir!‹ Ich habe gehorcht. Ich bin zu ihm gegangen. Er hat die Nacht damit zugebracht, mit mir zu sprechen. Mir alles zu erklären.«

Er sagte nicht, was Jesus ihm erklärt hatte.

Kratylos fragte ihn auch nicht danach. Er dachte an diese einzigartigen Bande, welche die vier – Jesus, Lazarus, Marta und Maria – verbanden. Jesus hatte Lazarus aus dem Grab geholt, und Maria wiederum hatte Jesus aus dem Grab geholt. Hatte Maria Jesus das zurückgegeben, was er Lazarus gegeben hatte?

Aber sie würden ihm gewiss nicht das Wesen der übernatürlichen Liebe offenbaren, die sie mit einander verband.

Die Nacht kam wie eine Mutter, umfangend, sanft und frisch.
»Wir wollen nun essen gehen«, schlug Lazarus nach einer Weile mit einer etwas weniger rauen Stimme vor.
Es gab nur Fisch zum Abendessen. Kalten Fisch als Salat mit gehackten Zwiebeln, gebratenen Fisch mit Sesamkörnern. Marta und Maria blickten den Kreter an, und der fragte sich, wie es kam, dass sie mit ihrem Bruder und dem Fremden um die große Kupferschale am Boden saßen. Die jüdischen Frauen aßen nie zusammen mit den Männern. Aber schließlich waren diese Frauen anders als die anderen. Sie sahen ihn mit freundlichem und zugleich wachsamem Blick an.
»Was wirst du deinem Herrn berichten?«, fragte Maria schließlich.
»Ich weiß es noch nicht. Dass man ihn aus dem Grab geholt hat, dass er lebt und sich irgendwo aufhält, das ist alles. Eigentlich nichts wirklich Bedeutendes.«
»Grüß Procula von uns!«, sagte Marta. »Sie ist zwar Römerin, aber sie ist eine Frau mit Herz.«
Kratylos fragte sich im Stillen, ob Maria die Geliebte dieses außergewöhnlichen Menschen Jeschua war oder gewesen war. Er betrachtete ihr blasses Gesicht, rund wie ein Mond, ihren Kindermund und diesen lianenschlanken Körper. Er sah auf ihre Brüste und sagte sich, dass sie trotz allem ein Wesen aus Fleisch und Blut war, ein Wesen mit Gelüsten also. Und dieser Jesus auch. Vielleicht hatte sie gehofft oder hoffte noch, den Körper des Mannes kennen zu lernen, der sich Menschensohn nannte. Vielleicht war das die Erklärung für ihre beispiellose Ergebenheit. Er selbst wusste wenig von den Frauen, er, der arme Kreter, verloren in Jerusalem, dieser Metropole der Intrigen und Mysterien, und noch weniger wusste er von Jeschua. Aber

schließlich war ein Mann ein Mann und eine Frau eine Frau. Und Marta? Sie war üppiger als Maria. Sie empfand die gleiche leidenschaftliche Zuneigung zu Jeschua wie ihr Bruder und ihre Schwester. War etwa sie die Geliebte dieses rätselhaften Mannes gewesen? Und Lazarus? Immerhin war es ihr Haus in Betanien gewesen, in das Jeschua gegangen war, nachdem er sich genügend erholt hatte, um wieder gehen zu können. Auch er war diesen Menschen tief verbunden. Er, der so viele Menschen kannte, warum hing er gerade an dieser Familie?
All diese Fragen wirbelten im Kopf des Kreters umher wie die Fliegen, die den Statthalter so verstimmt hatten. Gegen Ende des Essens verebbte die Unterhaltung. Kratylos kam sich verloren vor in der orientalischen Nacht und angesichts der Geheimnisse dieser Schwestern – beide in Liebe entbrannt zu einem Mann, den man in Griechenland oder Rom einen Magier genannt hätte. Er, Kratylos, war nur ein bescheidenes Rädchen im Getriebe einer gewaltigen Verschwörung, deren Ausmaße sein Verständnis überstiegen, die aber am Ende den Senat und den Kaiser in Angst versetzt hatten.
Dieser jüdische Magier, der den Senat und den Kaiser in Angst und Schrecken versetzte – eine unglaubliche Geschichte.

Man bereitete ihm ein frisches Strohlager in einem eigenen Zimmer. Er schlief schlecht, als hätte sich das Fieber dieser sonderbaren Familie auf ihn übertragen. Er trank den ganzen Krug mit Wasser aus, den der Haushofmeister auf die Fensterbank gestellt hatte. Der leidenschaftlichen Liebe wegen, die sie Jeschua entgegenbrachten, würden sie ihn bald wiedersehen wollen. Und was würde Jeschua tun? Aufs Neue die Juden aufwiegeln? Und was wollte er überhaupt erreichen? Wer war dieser Jeschua wirklich? Worauf war seine Bedeutung zurückzuführen? Kratylos machte sich Sorgen; wenn er das in seinem Bericht verschwieg, würde Pilatus es ihm nachtragen, nicht gewarnt worden zu sein, dass die Unruhen in Palästina neu aufflackern könnten. Letzten Endes hatte er nur einen Teil von der Flucht Jeschuas in Erfahrung gebracht; wenn er diese Geschichte wirklich verstehen wollte, die ihm immer verwickelter vorkam, musste er die anderen Zeugen befragen. Aber welche? Die Jünger würden ihm – dem Sekretär des Statthalters oder Diener des Henkers – gewiss keinen freundlichen Empfang bereiten. Und Josef von Arimathäa und Nikodemus würden ihn sicher zum Teufel schicken.

Er stand früh auf, ergriff die Schaufel, die unübersehbar neben seinem Lager lag und grub in gebührendem Abstand vom Haus ein Loch in den Boden, um seine Notdurft zu verrichten. Hundert Schritt entfernt tat ein Diener das Gleiche. Zurück in dem noch schlummernden Haus, ging Kratylos zum Haushofmeister, ließ sich seine Feldflasche mit frischem Wasser füllen und erhielt dazu zwei Sesambrote als Proviant für die Reise. Lazarus und seine Schwestern schliefen noch. »Weck sie nicht!«, befahl der Kreter dem Haushofmeister. Das Morgengrauen zog Spuren roten Weines über den See von Galiläa, als Kratylos mit zerfurchter Stirn auf seinen Esel stieg und den Rückweg nach Jerusalem antrat.

7

Begegnung am Berg Ofel

Erschöpft, die Schenkel vom Sattel wund gescheuert, traf Kratylos kurz vor Einbruch der Dunkelheit ein. Lustlos begab er sich ins Prätorium und hoffte, sein Herr würde nicht da sein. Vergebens: Pilatus saß, das Gesicht vom kupfernen Schimmer der Fackeln gefärbt, in seinem Arbeitszimmer über einen Plan der Wasserversorgung gebeugt. Er hob den Blick und blickte seinen Sekretär an.

»Schon wieder zurück?«

Kratylos seufzte. Er dachte an die Terrasse in Magdala. Das war ein anderes Land.

»Er lebt tatsächlich«, sagte er und nahm Platz. »Ich weiß nicht, wo. Noch was er vorhat. Seine Freunde haben ihn nachts aus dem Grab geholt.«

»Die Verschwörung ist also gelungen?«

Kratylos nickte.

»Was sind das für Leute, diese Freunde, von denen du sprichst?«, fragte Pilatus.

»Eine Frau. Frauen, wie du weißt. Und zwei reiche Juden.«

»Und die Frau, hast du sie gesehen?«

»Ja. Sie wohnt in Magdala. Sie heißt Maria. Sie ist leidenschaftlich ...« Kratylos zögerte. »Diesem Jeschua leidenschaftlich ergeben.«

Pilatus wandte dem Sekretär sein Gesicht, das an eine Kupfermaske erinnerte, zu. Kratylos entdeckte in den Zü-

gen einen Schimmer von Ironie und deutete ein Lächeln an.
»Seine Geliebte?«
»Durchaus möglich. Aber ich sage nur das, was ich weiß.« Pilatus fächelte automatisch mit seinem Fliegenwedel.
»Wie auch immer. Falls er nach Jerusalem kommt, werden ihn die Bartträger von gegenüber nicht verschonen.«
»Diese Frau und ihre Familie sind sich dessen durchaus bewusst.«
»Gewiss, aber es wird ein Blutbad geben. Denn wenn er wiederkommt, wird niemand an eine Verschwörung glauben. Man wird sagen, er sei wirklich von den Toten auferstanden, und ihn für einen Gott halten. Es wird einen Aufstand geben. Die Juden werden die Bartträger erdrosseln. Ich werde eingreifen und natürlich harte Strafen verhängen müssen.«
Kratylos massierte sich die Schenkel.
»Ich glaube nicht, dass dieser Mann so unklug sein wird.«
»Und was soll ich dem Senat antworten?«, murmelte Pilatus.
»Vielleicht ganz einfach die Wahrheit. Dass er nicht tot war, dass man ihn aus dem Grab geholt hat und dass die Leute voreilig behauptet haben, er sei von den Toten auferstanden.«
Pilatus lehnte sich nachdenklich in seinen Sessel zurück und schüttelte den Kopf.
»Nein. Der Senat wird verlangen, dass wir ihn suchen und öffentlich hinrichten. Genau das, was der Hohe Rat will.«
»Du kannst sagen, er sei in ein fremdes Land geflohen, keiner wisse, wohin ... Was übrigens der Wahrheit entspricht.«
Pilatus schien diese Lösung nur halbwegs zufrieden zu stellen.

»Vielleicht, Herr, gestattest du mir, einen Vorschlag zu machen.«

»Welchen?«

»Füge hinzu, dass dies nur die ersten Ergebnisse deiner Untersuchung seien. Und dass du dem Senat Bescheid geben wirst, sobald du mehr erfahren hast.«

»Gibt es denn noch mehr in Erfahrung zu bringen?«

Kratylos ließ sich Zeit mit der Antwort. »Diese Geschichte ist außergewöhnlich. Da ist plötzlich ein Mann, der ein ganzes Land mitreißt. Er schickt sich an, in Jerusalem einzuziehen, und man hätte ihn fast zum König gekrönt. Er jagt dem Hohen Rat einen solchen Schrecken ein, dass dieser außer sich ist und Druck auf die kaiserliche Macht ausübt, damit sie ein Todesurteil fällt. Dann nimmt eine Gruppe von Standespersonen …« – und hier gestattete sich Kratylos ein Lächeln, denn er dachte an die Gemahlin des Statthalters – »große Gefahren auf sich, verbündet sich in einer kühnen Verschwörung und rettet ihn vor dem Tode. Aber die Vermutung, er könne überlebt haben, beunruhigt den Hohen Rat weiterhin so sehr, dass sein wichtigster Spion Saulus, wie wir jetzt sicher wissen, in dieser Angelegenheit wie besessen nachforscht. Wozu das alles? Welches Ansehen genießt dieser Mann? Welche Macht?«

»Das interessiert den Senat nicht.«

»Nein«, gab Kratylos zu. »Aber dich vielleicht. Denk daran, was du irgendwann einmal gesagt hast: ›Ich frage mich, warum die Denkart der Orientalen nicht die gleiche ist wie die der Römer.‹ Und ein anderes Mal: ›Ich frage mich wirklich, was diese Römer so anziehend an diesen orientalischen Gebräuchen finden, die sich jetzt in Rom ausbreiten.‹ Vielleicht findest du hier die Antwort.«

»Und du, willst du sie mir geben?«, erkundigte sich Pilatus belustigt.

»Vielleicht.«
»Dann muss ich dir wohl noch ein paar weitere Tage Urlaub geben. Gut, so geh! Aber nur ein paar Tage. Ich zahle dich nicht dafür, dass du irgendwelchen Hirngespinsten nachjagst.«
»Ich danke dir. Erst einmal aber will ich mich in den Thermen erholen. Ich bin gänzlich zerschlagen«, sagte Kratylos und erhob sich.
Als er schon an der Tür war, rief Pilatus ihm nach: »Auch Procula möchte mit dir sprechen.«
»Ich werde ihrem Wunsch gewiss nachkommen.«

Es gab in ganz Jerusalem nur eine einzige Badeeinrichtung, und das war die der Legion, gleich neben dem Hippodrom. Die Juden betrachteten es als unzüchtigen Wahnsinn, sich in der Öffentlichkeit zu entkleiden, und hielten die Thermen für ein Bordell von Sodomiten. Die Legionäre und Beamten des Prätoriums und der römischen Verwaltung schätzten vor allem das Ausräuchern der Kleidung. Gegen eine kleine zusätzliche Münze trug ein Badejunge die Kleidungsstücke der Kunden in eine Kammer, in deren Mitte unter einem Gitter Bündel von aromatischen Kräutern und Eukalyptusblättern brannten. Der Rauch, der von dort aufstieg, hätte den Besitzer der Kleider innerhalb von fünf Herzschlägen erstickt; etwas mehr Zeit war nötig, um das Ungeziefer auszumerzen, aber es wurde gründlich ausgemerzt. Läuse, Flöhe, Wanzen verendeten, während der Besitzer der Kleider seinen Waschungen nachging. Von Zeit zu Zeit trat der Badejunge in die Kammer, hielt den Atem an und schlug auf die Gewänder ein, die über der Glut hingen. Die toten Parasiten fielen in die Glut, und nach knapp einer halben Stunde waren die trockenen und wohl riechenden Kleider frei von jedem Ungeziefer.

Kratylos schwitzte das, was er seine Gifte nannte, im Sudatorium aus. Er saß einem mit Narben bedeckten Legionär und einem blonden Mann, wohl einem Händler aus Kappadozien, gegenüber und dachte über seinen Aufenthalt in Magdala nach.
Was für eine Familie! Zwei Frauen und ein Mann, alle drei jung, besessen von der Leidenschaft für einen Magier! Lazarus, siebzehn Jahre alt, durch Jeschua von den Toten auferweckt. Maria, dreiundzwanzig oder vierundzwanzig Jahre, von Dämonen befreit durch denselben Jeschua. Sieben Dämonen. Wie hatte man sie gezählt? Und die Erstgeborene, Marta, zwei oder drei Jahre älter als Maria, allem Anschein nach eine Frau von gesundem Menschenverstand, aber von der gleichen Leidenschaft für Jeschua erfüllt.
Eines aber war erstaunlich: Jesus hatte, bevor er Bet-Basi verließ und obwohl jeder Schritt äußerst schmerzhaft für ihn gewesen sein musste, darauf bestanden, nach Betanien zu gehen, um Maria, ihre Schwester und ihren Bruder wiederzusehen. Und dort lag ein Geheimnis: Dieser Magier, dessen Anhänger versicherten, er sei der Messias, zeigte gleichwohl sehr irdische Neigungen. Viele Fragen bedrängten Kratylos, diejenigen aber, die die Antworten besaßen, würden sie ihm gewiss nicht liefern.
Das war dem Kreter klar: Lazarus war in seiner Vertraulichkeit bis an die Grenzen gegangen. Er würde sie nicht überschreiten.
Nachdem er alles Unreine aus seinem Körper ausgeschwitzt hatte, überließ sich Kratylos den geschickten und grausamen Händen eines nubischen Masseurs.
»Den Kopf auch?«
Auf einer Marmorliege ausgestreckt, stimmte Kratylos mit einem Heben des Kinns zu. Der Riese aus Ebenholz

rieb ihm den Schädel mit einem balsamischen Öl ein, das zugleich erfrischte, das Ungeziefer vernichtete und dem Haar Glanz verlieh; dann bearbeitete er seine Kopfhaut, als könne er kaum der geheimen Versuchung widerstehen, sie ihm vom Schädel zu reißen. Und nun begann die Tortur: das Strecken des Nackens, das Kneten des Rückens, das Kneifen in die Schenkel und Waden, das Schieben des Rückgrats, das Dehnen der Zehen. Nachdem Kratylos mit dem Schaber derart gnadenlos misshandelt worden war, dass ihm die abgestorbene Haut in Fetzen herabhing, schickte man ihn ins Wasserbecken des Caldariums. Dort spülte er sich ab und schwamm zum Wasserspeier, aus dem sich sprudelndes Wasser ergoss. Dann endlich übergab ihm ein Badejunge das Tuch, das mit Benzoetinktur durchtränkt war, um die Poren zu schließen. Kratylos trocknete sich ab und kleidete sich wieder an, um zum Abendessen zu gehen.

Der Lauf seiner Gedanken setzte sogleich wieder ein. Er hatte Jeschua nie gesehen. Am Abend der Kreuzigung hatte er sich betrunken. Nicht aus Kummer, sondern weil ihn der Hass in den Gesichtern der Menge, die Pilatus außerhalb des Palastes belagerte, krank gemacht hatte. Es waren Leute, die vom Tempel bezahlt waren, weil man fürchtete, Pilatus könne sich weigern, das Todesurteil auszusprechen. Nicht dass Pilatus besonders mild gewesen wäre, weit gefehlt! Aber schließlich hatte dieser Jeschua nach römischem Gesetz kein Verbrechen gegen das Kaiserreich begangen. Er hatte keinen römischen Soldaten getötet und auch keinen Juden. Der Statthalter fürchtete deshalb, mit der Kreuzigung eines Unschuldigen Aufruhr heraufzubeschwören. Man würde ihn bezichtigen, nicht in der Lage zu sein, die Ruhe in Judäa aufrechtzuerhalten, und man würde sich in Rom über ihn beschweren.

Stattdessen waren es die Leute des Tempels gewesen, die, angestachelt vom Hohen Rat, mit einem Aufstand drohten. Doch der Statthalter lief Gefahr, andere Unruhen hervorzurufen, wenn er ihren hasserfüllten Forderungen nachgab. Dieser Jeschua, hatte man ihm gesagt, und Kratylos hatte es bestätigt, besaß unglaublich viele Anhänger im Volk.
Er hatte angeboten, den Verbrecher zu begnadigen und zu verbannen. Nein! Sie wollten Blut! Sie wollten das Blut dieses Mannes!
Aber diese hassverzerrten Gesichter hatten in Kratylos' Gedächtnis eine üble Wunde hinterlassen. Er verabscheute diese Menschen fortan. Und doch sagte er sich, dass dieser Jeschua dennoch zu ihrem Volk gehörte.

Gewöhnlich hätte er seine Schritte zur Taverne der Legionäre gelenkt, die ebenfalls in unmittelbarer Nähe des Hippodroms lag. Dort wurde ein bernsteinfarbener Wein gereicht, der den Geist beschwingte und die Zunge löste. Ein Bedürfnis nach Abwechslung, eine Laune, vielleicht auch eine Hoffnung auf Sinnenlust führte ihn jedoch diesmal weiter in das volkstümliche Viertel am Berg Ofel, das nicht so zivilisiert war wie die Oberstadt. Kaum war er in einer der nur spärlich beleuchteten Gassen angelangt, lehnte sich auch schon ein junges Mädchen mit karmesinrotem Mund und verheißungsvollem Ausschnitt aus einem Fenster und schenkte ihm einen schmachtenden Blick. Schon auf zehn Schritt Entfernung roch er das verführerische Nardenöl. Doch von beiden Gelüsten obsiegte der Hunger. Er schenkte dem Mädchen ein verwegenes Lächeln und ging seiner Wege, während sie ihm einen melodiösen Fluch hinterherschickte. Er erkannte sofort ihren mesopotamischen

Akzent. Ein Geruch nach Salzlake, gebratenem Fisch und Knoblauch kündigte ein Gasthaus an. Er warf einen Blick ins Innere. Keine johlenden Betrunkenen, also auch kein Risiko, in eine Prügelei zu geraten. Er trat ein. Etwa fünfzehn Männer schienen sich, weit weg vom monotonen Eheleben, zu amüsieren. Und, o Wunder, hier wurde frisches Bier serviert in großen Gläsern aus Syrien, blau mit einem Silberrand. Aber das lag auch daran, dass der Wirt Syrer war. Kratylos steuerte auf den nächstbesten Platz neben einem Tisch zu, an dessen Ende sich zwei Phönizier in schlechtem Griechisch über den Unterschied zwischen den verschiedenen Purpurfarbtönen unterhielten.

Kratylos bestellte Bier, Fisch in Salzlake und Oliven, Gurkensalat und eine gefüllte Taube. Dazu zwei kleine Sesambrote. Neben ihm saß, an die Wand gelehnt, ein leeres Glas in der Hand, ein hagerer Mann von etwa vierzig Jahren mit einem schwarzen üppigen Bart. Er schien jede Gesellschaft meiden zu wollen und hielt den Blick zur Decke gerichtet. Im Ausschnitt seines Gewandes zeichnete sich unter der Haut das Schlüsselbein ab. Der Wirt stellte einen Krug mit Bier, die Oliven und die Sesambrote vor Kratylos hin. Der Kreter goss etwas Bier in sein Glas und beobachtete, wie sich die Flüssigkeit klärte, der Gerstenmost auf den Grund sank und sich ein feiner Schaum an den Rändern bildete. Dann griff er nach einer Olive, entkernte sie mit den Zähnen, genoss ihren herben Geschmack und begleitete ihn mit einem Bissen Sesambrot. Er betrachtete seinen Nachbarn eingehend, nahm das Gewand, einst dunkelblau, doch vom vielen Waschen verblichen, zur Kenntnis, den abgetragenen Mantel, der über einem Stuhl lag, vor allem aber die finstere Miene seines Tischgenossen.

»Ein Mann, der völlig abwesend ist«, bemerkte er in scherzhaftem Ton auf Griechisch.

Jeder in Jerusalem sprach Griechisch. Der Mann schaute ihn an. Aus dunklen Augen – träumerisch, traurig und klug.

»Im Leben eines jeden Menschen gibt es Abwesenheit«, fuhr Kratylos fort. »Die Abwesenheit einer Frau, die Abwesenheit von Geld, die Abwesenheit von Leidenschaft.«

Der Bärtige musterte ihn einen Augenblick.

»Und auch die Abwesenheit Gottes«, erwiderte er auf Griechisch. »Die Abwesenheit des Göttlichen, hast du jemals darüber nachgedacht, Grieche?«

Der Ton der Entgegnung war freundlich. Kratylos lächelte.

»Kreter, Fremder«, sagte er. »Kreter, nicht Grieche.«

»Wo ist da der Unterschied? Griechenland besteht doch aus Inseln, oder?«

»Was bist du?«

»Jude.«

»Jede Insel ist ein eigenes Land, Jude. Möchtest du ein Glas?«

»Dann aber Wein, Kreter.«

Kratylos bestellte einen Krug Wein. Einer der Phönizier hob die Stimme: »Essig, sage ich! Selbst bei zweimal gefärbtem Purpur brauchst du Essig, um die Farbe zu fixieren.«

»Jedes Land besteht aus Gegensätzen, Jude«, sagte Kratylos und nahm den Gesprächsfaden wieder auf. »Auch deines. Galiläa ist ein Land von Rebellen, die alle Sprachen nur schlecht sprechen, Griechisch, Aramäisch, Hebräisch. Als hätten sie Kiesel auf der Zunge. Wenn du aus Galiläa kommst und die Juden aus Jerusalem hörst, beredt, gewandt, gewitzt, als spännen sie Seide im Mund, sagst du dir, das Wort ›Jude‹ hat zwei Bedeutungen. Ihr habt zwei Reiche gehabt, das von Efraim im Norden und das von Jerusalem im Süden, nicht wahr? Sie waren nur für eine sehr kurze Zeit unter der Herrschaft Davids vereint, dann, nach dem Tod Salomos, wurden sie geteilt, nicht wahr? So kam es, dass die Menschen des Südens sich seither von denen des Nordens unterscheiden.«

»Was machst du im Leben, Kreter?«

»Der Kreter nennt sich Kratylos.«

»Und der Jude nennt sich Thomas. Was machst du im Leben, Kratylos?«

»Ich diene einem mächtigen Mann.«

»Gott?«

Der Wirt brachte den Wein und das Wasser, das Kratylos dazu bestellt hatte, während Kratylos in Lachen ausbrach. Thomas fiel in sein Lachen ein.

»Man dient immer einem Gott, ob man will oder nicht, ob man es weiß oder nicht. Eigenartig, nicht wahr, Thomas?«, bemerkte Kratylos. »Man dient immer mächtigen Männern. Ich frage mich, ob es nicht eines Tages möglich sein wird, Gleichgestellten zu dienen.«

Thomas sah ihn forschend an, dann schüttelte er zu gleichen Teilen Wein und Wasser in sein Glas.

»Wärst du Jude, Kratylos, und hättest du an meiner Seite gelebt, du hättest einen erhabenen Mann kennen gelernt, der dich dasselbe gelehrt hätte, mit allen Feinheiten.«

»War er dein Meister?«

»Er war mein Meister.«

»Was ist aus ihm geworden?«

»Er wurde gekreuzigt.«

Kratylos war zutiefst getroffen. Der Wirt servierte ihm soeben seinen Fisch in Salzlake. Der Kreter betrachtete ihn einen Augenblick, als wisse er nicht, ob er Hunger hatte.

»Willst du den Fisch mit mir teilen?«
»Ich kann den Preis nicht teilen.«
»Ich lade dich ein.«
»Danke, ich habe Hunger«, sagte Thomas und griff nach einem Stück Brot, auf das er ein Stück Fisch legte.
»Jeschua«, sagte Kratylos.
Thomas erstarrte.
»Wer ist dein Herr, Kratylos?«
»Der Statthalter Pontius Pilatus.«
Thomas wurde zu Stein.
»Du bist mein Feind!«
»Nein, das weißt du sehr gut. Pilatus ist gezwungen worden. Deine Feinde sind anderswo. Sie residieren genau gegenüber von Pontius Pilatus. Nur ein Hof trennt sie.«
»Woher weißt du, dass Jeschua, wie du ihn nennst, mein Meister war?«
»Ich ahnte es. Was bedeutete dir Jeschua?«
»Er war der einzige Mensch, den sich ein Mensch als Meister wünschen kann.«
»Das sagt auch Lazarus.«
»Lazarus! Du kennst ihn?«, rief Thomas.
»Ich bin heute Morgen von Magdala aufgebrochen. Gestern Abend speiste ich mit ihm und seinen Schwestern Marta und Maria.«
Thomas schloss die Augen und seufzte.
»Was hatte der Diener des heidnischen Tyrannen Pilatus bei Lazarus, Marta und Maria zu tun?«, fragte er mit rauer Stimme.
»Er versuchte, in Erfahrung zu bringen, ob Jeschua noch am Leben ist.«
»Warum?«
»Weil sich die Juden von Rom schon über etwas strei-

ten, das sie ›Auferstehung‹ nennen. Unruhen sind ausgebrochen. Der Senat ist in Sorge. Aber Jeschua ist am Leben.«

Thomas schossen Tränen in die Augen.

»Was sagst du, Heide? Was sagst du?« Vor Entrüstung versagte ihm fast die Stimme.

»Er ist am Leben, sage ich. Ich weiß nicht, wo er ist. Aber Lazarus und seine Schwestern haben ihn gesehen. Er erholt sich langsam von seinen Verletzungen. Das Gehen fällt ihm noch schwer.«

»Was sagst du?«, schrie Thomas. »Du bist von Sinnen! Er kann auf dieser Erde nicht am Leben sein! Und wenn er es wäre, würde er nicht an seinen Verletzungen leiden! Er hat sein Grab durch den Willen des Allmächtigen verlassen, um zu Ihm in den Himmel aufzusteigen! Du machst dich über mich lustig! Du bist nur hier, um mich zu quälen! Vielleicht bist du ein Spion!«

Kratylos ließ ihn sich austoben und schenkte ihm Wein nach.

»Das Grab war drei Tage später leer, nicht wahr?«, nahm er das Gespräch in aller Ruhe wieder auf.

»Natürlich war es leer, weil er es verlassen hatte. Er hat es aus eigener Kraft verlassen, im Glanze des Heiligen Geistes.«

»Warst du dort?«

»Nein«, gab Thomas zu und bedachte Kratylos mit einem unzufriedenen Blick.

»Ich verstehe nicht, weshalb ein übernatürliches Wesen es nötig haben sollte, den Stein vor dem Grab wegzurollen, um ihm zu entsteigen.«

Dieser Einwand schien Thomas aus der Fassung zu bringen. Lazarus hatte es ihm zugetragen: Das war das Argument gewesen, das Maria sowohl Johannes als auch Petrus entgegengehalten hatte, als sie das Grab geöffnet und leer vorgefunden hatten.

»Du glaubst, was diese Frau erzählt«, sagte Thomas. »Maria ist verrückt. Und Lazarus geistesgestört. Und was Marta betrifft, so hat sie sich gewiss von ihnen anstecken lassen.« Er trank einen Schluck Wein und nahm erneut ein Stück Fisch. »Und überhaupt, wo sollte Jeschua sein? Kannst du mir das sagen?«, fragte er herausfordernd.

»Nein, aber das macht meine Worte umso glaubwürdiger. Denn Lazarus und seine Schwestern haben sich geweigert, mir zu enthüllen, wo Jeschua jetzt ist, aus Angst, die Nachricht könne durchsickern und dem Hohen Rat zu Ohren kommen. Einer von dessen Spionen hat sich in den Kopf gesetzt, herauszufinden, wo Jeschua sich aufhält, sicherlich, um ihn nach Jerusalem zu bringen, damit er endgültig hingerichtet wird.«

Thomas schien erschüttert.

»Welcher Spion?«

»Der Anführer der Spione des Hohen Rates. Saulus. Derjenige, der deinen Freund Petrus gequält hat.«

Da schien Thomas völlig außer sich. »Aber wie? Wie sollte Jesus noch am Leben sein? Ich spreche vom irdischen Leben. Man überlebt das Kreuz nicht!«, rief er mit schriller Stimme.

»Er ist nur drei Stunden am Kreuz geblieben«, erwiderte Kratylos. »Dank einer Verschwörung seiner Freunde.«

»Aber was erzählst du da?«

»Um welche Stunde bist du am Efraim-Tor angekommen, um die Vorgänge auf Golgota zu beobachten?«

Verstimmung zeichnete sich auf dem Gesicht von Thomas ab. Er schwieg. Kratylos kannte den Grund: Am Efraim-Tor waren nur zwei Jünger gewesen, Johannes und

Petrus. Aus Angst, verhaftet oder misshandelt zu werden, hatten sich die anderen aus dem Staub gemacht.
»Du warst auch nicht da, nicht wahr?«
»Nein!«, erwiderte Thomas zornig. »Bist du hier, um mich zu quälen, Grieche?«
Er aß den Fisch auf, während sich Kratylos an seine Taube machte.
»Möchtest du gefüllte Taube?«
»Du bist gekommen, um mich zu quälen, Grieche, und jetzt führst du mich in Versuchung. Ich habe Hunger, und dein Verhalten ist teuflisch.«
Kratylos lachte. Thomas fiel schließlich in das Lachen ein, und der Kreter bestellte eine weitere gefüllte Taube.
»Warum, Thomas, sagst du, Maria sei verrückt?«
Thomas hatte ein Taubenbein ausgerissen und nagte so gierig daran, dass die feinen Knochen brachen. Sicher würde er sie am Ende noch mitessen.
»Hat Jesus ihr nicht sieben Dämonen ausgetrieben?«, entgegnete er eifrig. »Es waren die Dämonen der Sinnenlust! Welche anderen Dämonen könnten eine Frau auch beherrschen?«
»Und woher weißt du, dass es die Dämonen der Sinnenlust waren?«
»Das wussten alle in der Gegend. Sie hat viele Männer gekannt«, erwiderte Thomas verächtlich.
»Und wo hat sie Jesus kennen gelernt?«
»Er predigte in Kafarnaum. In Galiläa sprach man nur noch von ihm. Er heilte die Kranken und die Gebrechlichen. Seine Berühmtheit hatte sie angelockt. Wie du weißt, ist Kafarnaum nur einen Katzensprung von Magdala entfernt. Eines Tages befand sie sich in der Menge der Menschen, die Jesus folgten, als sie plötzlich ein Anfall heimsuchte. Sie wurde von Krämpfen geschüttelt und

sprach wirre Worte. Die Menschen wichen zur Seite und bildeten einen Kreis um sie. Da kam Jesus auf sie zu. Er legte die Hand auf ihre Schulter. Er befahl den Dämonen, aus ihr herauszufahren. Sie brach zusammen. Sie schien nur noch ein Kleiderbündel zu sein. Dann erhob sie sich in Tränen und warf sich Jesus zu Füßen. Aber sag mir, ich sehe, du kennst sie nicht wirklich?«

»Nein. Nicht wirklich. Ich habe ihr nur einen Dienst erwiesen«, erwiderte Kratylos, der sich nicht weiter über seine Rolle als Vermittler zwischen Maria und Procula auslassen wollte. »Ich stehe mit ihr und ihrem Bruder in Verbindung.«

»Zwei Tage später speiste Jesus bei einem reichen Händler, Simon, einem Pharisäer, und wir waren wie immer an seiner Seite. Diese Frau, Maria, kam in den Raum gestürmt, kniete, das Gesicht tränenüberströmt, vor Jesus nieder und goss ihre Tränen und den Inhalt eines Alabastergefäßes mit Myrrhe über seine Füße. Dann küsste sie seine Füße und netzte sie mit ihren Tränen und wohlriechendem Öl. Das war ein unangenehmes Schauspiel, niemand wusste, was er dazu sagen sollte.«

»Warum *unangenehm*?«

»Weil jeder wusste, dass die Frau ein liederliches Leben geführt hat«, antwortete Thomas mit Nachdruck. »Simons Miene sprach Bände angesichts des Skandals. Aber er wagte nicht, diese Frau davonzujagen. Er sagte zu Jesus: ›Siehst du nicht, dass diese Frau ein unmoralisches Leben führt, dass sie eine Sünderin ist?‹ Und Jesus antwortete mit folgender Parabel: ›Ein Geldverleiher hatte zwei Schuldner; der eine war ihm fünfhundert Denare schuldig, der andere fünfzig. Als sie ihre Schulden nicht bezahlen konnten, erließ er sie beiden. Wer von ihnen wird ihn nun mehr lieben?‹ Natürlich der, dem er mehr erlassen

hat. Jesus zieht also eine Parallele zwischen den großen Sündern wie dieser Frau und den großen Schuldnern.«
Thomas hatte von seiner Taube wirklich nichts übrig gelassen als die größeren Knochen. Er wirkte nachdenklich. Auch ein weiterer Schluck Wein vermochte seine Stirn nicht zu glätten. Seine knochigen Finger fuhren unruhig über das Zedernholz der Tischplatte, zupften an seinem Bart, spielten mit dem Glas.
»Du hattest Hunger.«
»Ich habe nichts mehr zum Leben. Wie übrigens wir alle. Seitdem er tot ist, wenden uns alle den Rücken zu, beleidigen uns oder, schlimmer noch, verraten uns. Ich sollte nicht in Judäa sein, vor allem nicht in Jerusalem. Die Stadt wimmelt von Spionen des Tempels.«
»Warum bist du dann hier?«
»Ich hatte mir ein Darlehen von einem reichen Händler erhofft, der uns sein Wohlwollen bezeugt hatte, aber er hat das Lager gewechselt und uns gesagt, dass unser Meister nur Unruhe gestiftet hätte und dass er uns nichts schulde. Wenn du mich heute Abend nicht beköstigt hättest, wäre ich mit leerem Magen schlafen gegangen.«
Kratylos dachte über diese Worte nach.
»Sag mir«, meinte er schließlich, »stört es dich nicht, strenger als dein Meister zu sein, was diese Frau betrifft? Im Grunde hast du die gleiche Einstellung wie Simon, der Pharisäer.«
Thomas rutschte auf seinem Stuhl hin und her.
»Du willst mich nur quälen!«, seufzte er. »Diese Frau …«
»Maria ben Esra aus Magdala.«
»Ja, wie auch immer, diese Frau …«
Die Worte wollten einfach nicht über seine Lippen. Er schlug mit der Faust auf den Tisch. Kratylos beobachtete ihn mit kühlem Blick.

»Dein Meister hat doch diese Frau geliebt. Ist es das, was du sagen willst?«
Thomas sprang abrupt auf und verließ den Tisch.
»Thomas!«, rief der Kreter, als der andere schon an der Tür der Taverne angelangt war.
Der Angesprochene drehte sich um, das Gesicht verzerrt.
»Thomas, wenn du ihn wiedersehen willst, musst du diese Frau fragen.«
Der Jünger fuchtelte wirr mit den Armen und ging davon.

Kratylos trank allein und nachdenklich seinen Krug Bier aus. In den zwei Jahren, die er jetzt schon im Dienste von Pilatus stand, hatte er sich mit Palästina vertraut gemacht, und doch hatte er das Land noch nie so undurchschaubar gefunden wie in diesen letzten Tagen. Die Menschen, die sich um Jesus scharten, schienen erfüllt von einer leidenschaftlichen Überzeugung, die sie höchst reizbar machte. Saulus, von grimmigem Ehrgeiz zerfressen, Maria ben Esra, ihre Schwester Marta und Lazarus, in einem Zustand ständiger Verzückung, und jetzt dieser Thomas, der Reißaus nahm, sobald man eine letzten Endes unbedeutende Vermutung anstellte. In Kreta war man nur aus politischen Gründen zu solchen Gefühlsausbrüchen fähig. Er hätte jetzt gern diesen Jeschua gesehen, der solche Leidenschaft auslöste.
Aus seinen Gesprächen über Jeschua hatte Kratylos nur drei halbwegs einleuchtende Schlüsse ziehen können. Erstens: Der Mann war am Leben. Zweitens: Er war durch die Verschwörung von drei oder vier Frauen und zwei reichen Männern gerade noch gerettet worden. Drittens: Thomas' Verhalten sprach wohl dafür, dass Jeschua eine Liebesbeziehung mit Maria gehabt hatte. War sie seine Frau? Es war immerhin auffällig, dass sie die

erste Person war, die er sehen wollte, sobald er einigermaßen genesen war. Nicht die Jünger, nein: Maria. Und wenn Maria ben Esra nicht seine Frau war, welche andere Frau war dann seine Gemahlin? Während der Kreter beim Wirt seine Zeche bezahlte, fiel ihm ein vierter Schluss ein: Die Jünger Jesu wussten nichts von der Verschwörung. Denn wenn Thomas nicht glaubte, dass Jesus am Leben war, an einem sehr irdischen Leben, war kaum anzunehmen, dass die anderen Jünger das glaubten. Nicht umsonst waren sie es gewesen, die diese Geschichte von der Auferstehung verbreitet hatten.

Er machte sich auf den Weg zum hasmonäischen Palast. Das verführerische Mädchen von vorhin hatte seine Fensterläden geschlossen. Vielleicht hatte sie einen Freier gefunden, vielleicht schlief sie auch allein. Er stellte sie sich auf ihrem Lager vor, die Beine offen, die Brüste entblößt, glücklich, nicht die Angriffe eines betrunkenen Reisenden erdulden zu müssen.

Kratylos' letzter Gedanke vor dem Einschlafen war: Der einzige Weg, der Untersuchung des Senats gerecht zu werden, war, sich selbst davon zu überzeugen, dass Jesus lebte. War das der Fall, würde der Senat aber verlangen, dass der Mann verhaftet und ordnungsgemäß hingerichtet würde. Diese Vorstellung verstimmte Kratylos. Es gab keinen Grund, diesen Mann hinzurichten.

Sein Schlaf wurde in dieser Nacht von Albträumen heimgesucht.

8

Vom Herrn gesandt

Am folgenden Morgen stattete Kratylos der Gemahlin des Statthalters einen Besuch ab. Die Hände im Schoß gefaltet, hörte Procula ihm aufmerksam zu. Ihre unbewegten Züge erbebten im Laufe seines Berichts unmerklich.

»Ich bin froh, dass er am Leben ist. Man darf die Propheten nicht verfolgen«, sagte sie mit ernster Stimme. »Dieser Mann ... er hat Rom kein Unrecht getan. Selbst mein Gemahl stimmt mit mir darin überein. Kratylos ...« Ihr Tonfall wurde eindringlich. »Kratylos, du darfst meinem Gemahl nicht alles erzählen, was du über Jeschua in Erfahrung gebracht hast. Sonst gelangt die Nachricht am Ende nach Rom. Oder sonst wohin. Verstehst du?«

Sie sahen sich einen Augenblick schweigend an. Schließlich nickte Kratylos.

»Es wird der Größe Roms nicht dienen, diesen Mann zu töten. Das wird nur einigen berechnenden Intriganten nutzen. Die Gottheiten wechseln den Namen, ihre Boten müssen geachtet werden.«

Sie erhob sich und ging in einen anderen Raum. Kurz darauf kehrte sie mit einer Geldbörse zurück.

»Setze deine Erkundigungen fort! Aber berichte zuerst nur mir davon.«

Sie reichte ihm die Börse.

»Mir zuerst«, wiederholte sie.

Er nickte und empfahl sich.

Am Fuß der Treppe, in der Halle, die zu den Arbeitsräumen des Prätoriums führten, gewahrte er Saulus. Der kam mit gewichtiger Miene näher.
»Sei gegrüßt! Du warst in den letzten Tagen fern von Jerusalem?«
»Du sagst es.«
Saulus maß ihn mit einem bohrenden Blick.
»Du warst auf Reisen, kam mir zu Ohren. Darf ich wissen, wohin?«
Kratylos brach in Lachen aus.
»Vertauschen wir nicht die Rollen! Ich stehe nicht in deinen Diensten und habe dir keine Rechenschaft abzulegen. Du bist es, der im Dienst des Statthalters steht.«
»Ich warne dich …«
»Du hast mich auch nicht zu warnen, Saulus«, fiel ihm Kratylos ins Wort.
Er begab sich augenblicklich zu Pilatus und berichtete ihm von dem Gespräch mit Saulus.
Der Statthalter erklärte daraufhin gelassen: »Ich habe Saulus soeben mitgeteilt, dass er nicht mehr in unseren Diensten steht.«
Kratylos schien überrascht.
»Ich habe Saulus dafür bezahlt, dass er uns Bericht erstattet und nicht dafür, dass er dem Hohen Rat berichtet, was wir im Prätorium tun«, erklärte Pilatus. »Er wird fortan etwas mehr Arbeit haben. Er wird für den Lohn, den der Hohe Rat ihm zahlt, auch noch uns ausspionieren müssen.«
»Wir brauchen also einen anderen Spion«, bemerkte Kratylos.
»An solchen fehlt es ja in Jerusalem nicht«, meinte Pilatus. »Ich beauftrage dich damit, uns einen anderen zu finden.«

»Diesmal wird es kein Jude sein«, sagte Kratylos etwas gereizt. »Diese Leute lassen sich zu sehr von ihren Leidenschaften beherrschen.«
Der Statthalter heftete den Blick auf seinen Sekretär, und ein flüchtiges Lächeln huschte über sein Gesicht. Kratylos begann also zu verstehen, wie schwer es war, Römer im Orient zu sein.

Die Junihitze brachte ihre übliche Fracht mit sich: Staubwolken und kurze Gewitter, die abends die überhitzten Steine zum Dampfen brachten und die Kinder in Aufregung versetzten, weil sie bei den ersten Tropfen splitternackt nach draußen rannten, um auf den Straßen oder auf den Dächern zu tanzen.
Der Schweiß der Menschen reizte die Fliegen, die wiederum die Menschen reizten. Man wusste nie, was einem gerade über die Stirn lief, eine Fliege oder ein Schweißtropfen.
Dabei verbreitete sich die Faulheit wie eine Epidemie. Es war die alljährliche niederdrückende Krankheit: Man stand morgens auf, als würde man einem Grab entsteigen, und legte sich abends zur Ruhe wie am Ende eines langen Lebens. Die wahren römischen Legionäre – denn Legionäre kamen von weit her, aus Ikonion in Galatien, aus Thessalonike in Makedonien, aus Sirmium in Illyrien, aus Pantikapeion im Königreich am Bosporus, ganz zu schweigen von den zahlreichen Syrern –, die wahren Römer also hatten Erfahrung in diesen üblen Dingen, sie beglückwünschten sich sogar, frei von den Mücken in der kaiserlichen Metropole zu sein, jener Stadt inmitten von Sümpfen und Fiebern, die deren ständige Begleiter waren. In Palästina, wie man die drei Provinzen Judäas üblicherweise nannte, wüteten andere Fieber.

Pilatus erwog die Möglichkeit, sich den Sommer über nach Jericho zu begeben, wo das Prätorium über eine Residenz verfügte, die einer senatorischen Provinz würdig war, oder aber, was Procula bevorzugte, nach Cäsarea in den ganz neuen Palast der römischen Verwaltung.

Kratylos fand Ersatz für Saulus: einen gewissen Alexander. Er hatte zwei Jahre zuvor als Söldner im Heer gedient, war nach Syrien zurückgekehrt, um sein Gemüse anzubauen, und hatte die Tochter eines Karawanenführers zur Frau genommen, der Seide aus Xin einführte und sich in Jerusalem niedergelassen hatte, wo sich Rohseide besser verkaufen ließ als in Damaskus. Er erklärte Kratylos, dass Rohseide eine Seide aus Xin sei, die mit Leinen verwebt würde und, da sie leicht sei, teurer verkauft werden konnte als reine Seide. Alexander war entzückt von der Idee, die Leute vom Tempel und vom Hohen Rat auszuspionieren. Er kannte sie bereits und konnte ihnen nicht verzeihen, dass ihm zweimal eine Heirat mit einer Jüdin untersagt worden war, es sei denn, er würde zum jüdischen Glauben übertreten und sich beschneiden lassen – eine Vorstellung, die ihm ungeheuerlich erschien. Zudem war er bereits als Händler in der Stadt bekannt und würde, im Gegensatz zu Saulus, kaum Aufmerksamkeit erregen.

Seine Aufgabe sei, so erklärte Kratylos, nicht nur allen Gerüchten Aufmerksamkeit zu schenken, sondern auch herauszufinden, was die Priester des Tempels und die Männer des Hohen Rates interessiere.

Nachdem er das erledigt hatte, machte sich Kratylos die bevorstehende Abwesenheit des Statthalters, der sich am Ende für Cäsarea entschieden hatte, zunutze. Er erbat und erhielt die Erlaubnis, für ein paar Tage nach Kreta zu reisen, um seine Eltern und seine Freunde zu besuchen, und schiffte sich auf einer Triere ein.

Anfang Juli konnte Jesus ohne Schmerzen gehen, auch wenn ihn ein schlecht verheilter Fußknochen Schwierigkeiten bereitete.
Mit Staunen beobachtete Dositheus, wie die Kräfte in diesen Mann zurückkehrten, von dem ihm Josef von Arimathäa eines Tages nur die leibliche Hülle zugeführt hatte. Ein Mann, der im Innern zerstört war und durch den fehlenden Bart noch ausgemergelter aussah. Der das Kreuz überlebt hatte. Jedes Mal, wenn Dositheus daran dachte, schüttelte er ungläubig den Kopf. Die etwa dreißig Anhänger, die mit ihm im Kloster Kochba bei Damaskus lebten, und alle seine Diener waren gekommen, um diesen durch ein Wunder fast Genesenen zu sehen.
»Den muss Gott wirklich lieben!«, murmelten sie. »Das Kreuz überleben!«
Inzwischen wandelte er jeden Tag an der Seite von zwei oder drei Anhängern des Dositheus durch den Garten. Er hatte sogar zwei von ihnen nach Damaskus begleitet, wo sie ihre selbst gefertigten Sandalen verkauft hatten. Doch es waren nicht seine eigenen Jünger, und er fragte sich, was aus ihnen geworden sein mochte.
Er rief sich die vergangenen Wochen ins Gedächtnis zurück.
Er dachte an den Dienstag, der auf den Sonntag folgte, an dem Maria das geöffnete Grab leer vorgefunden hatte – aber das wusste er damals nicht. Josef von Arimathäa und Nikodemus hatten sich im Bauernhaus von Bet-Basi, der ersten Zuflucht, an sein Krankenlager gesetzt.
»Wir müssen dich bald anderswohin bringen«, hatte Josef gesagt.
Tatsächlich gingen in Jerusalem unzählige Gerüchte über das Verschwinden des Leichnams um. Seine Leute im Hohen Rat hatten Nikodemus Bescheid gegeben: Man

verdächtige ihn und Josef, die Entführung des Leichnams angezettelt zu haben, um glauben zu machen, Jesus sei dem Tod entronnen. Die Tempelwache hatte Wind bekommen von der ungewöhnlich späten Stunde der Kreuzigung und den ungebührlichen Umständen der Bestattung. Ihre Büttel, darunter ein gewisser Saulus, durchkämmten die Umgebung von Jerusalem auf der Suche nach Jesus. Der Hohepriester Kajaphas erwog eine Konfiszierung der Güter von Josef und Nikodemus. Kurz, in Jerusalem hatte man Alarm geschlagen, und das würde bald für ganz Judäa gelten.

Es kam nicht in Frage, Jesus in das Haus von Josef in Arimathäa oder in das von Nikodemus in Betanien zu bringen: Das waren die ersten Plätze, wo die Tempelwachen nach ihm suchen würden.

»Kennst du einen Ort, an dem du Freunde hast und wo du dich sicher fühlst?«

»Im Haus von Dositheus in Kochba«, hatte Jesus geantwortet, »einem Ort, den ich nicht kenne. Das Haus des Sterns.«

Es war in Syrien, sieben Tagesreisen von Bet-Basi entfernt.

»Fühlst du dich stark genug, die Reise zu bewältigen?«

Jesus hatte genickt.

Kurz vor der Abreise aus Bet-Basi hatte er sich dann nach Betanien begeben. Er wollte Judäa nicht verlassen, ohne Maria noch einmal gesehen zu haben, Maria, vom Herrn gesandt.

Er und Dositheus hatten sich vor zwanzig Jahren in Qumran kennen gelernt und die Gemeinschaft im gleichen Jahr und aus den gleichen Gründen wieder verlassen: Der Glaube ist nichts wert, wenn er nicht weitergetragen wird. Die Bewohner von Qumran lebten dort in der Wüste, nährten ihren Hass gegen die Geistlichkeit von Jerusalem und warteten darauf, dass dieser Stadt durch die Hand Gottes der endgültige Untergang beschert würde, um ihre Priester für ihre Bestechlichkeit, für ihre Blindheit und die Verherrlichung des geschriebenen Wortes zu bestrafen.

Denn das menschliche Wort ist nur der blasse Abglanz des Geistes.

Er und viele andere waren derselben Meinung gewesen: Von den fünf Mosebüchern schienen die »Leute von Jerusalem« – sie nannten sich nicht einmal Priester – letztendlich nur das dritte, den Levitikus, und das vierte, die Numeri, anzuerkennen, jene Bücher also, die den Vorrechten ihrer Kaste am meisten zugute kamen. Sie veranschaulichten die Verbindung zwischen der Enge des Herzens und der des Geistes. Doch es nützte nichts, von den Ufern des Salzmeeres aus Hass zu hegen; man musste diesen Leuten an Ort und Stelle entgegentreten. Qumran war am Ende der Welt, die Welt aber war noch lange nicht am Ende.

Ein anderer Grund war die Ablehnung des Fleisches, die man in der Siedlung am Salzmeer betrieb und die diesem letztendlich nur übersteigerte Bedeutung verlieh. Der Mensch ist ein Wesen, das Gott geschaffen hat, auf dass er das Leben verbreiten möge. Hatte Gott nicht selbst gesagt: »Es ist nicht gut, dass der Mensch allein bleibt.« All diese Adams, die in der Abgeschiedenheit der Wüste lebten, endeten schließlich in isolierter Selbstbezogenzeit.

Also waren die beiden fortgegangen, und ihre Wege hatten sich bald getrennt. Jesus rüttelte das Bewusstsein der Menschen in Galiläa auf, und Dositheus tat das Gleiche in Samaria. Trotzdem blieben sie miteinander in Verbindung. So war Jesus nicht unbekannt, dass die Gefährtin von Dositheus – war sie seine Frau gewesen? – mit einem seiner Anhänger, mit Simon dem Magier, davongelaufen war. War Dositheus' Stern gesunken? Oder entsprach die Liebeskunst des Simon seiner angeblichen Zauberkunst?

Natürlich hatte niemand Dositheus den Besuch Jesu angekündigt. Als der Gekreuzigte in der Abenddämmerung vor der Tür des Klosters von Kochba mit Josefs Hilfe von seinem Esel stieg, sagte er zu dem verwirrten Türdiener nur: »Gib deinem Herrn Bescheid, dass sein Freund Jesus da ist.«

Er hielt sich nur dank seines Stocks und der Arme von Josef auf den Beinen.

Wenige Augenblicke später tauchten Dositheus und seine Jünger auf dem Weg, der zum Eingangstor führte, auf. Flattern von Gewändern, eiliges Hämmern von Sohlen auf dem Boden, wütendes Hundegebell. Mit vor Erstaunen starrem Gesicht blieb Dositheus vor dem bartlosen Besucher stehen, und noch bevor er fragen konnte: »Bist du etwa ...?«, erkannte er seinen Besucher und öffnete die Arme. Den beiden sich umarmenden Männern traten die Tränen in die Augen.

»Gott sei mit dir!«

»Gott sei mit uns!«

»Tritt ein, tritt rasch ein! Kommt herein, Freunde!«, sagte Dositheus zu Josef und dessen Sohn, der die beiden begleitete.

Und das Eisentor der Umfriedung fiel kreischend ins Schloss und wurde doppelt verriegelt. Im Innern des Hauses, in einem großen Raum, der als Speisesaal zu dienen schien, befiel Josef ob der vielen Menschen große Sorge. Er schaute sich nach rechts und links, nach vorne

und hinten um und musterte die Jünger und Diener, die Jesus umringten.
»Dositheus …«
»Ich spüre deine Unruhe. Doch all diese Männer hier – und dafür bürge ich mit meinem Kopf – hassen die Leute des Tempels noch mehr als du. Jesus ist hier in Sicherheit. Außerdem sind wir in Syrien, und die Tempelwache von Jerusalem hat hier keine Befugnisse.«
»Steckt hier auch nur ein einziger deiner Peiniger den Kopf zur Tür herein, ist er ihn schon los«, sagte der Verwalter des Klosters zu Jesus. Zustimmendes Gemurmel wurde laut, Arme reckten sich in die Höhe. Jesus lächelte. Josef beruhigte sich langsam.
»Was die Wundbehandlung angeht …«, begann er.
»Vergiss nicht, Josef«, unterbrach ihn Jesus, »wir sind Heiler, oder etwa nicht?«
Josef nickte. Ja, in Qumran lehrte man die Kunst, dem Körper Erleichterung zu verschaffen, um den Geist zu befreien. Und Jesus selbst war der große Heiler. Er seufzte. Nachdem sie Brot, Salz und Wein als Zeichen der Gastfreundschaft gereicht bekommen hatten, machten sich Josef und sein Sohn wieder auf den Weg. Sie waren etwa zwei Stunden von Damaskus entfernt und würden dort vor Sonnenuntergang ankommen.

Dositheus und zwei seiner Männer begleiteten Jesus in das Zimmer, das ihm während seiner Genesung zugedacht war. Das Fenster ging auf den Garten, und da dieser abschüssig war, fiel der Blick über die Umfriedungsmauer des *Dar el Negma*, wie das Haus des Sterns auf Arabisch hieß, auf einen Pistazienhain.
Jesus legte sich nieder. Als es dämmerte, kam Dositheus, um ihn zu wecken. Er hatte in Kochba den Brauch des ge-

meinschaftlichen abendlichen Bades eingeführt, wie er in Qumran gepflegt wurde. Im Übrigen sollte das Wasser die Vernarbung der Wunden fördern. Oberste Regel der Heiler: die Wunde sauber halten. Aber dieses erste Bad war ein ganz besonderes. Eine fast religiöse Stille breitete sich in dem Baderaum aus, als Jesus sich entkleidete und sich, da er schwach war, an die Wand lehnte. Man hörte nichts als das Plätschern des Wassers, das aus einer Rinne ins Becken floss, und das Gluckern des Abflusses. Im Raum herrschte Dämmerlicht. Dositheus ließ eine Lampe bringen und löste die Verbände von den Füßen und Handgelenken. Vor allem die Füße waren angeschwollen.

Alle beugten sich herab, um sie in Augenschein zu nehmen. Unterdrückte Ausrufe der anwesenden Männer am Beckenrand waren zu hören.

»Bereite mir warmen Wegerich zu!«, sagte Dositheus zum Verwalter. »Mit Nelkenöl. Aber lass ihn nicht ganz kochen, damit der Saft in den Blättern bleibt! Und gib Aristolochia und Hamamelis hinzu!«

Der Verwalter eilte davon. Jesus ließ sich auf dem Beckenrand nieder und tauchte die Füße langsam, ganz vorsichtig ins Wasser. Ein junger Mann stieg ins Becken und kniete nieder, um die Füße mit einem Schwamm zu waschen, wobei er so behutsam vorging, als hätte er einen Säugling vor sich.

Das kühle Wasser linderte den Schmerz. Es gab auch den Muskeln wieder etwas Kraft. Aber Jesus blieb schwach.

Derselbe junge Mann wusch daraufhin die Beine von Jesus mit dem Schwamm, den er diesmal in eine Schüssel mit Seifenwasser tauchte. Dann reichte er Jesus den Schwamm, damit dieser selbst die Reinigung des restlichen Körpers vornehmen konnte. Als sich Jesus schließlich die Haare wusch, spülte er sie ihm aus. Dann half er ihm, sich abzutrocknen, und reichte ihm ein frisches Gewand. Der Verwalter trug einen Zinntopf mit dem gewünschten Heilmittel herein. Ein aromatischer Duft erfüllte die feuchte Luft im Bade. Dositheus ließ Jesus auf einem Schemel Platz nehmen und kniete vor ihm nieder, um die getränkten Umschläge aufzulegen und mit neuen Binden zu umwickeln. Schließlich schob er Jesu Füße in große, weiche Sandalen, die nicht auf die Verbände drücken würden.

Erstes Abendmahl.
Ein Salat von Gurken und Sauermilch. Eine Gerstensuppe mit Rindfleisch. Schafskäse. Wein, mit Wasser verdünnt. Die teilnahmsvollen Blicke, die ihn umgaben. Er war der Gefährte Dositheus' in Qumran gewesen. Und auch wenn sie dann getrennte Wege eingeschlagen hatten, war Jesus für sie einer von denen, die sie die Entflammer nannten.
Er fiel diese Nacht in einen glücklichen Schlaf, seit langem der erste ohne Ängste. Der Empfang durch diese Fremden bewies, dass es trotz allem noch immer Platz in den Herzen der Menschen gab.
Das Leben geht also weiter, dachte er am nächsten Morgen, als ein Halm aus seinem Strohsack vom Wind bewegt wurde und ihn weckte.
Doritheus' Hund hatte am Fußende seines Bettes geschlafen. Selbst der Hund hatte begriffen. Er hob den Kopf, er bettelte um eine Liebkosung, und Jesus gewährte sie ihm lachend.
Ein ständiger Gedanke: Der Herr trägt mich. Er drängte sich mit solcher Kraft auf, dass er sich sagte, der Gedanke könne nicht der eigene sein, nein, er war vom Herrn gesandt.
Seine Mission war also noch nicht beendet.

Nachdem er am Leben war, konnte er seine Jünger nicht im Stich lassen. Auch die anderen nicht. Die anderen: dieses Volk, hilflos der gewaltigen Dummheit der Priester ausgeliefert, hin- und hergerissen zwischen Verzweiflung und der Verführung durch die Religion der Pharisäer und vor allem der Sadduzäer.
Sein Blick strich liebevoll über die sanften Äste der Pistazienbäume, die in der Sonne silbrig schimmerten. Langsam, Strang für Strang, entwirrte er das Knäuel der Ereignisse, die sich seit dem letzten Abendmahl in Jerusalem und der Verhaftung auf dem Ölberg zugetragen hatten.
Nein, seine Mission war noch nicht beendet.
»Aber wer hat deine Rettung geplant und durchgeführt?«, hatte Dositheus ihn bei ihrem ersten Gespräch unter vier Augen gefragt.
»Eine Frau. Maria. Du wirst sie gewiss sehr bald kennen lernen.«
Dositheus dachte kurz über die Antwort nach.
»Warst du in die Pläne eingeweiht?«
»Nein. Nicht im Geringsten. Ich rechnete mit dem Tod. Vielleicht war es leichter so, denn hätte ich Hoffnung gehabt zu überleben, hätte ich vielleicht Angst gehabt zu sterben. Das Erlittene wäre mir unerträglich vorgekommen. Vielleicht hätte es mich sogar getötet.«
Er seufzte, ehe er fortfuhr.
»Sie haben mir mit Myrrhe vermischten Wein gegeben, um mein Empfindungsvermögen zu mindern und die Schmerzen erträglich zu machen. Ich weiß, dass ich oben am Kreuz nicht bei Sinnen war. Durch die Wirkung des Weins verlor ich das Bewusstsein. Als ich zum ersten Mal die Augen wieder aufschlug, lag ich auf kaltem Stein, und Männer flüsterten um mich herum. War das der Tod? Doch der Tod überwindet körperliche Qualen. Ich aber

verspürte Schmerzen am ganzen Leibe, vor allem an den Füßen und Handgelenken. Und der Kopf … Hatte man ihn zertrümmert? Ich hörte noch die Hammerschläge auf die Nägel, die sich in mein Fleisch bohrten … Und dieses Flüstern. Es waren Männerstimmen. Einer von ihnen beugte sich über mich sah mich an. Er sagte: ›Er ist aufgewacht. Hebt ihn mit dem Laken hoch. Der Verband, den ich ihm eben angelegt habe, ist verrutscht. Ich werde ihn neu verbinden, damit die Blutungen aufhören.‹ Da habe ich begriffen, dass ich nicht tot war, dass irgendetwas geschehen, ich noch auf dieser Welt war. Man richtete mich auf. Die Füße schmerzten ungeheuer. Ich wusste nicht, ob ich noch eine Stimme besaß, dann vernahm ich mein eigenes Stöhnen. Die Männer schoben ihre Arme unter meine Achseln und trugen mich so ins Freie. Einer der Männer – es war Josef, den du vorhin gesehen hast und den ich später an seiner Stimme erkannte, sagte zu mir: ›Wir werden versuchen, dich auf einen Esel zu setzen. Mein Sohn wird hinter dir sitzen und dich festhalten.‹ Eine Ewigkeit später fand ich mich in einem Haus auf einem Strohlager wieder. Dort bin ich eingeschlafen. Oder ich wurde ohnmächtig, ich weiß es nicht mehr. Als ich wieder aufwachte, erkannte ich Josef und Nikodemus, die sich über mich beugten. Ich hatte Fieber. Sie gaben mir reichlich zu trinken …«

Dositheus schüttelte den Kopf.

»Der Hass dieser Menschen! Raubtiere sind sie! Handlanger des Teufels!«

»Der Herr wird sich ihrer erbarmen«, sagte Jesus.

Dositheus nahm einen Schluck Wasser und fragte: »Und wann hast du begriffen, was geschehen war?«

»Das Fieber hat schließlich nachgelassen. Ich habe die Leute, die mich aufgenommen hatten, Verwandte von Josef, gefragt, was geschehen sei und wie ich dem Tod hätte entrinnen können. Und so erfuhr ich nach und nach, dass eine Frau den Plan, mich zu retten, ersonnen und dazu Helfer gefunden hatte.«

»Maria, die Schwester von Lazarus.«

»Ja.«

Er nannte sie bei ihrem anderen Namen, dem ihres Bruders. Schweigen breitete sich zwischen den beiden Männern aus. Dachte Dositheus an die Frau, die ihn verlassen hatte?

Nach einer Weile fragte er: »Aber wie hat sie das fertig bringen können? Wie konnte eine Frau allein die Pläne des Tempels, der römischen Machthaber durchkreuzen?«

»Höre und erkenne die Macht der Liebe! Sie, ihre Schwester und ihr Bruder haben den Tempel und den Hohen Rat, ja, selbst die römischen Machthaber herausgefordert. Die drei, dazu noch andere Frauen sowie Josef und Nikodemus haben die Soldaten bestochen, um die Stunde der Kreuzigung hinauszuschieben. Und mir nicht die Beine zu brechen. Josef und Nikodemus haben mich aus dem Grab geholt. Ermesse so die Macht der Liebe!«

Erneutes Schweigen. Dositheus seufzte gedehnt.

»Die irdische Liebe?«, fragte er schließlich.

»Sie ist die Form der göttlichen Liebe, die den Sterblichen zugestanden ist. Die irdische Liebe hat mich gezeugt, die irdische Liebe hat mein Leben verlängert. Maria ist vom Herrn gesandt.«

Dositheus lächelte und nickte.

»Die Liebe verklärt das Fleisch, wie wir wissen, wie wir in Qumran begriffen haben ...«

Jesus nickte.

»Warum sagen deine Jünger, sie sei eine Sünderin?«

Jesus antwortete: »Ein Kind fing einen Vogel und setzte

ihn in einen Käfig. Der Vogel starb. Das Kind sagte, der Vogel sei böse. Sein Bruder fing einen anderen Vogel, gab ihm zu fressen und ließ ihn frei. Dieser Vogel flog davon, kehrte aber am Abend zurück.«

Das Gleichnis schien Dositheus zu verwirren. Seine Gefährtin war an einen anderen Vogelfänger geraten; sie würde nicht zurückkehren. Jesu Blick aber hielt ihn fest.

»Wenn du Fleisch in ein Glas gibst und es darin fest verschließt, wird das Fleisch verfaulen. Wenn du es frisch behalten willst, musst du Salz dazugeben.«

»Welches ist dieses Salz?«, fragte Dositheus. Doch er kannte die Antwort.

»Der Geist. Ein liebendes Paar kann nur durch den Geist überleben.« Jesus erhob sich und hinkte eine Weile umher. »Haben wir nicht genug gelitten, damals in Qumran, als uns unsere unterdrückte Natur so quälte? Die Dämonen huschten um uns herum wie die Schaben, die einen Zufluchtsort suchen.«

»Ich entsinne mich. Schwarze Zwerge mit verzerrten Fratzen. Wir haben sie ausgeräuchert, um sie zu vertreiben.«

»Ja, aber wenn wir den Geist in uns anriefen, ergriffen sie die Flucht. Ich habe Maria von ihren Dämonen befreit.«

Jesus beobachtete, wie sich draußen die Landschaft in Gold- und Silbertöne verfärbte. Dann sah er auf seine Handgelenke. Zwei weiche Narben; er brauchte sie nicht einmal mehr zu verbinden.

»Dositheus«, sagte er und wandte sich wieder seinem Gesprächspartner zu. »Ich muss zurück zu ihnen.«

»Ich dachte es mir schon.«

»Ich muss sie um mich scharen. Sie sind wie eine Herde ohne Hirten, die im Gewitter umherirrt.«

Dositheus erhob sich.

»Aber ohne den Bart«, sagte er. »Ich will dich lebend wiedersehen. Und sie auch. Allein schon um ihretwillen, denn sie will dich wiedersehen, sie, die Gesandte des Herrn.«
Er betrachtete Jesus: ein Meister. Sie waren aus dem gleichen Boden entsprungen. Auch er, Dositheus, war ein Meister. Aber die Äste Jesu überragten ihn hoch. Sehr, sehr hoch.

9

Angst und Zittern

Petrus und Andreas seien in Kafarnaum, hatte Maria gesagt. Petrus war zweifellos der Einzige, der tolerant genug war, um eine Beziehung mit ihr zu unterhalten. Die anderen hatten nichts als Verachtung für »die Sünderin« übrig. In Wirklichkeit, so vermutete Jesus, war Eifersucht auf diese Frau, die im Geheimen sein Leben geteilt hatte, der Grund für diese Haltung. Wie lächerlich – sie waren unnachgiebiger als er selbst bei allem, was die Bande der Liebe betraf.

Er kannte sie alle nur zu gut: Selbst diejenigen, die verheiratet waren, hatten Angst vor der Frau, hatten Angst vor ihren eigenen Gefühlen, wenn sie bei ihren Frauen lagen. Die Keuschheit, die sie sich auferlegt hatten, war in Wirklichkeit nur die Angst vor ihren Gefühlen und vor allem vor diesen Blutungen, aus denen die Schriften den großen Ursprung der menschlichen Unreinheit gemacht hatten. Die Urheber dieser Schriften hatten allzu schnell die Milch vergessen, die sie genährt hatte, als sie noch nicht sprechen konnten. Warum also hielt sich der Mann für ganz und gar rein?

Er nahm sich vor, die Jünger zur Vernunft zu bringen. Das wiederum führte ihn selbst zu der ursprünglichen Frage zurück: Wo waren die anderen, Johannes, Jakobus, Bartholomäus, Thomas, Judas von Jakobus, sein Halbbruder Jakobus, Matthäus, Thomas, Philippus,

Thaddäus, Simon der Zelot, Natanael – wo mochten sie sein?
Und seine Mutter? Und seine Brüder? Und seine Schwestern Lydia und Lysia? Sicher betrauerten sie seinen Tod. Hatten sie wenigstens sein Leben verstanden?

Da Dositheus ihm einen Esel zur Verfügung gestellt hatte, würde er ohne Eile in vier Tagen in Kafarnaum sein. Er musste nur bis nach Dan und von dort aus den Jordan entlangreiten. Er hatte Brot, Käse und Feigen bei sich, und an Wasser fehlte es in Galiläa nie. Die erste Nacht verbrachte er in einem Wäldchen, doch sein Schlaf war nur kurz. Ein inneres Fieber hielt in wach. Was würde er vorfinden? Noch vor dem Morgengrauen setzte er seinen Weg fort. Der Esel hatte nach Herzenslust gegrast.
Gegen Mittag hielt er an, um zu trinken, nahm seinen Verband ab und tauchte die Füße zum Kühlen in den Jordan. Der Jordan: In seinen Wassern hatte Johannes der Täufer ihn einst gereinigt und aufgenommen in die Reihen der Brüder von Qumran, jene, welche die Araber *Hassinin*, die Frommen, nannten. Einst, das war vor drei Jahren.
Der Tag des Herrn ist so lang wie ein Augenblick oder aber wie zehn Generationen, dachte er, je nachdem, ob der Geist klein oder tief ist. Die Zeit läuft an der Oberfläche des kleinen Geistes wie der Wind über den Stein, und sie läuft über dem tiefen Geist wie das Wasser, das sich in den Felsen verirrt.

Gegen Abend, zur Stunde, da die Boote vom Fischen zurückkamen, gelangte er nach Kafarnaum. Die Gerüche hatten sich nicht verändert, auch nicht die der Kochfeuer mit dem Holz der Sykomoren und der Tamarindenbäume.

Er kam an seinem Haus vorbei; die Fensterläden waren geschlossen, einzelne Dachziegel zerbrochen. Doch wozu brauchte er ein Haus, jetzt, da er allein war? Früher waren die Frauen gekommen, um zu kochen und sein Lager zu richten. Früher einmal.

Er wusste, an welcher Stelle Petrus und Andreas ihr Boot vertäuten. Vielleicht war es immer noch das alte, das mit einem Masten und zwei Segeln, einem dreieckigen und einem viereckigen. Er band den Esel an einem Holzpfosten fest und ging zu einem Steg, um auf die beiden zu warten. Er war nicht sicher, ob er das Boot wiedererkannte, die beiden aber erkannte er ganz deutlich unter den vier Männern, die ein Boot über den knirschenden Kies an den Strand zogen. Die Segel waren gerefft. Er beobachtete die Männer. Einer, den er nicht kannte, kletterte in das Boot, um einen großen Ankerstein auf den Strand zu werfen. Jetzt stiegen auch die anderen hinein, schulterten die Netze und sprangen an Land.

Sein Herz begann heftig zu schlagen. Er verließ den Steg und ging in ihre Richtung.

Sie kauerten vor den Netzen und sortierten die Fische. Einen dicken Wels warfen sie ins Wasser zurück und verteilten die Fische je nach Größe in drei Körbe, wie sie es immer getan hatten. Petrus, Andreas und der dritte Mann hoben schließlich je einen Korb hoch. Der vierte, ein junger und lebhafter Bursche, nahm die Laterne vom Boot und folgte ihnen mit einem kleineren Korb, wohl dem mit dem Mundvorrat. Sie schlugen den Weg ein, an dem er wartete.

Als Petrus auf gleicher Höhe angelangt war, rief Jesus seinen Namen. Petrus verlangsamte den Schritt. Andreas hob den Kopf und blickte ihn ohne jede Gemütsbewegung an. Auch die beiden anderen Männer sahen ihn an.

»Petrus, du erkennst mich nicht?«
»Nein.«
»Sieh mich gut an!«
»Ich kenne dich nicht«, erwiderte Petrus gleichgültig. »Was willst du?«
»Nichts. Warst du nicht der Gefährte eines gewissen Jesus?«
Petrus hob die Schultern.
»Ja. Und?«
»Nichts.«
Die Frage hatte Petrus dennoch verunsichert. Er blieb stehen. Andreas runzelte die Stirn und musterte Jesus, der das Gesicht der untergehenden Sonne zugewandt hielt. Er trat auf ihn zu und ergriff seine Hände, drehte die Handgelenke um und schwankte. Ein leiser Schrei, wie der eines Sterbenden, entwich seiner Kehle. Mit weit aufgerissenen Augen sahen die beiden anderen Männer zu.
»Geht weiter!«, rief ihnen Andreas zu.
Sie taten wie geheißen. Andreas drehte sich zu Jesus um.
»Das ist nicht möglich!«, murmelte er.
Jesus hielt seinem Blick stand. Jetzt trat Petrus auf ihn zu, auch er ergriff seine Hände.
»Im Namen des Herrn!«, flüsterte er.
Dann kniete er nieder, um die Füße des Fremden zu betrachten.
»Im Namen des Herrn! Wer bist du?«, rief er, die Stimme voller Verzweiflung.
»Sieh mir in die Augen!«
Petrus gehorchte, brach in Tränen aus und fiel erneut auf die Knie.
»Im Namen des Herrn! Der Herr sei gelobt! Das ist nicht möglich!«
Andreas bebte am ganzen Körper.

»Sag mir … sag mir … sag mir …«
»Andreas, ich bin Jesus.«
»Dann bist du aus dem Grab gestiegen?«
Jesus nickte. Andreas verharrte regungslos, die Augen geschlossen, zitternd wie eine Espe im Gewitter.
»Du bist kein Geist?«, fragte Petrus und trat ganz nahe an Jesus heran.
Er berührte sein Gesicht, und Jesus lächelte. Dann berührte er seine Schulter, seine Brust.
»Im Namen des Allmächtigen!«
»Nein, Petrus, ich bin kein Geist. Wenn du mich zu dir einlädst, werde ich mit euch essen und trinken.«
Er wurde ungeduldig. Das Ganze schien kein Ende nehmen zu wollen. Er ging zu seinem Esel, band ihn los und gab den beiden ein Zeichen zum Aufbruch. Und so machten sie sich auf den Weg zum Haus des Petrus.
»Aber wie, wie …?«, stöhnte dieser den ganzen Weg lang.

Bei ihrer Ankunft musste die ganze Hausgemeinschaft beruhigt werden. Als Petrus' Frau erfuhr, wer der Gast war, den er mitgebracht hatte, stieß sie einen schrillen Schrei aus und fiel in Ohnmacht. Petrus' Mutter wurde totenblass, sank auf einen Schemel und blieb stumm, bis eine Dienerin ihr einen Becher Rosenwasser brachte; sie breitete die Arme aus, faltete dann die Hände, hob den Blick zum Himmel und murmelte ein unverständliches Gebet. Der Bursche, den Jesus zusammen mit Petrus gesehen hatte, war dessen Sohn und von allen der Vernünftigste. Er bat Jesus, ihn zu segnen, und als das geschehen war, ergriff er seine Hand und küsste sie. Der vierte Mann, der Schwager von Petrus, trat in diesem Augenblick ein und betrachtete das Schauspiel verständnislos. Als man ihm erklärte, wer der Fremde vom Strand sei, ließ er sich am Boden nie-

der, verbeugte sich etliche Male und erweckte den Eindruck eines Menschen, der magische Pilze zu sich genommen hatte.
Für eine lange Weile schienen die Angehörigen des Petrus dem Wahnsinn nahe. Jesus fragte sich sogar, ob er nicht auch ihnen den Dämon austreiben müsse, doch er übte sich in Geduld. Er gedachte der Einsamkeit des Moses, der vom Berg hinabstieg und die Hebräer, angeführt von seinem Bruder Aaron, um das Goldene Kalb tanzen sah. Und an den Zorn von Moses. Diese Menschen hier tanzten zwar nicht um das Goldene Kalb, aber sie hatten vergessen, womit er sie betraut hatte.
»Ein abgenommener Bart, und schon erkennt ihr den Mann nicht wieder, dem ihr drei Jahre lang gefolgt seid«, sagte er in strengem Tone. »Ihr habt geglaubt, ich sei tot, was ich verstehen kann, aber ihr seid nach Hause zurückgekehrt, um eure alten Berufe wieder auszuüben, als wären die drei Jahre, die ihr mit mir verbracht habt, nichts als ein Traum gewesen. Was für Hirten seid ihr! Ein Gewitter, und gleich lauft ihr davon, um Schutz zu suchen, und lasst eure Herde auf der Weide zurück!«
Sie brachen in Tränen aus, auch diejenigen, die ihn kaum kannten wie etwa der Sohn von Petrus. Um weitere Ausbrüche zu vermeiden, verzichtete Jesus zunächst auf andere Vorwürfe, und eine Erklärung, wie er die Kreuzigung überlebt hatte, schien momentan ganz und gar unmöglich.
»Ich bin nicht gekommen, euch Angst zu machen«, fuhr er fort, »und die Vorwürfe, die ich euch machen muss, sind nur zu offensichtlich. Macht das mit euch selbst aus! Ich bin gekommen, um euch an eure Mission zu erinnern. Habt ihr mich damals nicht verstanden?«

Seine Stimme hallte in dem kleinen Haus wider, und seine Zuhörer, selbst die Diener, ergriff großer Schrecken.
»Das Wort Gottes ist von den Priestern vereinnahmt und seines Atems beraubt worden. Ich habe euch den Auftrag erteilt, den Männern und Frauen guten Willens den Weg des Herrn zu weisen. Ich bin gekommen, damit ihr den Geist der willigen Männer und Frauen für die Güte des Herrn öffnet. Haben sich eure Augen denn wieder geschlossen, nachdem ich sie euch geöffnet hatte?«
Er wartete auf ein Erkenntnis verratendes Aufblitzen in ihrem Blick. Hatten sie denn nichts von den drei Jahren, die er ihr Vorbild war, behalten?
»Jetzt habe ich Hunger«, verkündete er.
Tatsächlich hatte er seit dem Morgen nichts mehr gegessen. Die Trompeten des Jüngsten Gerichts hätten wohl keine größere Wirkung haben können als dieser einfache Satz. Geschäftigkeit, die an Tumult grenzte, ergriff die Anwesenden. Die Zubereitung des Essens war aufwendig. Die Frauen schienen sich zu fragen, ob ein von den Toten Auferstandener wirklich so aß wie die anderen. Als das Mahl schließlich gereicht wurde, herrschte noch immer Durcheinander. Sollten sie sich zu ihm setzen? Er nahm auf der einzigen Bank des Hauses am einzigen Tisch Platz, dann bat er Petrus, sich zu seiner Rechten und Andreas zu seiner Linken zu setzen. Die Frauen holten eine zweite Bank aus dem Nachbarhaus, um für den Schwager und den Sohn von Petrus – der eine Mattatias, der andere Abel geheißen – Platz zu haben. Jesus schenkte den Wein in einen Becher aus gebranntem Ton und fügte Wasser hinzu. Sie beobachteten ihn mit großen Augen, während er trank. Er begann zu lachen, doch selbst sein Lachen flößte ihnen Schrecken ein. Verwirrt tranken auch sie.

»Ich sehe, dass ihr euch fragt, ob ich nicht doch ein Geist bin«, sagte er. »Aber, wie gesagt, ich trinke und esse und habe Hunger.«

Die Frauen – die des Petrus, seine Mutter, die Frau von Andreas, seine älteste Tochter und die Dienerinnen – hielten sich abseits und standen an den Wänden, unfähig, ihre Angst zu verbergen. Jesus erwog, sie aufzufordern, ihm gegenüber Platz zu nehmen, um ihre Verwirrung zu mindern, doch in Galiläa waren die Frauen wie auch anderswo nur Ehefrauen, Mütter oder Dienerinnen. Was sollte daran, dass sie sich zu den Männern setzten und den Teig, den sie geknetet und gebacken hatten, mit ihnen teilten, Gott nicht wohlgefällig sein? Aber er hatte sie schon genügend verstört und wollte sie nicht auch noch zwingen, sich an den Tisch zu setzen.

Er segnete das Brot, brach und verteilte es und nahm von dem Salat mit Käse und Minze. Immer noch beobachteten sie ihn aus den Augenwinkeln, um zu sehen, ob er wirklich aß, ob er kaute, ob die Speisen nicht in ein geheimnisvolles schwarzes Loch fielen. Die Frauen reckten die Hälse. Bald hatte er sein ganzes Brot gegessen, bat um mehr, nahm ein zweites Mal vom Salat. Aber trotzdem waren sie nicht beruhigt; ihre starre Haltung verriet, dass sie wie gelähmt waren vor Angst. Außer den leisen Geräuschen, wenn Jesus eine Schüssel heranzog, seinen Becher abstellte oder sein Messer ablegte, herrschte im Haus eine drückende Stille.

»Wenn ihr im Vertrauen des Herrn leben würdet«, ließ er sich schließlich nach einen Blick in die Runde vernehmen, »dann wäret ihr nicht so in Angst wegen eines Mannes, der seinem Grab entstiegen ist.«

»Herr«, sagte Petrus, »dieser Mann, das bist du, unser Messias.«

»Ich bin nicht gesalbt«, erwiderte er. »Ich bin nur der Gesandte des Herrn, eures Gottes.«
Die Männer hatten ihre Speisen kaum angerührt. Aber sie hatten viel getrunken; die Tonkrüge waren leer.
»So esst doch!«, sagte Jesus zu ihnen. »Oder seid ihr etwa Geister geworden?«
Der Aufgeweckteste war zweifellos Abel, der nicht allzu verwirrt darüber schien, dass der Prophet, der Meister seines Vaters, aus seinem Grab zurückgekehrt war; er brachte Jesus eine Mischung aus Verehrung, Begeisterung und Schlichtheit entgegen, und man spürte seine Bereitschaft zu lachen.
»Warum hast du deinen Bart abrasiert?«, fragte er.
»Um nicht noch einmal zu durchleben, was ich durchlebt habe.«
Die Erklärung verblüffte Andreas.
»Wir dürfen also nirgendwo verkünden, dass du zurückgekommen bist?«
»Ich bezweifle, dass Galiläa so von Spionen wimmelt wie Judäa, ich bezweifle jedoch auch, dass meine Rückkehr lange unbemerkt bleiben wird, aber es wäre nicht ratsam, von allen Dächern zu verkünden, dass ich zurückgekehrt bin. Das ist nicht das Wesentliche.«
»Du bist von den Toten zurückgekehrt, und das soll nicht wesentlich sein?«, fragte Petrus.
»Nein, das Wesentliche ist meine Lehre. Das Wesentliche ist das Wort des Herrn.«
»Du bist vor Pascha gekreuzigt worden«, sagte Abel, »das ist zehn Wochen her. Wo warst du in der Zwischenzeit?«
Ob der Dreistigkeit dieser Frage musste Jesus lächeln. Er hatte einst in Qumran viel Umgang mit jungen Männern gehabt, die ähnlich klar und offen gewesen waren wie dieser hier. War das Alter also ein Übel, das die Seele trübte?

»Dieser Junge hat meine Lehren nicht gehört, aber die Engel haben ihm bei der Geburt den Geist gewaschen. Vielleicht wird er besser als die Älteren verstehen, was ich gesagt habe«, erwiderte er. »Abel, ich war bei Menschen mit Herz, die mich umsorgt haben. Denn die Kreuzigung war eine schwere Prüfung.«
Die Frauen trugen nun gebratenen Fisch mit Zwiebelscheiben auf. Es war offensichtlich: Man hatte zur Feier des Tages fürstlich aufgekocht. Jesus langte kräftig zu und trank reichlich vom Wein aus Galiläa, denn er hatte ihn nicht mehr gekostet, seit er das Land anlässlich seines beklagenswerten Einzugs in Judäa verlassen hatte. Die vier Männer jedoch gaben nur vor zu essen. Sie konnten sich einfach nicht mit dem Gedanken vertraut machen, dass Jesus sein Grab verlassen hatte.
»Wo sind die anderen?«, erkundigte er sich.
Seine Frage brachte sie vollends aus der Fassung. Er erkannte den Grund: Sie trafen sich seit seiner Grablegung nicht mehr. Die Sache war abgeschlossen. Petrus und sein Bruder tauschten fragende Blicke.
»Johannes müsste zusammen mit Jakobus in Betsaida sein«, sagte Petrus schließlich verlegen.
»Ihr seht sie also nicht mehr?«
»Wir sind ihnen vor einiger Zeit auf dem See begegnet ... Wir fischen nicht in denselben Gebieten.« Er seufzte. »Ich habe Jerusalem am Tag nach dem Sonntag verlassen, als diese Frau ...«
Diese Frau!
»Maria ben Esra«, sagte Jesus.
»So ist es, seit dem Sonntag also, als sie das leere Grab entdeckt hatte. Andreas, Johannes, Jakobus, kurz, alle anderen haben sich ebenfalls davongemacht. Man warf Steine nach uns.«

Sie hatten also nicht verstanden, was es mit dem leeren Grab auf sich hatte. Johannes und Jakobus ebenso wie Petrus und Andreas hatten ihren Beruf wieder aufgenommen. Sie waren einem Propheten gefolgt, aber der Prophet war gekreuzigt worden und verschwunden, und sie mussten leben, mussten ihre Familien ernähren. Außerdem waren sie als Anhänger eines offiziell verurteilten Mannes den Beleidigungen und Angriffen der Anhänger des Tempels ausgesetzt; sie wollten nicht durch Steinigung oder das Kreuz sterben. Einem Propheten zu folgen war wirklich keine dankbare Aufgabe.

»Ihr werdet sie morgen benachrichtigen«, sagte er.

Sie spürten seine Gereiztheit und begannen, zu erzählen, was sie von den anderen wussten, und das war nicht viel. Jakobus, der Sohn des Alphäus, sei vermutlich hier, Thaddäus wohl dort, Simon der Zelot war anderswo, Philippus, Bartholomäus …«

»Thomas, so hat man uns gesagt, sei vor einiger Zeit in Jerusalem gewesen«, berichtete Andreas.

»Und Judas hat sich erhängt«, rief Abel.

Alle Blicke richteten sich auf ihn. Judas Iskariot unter diesen Umständen zu erwähnen war eine Herausforderung.

»Armer Judas«, sagte Jesus.

Sie starrten ihn verständnislos an.

»Sein Verbrechen war, nicht mit dem Herzen gesehen zu haben. Ihr anderen habt eine Zukunft, sein Name aber wird immer schmachbeladen sein. Er hat sich von den Priestern und den Zeloten von Judäa überreden lassen, dass ich der Feind Israels sei, dann begriff er seinen Fehler und setzte seinem Leben ein Ende. Das Leid des Verräters ist gnadenlos, weil er weiß, dass er nicht einen anderen, sondern sich selbst verraten hat.«

»Er wollte dich in den Tod schicken«, sagte Andreas mit finsterer Stimme.

»Der Herr hat es anders gewollt, und Judas hat sich in jener Nacht seinen Strick selbst gedreht. Nun gut, ruft morgen alle, die ihr finden könnt, zusammen und bringt sie hierher. Habt ihr ein Strohlager für mich?«

Männer und Frauen eilten geschäftig umher.

Petrus überließ ihm seine Kammer. Jesus stellte sich Petrus' Unterhaltung mit seiner Frau vor, ihr geflüstertes Entsetzen, ihre Verwirrung, ihr Flehen zum Himmel.

Er ging nach draußen, um seine Notdurft zu verrichten, und schaute dann zum Himmel.

»Herr«, rief er, »wie schwach ist doch die Seele und wie unbeständig das Herz! Ein Baum widersteht dem Sturm besser als das Herz eines Menschen der Furcht. Eine Wolke verdeckt den Mond, und weil der Mensch ihn nicht mehr sieht, denkt er, die Wolke hätte ihn verschlungen.«

Er verbrachte einen guten Teil der Nacht damit, an Maria zu denken. Er litt unter ihrer Trennung. Und sie litt ganz sicher auch darunter. Sie wartete. Er kannte sie, sie wartete fieberhaft auf ihn. Sie verzehrte sich vor Warten. Es war das Los der Frauen zu warten. Aber diese würde gewiss bis zum Tod warten. »Ich komme wieder«, sagte er ihr in seinem Herzen. Er hatte so viel unter Männern gelebt. Männer! Welche Schwerfälligkeit! Mit ihnen umzugehen war so mühsam wie das Pflügen eines steinigen Ackers. Diese Bärte, diese Blicke – unbeugsam, entsetzt oder hasserfüllt. Diese Prahlerei nach außen, dieser Kleinmut im Innern! Er wünschte sich Marias Hände auf seinem Nacken und ihren Busen an seiner Brust. Maria war anders als die anderen Frauen. Er vertrieb ihr Bild und die Erinnerungen an ihren Körper. Ihr Körper, das war nichts als das Brot während eines Mahles. Es war ihr Herz, das fortan zählte. Ihr Herz war einst groß und leer gewesen, bevor sie ihn getroffen hatte. Nicht verwunderlich, dass Dämonen sich darin eingenistet hatten. Dämonen, die jeder der Männer zurückgelassen hatte, denen sie ihre Brüste und ihren Schoß geschenkt hatte. Die Männer sind voller Dämonen, und das Herz einer Frau ist ein leerer Raum. Seit er die Dämonen daraus vertrieben hatte, war er es, der diesen Raum bewohnte.

Vor dem Morgengrauen stand er auf. Er begegnete Mattatias und fragte ihn, wo der Brunnen sei; der führte ihn hin. Vor den erstaunten Augen von Mattatias zog er selbst den Eimer mit Wasser hoch, legte seine Kleider ab und reinigte seinen Oberkörper und seine Beine vom nächtlichen Schweiß. Mattatias bemerkte eine Wunde an seiner rechten Seite.

»Was ist das?«, fragte er und deutete auf die zwei Finger breite Narbe.

»Die Spur von der Lanze des Legionärs, der sich vergewissern wollte, dass ich wirklich tot sei«, erwiderte Jesus.

Die Hände an die Schläfen gepresst, lief Mattatias davon.

Die ersten Sonnenstrahlen tauchten über dem Berg Tabor auf und würden bald den See von Galiläa erwärmen. Jetzt galt es nur noch zu warten, bis es Petrus und Andreas gelungen war, Johannes, Jakobus und die anderen zu finden.

10

Werft euren Anker im Himmel aus!

Kehat, der Rabbiner der Synagoge von Kafarnaum, ein von weit her sichtbares Bauwerk aus schwarzem Stein, war ein rechtschaffener und klar denkender Mann. Dass er ein Mann mit Herz war, bedeutete nicht, dass er zu Hirngespinsten neigte. Es bedurfte solcher Männer, besonders in den galiläischen Städten, aber auch für die Fischer und Bauern, die das Wasser und die Erde pflügten und nicht zu so feinsinnigen Gesetzesauslegungen fähig waren wie die Einwohner von Jerusalem. Da er aber aus Galiläa stammte, vermied er es, die Gemeinde mit einer übertrieben strengen Anwendung des Gesetzes einzuschüchtern. Denn hätte er alle Vorschriften des Levitikus angewendet, so wären die Leute, dessen war er gewiss, zu den so viel freizügigeren Religionen der Syrer und Phönizier übergetreten mit ihren Ischtars und ihren Baals, die Verstöße gegen die Gesetze allzu leichtfertig hinnahmen. Die Abgaben an den Tempel hätten darunter gelitten. Kehat war also maßvoll.

Zwei Tage nachdem Jesus in die Stadt gekommen war, berichtete Kehats Frau von einem Gerücht, demzufolge der einstige Meister der beiden Fischer Petrus und Andreas, den man vor dem Pascha-Fest in Jerusalem gekreuzigt hatte, auferstanden sei.

Kehat hatte Jesus einst bei dessen Besuch in Kafarnaum

gehört. Um sich mehr als einen oberflächlichen Eindruck von diesem Mann zu verschaffen, der die Massen aus der weiten Umgebung anzog, hatte er sich unter die Menge gemischt, die Jesus auf einen Hügel unweit der Stadt gefolgt war. Auch er war nicht unempfänglich gewesen für die Ausstrahlung dieses Mannes und vor allem für die Sprachgewalt seiner Rede. Er hatte auch die Inspiration Jesu gespürt: Er war ein Deuteronomist der neuen Schule, für den Barmherzigkeit die höchste Tugend war und für den alle Gesetze – nicht nur die des Deuteronomiums, sondern auch und vor allem die des Levitikus – eine nebensächliche Rolle spielten.

Das war auch der Grund, weshalb Kehat Jesus ganz bewusst weder laut gepriesen noch verurteilt hatte. Er kannte die genauen Gründe für seine Verurteilung durch den Hohen Rat in Jerusalem nicht und bedauerte die so harte Strafe. Aber es stand ihm nicht zu, öffentlich die Entscheidungen der Weisen Jerusalems anzufechten.

Dennoch bereitete ihm dieses neue Gerücht Unbehagen. Auch wenn es vielleicht nur eines der üblichen Märchen war, dem Wahn schlichter Gemüter entsprungen, so stand doch fest, dass die Erinnerung an Jesus und seine Lehren hier noch durchaus lebendig war.

»Frau, er war ein Mann wie ich; ich habe ihn gesehen. Menschen können nicht von den Toten erweckt werden.«

»Ich habe nicht behauptet, dass er von den Toten erweckt wurde, ich sagte nur, was man sich erzählt«, erwiderte Kehats Frau. »Und dass man ihn in der Stadt gesehen hat.«

»Also gut, dann verzichte darauf, es weiterzuverbreiten. Das Schweigen ist reinigend.«

Der Zufall wollte es, dass an diesem Abend ein Priester des Tempels, der die jährlichen Abgaben mit Kehat besprechen wollte, bei ihm zu Hause speiste. Der Rabbiner und der Abgesandte tauschten Neuigkeiten aus ihren jeweiligen Städten aus.

»Ein Gerücht geht um in Jerusalem«, berichtete der Abgesandte, »und soll sogar bis nach Rom vorgedrungen sein. Es besagt, dass der Nazarener Jesus, der, den wir durch den Statthalter Pilatus vor dem Pascha-Fest zusammen mit zwei Zeloten haben kreuzigen lassen, auferstanden sei. Und das erzählt man nur, weil man sein Grab einige Tage nach seiner Beisetzung geöffnet und leer vorgefunden hat.«

»Das Grab war leer?«, fragte Kehat überrascht.

»Die Erklärung dafür erscheint mir ganz einfach: Seine Anhänger haben die Leiche aus dem Grab entfernt, um die Welt glauben zu machen, er habe es lebend verlassen. Ich vermute, ein Betrüger nimmt seinen Platz ein.«

Ein Windhauch ließ den Widerschein der Fackeln an den Wänden erzittern. Kehat überlegte: Sollte er dem Gesandten aus Jerusalem erzählen, was er gehört hatte?

»Ja, ein ähnliches Gerücht war sogar hier zu vernehmen«, erklärte er beiläufig.

»Hier?«

»Ein Reisender wird es verbreitet haben«, erwiderte Kehat, der merkte, wie sein Gast aufhorchte.

»Dasselbe Gerücht?«

»Ich weiß nicht, wer behauptet hat, dieser auferstandene Jesus sei sogar durch Kafarnaum gekommen. Aber wenn es tatsächlich so wäre – der Herr bewahre meine Zunge vor falschen Gerüchten! –, dann kannst du dir vorstellen, dass es allseits bekannt wäre. Verzeih mir, aber ich glaube nicht an solche Auferstehungen.«

»Ich auch nicht«, schloss der Priester.

Zurück in Jerusalem, eilte der Priester zu Kajaphas, um von dem Gerücht in Kafarnaum zu berichten. Kajaphas zitierte den Priester Gedalja herbei, um diese Angelegenheit zu klären. Gedalja wiederum zitierte Saulus zu sich. Der zuckte mit den Achseln.

»Anscheinend haben sich alle Jünger Jesu nach Galiläa zurückgezogen, wo sie diese Gerüchte in Umlauf setzen. Die Hauptsache ist – wenn du mir gestattest, meine Meinung kundzutun –, dass sich diese Gerüchte nicht in Jerusalem ausbreiten.«

Er hütete sich, die Verschwörung zu erwähnen, über die er sich vor wenigen Wochen mit Gedalja unterhalten hatte. Sie hatten, jeder für sich, bis zur weiteren Klärung der Sachlage den Schluss gezogen, dass der Leichnam Jesu von seinen Anhängern gestohlen worden war, dass der Nazarener aber kaum überlebt haben dürfte. Kajaphas' Vertrauensmann dachte über die Meinung von Saulus nach und nickte.

»Warten wir ab, ob die Gerüchte Form annehmen oder sich zerstreuen«, sagte er. »Wir müssen aber dennoch Acht geben, dass sie nicht bis nach Jerusalem gelangen.«

Saulus war erleichtert, dass er nicht nach Galiläa geschickt wurde. Er wusste genau, welchen Empfang man ihm dort bereitet hätte. Die Mitteilung Gedaljas vergaß er jedoch nicht. Eigenliebe hatte seinen Auftrag in eine persönliche Angelegenheit verwandelt. Ärgerlich war, dass er keine handfesten Beweise vorlegen konnte. Noch am Vortag hatte er geglaubt, die Legionäre verhören zu können, die an dem Tag der Kreuzigung Jesu auf Golgota Wachdienst gehabt hatten. Er hatte sich also zum Turm Antonia begeben in der Hoffnung, wenigstens ihre Namen in Erfahrung zu bringen. Er war jedoch auf einen Hauptmann gestoßen, der sein Anliegen strikt abgelehnt hatte. Kein Verhör eines römischen Wachsoldaten war ohne die ausdrückliche Genehmigung des Statthalters zulässig.

»Ich bin Römer«, hatte Saulus erklärt.

»Aber du bist kein Soldat.«

Es war natürlich ausgeschlossen, dass Pilatus ihm diese Erlaubnis erteilte, nachdem er ihn aus seinen Diensten entlassen hatte. Doch warum hatte er ihn eigentlich entlassen? Saulus hatte diesen kretischen Wurm Kratylos in Verdacht. Aber die Tatsache blieb bestehen: Man hätte meinen können, eine gewaltige Verschwörung halte ihn von allen Nachrichtenquellen fern. Er kochte vor Zorn.

Jesus musste nicht lange auf die Heimkehr von Petrus und Andreas warten: Am Morgen aufgebrochen, waren sie am Abend schon wieder zurück. An ihren betrübten Mienen erkannte Jesus, dass ihr Unternehmen gescheitert war.

»Ihr habt sie gefunden«, sagte er, »und sie wollten euch nicht glauben.«

»Meister, es war nicht der Glaube, der fehlte ... Johannes und Jakobus waren bei Bartholomäus. Alle drei behaupteten, wir hätten vom Dampf des Kampfers oder von magischen Pilzen den Verstand verloren. Wir haben sie angefleht mitzukommen, aber sie haben uns beleidigt und der Gottlosigkeit bezichtigt.«

»Nun gut«, antwortete Jesus ruhig. »Wenn sie nicht kommen, dann gehen wir eben zu ihnen.«

Als sie in Betsaida eintrafen, waren die drei zum Fischen auf den See hinausgefahren.

Jesus, Petrus, Andreas und Abel – der Sohn von Petrus hatte darauf bestanden, sie zu begleiten, und selbst die

Erzengel hätten ihn nicht davon abhalten können – gingen in ein Gasthaus, um etwas zu essen und auf sie zu warten.

»Jedes Geschöpf Gottes ist wie die Blume, die sich zum Licht dreht«, sagte Jesus zu Abel. »Der Dämon aber bleibt dem Menschen vorbehalten. Hast du bemerkt, dass die Natur einschlummert, wenn das Licht des Herrn erlischt? Dass nur der Mensch auch im Dunkel noch wacht? Seine elenden Lichter, seine Lampen, seine Kerzen und seine Feuer, die ihm dazu dienen sollten, das himmlische Licht zu feiern, dienen in Wirklichkeit dazu, den Dämon und seine Legionen anzuziehen. In den Dünsten des Alkohols eilen sie herbei, um den Menschen weiszumachen, das Licht diene der Erhellung seines Ruhmes. Seines elenden Ruhmes! Hast du bemerkt, wie selten im Schein dieser Kerzen erhellende Worte ausgesprochen werden? Weil der Dämon das Gehirn betäubt. Er weckt in ihnen das Reptil. Den Dünkel, den Wahn, die Gier, die Lust nach Ausschweifung, den Hass auf den Mitmenschen, der zum Rivalen wird, und die Angst.«

Abel streckte ihm die Arme entgegen. Jesus ergriff seine Hände und fuhr fort.

»Der Mensch verkümmert fern vom Licht. Ich bin gekommen, um euch an das Licht des Herrn zu erinnern, das von so vielen Worten verdunkelt wurde. Erinnerst du dich, Petrus? Und du, Andreas? Die Priester sind zwischen den Herrn und seine Geschöpfe getreten, und sie haben die Luft mit ihren Worten gefüllt. Und die Geschöpfe sind schwach, sie haben geglaubt, die Worte seien immer vom Geist erfüllt, so wie der Trinker glaubt, das Glas sei gleichbedeutend mit dem Wein. An was will ich euch erinnern, Petrus? Und dich, Andreas? Und die anderen?«

»An das Licht.«
»Nicht nur daran, sondern auch an die Freude. Euer Vater ist kein Vater des Dunkels, sondern der Vater des Lichts. Er ist das Leben und deshalb die Freude.«
»Warum hat man dich gekreuzigt?«, rief Abel, Tränen in den Augen. »Du bist das Leben, warum hat man das Leben gekreuzigt?«
»Der Tod greift nach dem Lebendigen«, entgegnete Jesus. »Viele Menschen sterben schon, obwohl man den Eindruck hat, sie würden leben. Eingrenzen, tilgen, fesseln, beherrschen, mumifizieren, aus der Welt alles auslöschen, was sie nicht selbst sind. Du bist jung, Abel: Lerne anhand des Willens eines Menschen zu beherrschen, zu ermessen, wie weit der Tod sich bereits seiner bemächtigt hat!«
Schweigen herrschte an der bescheidenen Tafel. Das Glitzern des Sees spiegelte sich im Halbdunkel des Gasthauses wider. Die Gesichter von Petrus und Andreas hatten sich erhellt und besaßen wieder die Leichtigkeit von früher. Das Antlitz Abels, das Jesus zugewandt war, strahlte am hellsten; er hatte sich keine Feigheit vorzuwerfen. Es schien von bernsteinfarbenem Licht durchdrungen.
»Die Pharisäer haben dich verfolgt, denn du hattest sie beleidigt. Wir hegen keine Zuneigung für die Pharisäer, aber wir hatten nicht wirklich verstanden, warum du ihnen Vorwürfe gemacht hast«, erklärte Petrus.
Es war das erste Mal seit der Begegnung mit Jesus am Ufer, dass er etwas sagte.
»Auch gestern hast du uns Vorwürfe gemacht«, fuhr Petrus fort. »Aber bedenke doch, wer von uns besitzt auch nur einen Bruchteil deiner Macht? Wie hätten wir vorgeben können, deine Fackel zu übernehmen. Was waren wir, als sie dich ans Kreuz geschlagen hatten? Lämmer, die man ihres Hirten beraubt hat.«

»Ihr habt vergessen, dass der Heilige Geist auch euch beschützt.«

Der Geruch nach Knoblauch, Zwiebeln und gebratenem Fisch weckte ihren Hunger. Sie aßen. Und da es heiß war, tranken sie auch viel. Die Luft glühte nahezu, und der Wind war flau, kaum vorhanden. Der See von Galiläa war spiegelglatt wie eine zinnfarbene Pfütze.
Vom Fenster des Gasthauses aus war jetzt ein Boot zu erkennen. Seine Segel waren so schlaff, dass die Fischer zu den Rudern greifen mussten. Einer der Männer holte das nutzlose Segel ein.
»Ich glaube, das ist Johannes«, rief Andreas.
»So bald schon zurück?«, wunderte sich Abel. »Dabei steht die Sonne noch hoch!«
»Bei dieser Hitze gibt es nicht viele Fische.«
»Ja, es sind wirklich Johannes und Jakobus. Und Bartholomäus, ich erkenne sie.«
Nahe am Ufer beschrieben die Ruder noch einen großen Bogen und legten sich dann an die Flanken des Bootes wie die Flügel eines landenden Vogels. Drei Männer sprangen ins Wasser. Ihre nackten Oberkörper trieften von Schweiß. Selbst aus der Ferne hörte man sie keuchen. Sie reichten eine Flasche herum, tranken und wischten sich über die Stirn. Dann vertäuten sie das Boot.
Jesus erhob sich, bat seine Begleiter, im Gasthaus auf ihn zu warten, und ging hinaus. Er erkannte die drei Männer sofort. Die Brüder Boanerges, die Donnerskinder: Johannes, achtzehn Jahre alt, schlank und stark mit lebhaften Gesten. Sein Bruder Jakobus, vierundzwanzig Jahre, etwas kräftiger gebaut als Johannes, mit besonneneren Gesten. Bartholomäus, zwanzig oder einundzwanzig Jahre alt, einst Holzfäller, hatte sich den beiden wohl ange-

schlossen, um nicht allein zurückzubleiben. Jesus spürte, wie sich ihm das Herz zusammenschnürte. Ihm war, als wäre er wirklich gestorben und kehrte auf die Erde zurück, um die zu besuchen, die er geliebt hatte. Er wusste, es würde schmerzhaft werden, doch er hatte keine andere Wahl. Er betrachtete das Netz; ein paar Schleien, ein kleiner Karpfen und ein winziger Hecht. Fast ein Wunder, dass die kleinen Fische nicht durch die Maschen geschlüpft waren.

Die Stimmung der drei war so finster, dass sie kaum aufschauten.

Jesus betrachtete das Netz genauer; es war ein viereckiges Senknetz; es reichte höchstens zwei Ellen in die Tiefe. Bei dieser gewaltigen Hitze hielten sich die meisten Fische in den tieferen, kühlen Zonen auf

»Ihr hättet ein Dreiwandnetz gebraucht«, sagte er.

»Wozu?«, fragte Johannes und hob den Kopf.

»Um tiefer fischen zu können. Wenn es heiß ist, flüchtet der Fisch in kühleres Wasser.«

Jetzt blickte Jakobus auf.

»Wir haben kein Dreiwandnetz«, sagte er mürrisch.

»Wenn ihr drei Ellen Tau anfügt, genügt es.«

Jetzt richteten sich alle drei auf und blickten ihn leicht spöttisch an.

»Bist du Fischer?«

»Ja.«

»Wo ist dein Boot?«

»Es ist nicht hier.«

»Um zu tun, was du sagtest, muss man zu viert sein«, erklärte Jakobus ungeduldig. »Ein Mann an jedem Ende des Netzes. Möchtest du vielleicht einspringen …?«

Das war eine Herausforderung.

»Das will ich gerne tun. Es bleiben noch vier Stunden

bis zum Sonnenuntergang, um volle Netze an Land zu ziehen.«

Johannes musterte ihn aufmerksam.

»Du bist Galiläer, oder?«

»Ja.«

»Also los!«, fiel ihnen Bartholomäus ins Wort. »Wir können wirklich nicht mit diesem erbärmlichen Fang heimkommen.«

Das Wasser war so ruhig, dass sie nicht einmal den Ankerstein geworfen hatten. Sie legten die wenigen Fische, die sie gefangen hatten, in einen Korb und zogen das Netz zum Boot.

»Dir wird heiß werden«, bemerkte Johannes.

»In der Tat.«

Er zog sein Obergewand aus, gab Acht, dass seine Narbe an der Seite verborgen blieb, und war, wie die anderen, nur in Beinkleidern. Er streifte seine Sandalen erst ab, als er am Wasser war, und sprang als Erster ins Boot. Es war schon eine Weile her, dass er körperlich gearbeitet hatte, doch er fühlte sich nicht schwach. Die anderen stießen das Boot vom Ufer ab und sprangen ebenfalls hinein. Bartholomäus und Jakobus griffen nach den Rudern.

»Woher weißt du das alles?«, fragte Johannes.

»Ich glaube, ich habe mehr Erfahrung als ihr«, erwiderte Jesus lächelnd.

Er war froh, die Lederarmbänder angelegt zu haben, die die Narben an seinen Handgelenken verbargen.

»Wie heißt du?«

»Emmanuel. Wir brauchen gar nicht mehr weiter hinaus«, sagte er nach einer Weile zu Jakobus und Bartholomäus. Er sog den vertrauten Geruch von sonnenwarmem Holz und von Fischschuppen ein, die überall am Boden verstreut lagen.

Jakobus und Bartholomäus holten die Ruder ein, und alle vier machten sich daran, den Rat von Jesus in die Tat umzusetzen. Zu diesem Zweck mussten sie das Tau zerteilen. Jesus bediente sich des Messers, das er am Gürtel trug. Die erste große Anstrengung nach etwa drei Monaten. Er fürchtete, die Kräfte könnten ihn verlassen, doch das war zum Glück nicht der Fall. Die Gelenke waren fast vollständig wiederhergestellt. Sie befestigten die vier Taustücke an den äußeren Enden des Netzes und warfen es ins Wasser. Eine leichte Strömung trieb sie in Richtung Betsaid. Dann erhob sich ein leichter Windhauch.

»Soll ich das Segel setzen?«, fragte Bartholomäus, an niemanden Bestimmten gewandt.

Jakobus sah Jesus fragend an.

»Jeden Augenblick kann Wind aufkommen, der uns zum Ufer treiben wird. Dann werden wir das Segel hissen. Inzwischen wollen wir zur Mitte des Sees rudern. Auf dem Rückweg lassen wir uns treiben.«

Jakobus und Bartholomäus griffen erneut zu den Rudern. Jesus bemerkte, dass Johannes ihn aus den Augenwinkeln beobachtete.

»Mir scheint, ich kenne deine Stimme«, sagte Johannes.

»Das ist möglich. Ich glaube, ich habe euch drei auch schon gesehen. Alle Fischer kennen sich.«

Nach einer Weile rief Jakobus wütend: »Das ist anstrengend!«

»Das Boot neigt sich nach hinten!«, rief Bartholomäus.

»Es kippt!«, schrie Johannes und sprang auf.

»Nun hisst das Segel!«, sagte Jesus.

Jakobus holte rasch die Ruder ein. Für eine Weile herrschte hektisches Treiben im Boot. Jesus senkte den Kopf, um der Rahe auszuweichen.

»Es wird Zeit, das Netz einzuholen!«

»Ja!«, schrie Johannes aufgeregt. »Das müssen wir auf der Stelle tun! Wir werfen es dann noch einmal aus.«
Endlich blähte ein leichter Wind das Segel. Die Männer gingen zum Heck des Bootes, um an den Leinen zu ziehen, und ihr Gewicht, verbunden mit der Zugkraft des Netzes, neigte das Heck gefährlich und ließ den Bug beachtlich in die Höhe ragen.
»Kauert euch nieder!«, schrie Jesus.
Es war schwieriger, aber weniger gefährlich, in dieser Haltung an den Verlängerungstauen zu ziehen. Triefend von Schweiß gelang es ihnen schließlich, das Netz einzuholen. Es war randvoll mit Fischen. Einige konnten sich noch mit einem Sprung retten. Die Männer schafften es gerade noch, die Beute keuchend, fluchend und mit angespannten Muskeln über den Bootsrand zu zerren. Endlich lag das Netz, gefüllt mit zuckenden Fischen, im Boot. Johannes ließ sich außer Atem auf die Rückbank sinken.
»Ich glaube, das reicht für heute«, sagte Bartholomäus. »Ich bin wie gerädert.«
Auch Jesus hatte sich hingesetzt, gleich neben Johannes. Er rang noch nach Luft.
»Du hattest Recht«, begann Johannes zögernd.
Dann fiel sein Blick auf die Füße seines Nachbarn. Und sofort brach ihm der Schweiß aus allen Poren. Man hätte meinen können, eine Schleuse hätte sich über seinem Kopf geöffnet. Er saß starr da und blickte Jesus an. Ein Blick, der wusste. Der alles wusste. Der einzige Blick auf der Welt, der zugleich unerbittlich und liebevoll war. Er beugte sich hinab und betrachtete den linken Fuß. Berührte ihn. Auch den anderen. Von heftigem Schluchzen geschüttelt, brach er in den Armen Jesu zusammen. Jesus legte die Hand auf seinen Kopf. Er ließ ihn weinen. Der

Schmerz musste weggespült werden. Aber es war ein heftiger Schmerz.
Jakobus hatte sich umgedreht, weil er um Hilfe bitten wollte, dann gewahrte er die Szene. Er verstand erst einmal gar nichts. Dann sah auch Bartholomäus das seltsame Schauspiel, wie Johannes schluchzend in den Armen eines Fremden lag, der ihm den Kopf streichelte.
Sie befanden sich mitten auf dem See von Galiläa. Sie hatten einen außergewöhnlichen Fang gemacht. Was also mochte geschehen sein?
Verstört näherten sich Jakobus und Bartholomäus dem Fremden und Johannes. Das Boot wurde abgetrieben.
»Was ist geschehen …?«
Jetzt sah auch Jakobus die Füße Jesu.
»Gehe einer ans Ruder!«, befahl Jesus. »Wir treiben ab.«
»Bartholomäus«, schrie Jakobus, »das Ruder!«
Er kniete vor Jesus nieder. Er weinte nicht. Er nahm die Hand Jesu, drückte sie auf sein Gesicht und küsste sie.
»Jakobus!«, schrie Bartholomäus fassungslos. »Nun sag schon. Was ist geschehen?«
»Halt das Ruder, Bartholomäus, halt das Ruder!«, sagte Jesus, und sein Herz war aufgewühlt.
»Und wir haben ihnen nicht geglaubt«, rief Jakobus kopfschüttelnd.
Hätte auch Bartholomäus begriffen, wer der Fremde war, das Boot wäre mit ihnen allen gesunken.
Jakobus beugte sich hinab und küsste Jesu Füße.
Johannes hatte sich aufgerichtet.
»Kein Mensch …«, begann er. »Wie bist du aus dem Grab …«
Er sprach keinen seiner Sätze zu Ende. Jesus verstand den Rest, er wusste Bescheid.
Einmal mehr waren Worte überflüssig. Er dachte, selbst

sie sind ihrer Aufgabe nicht gewachsen: begreiflich zu machen, dass die Worte überflüssig sind. Der größte aller Propheten hatte nie sagen können, was Nacht noch was Tag war. Worte sind nichts als die Eitelkeit der Menschen. Er hatte nur den Weg gewiesen.

Auf der ganzen Rückfahrt lag Johannes' Hand auf Jesu Herz.

Der Wind war launisch. Es würde nachts gewittern; die grauen Wolken kündigten es an. Das kleine Segel trieb sie dem Ufer entgegen, während der Wind der Unendlichkeit ihre Herzen blähte.

Als sie schließlich nach Betsaida gelangten, trat Bartholomäus vor Jesus.

»Du!«, rief er. »Du! Und ich wollte es nicht glauben!«

Er sank vor ihm auf die Knie und hielt seine Arme und Hände umklammert, wie um sich zu vergewissern, dass Jesus ein Mensch aus Fleisch und Blut war.

In der ganzen Verwirrung hätten sie beinahe die Fische im Boot vergessen.

»Ich half euch, sie zu fangen«, sagte Jesus. »Nun sollen sie auch nicht verderben.«

Petrus, Andreas und Abel erwarteten sie am Ufer. Während Jakobus und Bartholomäus die Fische auf Körbe verteilten, warf sich Johannes in die Arme von Petrus.

»Verzeih mir! Verzeih mir! Ich habe dir nicht geglaubt.«

Petrus, bleich und verstört, nickte stumm. Abel weinte, weil er alles verstanden hatte.

Jesus streifte sein Obergewand und seine Sandalen über. Dieser Überschwang an Gefühlen überwältigte ihn.

»Herr, hilf mir!«, murmelte er. »Mein Herz versagt. Und doch existiert es nur durch Dich. Du bist es, der sie so gemacht hat.«

»Wir haben zu viel Fisch«, sagte er zu Johannes, Jakobus und Bartholomäus. »Ruft die Händler, damit sie welchen kaufen, und gebt dem Wirt, was wir zum Essen brauchen.«

Es war schon lange dunkel, als sie sich bei dem Wirt versammelten, der völlig verwirrt war über diese aufgewühlten Gäste, verblüfft über diesen erstaunlichen Fang – fünf volle Körbe! –, den die Händler vor seinem Haus zum Verkauf anboten, und gefesselt von diesem Fremden, um den sich die sonst so wortkargen Fischer scharten. Sie setzten sich an den Tisch mit Schüsseln voll mit weißen Bohnen und Knoblauch, mit Oliven, gebratenem Fisch und mit Frischkäse. Alle sahen sie Jesus begierig an, verschlangen ihn mit den Augen und stillten den irdischen Hunger mit den Speisen. Er schenkte den Wein ein und segnete das Brot. Sie warteten, dass er sprechen möge.
Er sagte nur dies: »Wir sind durch den Willen des Herrn hier versammelt. Wir sind also durch die Liebe vereint. Ich gebiete euch, die Liebe hoch zu schätzen, die ihr dem Herrn entgegenbringt. Fischer, ich gebiete euch, die Menschen zu lehren, ihren Anker im Himmel auszuwerfen, denn nur dort finden die Gerechten die ewige Liebe.«
Erschöpft von den Mühen und den aufgewühlten Gefühlen, fielen allen, selbst Jesus, schließlich die Augen zu. Die Mondsichel drohte die Sterne hinwegzuraffen.
»Ich schlafe nur zu deinen Füßen«, sagte Johannes.
Seine Füße. Erstaunlich, wie wichtig sie in letzter Zeit gewesen waren. In Wirklichkeit waren sie seine natürliche Verbindung zur Erde. Doch er selbst war trotzdem ein wenig mehr. So wenigstens schien es ihm.
Er hatte Petrus, Andreas, Jakobus, Johannes und Bartholomäus wiedergefunden: Es blieben noch all die anderen.

Und das ganze Volk Israel.
Er dachte an seinen Einzug nach Jerusalem auf der Eselin von David. Das lag drei Monate zurück. In einem früheren Leben. Wo war dieses Volk? Er wäre ihm gern entgegengetreten und hätte gesagt: »Ich bin tot. Was bleibt von mir in euren Herzen?«
Am nächsten Tag kehrten sie nach Kafarnaum zurück. Die Stadt liegt weniger als einen Tagesmarsch von Magdala entfernt. Jesus bat Petrus' Sohn Abel, er möge Maria, ihrer Schwester und ihrem Bruder Bescheid geben, dass er in Kafarnaum sei.

11

Die Qualen des Herodes Antipas

Herodes Antipas, Tetrarch von Galiläa und Peräa, richtete sich in seinem silberbeschlagenen Zedernholzbett auf, zog einen glasierten Tontopf darunter hervor, urinierte hinein und schob ihn wieder unters Bett. Er nahm einen kräftigen Schluck Wasser, das mit Weihrauch-aroma verfeinert war. Dann schlüpfte er in seine Sandalen, zog seine Beinkleider über den Wanst, schob den schweren, bestickten Wollvorhang vor dem Fenster zur Seite und trat auf die Terrasse seiner Festung Machärus, die auf einer Anhöhe errichtet war und ihm als Palast diente. Von hier aus hatte man eine atemberaubende Aussicht. Vor ihm glitzerte die Morgensonne auf einer schwärzlichen Silberplatte, dem Salzmeer. Im Süden verlor sich der Blick über dem steinigen und sandigen Grund des Nabatäer-Reichs. Im Norden erstreckte sich das grüne Jordantal.

Der Wind bewegte die Haare auf der schlaffen Brust des Herrschers. Der Tag versprach strahlend zu werden. Die Stimmung des Tetrarchen aber war gewitterig.

Der Grund hierfür war zunächst ein schlechter Traum gewesen: Im Palast herrschte Aufruhr, und er konnte schreien, so laut er wollte, niemand hörte auf ihn. Plötzlich war er mutterseelenallein und furchtbar verängstigt. Der Schreck saß ihm beim Aufwachen noch in den Knochen. Kaum war er wieder eingeschlafen, hatte er erneut

geträumt, diesmal, dass sich unter seinem Bett ein Nest von wimmelnden Schlangen befand.
Die tiefere Ursache seiner Verdrießlichkeit jedoch war ein Wirrwarr von zweifelhaften Nachrichten sowie unfertigen und dennoch finsteren Gedanken, die ihn seit einigen Tagen quälten.
Als Erstes seien die Nachrichten erwähnt, sofern sie überhaupt diesen Namen verdienten: Gerüchte, die in Galiläa umgingen, denen zufolge der Aufwiegler und Prophet namens Jesus auferstanden sei. Nun hatten diese Gerüchte das Meer überquert und Rom erreicht und dort offensichtlich den Mythos geweckt, ein Mensch, der von den Toten auferstanden sei, könne nur ein Gott sein. Pilatus war vom Senat davon in Kenntnis gesetzt worden und hatte eine Untersuchung in Auftrag gegeben. Von dem Ergebnis hatte ihm natürlich niemand ein Sterbenswörtchen gesagt.
Galiläa war wahrhaftig ein erbärmliches Erbe! Dieses Land von Aufrührern und Rebellen zu regieren kam der Aufgabe gleich, die Menagerie eines Zirkus im Griff zu halten.
Dazu rief das Bild Jesu im Gedächtnis von Herodes Antipas die noch immer schmerzhafte Erinnerung an Johannes den Täufer wach, diesen heiligen Mann, den er auf Betreiben seiner Frau Herodias hatte enthaupten lassen.
Weitere Gerüchte: Die Mutter des Tetrarchen, Malthake, habe zusammen mit anderen Frauen Intrigen gesponnen, die das Leiden Jesu am Kreuz verkürzt und ihm vielleicht das Leben gerettet hatten.
Herodes Antipas verließ die Terrasse, trat in sein Gemach und klatschte in die Hände. Die bewaffneten Wachen, die zu beiden Seiten vor der Tür kauerten, sprangen auf.
»Ruft mir Manassah herbei!«

Aber das Tappen von Pantoffeln auf dem gefliesten Flur kündigte schon die Ankunft Manassahs an, seines Kammerherrn und Vertrauten, der Auffangbecken all seiner finsteren Gefühle war und gelegentlich schmutzige Geschäfte für ihn erledigte. Zwei nubische Sklaven folgten Manassah.

»Möge der Tag meines Herrn duftend sein wie der Jasmin und sich entfalten wie die Rose«, rief der Kammerherr mit einem breiten Lächeln. Dabei streckte er Herodes tatsächlich eine Rose in einer Vase aus syrischem Glas entgegen, in der auch ein kleiner Zweig mit blühendem Jasmin steckte.

Herodes nahm die Vase, warf Manassah einen düsteren Blick zu und sagte: »Veranlasse, dass mir mein Frühstück gebracht wird, und komm dann zu mir!«

Manassah bedachte seine Sklaven mit einem Schwall von Befehlen, die er mit der Androhung von Misshandlungen unterstrich. Der eine eilte die Treppe hinab, um in der Küche Bescheid zu geben. Manassah folgte seinem Herrn in sein Gemach und schloss die Tür hinter sich.

»Was macht Herodias?«, fragte der Tetrarch.

»Sie frühstückt mit ihrer ersten Zofe und ihrer Amme in ihrem Schlafgemach. Danach wird sie ihre Waschung vornehmen; ich sah, wie man das Wasser in der Küche erhitzte, als ich heraufging, um die Ehre zu haben, dich zu sehen. Soll ich sie holen lassen?«

»Nein. Sie wird murren. Ich bin nicht in der Stimmung. Ich habe schlecht geträumt.«

»Soll ich den Astrologen kommen lassen?«

»Nein, er gibt hundert Worte von sich, wenn drei genügen würden. Aber kennst du dich nicht in Träumen aus?«

»Mein Prinz erweist mir zu große Ehren.«

»Zunächst träumte ich von einem Aufstand in der Festung. Ich rief alle möglichen Leute, aber niemand antwortete mir. Dann fand ich mich plötzlich allein wieder.«

»Ein großartiger Traum!«, rief Manassah. »Er will sagen, dass deine Vernunft nicht schlummert, während du schläfst, und dass du gegen jeden Menschen Misstrauen hegst. Das ist klug, denn ein Fürst ist nur von Neidern umgeben. Was du in deinem Traum gesehen hast, sind Menschen, die sich selbst verrückt machen und die sich nichts aus dir machen. Alle Macht ist mit Einsamkeit verbunden, wusstest du das nicht?«

»Und du, machst du dir etwas aus mir?«

»Mein Fürst, ich bin dein Schatten. Würdest du träumen, du hättest deinen Schatten verloren?«

Herodes nickte wenig überzeugt.

»Dieser Traum zeugt davon, dass Wachsamkeit angebracht ist«, fuhr der Kammerherr fort. »Ist das alles?«

»Nein, in einem anderen Traum wimmelten, zu einem Knäuel verschlungen, Nattern unter meinem Bett.«

»Und keine von ihnen hat dich gebissen?«

»Nein.«

»Auch das ist ein großartiger Traum. Du weißt deine Feinde auszumachen – sogar in deinem eigenen Haus.«

Es klopfte, und Manassah öffnete die Tür; es war der Sklave mit dem Frühstück. Der Kammerherr nahm das Tablett entgegen und stellte es persönlich auf den niedrigen Tisch vor dem Bett. Sauermilch mit Honig; kandierte Datteln, eine Schale mit Granatapfelkernen, ein Krug mit heißer Milch, dazu Fladenbrot. Der Sklave wollte sich schon zurückziehen, als der Kammerherr ihn anherrschte: »Der Topf!« Der Sklave zog den Nachttopf unter dem Bett hervor und verschwand mit ihm. Herodes Antipas nahm Platz und schenkte sich heiße Milch ein.

»Setz dich!«, begann er. »Was du mir gestern erzählt

hast ...« Er beendete den Satz nicht. »Ein Mensch vermag nicht von den Toten aufzuerstehen, nicht wahr?«

»Es widerspricht den heiligen und natürlichen Gesetzen.«

»Selbst wenn es ein heiliger Mann ist?«, fragte Herodes.

»Warum ist dann Elija nicht auferstanden? Oder Ezechiel? Was nutzt es aufzuerstehen, nur um dann erneut zu sterben?«

Mit zufriedener Miene genoss Herodes den letzten Löffel Sauermilch.

»Deiner Meinung nach ist Jesus also nicht auferstanden?«, sagte er.

»In einem solchen Fall wäre er unsterblich, Fürst. Mit anderen Worten, ein Gott. Nehmen wir an, er wäre einer. Was würde ein geopferter Gott tun, der fortan auf seine Unsterblichkeit bauen kann? Er würde sich an denen rächen, die ihn hingerichtet haben. Und wer würde dann zu den ersten Opfern gehören? Der Hohe Rat. Soviel ich weiß, geht es Kajaphas und den anderen blendend.«

Herodes Antipas nickte, diesmal energischer, und griff nach der Schale mit den Granatapfelkernen.

»Außerdem«, fuhr Manassah fort, »würde er sich als Gott, also als Unbesiegbarer, überall an den Orten zeigen, an denen man ihn verfolgt hat, um seine Feinde zu verspotten, oder? Aber niemand hat Jesus in Jerusalem gesehen.«

»Sehr gut«, sagte Herodes Antipas. »Ich bin überzeugt. Also, was sind das dann für Geschichten, die du mir zugetragen hast?«

»Was habe ich gesagt? Dass es unter seinen Anhängern Gerüchte über seine Auferstehung gibt, dass sie sich bis nach Rom ausgebreitet haben und dass man sich auch in Galiläa erzählt, dass er von den Toten zurückgekehrt sei. Worauf begründen sich diese Märchen? Wir wissen, dass sein Grab leer vorgefunden wurde. Es gibt nur zwei Möglichkeiten: Entweder ist er tot, und sein Leichnam wurde gestohlen, um den Eindruck zu erwecken, er sei auferstanden, oder aber er war gar nicht tot, als er vom Kreuz genommen wurde, und er ist nicht auferstanden, weil er nicht tot war. Das war es, was ich gesagt habe. Und ich habe es dir gesagt, weil du über Galiläa herrschst.«

»Gut, was ist er nun – tot oder lebendig?«

»Das weiß ich nicht. Wenn das alles nur ein Märchen wäre, so würde man wohl vorgeben, man hätte ihn in Judäa gesehen. Man hat ihn dort nicht gesehen. In Galiläa, heißt es, sei er gesehen worden. Dort wäre er tatsächlich in Sicherheit. Weit mehr als in Judäa.«

Herodes Antipas seufzte und knabberte an einer kandierten Dattel. Dann sagte er: »Du willst also damit ausdrücken, dass er lebt. Aber wie kann man das Kreuz überleben?«

»Wenn der Verurteilte nicht lange genug daran gehangen hat und wenn ihm nicht die Schienbeine zertrümmert wurden, besteht die Möglichkeit.«

Der Tetrarch musterte seinen Kammerherrn.

»Du glaubst also, er lebt. Und nachdem, was du mir gestern erzählt hast, denkst du, dass meine Mutter in den Komplott verwickelt war, um ihn zu retten.«

»Ich glaube gar nichts, Herr. Ich berichte dir, was ich weiß. Der erste deiner Köche hier in Machärus ist der Bruder des Kochs deiner Mutter in Jerusalem. Und der hat ihm berichtet, vertrauliche Gespräche zwischen deiner Mutter und anderen Frauen gehört zu haben. Die beiden sind Syrer, die nur dem Geld ergeben sind. Deshalb ist dein Koch zu mir gekommen, um mir zu berichten, was er erfahren hat, und ich habe ihm eine Belohnung gegeben.«

»Aber du, du musst doch schließlich etwas denken!«, rief Herodes Antipas.
»Fürst, ich weiß, deine verehrte Mutter hat deiner Königin Herodias nie verziehen, dass sie Johannes den Täufer hat enthaupten lassen. Und Jesus war der Schüler des Täufers. Es würde mich demnach nicht wundern, wenn sie tatsächlich versucht hat, ihn zu retten. Aber es will mir schwierig erscheinen, sie zu verhören. Wir kennen sie: Sie würde dich zum Teufel schicken.«

Es war kein Geheimnis, dass Malthake, die Samaritanerin, die Mutter von Herodes Antipas und eine der zehn Frauen Herodes' des Großen, gegen die Herodianer einschließlich ihres eigenen Sohnes wetterte. Sie kanzelte sie alle ab als Menschen ohne Glauben noch Moral und als blutrünstige Mörder. Schon bei ihrer Vermählung mit Herodes dem Großen hatte die Samaritanerin, was das Volk von Judäa betraf, nicht eben zu Nachsicht geneigt. Als sie aber erst einmal zum Stamm der Herodianer gehörte, musste sie machtlos, ja stumm eine nicht enden wollende Serie von Morden und blutschänderischen Taten erleben, die vor aller Augen und doch gedeckt durch die königliche Straffreiheit begangen wurden.
So hatte sie gesehen, wie ihr Gemahl sein eigen Fleisch und Blut im Palast erdrosseln ließ; zunächst Alexander, den Sohn seiner dritten Frau, anschließend Maria, die Hasmonäerin, dann Aristobulos, den Sohn seiner vierten Frau, der Tochter des Hohen Priester, und schließlich den Antipater, den Sohn seiner zweiten Frau Doris, den er ermorden ließ, als er schon auf dem Totenbett lag. Der Tempel aber hatte es nie gewagt, wegen dieser Ungeheuerlichkeiten die Stimme zu erheben. Und daher rührte die Ver-

achtung, die Malthake gegen den heiligen Ort und seine Bediensteten hegte.

Was nun die Römer anbetraf, so lag es ihnen natürlich fern, dem Potentaten wegen seines Lebenswandels Vorwürfe zu machen; zunächst weil ihre eigenen Kaiser keine Vorbilder an Tugend waren, und dann weil sie Herodes brauchten: Er zahlte die Steuern, die sie von ihm verlangten, und war der Einzige, der mit eiserner Faust die Ordnung in diesem rebellischen Land aufrechtzuerhalten vermochte. Nach dem Tod Herodes' des Großen und der Zerschlagung seines Reichs genossen seine Erben die gleiche Nachsicht.

Die Brut selbst war um nichts besser, und es gehörte noch zu den geringeren Übeln, dass Brüder und Schwestern, Vettern und Basen miteinander kopulierten. Nein, sie gingen so weit, sich untereinander ihre Frauen abspenstig zu machen wie Herodes Antipas, der Herodias, die Frau seines Halbbruders Philippus, entführt hatte und dann – als Gipfel der Abscheulichkeit – auch noch mit Herodias' Tochter Salome Unzucht trieb.

Nur der, den man Johannes den Täufer nannte, aus der Gemeinschaft der Essener, hatte es gewagt, Herodes Antipas' Schändlichkeit in einem mutigen öffentlichen Akt zu verurteilen.

Manassah hütete sich natürlich, seinen Herrn daran zu erinnern, dass die größte Schandtat, die Malthake ihrem Sohn vorwerfen konnte, die Tatsache war, dass er ein Verhältnis mit Salome gehabt hatte. Selbst wenn diese inzwischen mit einem Onkel, mit Philippus, dem Tetrarchen von Dekapolis, dem Halbbruder seines eigenen Bruders, eine weitere Anstößigkeit, vermählt war, blieb die Erinnerung an diese Schande.

Als hätte er das beredte Schweigen seines Kammerherrn verstanden, gab Herodes Antipas ein tiefes Knurren von sich.

»Sie wirft dir schon vor, nicht für Jesus eingetreten zu sein, als Pilatus ihn dir nach Jerusalem geschickt hat«, sagte Manassah schließlich.

»Ich hatte doch gar keine Macht in Jerusalem!«, rief Herodes Antipas. »Was glaubte sie denn? Also wirklich, was glaubte sie denn? Dass ich mich vor Pilatus für Jesus einsetze, damit der sich dann zum König von Judäa und Jerusalem krönen lässt? Ich, der Sohn Herodes' des Großen, der ich mich mit Galiläa und Peräa begnügen musste, und dieser galiläische Magier, der über Judäa herrschen will und warum nicht gleich über ganz Israel? Ich glaube, ich träume!«

Er sprang auf seine dicken, geschwollenen Füße und lief übel gelaunt im Raum auf und ab. Bei jedem Schritt, der von den Fliesen widerhallte, bebte seine Brust über seinem fetten Wanst. Er ähnelt wirklich mehr und mehr seinem Vater, dachte Manassah.

»Sag mal«, rief Herodes und drehte sich abrupt zu seinem Kammerherrn um und setzte sich, »es scheinen ja viele in diese Verschwörung verwickelt zu sein. Zunächst die Frau von Chuzas und jetzt meine eigene Mutter …«

»Das ist sicher das Schlangennest aus deinem Traum, Fürst. Auf jeden Fall kann ich dir versichern, dass Herodias nicht dazugehört. Was Chuza anbelangt, so hat er für den Leichtsinn seiner Frau teuer bezahlt.«

Als Herodes Antipas nämlich nach der Kreuzigung erfahren hatte, dass Chuzas Frau Johanna zu den eifrigsten Anhängerinnen Jesu zählte und überall lauthals ein Loblied auf ihn gesungen hatte, entließ er seinen Kammerherrn prompt und stelle an seiner Stelle Manassah ein, der bis

dahin nur ein Vertrauter und gelegentlicher Kuppler gewesen war. Ein Mann war doch, in drei Teufels Namen, verantwortlich für seine Frau!
»Steckt Johanna mit meiner Mutter unter einer Decke?«
»Ich weiß nicht, Fürst. Möglich ist es allerdings.«
Der Tetrarch beugte sich vor und griff zu einer weiteren kandierten Dattel.
»All das sagt uns aber nicht, ob Jesus lebt oder nicht. Wie kannst du dir also sicher sein?«
»Pilatus würde es gewiss auch gern wissen, und ich bin überzeugt, er weiß es nicht. Auch der Hohe Rat möchte es wissen, deshalb hat er deinen Vetter Saulus …«
»Saulus!«, schrie Herodes Antipas empört.
»Ich sage, dass er Saulus beauftragt hat, die Wahrheit herauszufinden. Ich habe keinen Hinweis darauf, dass es ihm gelungen ist.«
Der Tetrarch erhob sich erneut und lief wieder im Raum auf und ab.
»Welch erbärmliches Schicksal ist doch das meine!«, klagte er. »Ich bin nichts als ein König von Bettlern! Was hat mir Rom als Erbteil gegeben? Galiläa, eine Provinz von rebellischen Bauern und Fischern, Peräa, groß wie eine Kuhhaut! Kein Stück Land mit einer Meeresküste, von der aus ich Handel mit dem Ausland treiben könnte! Morgen wird sich Galiläa erheben, weil es glaubt, dieser Gekreuzigte sei von den Toten auferstanden, und man wird mich anklagen, unfähig zum Regieren zu sein. Pilatus wird einen Bericht nach Rom senden, und dann schickt man mich ins Exil. Und ich kann nicht einmal in Erfahrung bringen, was an diesen völlig unwahrscheinlichen Geschichten stimmt. Niemand weiß etwas.«
Manassah ließ das Gewitter vorüberziehen.
»Der Stuhl von Pilatus ist nicht bequemer als dein Thron,

Fürst«, sagte er schließlich. »Wenn Jesus wieder auftauchen würde, kann es in Jerusalem genauso gut zum Aufstand kommen. Pilatus sähe sich gezwungen, ihn gewaltsam niederzuschlagen, und die Juden würden sich in Rom beschweren, dass der Statthalter ein Hohlkopf ist. Pilatus wird sich gerade fragen, ob es nicht klüger gewesen wäre, sich dem Hohen Rat zu widersetzen und Jesus freizulassen. Er hätte mit ihm vielleicht weniger Ärger gehabt als mit dem Hohen Rat.«

»Pilatus hat keine Vorstellung von Palästina!«, schrie der Tetrarch. »Wenn Jesus zum König gekrönt worden wäre – und darauf deutete in den Wochen vor seiner Kreuzigung alles hin –, hätten sich die Juden gegen Rom aufgelehnt, und es hätte ein Blutbad gegeben.«

»Das stimmt, aber es nützt überhaupt nichts, in Zorn zu geraten«, meinte Manassah beschwichtigend.

»Wie sollte man bei dieser ungeheuerlichen Torheit der Römer nicht in Zorn geraten?«, ereiferte sich Herodes Antipas. »Allein ein Mann wie mein Vater hat dieses Land zusammenhalten können. Wenn überhaupt von einem Land die Rede sein kann. Araber im Süden, verrückte Juden im Norden und in der Mitte die Kampfarena Jerusalem mit diesen alten Bartträgern von überheblichen Sadduzäern, die glauben, noch zu Zeiten Joschijas zu leben, und diese dünkelhaften, ränkesüchtigen Pharisäer! Und überall Aufständische – diese Zeloten und dann diese Besessenen von Qumran!«

Er stieß ein ohrenbetäubendes Wutgeheul aus. Manassah stellte sich die entsetzten Sklaven und Diener auf den Fluren vor.

»Und diese Rüpel von Römern«, fuhr der Tetrarch fort, »hatten die Idee, das Land in senatorische und kaiserliche Provinzen einzuteilen. Kaiserlich und senatorisch, das muss man sich mal vorstellen! Wenn sie mir dieses Land anvertraut hätten, statt Konsuln auszusenden, die kein Wort Aramäisch sprechen, ach, Manassah, ich sage dir, auch ich hätte dieses Land zusammengehalten!«

»Dessen bin ich mir ganz und gar sicher, Fürst. Doch vergiss nicht – deine Kraft liegt in der List und nicht im Zorn. Und wenn du dich vom Schicksal betrogen fühlst, so bedenke, dass es mit Kajaphas nicht besser umgegangen ist. Nehmen wir an, Jesus sei am Leben und er gehe nach Jerusalem. Ein Aufstand ist sicher, und die ersten Opfer werden, wie geschaffen dafür, der Hohe Rat und die Priester des Tempels sein.«

»Aber dieser Jesus ist ein Staatsfeind!«

»Der Prozess wurde ihm bereits gemacht, Fürst«, bemerkte Manassah trocken.

Der Tetrarch blieb vor der Tür zur Terrasse stehen und betrachtete abermals die Landschaft. Dann wandte er sich zu seinem Kammerherrn um.

»Sag den Sklaven, sie sollen mir mein Bad bereiten! Ich sehe dich später.«

Manassah erhob sich, steuerte auf die Tür zu, hielt aber inne und drehte sich zu seinem Herrn um.

»Sollen wir nun deinen Vetter einladen? Wir könnten ihn ausquetschen wie eine Zitrone.«

Herodes Antipas zögerte. »Das entscheiden wir später«, sagte er schließlich.

Der Sklave kam mit dem geleerten und gereinigten Nachttopf zurück. Draußen auf dem Flur blieb Manassah bei den Sklaven stehen, die nach dem Donnerwetter hinter der Tür noch immer wie erstarrt waren. Herodes war gewiss ein Hitzkopf, aber er war nicht dumm. Er hatte Recht, dieser Jesus war ein Staatsfeind.

Der Kammerherr strich über seinen Bart. Er hatte dem Tetrarchen nicht alles gesagt: Er kannte die Anführerin der Verschwörung, an der die Mutter von Herodes Antipas teilgenommen hatte. Sie lebte in Galiläa. Das hieß unter der Befehlsgewalt des Tetrarchen.

Das wollte bedacht sein.

12

Zwei Auseinandersetzungen

Der von Fieber geplagte Mensch ist mit jenem vergleichbar, der von Dämonen besessen ist: Er ist nicht mehr er selbst. In seinem Innern gedeihen und toben die Kräfte des Fiebers, jene winzigen Diener des Bösen. Sie vergiften das Blut, die Lunge, die Gedärme, die Säfte, die Bewegungs- und Sinnesorgane. Sie entzünden die einen, zersetzen die anderen, verwüsten die dritten, sie zerfetzen und entstellen. Sie verpesten die Luft des Patienten, machen seinen Atem schweflig, lassen erbleichen, was gerötet war und machen Blasses rot. Der Fieberkranke, ganz so wie der Besessene, schwitzt, nässt, spuckt, jammert, pisst, weint, scheißt. Er ist nicht mehr Herr seiner sterblichen Hülle. Die Freuden des Lichts sind ihm verwehrt. Er ist geblendet, und so sieht er bei Nacht die Sonne, während der helllichte Tag durch seine Schwäche zur Nacht wird. Die Luft, die er einatmet, ist glühend heiß oder eiskalt. Seine Knochen scheinen brechen zu wollen, die Muskeln sind von Schmerzen geplagt. Ist der Körper einmal derart geschwächt, vermag sich auch das Gehirn nicht mehr zu wehren. Das Fieber treibt ihn in Wahnvorstellungen und gewinnt immer mehr an Stärke. Es muss ein sichtbares Zeichen seines Sieges setzen, muss auf der Haut seine Standarten errichten. Dann erscheinen auf dem ausgezehrten Körper Beulen, Pusteln, Flechten, schwarze Flecke, weiße oder grünliche Geschwüre. Mit diesen sichtba-

ren Zeichen will es auch äußerlich seine Macht zur Schau stellen.
In diesem Zustand befand sich Jerusalem, als die Priester des Tempels, ihre Schergen und Speichellecker zu handeln beschlossen, aufgeschreckt von dem gärenden Gerücht über die Auferstehung jenes Mannes, den sie vor Pascha gekreuzigt hatten. Sie eröffneten die Jagd auf alle, die sich als jüdische Apostel bezeichneten: die Jünger Jesu.
Zu ihrem grenzenlosen Ärger konnten sie ihre Strafaktionen nicht auf Galiläa ausdehnen, wo ihnen wohl mehr als ein Knüppel den Schädel zertrümmert hätte, sondern mussten sich mit Judäa begnügen. Dafür gab es gute Gründe: Es handelte sich um eine römische Provinz, in der der Hohe Rat Druck auf den Statthalter ausüben konnte. Würde sich dieser widersetzen, müsste er mit einem netten Aufstand rechnen.
Das Unterfangen schien durch die Tatsache begünstigt, dass sich der Statthalter zur Sommerfrische in Cäsarea aufhielt. Seine Vertreter im Prätorium würden es nicht wagen, sich dem Treiben der Tempelwachen zu widersetzen.
Das Gesindel von Jesu Gefolgsleuten würde schon sehen, mit wem es zu tun hatte.
Zum Verantwortlichen für die Strafmaßnahme wurde Saulus ernannt. Er unterhielt eine Privattruppe von gedungenen Handlangern, die die Obere und Untere Stadt durchstreiften auf der Suche nach jenen, denen man vorwarf, Schüler des Galiläers zu sein. Schien die Anschuldigung gerechtfertigt, wurden die Betroffenen ausgepeitscht. Ihre Häuser zerstörte man, die Gerätschaften wurden mit Knüppeln zerschlagen. Den Nachbarn wurde verboten, bei jenen zu kaufen, die Händler waren, bei denen zu entbinden, die als Hebammen arbei-

teten, oder sich bei solchen behandeln zu lassen, die als Heilkundige galten. Die Schlägertrupps drangen nachts bei den Leuten ein, rissen den Säugling von der Brust der Mutter und schlugen die Knaben, die versuchten, ihre Väter zu verteidigen.
Ihre schlimmste Schreckenstat war ebenjene, die sie selbst als größten Triumph verbuchten: In Begleitung der Tempelwache stellten Saulus' Leute einen Mann namens Stephanus. Eigentlich hätte sein Fall vor einem ordentlichen Gericht verhandelt werden müssen. Doch die Kommission von Verbrechern, der Saulus vorstand, machte kurzen Prozess.
»Bist du der, von dem man behauptet, er sei ein Jünger des Gotteslästerers Jesus?«
»Er ist kein Gotteslästerer, er ist der Messias.«
»Hört ihr? Er hat gestanden!«
»Das ist er. Und das verkünde ich auch.«
»Hört ihr? Auch er ist ein Gotteslästerer!«
Einstimmig wurde beschlossen, dass ein solcher Mann den Tod verdiene. Dabei hätte es für die Verurteilung eines Bürgers der römischen Provinz Judäa der Zustimmung des Statthalters bedurft. Doch darum kümmerte man sich nicht weiter. Stephanus sollte gesteinigt werden. Das Urteil war sofort zu vollstrecken.
Man brachte den Mann vor die Mauern der Stadt. Man zog ihn aus und warf seine Kleider Saulus zu Füßen. Der hob den Arm, und die Steinigung begann.
Stephanus hatte Glück, er wurde kurz nach Beginn der Steinigung von einem großen Brocken am Kopf getroffen. Er fiel mit zertrümmertem Schädel zu Boden. Die Schergen bildeten einen Halbkreis um Saulus.
Mehrere hundert Gaffer wohnten der Hinrichtung bei. Sie sollte ein Exempel statuieren.

»Werft ihn ins Massengrab!«, befahl Saulus.
Als er den Schauplatz verließ, wartete am Wegrand ein Mann auf ihn. Die beiden kannten sich. Der Mann spuckte Saulus ins Gesicht. Saulus erbleichte und griff nach seinem Dolch.
»Wage es nur, Saulus, nur zu! Wage es, die Hand gegen mich zu heben!«
Saulus sah ihn aus blutunterlaufenen Augen an, und seine Hand erstarrte auf dem Griff des Dolchs.
Der Mann spuckte ihm noch einmal ins Gesicht und lächelte, dann ging er davon, nachdem er vor der Menge laut verkündet hatte: »Es tut mir Leid, du bist weniger wert als ein Hund, und ich habe keinen Speichel mehr für dich übrig.«
Es war Kratylos.

Am nächsten Tag kehrte Pilatus zurück, und Kratylos setzte ihn sogleich genauestes über alles in Kenntnis, was sich in seiner Abwesenheit zugetragen hatte. Er hob hervor, dass die Tempelwache in Jerusalem eigenmächtig für Ordnung sorgte und Hinrichtungen durchführte, ohne den Fall zuvor dem Statthalter zu unterbreiten. Pilatus war empört. Er verließ auf der Stelle sein Arbeitszimmer, eilte, von Kratylos gefolgt, die Treppe hinab und begab sich über den Hof des Hasmonäischen Palastes zum anderen Flügel des Gebäudes, in dem der Hohe Rat residierte. Wohl wissend, dass der Würdenträger eine solche Vorladung durch die römische Macht als Beleidigung empfinden würde, verlangte er nach Kajaphas. Der Hohepriester ließ den Besucher bis zur Grenze des Erträglichen warten und erschien dann gemessenen Schrittes in Begleitung zweier Priester; die Verärgerung war ihm deutlich anzusehen.

»Gestern«, begann Pilatus in eisigem Ton, »haben deine Männer unter dem Befehl des Saulus von Aristobul einen Einwohner Jerusalems namens Stephanus gesteinigt. Das ist eindeutig ein Verstoß gegen das Gesetz, demzufolge Todesurteile in der römischen Provinz Judäa nur von Vertretern Roms verhängt werden dürfen. Ich bitte dich um eine Erklärung.«

Auf Kajaphas' Gesicht war beherrschter Unwille zu lesen, doch sein Ton war gemäßigt.

»Du warst nicht in Jerusalem, Statthalter, und die Ordnung in der Stadt musste gewährleistet bleiben. Der Verurteilte aber verbreitete durch aufrührerische Reden Tumult, durch ebensolche Reden, die, wenn ich richtig unterrichtet bin, auch den Senat deines Landes beunruhigen. Wir haben die gebotenen Maßnahmen ergriffen.«

»Die Aufrechterhaltung der Ordnung ist einzig Sache des Statthalters und des römischen Quästors«, entgegnete Pilatus in angriffslustigem Ton. »Die Befugnisse der Wache, die du befehligst, beschränkt sich auf den Bereich des Tempels. Der Mann hätte bis zu meiner Rückkehr inhaftiert werden müssen. Er wurde ohne Richterspruch verurteilt. Für mich handelt es sich hier also um einen von der Tempelwache begangenen Mord.«

»Der Mann ist vorher von unserem Gericht verurteilt worden.«

»Ich möchte dich förmlich daran erinnern, dass euer Gericht nicht befugt ist, außerhalb der Tempelmauern Recht zu sprechen. Auf alle Fälle untersteht die Tempelwache deiner Oberhoheit, du bist also verantwortlich für diesen Mord.«

Kajaphas' Züge bebten.

»Statthalter, es ist doch wohl nicht deine Absicht, den

Hohepriester von Israel vor Gericht zu bringen?«, erklärte er mit schriller Stimme.

»Meine Pflicht ist es, dafür zu sorgen, dass das römische Gesetz überall in Judäa eingehalten wird, auch vom Hohepriester. Du hast dagegen verstoßen. Du wirst von mir hören.«

Damit wandte er sich auf dem Absatz um, Kratylos folgte ihm.

Am selben Abend ließ Pilatus Kajaphas eine schriftliche Mitteilung zustellen, die in Latein abgefasst war, was der Hohepriester nur schlecht verstand und ihn zwang, einen Übersetzer hinzuzuziehen.

»Gestern, am vierzehnten Tag des Monats Juni im siebenundvierzigsten Jahr der Herrschaft des Kaisers Tiberius haben die Schergen deines Spions Saulus in Anwesenheit des Verantwortlichen der Tempelwache vor den Mauern Jerusalems einen Bürger der Stadt namens Stephanus durch Steinigung getötet. Dies ist ein ausdrücklicher Verstoß gegen das römische Gesetz, welches das Recht zur Verhängung der Todesstrafe innerhalb der kaiserlichen Provinz Judäa dem Statthalter von Judäa vorbehält. Sollte sich ein solcher Verstoß wiederholen, wäre ich gezwungen, dem römischen Gesetz entsprechend den Führer der Tempelwache festzunehmen, den Richtern von Rom zu überstellen und alle nach diesem Gesetz vorgesehenen Strafen, die Todesstrafe eingeschlossen, in Betracht zu ziehen. Ginge der Befehl zu solchem Machtmissbrauch von einem Mitglied des Hohen Rates aus, so würde auch dieses verhaftet und dem römischen Recht unterstellt. Eine Abschrift dieser Warnung wird nach Rom geleitet. Mit sofortiger Wirkung und im Einklang mit dem römischen Gesetz erneuere ich das Verbot für die Tempelwachen, rechtliche Schritte, Verhaftungen, Verurteilungen und Ausführungen von Strafen außerhalb der Tempelmauern durchzuführen …«

Kajaphas und seine Beisitzer schäumten vor Wut. Eine solche Beleidigung könnte Gegenstand einer Beschwerde in Rom sein, und der Hohepriester ließ nach einem seiner Schreiber schicken, der des Lateinischen kundig war. Als Saulus am selben Abend nach Hause kam, wurde er von zwei Maskierten angegriffen, er bezog eine kräftige Tracht Prügel.

Pilatus wurde natürlich beschuldigt, ein blutrünstiger Rohling zu sein, dem es an jeglichem Respekt gegenüber den Bräuchen des von Rom besetzten Landes mangele.

Jerusalem wurde also von einem heftigen Fieber geschüttelt, und das sollte lange, lange so bleiben. Zum zweiten Mal innerhalb eines Jahres hatte Jesus einen Streit zwischen den politischen Machthabern Roms und den religiösen Herrschern der Juden ausgelöst.

Unter den Zuschauern der Steinigung des Stephanus befand sich auch Thomas. Sein Grauen war so groß, dass er keine Tränen zu vergießen vermochte. Er übergab sich. Als er sich den Bart abwischte, beobachtete er, wie einige Schritte entfernt Kratylos' Speichel auf dem kahlen Schädel des Saulus landete. Er traute seinen Augen nicht! Der Diener der Römer demütigte den Diener des Tempels! Die Welt stand auf dem Kopf.

Abends erinnerte er sich an Kratylos' Worte: Thomas, wenn du deinen Herrn wiedersehen willst, musst du diese Frau befragen.

Kratylos war offenbar kein schlechter Mensch.

Die Steinigung des Stephanus zeigte, wie gefährlich Judäa für die Schüler des Nazareners war. Also machte sich

Thomas sofort auf den Weg nach Galiläa. Er verließ die Stadt durch das Schaftor und schlug den Weg nach Jericho ein. Ein Fußmarsch von mehr als vier Tagen trennte ihn von Magdala.
Ausgehungert und am Ende seiner Kräfte kam er dort an. Mit kaum vernehmbarer Stimme bat er, die Hausherrin zu rufen: Thomas, ein Jünger von Jesus, bittet, sie sprechen zu dürfen. Der Hausverwalter hatte Mitleid mit ihm und ließ ihm in der Küche eine Weizensuppe mit Hühnerklein, Brot und einen Krug mit Wasser vermischten Weins auftischen.
»Wenn du sie sprechen willst«, sagte der Diener, »und du wirst sie sprechen, ist es besser, du kommst zunächst zu Kräften.«
Kaum hatte Thomas sein Mahl beendet, erschienen Maria und Marta, gefolgt von einem jungen Mann, den er nicht kannte. Die beiden Frauen und Thomas sahen sich lange schweigend an. Schließlich ergriff Maria das Wort:
»Sei gegrüßt, Thomas! Ich habe mich schon gefragt, wann du kommen würdest.«
Für einen kurzen Augenblick versuchte er, sich einzureden, dass er ein lasterhaftes Weib vor sich hatte, doch es wollte ihm nicht gelingen. Er sah nichts als ihre bekümmerte Schönheit. Die dunklen Augen, die doch so klar waren. Plötzlich überkam ihn eine Gewissheit: Diese Frau hatte eine Beziehung zu seinem Herrn gehabt, und sein Herr hat gewusst, was er tat. Er verstand diese Beziehung nicht, doch er musste der Weisheit seines Herrn vertrauen. Sein Herr konnte sich nicht geirrt haben.
»Dieser Römer«, brachte er schließlich hervor, »dieser junge Römer, der für den Statthalter von Judäa arbeitet, hat mich zu dir geschickt. Er hat mir gesagt, wenn ich meinen Herrn wiedersehen wolle, müsse ich mich an dich

wenden. Ich weiß nicht, ob dies die Worte eines Irren sind … Ich weiß nicht, wie ich ihn wiedersehen soll, der doch am Kreuz gestorben ist. Aber wer bin ich, um alle Hoffnung aufzugeben?«

Sie spürte nicht zum ersten Mal die Kälte dieses Jüngers, und sie kannte den Grund dafür. Eine Weile schwieg sie.

»Thomas, wir – Marta, Abel, Lazarus und ich – brechen jetzt auf, um uns zu unserem Herrn nach Kafarnaum zu begeben. Komm mit uns!«

Thomas musterte den jungen Mann. »Wer ist das?«

»Der Sohn von Petrus.«

»Du bist der Sohn von Petrus?«

Abel nickte. »Sein ältester Sohn.«

»Und unser Herr ist in Kafarnaum?«

»Zusammen mit meinem Vater, meinem Onkel, Bartholomäus, Johannes und Jakobus.«

»Hast du ihn gesehen?«

»Wie ich dich sehe.«

Thomas schüttelte den Kopf, und seine Augen wurden feucht. Dann erhob er sich mühsam.

»Gehen wir!«

Doch plötzlich wandte er sich zu Maria um.

»Frau«, rief er, »wer bist du für diesen Gesandten Gottes?«

»Maria, ich bereite unsere Sachen vor«, fiel Marta ein. »Wir warten draußen auf dich.«

Sie zog Abel mit. Auch der Hausverwalter entfernte sich. Maria und Thomas traten in den Hof.

»Thomas«, sagte sie, »du hast nichts von der Lehre deines Herrn verstanden, wenn du nicht verstanden hast, dass die irdische Liebe das Abbild der himmlischen ist. Beide vereinen uns.«

Doch Thomas' gerunzelte Stirn zeugte noch immer von

Entrüstung und Verständnislosigkeit: »Warst du auch körperlich die Geliebte dieses Mannes?«

»Du hast Angst vor dem Fleisch, nicht wahr, Thomas? Du fürchtest, es nicht beherrschen zu können und dich in einen Abgrund reißen zu lassen.«

»Das Fleisch ist dem Geist entgegengesetzt.«

»Hat nicht der Geist Gottes das Fleisch geschaffen? Hat er also etwas Unreines geschaffen?«

Er winkte ab. Marias Atem ging schneller, ihre Brust hob und senkte sich deutlich unter ihrem Kleid, was den Jünger noch mehr aus der Fassung brachte.

»Du bist eine Gesetzlose, Frau! Du bist eine Ehebrecherin!«

Marias Gesicht rötete sich.

»Dann trifft das auch auf deinen Herrn zu, du Mensch ohne Glauben!«

Er rang erneut nach Atem und griff mit den Händen an seinen Kopf.

»Thomas, du erhebst dich also zum Richter über deinen Herrn! Warum willst du ihn dann wiedersehen? Geh! Du bist voller Dünkel und Hochmut, du bist seiner nicht würdig. Dein Herz ist so eng wie die Geldbörse eines Geizhalses. Geh und verkünde das Gesetz der Pharisäer! Jener, die deinem Herrn vorwarfen, den Sabbat nicht einzuhalten. So geh doch, du elender Pharisäer! Warum bist du hergekommen? Weil du die Absicht hattest, Jesus wiederzusehen und ihm zu sagen, dass er das Gesetz nicht einhält?«

»Frau, du quälst mich …«

»Ich sollte dich zerreißen, Thomas. Armer, schwacher Mann, der du Angst vor dem Fleisch hast und es nur mit Ausschweifungen in Verbindung zu bringen vermagst. In dir ist die Unreinheit, Thomas, deine Angst vor dem Fleisch macht aus dir den unreinsten Mann, der mir je begegnet ist. Du bist deines Meisters nicht würdig. Adieu! Bleib hier!«

Mit einem zornigen Schwung ihres Kleides wandte sie sich ab.

Er sah, wie sie zu Marta, Abel und Lazarus ging, die bei zwei Eseln warteten.

Er begann zu weinen.

Maria war bereits mit Hilfe ihres Bruders auf ihren Esel gestiegen, als er angelaufen kam.

»Maria! Maria!«, rief er. »Maria, verzeih mir!«

Den Kopf am Hals des Esels, weinte er bittere Tränen.

»Verzeih mir!«, schluchzte er. »Ja, mein Herz ist eng … Mein Geist ist zu schwach … Ja, ich bin unrein … Verzeih mir!«

Eine Weile verharrten sie schweigend. Der Esel schüttelte den Kopf.

»Gut, Thomas, dann öffne dein Herz und folge uns!«

Sie machten sich gemeinsam auf den Weg, und Thomas trocknete seine Tränen mit dem Ärmel.

13

Die Gefährten des Judas

Die Schefela-Ebene war reich an Erinnerungen für jeden Juden, der sich den Inhalt des Buchs der Bücher eingeprägt hatte. Zwischen dem Salzmeer und der Mittelmeerküste gelegen, im Norden begrenzt vom Tal von Agalon und im Süden von Schluchten, die an riesige Löwenkrallen erinnerten, war sie Schauplatz der Heldentaten Samsons gegen die Philister gewesen. Hier hatte Gott den Lauf der Sonne angehalten, damit Josua den Sieg über die fünf Könige erringen konnte, die seinem Heer Widerstand leisteten.

Auch diente die Schefela den Zeloten von Judäa als Versteck. Von Gezer über Nahasch bis Eglon waren sie hier zu Hause. Seit mehr als einem Vierteljahrhundert organisierten sie hier den jüdischen Widerstand gegen Rom. Deshalb nannte man sie auch *Hassinin*, die bewaffneten Frommen.

Die Bewohner der Schefela träumten davon, eines Tages so stark zu sein wie Josua und Samson zusammen.

Die Legionen mit dem Adler wagten sich nachts nicht in die Schefela, da ihnen die Zeloten schon bei Tage auflauerten und sie in Gefechte verwickelten, die für die Römer fast immer übel ausgingen, da ihre Feinde natürlich wesentlich bessere Ortskenntnisse hatten. Sie tauchten plötzlich aus den Wäldern und dem Unterholz auf, und jedes Mal gelang es ihnen, fünf oder sechs tote Heiden auf den staubigen Wegen zurückzulassen. Es kam nicht in Frage, den Unbeschnittenen das Recht zur Herrschaft über das jüdische Land zu überlassen. Weder das Prätorium noch die Garnison von Bet-Schemesch vermochten etwas gegen sie auszurichten: Es war unmöglich, diese Schurken zu erkennen, die tagsüber normale Bauern, Hirten, Handwerker oder Händler und nicht von der restlichen Bevölkerung zu unterscheiden waren. Und die Römer konnten schließlich nicht alle Bewohner der Gegend ausrotten.

Wie die *Hassinin*, die sich am Ufer des Salzmeeres verschanzten, zollten auch die Zeloten von Judäa der Priesterschaft des Tempels kaum Hochachtung, im Gegenteil, sie verachteten sie zutiefst. Im Gegenzug waren die Beamten, die Jerusalem beauftragte, die Tempelabgaben einzutreiben, den Bewohnern der Schefela nicht eben freundlich gesinnt, war ihr Tribut doch der magerste von Judäa, um nicht zu sagen von ganz Israel, Galiläa eingeschlossen. Die Rabbiner der kleinen Städte machten Armut geltend, doch es war wohl bekannt, dass sich die meisten von ihnen der Oberherrschaft Jerusalems nur unwillig unterwarfen. Und die Tatsache, dass Zeloten unter ihren Schäfchen waren, steigerte gelinde gesagt nicht eben ihren Respekt gegenüber dem Tempel. Davon konnte sich ein jeder bei der jährlich stattfindenden Pilgerreise überzeugen. Die Sadduzäer, Oberschicht des Priestertums von Jerusalem, betrachteten die Bauern der Schefela als Menschen zweiter Klasse, und diese erstickten gleichsam vor Empörung, wenn sie sahen, wie der römische Festungsturm Antonia den Vorplatz des Tempels beherrschte und die Legionäre durch die Heilige Stadt stolzierten, als wären sie dort zu Hause. Ganz zu schweigen davon, dass in der Stadt Davids heidnische

Bauten errichtet worden waren wie etwa das Gymnasion und das öffentliche Bad, in dem die Männer schamlos ihre Nacktheit zur Schau stellten.

Im Laufe ihrer Geschichte hatten die Zeloten der Schefela, ganz so wie die anderer Gegenden, ausreichend Zeit gehabt, sich militärisch zu organisieren. Doch die Waffen ihrer Soldaten, der Iskarioten, was so viel heißt wie die Beschnittenen, waren einfach: ein kurzer Dolch, den man leicht unter dem Gewand verbergen konnte, oder gelegentlich auch ein Beil. Jede Stadt hatte ihre eigene Miliz, die von einem örtlichen Kommandanten befehligt wurde, die Gesamtheit der Milizen unterstanden einem einzigen, geheimnisvollen Oberbefehlshaber, der nur den Kommandanten bekannt war. Boten – zumeist die Söhne der Letzteren – stellten die Verbindung zwischen den Zeloten von Peräa und denen in Galiläa her, die ebenso aufgebaut waren. In fast jeder Stadt der Dekapolis hatten sich im Übrigen militärische Kernzellen gebildet.

Eines Tages würden sie den schändlichen römischen Apparat und seine Verbündeten, die Tempelpriester, stürzen. Eines Tages würden sie die Macht Israels wiederherstellen. Es würde Blut fließen, und das sei dem Herrn wohlgefällig. Die Gerechten mussten das unreine Blut vergießen.

Eine Woche nach der Ankunft Jesu in Kafarnaum kam Joachim ben Joachim, das Zelotenoberhaupt dieser Stadt, nach Gezer im Norden der Schefela. Er wartete, bis es dunkel wurde, und begab sich dann zum Führer der örtlichen Miliz, einem reichen Bauern namens Simon ben Josias. Sein Gesichtsausdruck verriet bereits die Bedeutung der Botschaft, die er überbrachte, aber noch aufschlussreicher war die Tatsache, dass Joachim das Oberhaupt der Miliz von Kafarnaum war. Das war ungewöhnlich, verließ doch ein solches Oberhaupt nur selten den Ort.

»Der Nazarener ist auferstanden«, platzte er sogleich heraus. »Er hält sich mit einigen seiner Jünger in Kafarnaum auf.«

Simon ben Josias runzelte die Stirn. »Was sagst du da?«

»Jesus der Nazarener ist nicht tot. Er hat sein Grab verlassen. Er ist in Kafarnaum.«

»Niemand überlebt das Kreuz. Dieser Mann ist ein Scharlatan.«

»Nein. Der Empfang, den ihm seine Jünger bereitet haben, beweist, dass er sehr wohl auferstanden ist, auch wenn man ihn kaum erkennt, nachdem er sich den Bart abrasiert hat.«

Simon verharrte eine Weile reglos.

»Es hat also alles nichts genutzt«, murmelte er.

Sein Besucher schüttelte den Kopf. »Das kann man so nicht sagen. Die Volksbewegung, die ihn beinahe zum König von Israel gekrönt hätte, ist zerschlagen. Und jetzt kann er sich nicht mehr in der Öffentlichkeit zeigen, ohne Gefahr zu laufen, erneut festgenommen und diesmal endgültig hingerichtet zu werden. Aber du kennst ja meine Einstellung in dieser Sache, Simon: Es war ein Irrtum, ihn dem Tempel auszuliefern. Dieser Mann ist nicht unser Feind. Er war der Feind des Tempels, also unser Verbündeter. Aber die Entscheidung, ihn der Tempelwache auszuliefern, wurde in Judäa unter deiner Amtsgewalt getroffen.«

»Fängst du schon wieder an?«, empörte sich Simon. »Muss ich dich daran erinnern, dass dieser Mann nie ein Wort gegen die römische Besatzung hat verlauten lassen? Was ist unser Lebensziel, was war das unserer Gründerväter, wenn nicht jenes, die Römer zu vertreiben? Joachim, muss ich dir meine Haltung gegenüber Jesus noch einmal darlegen? Dieser Mann hat die Menschen mit seinen Versprechungen von himmlischer Glückseligkeit von der Revolte abgelenkt. Aber der Himmel muss hier und jetzt verwirklicht werden.«

Joachim ging nicht auf die Argumente seines Gastgebers ein. Er kannte sie längst. Sie waren Gegenstand zahlreicher Auseinandersetzungen zwischen den Zeloten von Galiläa und denen von Judäa gewesen.

»Wir müssen ihn abermals anzeigen!«, fuhr Simon mit Nachdruck fort.

»Er befindet sich in Galiläa«, antwortete Joachim mit gedehnter, fast widerwilliger Stimme

»Und?«

»Und er steht unter dem Schutz der Galiläer. Bald wird die ganze Gegend um den See von Galiläa von seiner Rückkehr wissen. Wer auch immer sich ihm unfreundlich nähern wollte, würde von der Bevölkerung gevierteilt.«

»Dann wirst du ihn eben selbst töten.«

Joachim musterte sein Gegenüber kalt.

»Bei dir«, so fuhr Simon mit einem höhnischen Lachen fort, »könnte ich wenigstens sicher sein, dass du dich hinterher nicht aufhängen würdest wie dieser Schwachkopf von Judas!«

»Simon«, erklärte Joachim ruhig, »ich werde Jesus nicht töten.«

»Und warum nicht?«

»Weil er nicht unser Feind ist.«

»Dann werde ich eben meine Männer schicken.«

»Das würde ich dir nicht raten.«

»Warum?«

»Jesus steht unter dem Schutz der Führer von Galiläa!«, rief Joachim empört aus.

»Ihr habt nicht nur den Kopf verloren, sondern auch unsere Ziele vergessen.«

»Diesen Vorwurf könnte ich eher dir machen, Simon. Was verteidigen wir denn, wenn nicht Israel? Und was ist Israel anderes als unser Glaube? Dieser Mann ist der Erneuerer unseres Glaubens.«

Simon ben Josias nahm diese Ausführungen mit eigensinniger Miene zur Kenntnis.

»Wir wollen diese Auseinandersetzung doch wohl nicht wieder aufnehmen«, erwiderte er ärgerlich. »Warum bist du denn überhaupt zu mir gekommen, um mich davon zu unterrichten, dass dieser Mann sein Grab verlassen hat?«

»Weil du es ohnehin früher oder später erfahren hättest. Und da wir um deine Abneigung gegen ihn wissen, haben wir beschlossen, jeglichem Eingreifen deinerseits zuvorzukommen.«

»Wir?«

»Wir, die drei Führer von Galiläa.«

»Alle?«

»Alle.«

»Wollt ihr uns herausfordern?«

»Fass es auf, wie du willst.«

Joachim hielt Simons feindseligem Blick stand. Die Milizen von Galiläa waren wesentlich zahlreicher und stärker als die der Schefela. Mit einer Konfrontation wäre niemandem gedient gewesen, vor allem nicht der Miliz von Gezer.

»Und was sagt euer Oberhaupt Joda dazu?«

»Wie du dir sicher denken kannst, ist die Ansicht, die ich schildere, die seine. Ich habe dir ja gesagt: alle Führer.«

Eine Spur von Verärgerung zeichnete sich auf Simon ben Josias' Zügen ab. Sein Kinn schien schwerer, seine Stirn zerfurchter.

»Aber wie ist dieser Mann davongekommen?«

»Offenbar eine Verschwörung. Er ist nur kurz am Kreuz geblieben.«

»Und wer hat diese Verschwörung angezettelt?«

»Genau wissen wir es nicht. Man erzählt, es seien zwei Mitglieder des Hohen Rates gewesen und eine Frau.«

»Na gut. Ich denke, du möchtest jetzt schlafen gehen.«

»Ich bin in der Tat müde.«

»Du kannst meine Kammer nehmen.«

Joachim nickte.

Er schlief kaum, sein Dolch lag griffbereit neben ihm. Es hätte ihn nicht weiter gewundert, wenn Simon ben Josias versucht hätte, ihn in dieser Nacht ins Jenseits zu befördern, um vorgeben zu können, er sei nicht unterrichtet gewesen. Dieser Simon war starrköpfig und gewalttätig. Nichts konnte offenbar seine Meinung über Jesus ändern: In seinen Augen lenkte er die Menschen vom bewaffneten Aufstand ab. Letztendlich war Simon ein Mann ohne Glauben.

Als Joachim im Morgengrauen auf seinen Esel stieg und sich auf den Heimweg machte, war er regelrecht erleichtert.

»Was beobachtest du denn da die ganze Zeit?«, fragte Pilatus seinen Sekretär Kratylos, der am Fenster lehnte, das auf den großen Hof des hasmonäischen Palastes hinausging.

»Der Hohe Rat tagt«, entgegnete Kratylos.

»Und?«

»Und«, sagte Kratylos, während er sich zu seinem Herrn umwandte, »es sind zwei Männer darunter, die an dem Komplott zur Rettung Jeschuas beteiligt waren.«

Pilatus runzelte die Stirn. Das Antwortschreiben auf die

Untersuchungsanfrage des Senats war abgeschickt. Jeschuas Anhänger hätten den Leichnam aus dem Grab gestohlen, und das habe Stoff für ein Märchen geliefert, das ein paar Juden in Aufregung versetze, mehr nicht. Nachdem die Antwort für den Senat einmal verfasst und auf den Weg gebracht war, kümmerten Pilatus all diese Geschichten der Abergläubischen nicht mehr. Allein schon der Name Jeschua blieb ihm im Halse stecken. Der Teufel sollte den Orient und seine verrückten Religionen holen!

»Herr«, fuhr Kratylos fort, »diese Angelegenheit hat tiefere Wurzeln, als es scheint. Wenn zwei Mitglieder dieses Gerichts beschlossen haben, Jeschua zu retten, und wenn das Überleben dieses Mannes nicht nur gewisse Juden bis hin nach Rom, sondern, wie wir gesehen haben, auch aus dem Tempel in Aufruhr versetzt, dann muss es um etwas Bedeutsames gehen. Und weder du noch ich wissen, um was.«

Pilatus hörte Kratylos aufmerksam zu; aus Erfahrung wusste er, dass dieser schmächtige junge Mann, der nach nichts aussah, ein schlauer Fuchs war. Auf einer Insel geboren, die seit langem mit Kleinasien und dem Orient verbunden war, und daher des Griechischen, Lateinischen und Aramäischen mächtig, besaß er ein Gespür für diese Region, das den Römern fehlte.

»Meiner Ansicht nach«, schloss Kratylos, »ist es auch für das Reich von Bedeutung. Ich möchte herausfinden, was es ist, damit du Nutzen daraus ziehen kannst.«

Ein weiterer Vorzug von Kratylos, der sich ganz der römischen Sache verschrieben hatte, war, dass er sich die Vorteile seines Herrn mehr zu Herzen nahm als seine eigenen. Die Wachsamkeit eines Spürhundes erlaubte es ihm sogar bisweilen, die Ereignisse vorauszusehen.

»Also?«, fragte Pilatus.
»Also, ich möchte mit einem dieser beiden Männer sprechen.«
»Noch ein freier Tag«, sagte Pilatus scherzhaft.
»Herr, seit ich in deinen Diensten stehe, und selbst als dein Auge mich nicht gewahrte, hatte ich keine einzige freie Stunde.«
Pilatus lächelte; das stimmte vermutlich.
»Selbst als du die Verbindung zwischen meiner Frau und dieser Ränkeschmiedin Maria hergestellt hast?«
»Herr, wenn einer Katze der Körper der Maus entkommen ist, nimmt sie den Schwanz.«
Pilatus begann zu lachen.
»Gut, mach, was du für richtig hältst!«
Die Sitzung des Hohen Rates ging bei Sonnenuntergang zu Ende. An einer Säule des Palastinnenhofs bezog Kratylos Stellung und ließ sich von einem der Diener, dem er eine Münze zugesteckt hatte, den Mann zeigen, den er suchte: Josef von Arimathäa. Tatsächlich hatte er ihn nie zuvor gesehen.
Es war ein eindrucksvoller Mann, der Macht, Prestige und Reichtum ausstrahlte. Haar und Bart sorgfältig geölt und parfümiert, der Mantel aus feiner Wolle, der Leibesumfang majestätisch – so schritt er mit einigen Amtsbrüdern auf das Tor zu, das zur Brücke über den Xystus führte. Kratylos folgte ihnen. Als sich Josef von den anderen entfernt hatte, trat er auf ihn zu und sprach ihn an.
»Josef?«
Der Mann wandte gleichgültig den Kopf.
»Ich bin ein Freund von Maria, der Schwester des Lazarus.«
Josef von Arimathäa verlangsamte den Schritt und musterte den Kreter durchdringlich.

»Ich heiße Kratylos. Ich war es, der den Kontakt zwischen Maria und der Gemahlin des Statthalters hergestellt hat.«
Josef blieb stehen. Sein Gegenüber war ganz offensichtlich gut unterrichtet.
»Und wie hast du das getan?«
»Ich bin Pilatus' Sekretär.«
Josef erstarrte.
»Und du hast das getan?«
»Ich habe das getan.«
»Warum?«
»Weil Procula plötzlich solchen Glaubenseifer entwickelt hat.«
Josef versuchte, diese Informationen in einen folgerichtigen Zusammenhang zu bringen. Keine einfache Aufgabe.
»Was willst du?«
»Eine Unterredung.«
»Und wem soll die nützlich sein?«
»Mir. Vielleicht uns allen.«
»Allen?«
»Den Juden. Den Römern.«
Es war schwer vorstellbar, dass es irgendetwas gab, was beiden, den Juden und den Römern, nützlich sein konnte. Den Kreter an der Seite, setzte Josef seinen Weg fort, dann wandte er sich um und vergewisserte sich, dass niemand ihnen folgte. Kratylos deutete das als gutes Zeichen. Sie gelangten zur Brücke, überquerten sie und befanden sich bald auf der anderen Seite des Tyropöon-Tals. Sie waren allein.
»Was willst du wissen? Meine Zeit ist knapp.«
»Warum seid ihr – du und die anderen – ein solches Wagnis eingegangen?«
Josef holte tief Luft. »Die Verfolgung dieses Mannes hat lange vor seiner Verhaftung eingesetzt. Sie ist schändlich.

Ungerechtigkeit verletzt nicht nur das Herz der Opfer, sondern auch das der Zeugen. Einiger Zeugen zumindest. Der einzige Grund für den Hass der Priester war ihre Furcht. Denn sie fürchteten ihn. Aber was predigte er denn? Nächstenliebe, Vergebung, Aufgeschlossenheit. Und außerdem die Anwesenheit Gottes in unseren Herzen. Da fühlten sich die Priester, die Pharisäer und Sadduzäer betrogen. Sie hatten nie solche Dinge verkündet. Sie predigten nur das Gesetz, als dessen Hüter sie sich ausgaben und das sie nach ihrem Gefallen schulmeisterlich auslegten. Sie sind keine Menschen mit Herz, sondern Ratsherren. Und Verwalter, die an ihrem Besitz hängen, an ihren Vorrechten, ihren Gewändern, ihren Juwelen, an den Geschenken, die ihnen von Gesetzes wegen zustehen. Er hingegen predigte auch die Armut …«

Er hatte in einem Zuge und sehr eindringlich gesprochen. Er fasste sich wieder und blickte auf das Tal, das sich vor ihnen langsam mit Schatten füllte.

»Die Priester müssen voll Argwohn gespürt haben, dass Jesus geliebt wurde. Die Menschen liebten ihn wie einen Bruder, und wo immer er hinging, vor allem in Galiläa, scharten sie sie sogleich um ihn. Er wurde eingeladen, und er nahm die Einladungen an, er aß, trank und lachte. Er vollbrachte Wunder, aber er war menschlich. Sie hingegen verbreiteten Grämlichkeit und Furcht. Stets war irgendeine Abgabe fällig, und sie zögerten nicht, sie einzufordern. ›Du schuldest mir Mehl, du schuldest mir Öl, du schuldest mir Leinengarn …‹ Und die stetigen Verdächtigungen: ›Hat man dich nicht am Sabbat Wäsche waschen sehen? Deine Ziege melken?‹ Jesus fragte nichts und machte keinem Vorhaltungen. Viele von uns missbilligten also die Abneigung der Priesterschaft, die albernen Gerüchte, die man über ihn verbreitete …«

»Aber ihr habt nicht alle eingegriffen, um ihn zu retten«, gab Kratylos zu bedenken.

»Leider nicht. Im entscheidenden Augenblick, als es darum ging, zu seiner Überzeugung zu stehen, haben Achtung vor dem Gesetz, Angst vor Kajaphas und seinem schrecklichen Schwiegervater Hannas sowie Furcht vor Gerüchten die Leute zur Unterwürfigkeit getrieben. Wenn nicht diese Frau gewesen wäre …«

»Maria ben Esra.«

»Ja, Maria ben Esra, du bist gut unterrichtet. Wäre sie nicht so unerhört kühn gewesen, würde der Leichnam Jesu jetzt in einer Grabkammer austrocknen.«

Für eine Weile schwiegen die beiden.

»Du hast mich gefragt, warum wir ein solches Wagnis eingegangen sind. Wir hatten nicht alle dieselben Beweggründe. Es gab noch einen anderen Mann …«

»Nikodemus.«

»Ja, Nikodemus. Er und ich gehören zu den wenigen, die im Hohen Rat gegen das Todesurteil gestimmt haben. Wir glauben, Jesus ist der Mann, der die Erneuerung unseres Glaubens gewährleisten kann, denn dieser ist in Gefahr. Maria ben Esra wiederum hegt eine leidenschaftliche Liebe für Jesus. Ihr ging es nicht um das Schicksal unserer Religion, sie glaubte und glaubt wohl immer noch, dass Jesus ein Prophet ist, dem der Geist Gottes innewohnt, aber sie liebt ihn, wie eine Frau … einen Mann liebt. Die Gefühle von Marta und Lazarus, deren Empfindungen ich nicht kenne, sind gewiss nicht viel anders.«

»Ist Maria die Gemahlin von Jesus?«

»Ich weiß es nicht«, antwortete Josef zurückhaltend. »Das geht mich nichts an.«

»Und Lazarus?«

»Jesus hat ihn dem Grab entrissen. Deshalb war er ihm

vollkommen ergeben und folgte Jesus überallhin. Er hat mit den Jüngern am Mahl des Pascha-Festes teilgenommen und war zugegen, als Jesus auf dem Ölberg verhaftet wurde.«

Josef verstummte. Die Dämmerung senkte sich auf das Tal. Das zänkische Zwitschern der Vögel, die nach einem geeigneten Zweig für die Nacht suchten, erfüllte die Luft. Der Duft des Wacholders und Oleanders verbreitete sich.

»Einige von uns haben sich gegen die Verhaftung Jesu und seine Verurteilung durch den Hohen Rat aufgelehnt. Doch was konnten wir ausrichten? Seine Jünger waren machtlos, wurden von der Tempelwache bespitzelt. Und wir anderen, wir konnten den Richterspruch des Hohen Rates nicht rückgängig machen.«

Josef räusperte sich.

»Gleich nach seiner Verkündung war das Urteil im gesamten hasmonäischen Palast und eine Stunde später in ganz Jerusalem bekannt. Im Hof hatte sich trotz der späten Stunde eine Menschenmenge versammelt. Die Gerichtsdiener kannten die Namen derer, die gegen das Urteil gestimmt hatten, darunter den meinen. Einer von ihnen hat Maria unterrichtet. Sie erwartete mich an der Tür und machte mir einen außergewöhnlichen Vorschlag: die Legionäre zu bestechen, die für die Kreuzigung auf Golgota zuständig waren. Diese Idee war so wahnsinnig, dass ich zunächst weder zustimmen noch ablehnen konnte.«

Josef räusperte sich erneut. Die Lichter von Jerusalem funkelten auf der anderen Seite der Brücke.

»Wenn es Pilatus nicht gelingen sollte, den Richterspruch des Hohen Rates rückgängig zu machen, sei dies, so behauptete Maria, der einzige Weg, Jesus zu retten. Sie war von solcher Angst erfüllt, dass sie am ganzen Leibe zitterte. Doch ihr Kopf war völlig klar. ›Ich werde alles bezahlen‹, sagte sie. Und um die Legionäre zu bestechen, war eine beträchtliche Summe nötig, denn es waren ihrer sechs. Aber ihre Familie ist reich. Ihr Vater hatte in seinem Testament festgelegt, dass die Abgaben, die er an den Tempel entrichtete, auch nach seinem Tod weiterbezahlt werden sollten, es handelt sich um eine der bedeutendsten privaten Abgaben. Also hatte sie eine mit Gold und Silber gefüllt Börse mitgebracht. Nikodemus, der ebenfalls gegen das Urteil gestimmt hatte, war in meiner Nähe. Ich habe ihn von Marias Vorhaben unterrichtet. Die Zeit drängte. Selbst wenn das Gelingen des Plans nicht sicher sei, sagte er, würden wir uns den Rest unseres Lebens vorwerfen, ihn nicht wenigstens versucht zu haben. Also haben wir zugestimmt.«

»Und worin bestand der Plan?«

»Die Stunde der Kreuzigung möglichst weit hinauszuzögern, damit die Qual so gering wie möglich war. Vor allem musste vermieden werden, dass man Jesus die Schienbeine brach, denn das hätte seine Überlebensaussichten erheblich verringert. Zudem mussten wir einen Unterschlupf finden, wo wir ihn verstecken konnten, sollte er das Kreuz und das Grab überleben.«

»Aber warum brauchte Maria dich dazu?«

»Um die Legionäre zu bestechen, war ein Mann vonnöten.«

»Bist du hingegangen?«

»Nein, mein Sohn. Nachdem wir uns auf den Plan geeinigt hatten, sagte Maria zu mir: ›Der Leib, Josef! Der Leib! Wir müssen verhindern, dass sie sich seines Leibes bemächtigen!‹ Damit hatte sie Recht, sie hatte alles bedacht. Also habe ich ein neues Grab auf dem Ölberg gekauft. Sollte es uns gelingen, Jesus lebendig vom Kreuz abzunehmen, würden wir ihn dort einige Stunden ruhen lassen und ihn dann nachts holen, um ihn an einen sicheren Ort zu bringen.«

»Am nächsten Tag nach eurer Sitzung«, sagte Kratylos, »hat sie mich im Prätorium sprechen wollen. Sie hat mich gebeten, Procula zu überzeugen, dass sie sich bei Pilatus für die Aufhebung des Urteils einsetzen möge. Sie hat mich auch gebeten, Pilatus' Gemahlin einen wundervollen, mit Rubinen besetzten Ring zu übergeben. Doch das war gar nicht nötig. Procula hat mich beauftragt, Maria den Ring zurückzugeben und ihr auszurichten, sie habe sich bereits bei ihrem Gemahl für Jesus eingesetzt. Doch Pilatus konnte den Richterspruch nicht rückgängig machen, da Kajaphas schon eine große Kundgebung vor der Außenterrasse des Palastes in die Wege geleitet hatte.«

»Woher kannte sie dich?«, fragte Josef.

»Sie hatte mich an der Seite von Pilatus gesehen. Sie hat mir gesagt, sie verstehe es, aus Gesichtern zu lesen, und habe bemerkt, dass ich ein guter Mensch sei. Dieses Verhalten verlangte wirklich Mut. Sie hat mich gerührt.«

Josef nickte.

»Was für eine Frau!«, konnte er nicht umhin zu bemerken.

»Wie ist es ihr gelungen, die Mutter von Herodes Antipas für ihre Sache zu gewinnen?«, wollte Kratylos wissen.

»Malthake gehörte bereits zu den Anhängern Jesu, sie war von Johanna, der Frau des Kammerherrn ihres Sohnes, mit Jesu Lehre vertraut gemacht worden. Sie verabscheut die Priester des Tempels, denen sie vorwirft, alle Schandtaten des Herodes feige hingenommen zu haben. Sie lebt in Jerusalem und wurde ebenfalls sehr rasch von dem Richtspruch des Hohen Rates in Kenntnis gesetzt. Ich weiß nicht, wie die beiden Frauen sich kennen gelernt haben. Aber sie waren beide an der Verschwörung beteiligt.

Die Mutter des Herodes Antipas verehrte Jesus umso mehr, als dieser ein Schüler von Johannes dem Täufer war, der aufgrund der Ränke der Herodias enthauptet wurde. Seither verabscheut Malthake Herodias und heißt sie immer wieder eine Metze.«

Inzwischen umhüllte die Nacht die beiden Männer. Krathylos zog den Mantel fester, um sich gegen die kühle Luft zu schützen. Josef schien sie nicht zu stören.

»Willst du sonst noch etwas wissen?«

»Ja, du hast gesagt, deine Beweggründe seien nicht dieselben gewesen wie die von Maria. Welche waren es also?«

»Wir sind ein sehr altes Volk, aber unsere Religion ist in großer Gefahr«, erklärte Josef nachdenklich. »Das, was die Männer des Tempels – Sadduzäer und Pharisäer gleichermaßen – verkünden, entspricht nicht mehr den Bedürfnissen des Volkes, weder dem Galiläas noch dem Judäas. Das Priestertum von Jerusalem bildet eine Kaste, die gleichgültig ist gegenüber den Bedürfnissen des gesamten Landes. Es scheint nur auf die eigenen Vorteile bedacht, wie sie in einem der fünf heiligen Bücher, dem Levitikus, festgeschrieben sind. Die Tatsache, dass wir von Rom besetzt sind, scheint ihnen gleichgültig. Es scheint ihnen auch gleichgültig, dass sich durch ihr Ungeschick Samarien von Israel abgelöst hat.«

»Offenbar hast du die Priesterschaft auch nicht gerade ins Herz geschlossen.«

»Nein!«, entgegnete Josef heftig. »Sie sind überheblich, starrköpfig, und vor allem mangelt es ihnen an Klugheit. Viele Juden denken wie ich. Seit knapp zwei Jahrhunderten bringen die Kühnsten unter den Juden ihr Missfallen zum Ausdruck, auch mit Gewalt. Einige von ihnen, die die Priesterschaft Jerusalems für eine Schande hielten und noch halten, haben sich ans Salzmeer zurückgezogen, um dort auf das Ende der Welt zu warten. Vor siebenundzwanzig Jahren beschlossen andere, das Schicksal dieses von seinen Führern verlassenen Volkes selbst in die Hand zu nehmen. Das sind die Zeloten. Sie sind es, die eure Soldaten töten. Wir hier in Jerusalem wissen nicht, wer ihre Führer sind. Wir wissen nur, dass es solche gibt und dass sie uns verachten. Es sind Verbrecher. Vielleicht weißt du es nicht, aber jener Judas, der Jesus verraten hat, war einer von ihnen. Verstehst du jetzt, warum unsere Religion in Gefahr ist?«

Kratylos nickte. Josef schwieg eine Weile.

»Jesus«, so fuhr er schließlich fort, »predigte eine Religion, die nicht nur die des Gesetzes, sondern auch die des Glaubens ist. Er vollbrachte Wunder. Das Volk hörte auf ihn. Es schickte sich sogar an, ihn zum König zu krönen und zum Messias zu erklären. Der Hohe Rat bekam Angst, fürchtete einen Aufstand und vor allem das Ende seines Bestehens. Den Rest kennst du ja. Was ich dir gesagt habe, weißt du hoffentlich richtig zu verwenden.«

Kratylos, der spürte, dass ihr Gespräch beendet war, erkundigte sich eilig: »Und wo ist er jetzt?«

»Das interessiert nur seine Feinde. Ich sage dir also, ich weiß es nicht. Aber ich kann dir versichern, dass er morgen überall sein wird.«

Josef schien der Unterredung plötzlich überdrüssig und verschwand in der Nacht. Kratylos blieb allein auf der Brücke zurück. Er dachte an Maria, die diese Verschwörung ersonnen und zu einem guten Ende geführt hatte. Was für eine Frau! Sie hatte Jesus nicht nur vor dem Tod gerettet, sondern hielt ihn auch noch an einem geheimen Ort versteckt. Denn außer einigen Vertrauten hatte Jesus offenbar niemand lebendig gesehen.

14

Drei Zwischenfälle in Kafarnaum

Als Maria, Marta, Lazarus, Abel und Thomas Kafarnaum erreichten, war Thomas nur noch ein Nervenbündel. Er keuchte, seufzte, hob die Arme gen Himmel und murmelte so wirres Zeug, dass Lazarus sich fragte, ob er nicht plötzlich den Verstand verloren habe.

Als Petrus' Haus in Sicht kam, hielt er es nicht mehr aus und rannte voraus. Er sprang die drei Stufen zur Schwelle hinauf und riss die Tür auf. In der Küche traf er nur Petrus' Frau, seine Mutter und eine Magd an, die Brotteig kneteten. Stumm und erschrocken betrachteten sie den verstörten Mann, der durch das Haus hinaus in den Garten eilte.

Dort sah er Johannes, Jakobus und Bartholomäus in Gesellschaft eines Mannes. Sie saßen im Schatten einer Sykomore.

Alle wandten die Köpfe zu ihm.

»Thomas!«, rief Johannes.

Thomas musterte den Mann, den er nicht erkannte und der ihm zulächelte. Plötzlich schien er wie gelähmt und bebte am ganzen Leib.

»Thomas, kanntest du denn nur meinen Bart?«

Thomas trat wie ein Schlafwandler auf ihn zu. Mit seinem vorgereckten Hals erinnerte er an einen Kormoran, der nach einem Fisch am Ufer späht.

»Du?«, brachte er kaum vernehmbar hervor.

Er streckte die Arme aus wie ein Blinder. Überrascht von

dem Schauspiel, das ihr einstiger Gefährte darbot, hatten sich Johannes, Jakobus und Bartholomäus erhoben. Jesus blieb sitzen. Als Thomas vor ihm stand, reckte er den Hals noch mehr nach vorn und betrachtete angestrengt das Gesicht. Plötzlich ergriff er die Hände Jesu und beugte sich hinab, um sie zu untersuchen. Dabei berührte er sie fast mit der Nase.
»Willst du auch meine Füße sehen?«, fragte Jesus und streifte die Sandalen ab.
Thomas beugte sich ebenso dicht über die Füße und strich mit der Fingerspitze über die Narben. Dann sank er, den Kopf gesenkt, auf die Knie, so als sei er von plötzlichem Unwohlsein befallen. In diesem Augenblick trafen Maria, Marta, Abel und Lazarus ein. Jesus blickte zu ihnen, Thomas aber schien sie nicht zu bemerken.
»Ist er mit euch gekommen?«, fragte Jesus.
Maria nickte.
»Er war sehr erregt«, fügte Lazarus hinzu.
»Setz dich!«, sagte Jesus zu Thomas.
Thomas gehorchte mit glasigem Blick.
»Bist du jetzt sicher, dass ich es bin?«, erkundigte sich Jesus sanft.
Aber der Gefragte starrte weiter vor sich hin und gab keine Antwort. Die Anwesenden schwiegen verwundert. Eine Weile verstrich.
»Vielleicht hat er den Verstand verloren«, meinte Jakobus.
»Nein, hol ihm Wasser!«, befahl Jesus. »Aber keinen Krug, daraus würde er kaum trinken können, sondern einen Becher.«
Bartholomäus eilte davon.
»Thomas, geht es dir gut?«, fragte Johannes.
Noch immer keine Antwort. Bartholomäus kam zurück und reichte Thomas den Becher.

»Trink!«, sagte Jesus. »Trink alles.«
Thomas ergriff den Becher mit zitternden Händen und schluckte, nicht ohne dabei Wasser zu verschütten. Schließlich wandte er sich zu Jesus um, ergriff dessen Hände und schluchzte.
»Weine, wenn es sein muss!«, sagte Jesus.
Zunächst drangen beunruhigende Laute aus Thomas' Kehle. Dann kamen die Tränen. Ein spitzer Schrei, und Thomas schluchzte, tief über Jesus gebeugt, schluchzte und benetzte das Gewand mit Tränen. Jesus legte ihm die Hand auf den Rücken. Mehrmals glaubten sie, der Anfall sei vorüber, doch dann flammte er umso heftiger wieder auf.
Durch den Schrei aufgeschreckt, kamen Petrus' Frau, seine Mutter und die Magd herbei.
»Wie ...«, murmelte Thomas.
Dann sagte er bis zum Abendessen kein Wort mehr. Petrus und Andreas kamen mit großen Hechten vom Fischen zurück. Sie hatten einen guten Teil des Fangs gegen Wein eingetauscht, da sie ein üppiges Mahl bereiten wollten, das ihres Herrn würdig war. Man setzte sie über den Schockzustand von Thomas in Kenntnis, was ihre Freude dämpfte. Das heißt bis zu jenem Augenblick, da Thomas aus seiner Benommenheit erwachte.
Und das waren seine ersten Worte: »Nur der Gesandte Gottes kann aus dem Reich der Toten zurückkehren.«
»Aber was war ich dann, bevor ich zu den Toten ging?«, murmelte Jesus.
Doch diese Frage war zu schwierig für die Versammlung. Alle wandten sich zu Jesus um.
Er erhob seinen Becher und sprach: »Trinkt auf den Sieg des Himmelreichs.«
Fünf Tage später kam es zu drei Zwischenfällen in Kafarnaum.

Zunächst traf ein Mann aus dem Süden ein – man erkannte ihn an seinem judäischen Akzent –, der einen aufgeregten Eindruck machte. Er fragte bei dem Gemüsebauern nach dem Haus von Petrus dem Fischer, einem der Jünger Jesu. Der Bauer erkundigte sich, ob er eigens aus Judäa gekommen sei, um Petrus zu sehen; der Mann sagte Ja und behauptete, er habe seit mehr als einem Monat ein Geschäft mit ihm abzuschließen. Der Bauer schickte den Fremden in die Irre, denn er wusste, dass Petrus seit drei Monaten keinen Fuß mehr nach Judäa gesetzt und nichts mehr mit Judäa zu tun hatte. Der Fremde, der Petrus sehen wollte, war also sicher ein Lügner, der nichts Gutes im Schilde führte.
Der Mann schlug also die entgegengesetzte Richtung von Petrus' Haus ein. Unterwegs tauchten plötzlich wie aus dem Nichts drei andere Männer auf. Sie wiesen ihm den Weg zu einem abgelegenen Haus am Strand und erboten sich, ihn hinzuführen. Sobald sie eingetreten waren, überwältigten sie den Mann, fesselten und durchsuchten ihn. Unter seinem Gewand trug er einen langen Dolch. Sie kannten diese Art Waffe und befragten ihn.
»Warum wolltest du Petrus treffen?«
Der Fremde schrie und wehrte sich. Er bekam einen Fausthieb in den Magen versetzt.
»Wer hat dich geschickt?«
Als er wieder zu Atem gekommen war, schrie er erneut. In diesem Augenblick trat ein fünfter Mann ein.
»Die einzige Möglichkeit, dieses Haus lebendig zu verlassen«, sagte er zu dem Gefangenen, »ist, uns zu sagen, wer dich schickt.«
»Simon ben Josias«, gestand der verängstigte Mann.
»Wie lautet dein Auftrag?«
»Sie behaupten, dieser Aufwiegler Jesus sei aus dem

Reich der Toten auferstanden. Ich soll … ihn dorthin zurückbefördern.«
Joachim, er war der fünfte Mann, richtete sich auf.
»Der Tod wäre ein zu sanftes Los für dich. Ich werde etwas Schlimmeres tun: Ich werde dich lebend zurückschicken. Kehre zurück nach Gezer und sage Simon, dass es in Galiläa keinen Judas Iskariot gibt. Danke für den Dolch.«
Sie banden den Mann los, versetzten ihm eine Ohrfeige und einen Tritt in den Hintern. Der rannte davon wie ein geprügelter Hund.
In der folgenden Stunde begab sich Joachim zum Haus des Petrus und erklärte: »Die Gefährten des Judas sind gekommen, sie suchen deinen Meister. Wir haben den ersten weggeschickt, aber es könnten andere kommen.«
Petrus erbleichte, und als Joachim wieder gegangen war, lief er zu Jesus, um ihn in Kenntnis zu setzen. Maria, Lazarus, Johannes und Jakobus waren ebenfalls anwesend.
»Hol Joachim zurück! Ich will ihn sehen.«
»Aber dann weiß er, dass du hier bist.«
»Merkst du denn nicht, dass er es schon längst weiß?«
Sie warteten also gemeinsam mit Jesus, bis Joachim wiederkam.
»Die Erzengel selbst werden kommen, um zu verkünden, dass die Welt verloren ist, dass Judäa nicht hören will. Es ist wirklich eine Welt der Sünde. Die, die die Bücher hüten, sind blind, und die, die sie nicht gelesen haben, wollen das Verbrechen des Kain wiederholen.«
Auf allen Gesichtern war Betroffenheit zu lesen. Bislang war ihnen die Welt wie ein Feld erschienen, auf dem zaghaft die neue Ernte spross, doch plötzlich schienen die Heuschrecken zurückgekehrt zu sein.
»Ich sehe, ihr seid alle von Furcht erfüllt«, fuhr Jesus fort, »weil ein Zelot nach Judäa gekommen ist, in der Hoff-

nung, das zu vollbringen, was Judas nicht gelungen ist. Doch wisset, dass der Mensch, der sich dem Wort widersetzt, einem Kind gleicht, welches das Meer mit einer Mauer aus Sand zurückhalten will. Selbst wenn sie mich erneut ergreifen und wieder ans Kreuz schlagen, wird sich nichts ändern. Von dieser Gewissheit sollt ihr durchdrungen sein. Die Furcht wird euren Geist nur trüben und euch ungeschickt machen.«

»Furcht«, sagte Maria, »ruft Vorsicht wach.«

»Und bedenke«, rief Petrus, »als sie dich ins Grab gelegt haben – das hast du selbst gesagt –, sind wir geflohen wie die Spatzen. Wir bitten dich, sei vorsichtig!«

Jesus seufzte.

»Ihr sprecht von Vorsicht. Habe ich nicht meinen Bart abgenommen, damit sie mich nicht erkennen? Ich weiß, mein Werk ist nicht vollendet. Aber ich will nicht, dass ihr in steter Furcht lebt und erschreckt, sobald es an der Tür klopft.« Er wandte sich an Maria, Marta und Lazarus. »Als ihr mich bei Dositheus besucht habt, habe ich euch da nicht selbst gesagt, dass man sich vor Spitzeln in Acht nehmen muss? Ich bin nicht furchtlos. Ein drittes Leben wird mir der Herr nicht gewähren.«

Thomas blieb vor Staunen der Mund offen stehen. Lazarus und seine Schwestern hatten Jesus also schon vorher gesehen? Bei Dositheus? Aber wer war Dositheus? Und welchen Platz nahm diese Familie im Herzen Jesu ein?

Joachim kam also zurück. Im Garten angelangt, wich seine Sicherheit der Furcht, und im Angesicht Jesu einem unterwürfigen Schrecken. Er trat vor ihn und kniete nieder, küsste seine Hände und sagte: »Segne mich, Gesandter Gottes!«

Jesus segnete ihn, sagte, er solle sich erheben und sich zu ihm setzen.
»Bist du Zelot?«
»Ja, ich bin der Anführer der Zeloten von Kafarnaum. Die beiden Zeloten, mit denen du gekreuzigt wurdest, waren aus Judäa, und Judas, der dich verraten hat, war auch aus Judäa.«
»War der Mann, den du zurückgeschickt hast, auch ein Zelot?«
»Ja, ich habe ihn nicht nur zurückgeschickt, ich ließ ihn schlagen und ihm seinen Dolch abnehmen.«
Er zog die Waffe aus dem Gewand, und alle erschauderten. Das armlange Messer funkelte, es war die Waffe der Sikarier, der Dolchleute, wie man diese besonders kampflustige Gruppe der Zeloten nannte.
»Sie war für dich bestimmt«, sagte Joachim zornig.
»Also seid ihr Zeloten aus Judäa euch nicht einig mit den Zeloten aus Galiläa? Oder täusche ich mich?«
»Wir sind uns nicht einig, was dich betrifft. Hier bist du der Gesandte des Allmächtigen. In Judäa bis du ein Prediger, der das Volk vom Aufstand ablenkt.«
»Vom Aufstand«, wiederholte Jesus nachdenklich. »Aber was bereitet ihr denn vor?«
»Eine Volkserhebung gegen die Römer. Und gegen die Herren von Jerusalem.«
Jesus senkte den Kopf.
»Ich wusste es schon«, murmelte er. »Ich wollte, dass die anderen es aus deinem Mund erfahren. Trunken vor Macht wird die große Hure also in ihrem eigenen Blut verenden! Geh, Joachim, ich segne dich, aber du weißt nicht, was ihr vorbereitet! Wenn du es wüsstest, würde dein Herz vor Grauen aufhören zu schlagen, und deine Knochen würden vor der Zeit zu Staub zerfallen. Geh!«

Joachim erhob sich.
»Meister«, sprach er, »wisse, dass du in Galiläa in Sicherheit bist, nicht aber in Judäa. Geh nicht nach Judäa! Ich bin dein Diener, ruf mich, und ich werde kommen.«
Jesus nickte.
»Das Volk von Israel hat sich in einen rasenden Stier verwandelt, und nichts wird es aufhalten können, nicht einmal die Römer«, sagte er finster.
Nachdem Joachim gegangen war, legte sich ein lastendes Schweigen über den Garten.

Der zweite Zwischenfall bestand im Eintreffen eines atemlosen Dieners aus dem Hause ben Esra in Magdala. Eine sechsköpfige Abordnung der persönlichen Wache des Herodes Antipas war vorstellig geworden und hatte nach Maria verlangt. Die Diener hatten geantwortet, sie sei verreist und sie wüssten nicht, für wie lange und wohin. Daraufhin hatten die Soldaten das Haus durchsucht und waren wieder gegangen.
»Joachim hat sich geirrt«, sagte Lazarus, »auch Galiläa ist kein sicherer Ort mehr.«
»Das Wichtigste ist, dass das Nest leer war«, bemerkte Jesus. »Sie werden also nicht wiederkommen.«
»Aber warum regt sich dieser alte Hohlkopf von Herodes jetzt so auf?«, rief Lazarus.
»Sicherlich weil ihm das Gerücht zu Ohren gekommen ist, dass mich Maria mit Unterstützung seiner Mutter gerettet hat. Und wohl auch, weil er fürchtet, meine Rückkehr nach Galiläa könne zu Unruhen im Reich führen.«
Und wieder sperrten die Jünger vor Verwunderung den Mund auf. Maria hatte ihn gerettet? Und noch dazu mit Hile der Mutter des Herodes Antipas? Wie passte das zu

der Tatsache, dass er sich bei Dositheus aufgehalten hatte, ehe sie ihn wieder trafen?

In dem Zustand der Erregung, in dem sie sich befanden, war es ratsam, ihnen die Dinge mit einfachen Worten zu erklären.

»Ich sehe, dass ihr euch fragt, welche Rolle Maria, ihre Schwester und ihr Bruder in den vergangenen Wochen gespielt haben«, sagte Jesus. »Habt ihr denn nie darüber nachgedacht, was in den drei Monaten seit meiner Kreuzigung geschehen ist?«

Diese Frage schien sie zu überraschen. Sie waren so erschüttert, ihn lebend wiederzusehen, dass sie sich überhaupt keine weiteren Gedanken gemacht hatten.

»Wir dachten, du wärest im ... *scheol*, im Totenreich«, antwortete Petrus.

»Wir glaubten«, fuhr Johannes fort, »du seist gen Himmel gefahren.«

»Ihr wart also der Meinung, ich sei bei den Toten. Aber es hätte doch gar keinen Sinn gegeben, dort drei Monate zu bleiben und dann zurückzukehren. Ich habe das Grab in der Nacht verlassen, in der man mich hineingelegt hat. Ich war schwer verletzt und sehr geschwächt. Ich musste mich an einem sicheren Ort erholen, wo meine Feinde mir nichts anhaben konnten, und Maria, Marta, Lazarus und andere haben diesen Ort unter Gefahren ausfindig gemacht. Hegtet ihr etwa Zweifel daran, dass ich ein Mensch bin? Ihr habt gesehen, wie ich mit euch gegessen und getrunken habe, wie ich geschlafen, gelacht oder mich erregt habe. Und ich weiß, dass ihr euch noch andere Fragen über meine menschliche Natur stellt. Ihr konntet sehen, dass ich hinke. Ihr habt auch gesehen, dass ich mir den Bart abgenommen habe, um meinen Feinden nicht wieder in die Hände zu fallen.«

Sie blieben nachdenklich.
»Der Geist Gottes ist mir dir«, sagte Johannes.
»Das ist er sicherlich, denn Er wollte, dass ich zurückkomme und meine Mission vollende.«
»Und dieser Dositheus?«
»Er ist ein Gefährte aus meiner Zeit in Qumran. Wir haben dort gemeinsam gelernt, unseren Geist von Unnützem zu befreien, auf die Stimmen in den Büchern zu lauschen und mit den Augen des Herzens zu sehen. Wir haben auch gelernt, Argwohn gegen jene zu hegen, die sich als alleinige Hüter der göttlichen Absichten darstellen. Ich habe es euch schon gesagt, das Gesetz ist nichts ohne das Licht des Geistes. Sonst würde es dem Bösen erlauben, ruhig zu schlafen, weil er die Rituale vollzogen hat, und den Gerechten zu verfolgen, weil dieser das Gesetz ohne böse Absicht übertreten hat. Deshalb haben es die Pharisäer und Sadduzäer mit der Angst zu tun bekommen.«
»Wer von euch wird, wenn ihm am Sabbat das Schaf in die Grube fällt, es nicht sofort wieder rausziehen?«, zitierte Johannes.
Jesus lächelte. Das waren ebendie Worte, die er einst an die Pharisäer gerichtet hatte.
»Warum hast du dann Qumran verlassen?«, fragte Thomas.
Hatte er erst im Grab liegen müssen, damit sie sich Fragen über sein Leben stellten?
»Die heilige Meditation ist wichtig für den Menschen, denn ohne sie ist er nichts als eine dunkle Bleibe. Nur ein Mensch, der meditiert, entzündet sein Licht. Aber wer sich darauf beschränkt, gibt sich der Selbstsucht hin. Das heilige Licht, das sein Haus erhellt, leuchtet nicht für die anderen. In Qumran behielten wir unser Licht für uns. Also sind Dositheus und ich gegangen.«

»Warum ist er dann nicht bei uns?«, fragten Thomas und Bartholomäus wie aus einem Mund.

Sie wollten sagen: Warum gehört er nicht zu deinen Jüngern?

Er zuckte die Schultern.

»Qumran wurde nicht gegründet, um meine Jünger auszubilden.«

Er entsann sich der kristallenen Trockenheit der Luft, der metallisch glühenden Hitze über dem Salzmeer und des unfruchtbaren Sandes. Dort hatte er zum ersten Mal Dämonen gesehen: missgestaltete Zwerge. Mit der ihnen eigenen Schamlosigkeit liefen sie selbst am helllichten Tage überall herum. ›Sie sind schmutzig‹, hatten ihm die Meister gesagt, die Erfahrung mit der Einsamkeit hatten. ›Es sind die Exkremente der Seele und jener Verstorbenen, die das Licht nicht gekannt haben.‹ Also lief er ihnen nach und schrie: ›Licht!‹, dann flohen sie und verschmolzen mit den Mauern. Am Ende schienen sie ihn zu meiden und ergriffen die Flucht, sobald er sich ihnen näherte. Und doch war es in dieser steinernen Umgebung gewesen, aus der alles Leben verbannt schien, wo er die Verklärung des Fleisches kennen gelernt hatte. Das geistlose, erbärmliche, ja verachtungswürdige Fleisch, das seine und das der anderen, war entflammt wie trockenes Dornengestrüpp, dem brennenden Dornbusch gleich. Es konnte mit heller, knisternder Flamme brennen, und dann – oh Wunder – reinigte es die Seele! Ja, die Geschlechtlichkeit läuterte die Seele. Der Himmel ergoss sich über die Erde, wenn die Liebe die Selbstsucht aufhob.

Er merkte, dass sie auf weitere Erklärungen warteten.

»Dositheus ist der Auffassung, das Gesetz sei schon aufgehoben. Und tatsächlich könnte es bald so geschehen.«

»Meister!«, rief Petrus. »Dieser Mann ist gottlos!«

»Petrus, warum ist deine Zunge nur immer schneller als dein Verstand? Habe ich dich nichts gelehrt? Oder musst du reden wie die Pharisäer? Die Hüter des Gesetzes hüten nichts anderes mehr als Schriftrollen. Sie hüten vor allem die Schriftrollen, die ihre eigenen Vorrechte garantieren – den Leviticus und die Numeri. Wie mir sprechen sie allen das Recht ab, sich auf die Bücher zu berufen und deren Geist zu rühmen. Sie erinnern mich an jenen Kammerdiener eines reichen Grundbesitzers, der sich am Ende selbst für den Herrn hielt. Er wollte die Söhne seines Herrn enterben, weil er sie seiner für unwürdig hielt. Als der Herr ihn fortjagte, schimpfte der Kammerdiener ihn einen Undankbaren, so wie die Pharisäer mich einen Gotteslästerer schimpfen. Das Gesetz ist in der Tat in Gefahr, und ich bin gekommen, es zu vervollständigen. Ich verachte Dositheus nicht, er ist ein aufrechter, aufgeschlossener und inbrünstiger Mann. Er hat mich aufgenommen, als meine Wunden noch nicht verheilt waren. Menschen können Brüder sein, ohne Zwillinge zu sein. Der Orangenbaum und die Tamarinde können nebeneinander in derselben Erde wachsen.«
»Manche behaupten, er sei der Messias, und das hat er sicher über sich selbst verbreitet«, rief Thomas. »Wie kannst du sagen, er sei ein aufrechter Mann? Bist du nicht selbst der Messias?«
»Bin ich gesalbt worden?«, fragte er. »Übertragt nicht eure Wünsche auf mich. Dositheus ist der Messias für die, die in ihm den Messias sehen wollen, ich aber kann nicht mein eigener Messias sein. Ich kann es nur durch den göttlichen Willen werden, so wie der Schäfer David durch die Vermittlung des Propheten Samuel König wurde. Ich bin nur der Diener dieses Willens. Und dieser Wille ist, dass ich durch die Liebe der anderen überlebt habe und

nicht durch den Anspruch König oder Hohepriester zu sein.«
Er sah Maria, Marta und Lazarus an.
Reglos wie Statuen hatten sie seinen Ausführungen gelauscht. Jetzt richteten sich alle Blicke auf sie. Man hörte fast, wie die Fragen durch die heiße Luft in jenem sonnigen Garten am See von Galiläa flirrten, wie sie kreisten und wirbelten. Aber wer waren diese Menschen, die das unendliche Vorrecht gehabt hatten, ihren Meister aufzunehmen, als er aus seinem Grab kam? Und die hartnäckigste Frage: War die irdische Liebe mit der himmlischen vereinbar?
Sie vergaßen, dass sie – Thomas und Johannes ausgenommen – alle verheiratet waren.
Jesus schaute die Anwesenden der Reihe nach an. Auch er vernahm sie, diese armseligen Fragen! Aber noch war die Stunde nicht gekommen, sie zu beantworten.

Der dritte Zwischenfall trug sich am späten Nachmittag zu. Der Rabbiner Raguel begab sich zum Haus des Petrus. Das war ein Ereignis. Raguel war noch nie bei Petrus gewesen. Er ging zu niemandem. Es musste sich etwas Besonderes zugetragen haben, wenn er das Haus verließ. Die Schwiegermutter des Petrus teilte ihm mit, ihr Eidam befinde sich im Garten.
Der Rabbiner stieg die drei Stufen hinab und ließ seinen Blick über die Versammelten schweifen, die ihn ihrerseits musterten. Außer Petrus und Andreas kannte er niemanden. Petrus eilte ihm entgegen, und seine Frau brachte Brot, Salz und einen Krug Wein. Der Rabbiner nahm Platz. Er brach das Brot, tauchte es sinnbildlich in das Salz, aß und sah zu seinem Gastgeber auf.
»Dass ich zu dir gekommen bin, Petrus, heißt nicht, dass

ich weiß, was ich von allem halten soll. Heute Mittag erschien ein Gesandter aus Jerusalem in Begleitung eines Hauptmanns der Tempelwache und vierer Männer bei mir. Er überbrachte ein amtliches Schreiben des Hohepriesters Kajaphas. Aufrührerische Gerüchte behaupten, der Prediger Jesus habe sein Grab verlassen und sei in unserer Stadt gesehen worden. Er hält das für ein gottloses Märchen, weil niemand sein Grab verlassen kann. Er hat mich beauftragt, deinen Bruder Andreas und dich in die Synagoge vorzuladen, um euch zu verhören, weil er annimmt, dass ihr die Urheber dieser Märchen seid, da sie ihren Ursprung in Kafarnaum haben.«

Bleiernes Schweigen folgte auf seine Worte. Raguel fuhr fort.

»Ich kenne dich, und ich weiß, dass du keine Märchen erfindest, und ich glaube genauso wenig, dass Tote ihr Grab verlassen. Darum weiß ich auch nicht, was ich von der Sache halten soll. Und im Übrigen auch nicht, was ich tun soll.«

»Wo ist der Gesandte jetzt, Rabbiner?«

Das hatte Jesus gefragt.

»Er ist in meinem Haus. Er wartet, dass ich mit Petrus und Andreas zurückkomme.«

»Nein, wir werden ihm sagen, dass er herkommen soll«, sagte Jesus.

Maria unterdrückte einen Schrei. Der Rabbiner schien erstaunt ob dieses Vorschlags.

»Wer bist du?«, fragte er.

»Das wirst du bald erfahren. Petrus, schick Abel, diesen Gesandten holen!«, sagte Jesus.

Abel lief los. Sie warteten. Raguel musterte Jesus, den er einst in Galiläa hatte predigen hören, den er jedoch nicht wiedererkannte. Trotzdem hatte er eine leise Vorahnung.

Er fügte sich dem Befehl des Unbekannten und ließ ihn nicht mehr aus den Augen. Die Synagoge war nicht weit, und etwa zwanzig Minuten später kam Abel mit einem Mann zurück, den Jesus sofort erkannte: Es war Malkiyya, der Gerichtsschreiber des Hohen Rates. Er trat mit hochmütiger Miene vor die Anwesenden vor und betrachtete sie verärgert. Dann wandte er sich an Raguel.

»Rabbiner, ich habe dir gesagt, dass du die beiden Männer namens Petrus und Andreas vorladen, nicht dass du mich auf die staubigen Straßen zerren sollst!«

Raguel schien verwirrt. Die Gestalt des Hauptmanns der Tempelwache zeichnete sich in der Küchentür ab, hinter ihm erkannte man seine vier Handlanger.

»Setz dich, Malkiyya!«, sagte Jesus.

Malkiyya wandte sich verblüfft um.

»Setz dich, Gerichtsschreiber!«, befahl Jesus. »Du wolltest mich holen, du hast mich gefunden.«

»Bist du Petrus?«, fragte Malkiyya und nahm Platz.

»Nein.«

»Dann bist du also Andreas?«

»Nein.«

»Mit welchem Recht ...«

»Ich bin Jesus, Malkiyya.«

Er erhob sich und ging zu dem Gerichtsschreiber, der die Augen verwundert aufriss.

»Erkennst du mich nicht?«, rief er mit kaum verhohlenem Zorn und zeigte ihm die Ober- und Unterseite seiner Handgelenke. »Sieh dir jetzt meine Füße an, Gerichtsschreiber! Ich befehle es dir!«

Malkiyya beugte sich vor und erkannte die Narben an den Füßen. Er wedelte mit der Hand vor dem Gesicht herum, als wolle er einen Geist vertreiben. Er schaute zu Jesus auf und erkannte seinen Blick. Dieser Blick! Nein, den Blick

des Verurteilten hatte er seit jener turbulenten Ratssitzung an jenem denkwürdigen Vorabend des Pascha nicht vergessen!
»Nein, Malkiyya, ich bin kein Geist!« Jesus fasste ihn am Arm und schüttelte ihn. »Berühr mich, ich bin aus Fleisch und Blut, aus jenem Fleisch und Blut, das ihr zerstören wolltet, weil die Stimme, die dazu gehörte, euch Furcht einflößte, ganz so, wie sie dir jetzt Furcht einflößt. Erinnerst du dich, Malkiyya, wie Kajaphas mir einen Schlag ins Gesicht versetzen wollte und dabei dein Tintenfass umgestoßen hat?«
Malkiyyas Mund blieb offen, die Augen weiteten sich, traten jetzt fast aus den Höhlen. Er rang nach Luft und wich zurück vor Entsetzen, das ihm der Auferstandene einflößte.
Der verblüffte Hauptmann sah dem Schauspiel ohnmächtig zu.
»Erkennst du mich jetzt, Gerichtsschreiber? So wach doch auf!«
Jesus versetzte dem Gerichtsschreiber einen Schlag ins Gesicht, der in der Abendluft widerhallte.
Malkiyya stieß einen grauenvollen Schrei aus, den spitzen Schrei einer gequälten Frau. Der Hauptmann erbleichte. Sein Blick glitt über die Anwesenden. Es waren an die zwölf, und er hatte nur vier Männer. Beim geringsten Anzeichen würde sich nicht nur dieses Dutzend, sondern die ganze Stadt auf sie stürzen und dazu noch der Blitz des Himmels auf sie niederfahren.
»Nein! Erbarmen!«
»Hast du Erbarmen mit mir gehabt, du Schreiber des Satans? In deiner Feigheit bist du erneut hergekommen, um meine Jünger zu verfolgen, nicht wahr! Du wolltest sie festnehmen und nach Jerusalem bringen,

nicht wahr! Kehr jetzt zurück nach Jerusalem und sag deinem Herrn Kajaphas, dass die Rache des Herrn, den er mit jedem Atemzug verrät, schrecklich sein wird! Dass sie den Tempel, in dem er seine heuchlerischen Andachten abhält, in Asche zerfallen lassen wird! Und dass er, Kajaphas, der Hohepriester der Lüge, das Los der Soldaten beneiden wird, die ohne Grab fallen!«

Malkiyya, der noch immer wie abwehrend die Hände ausgestreckt hielt, war fast von seinem Stuhl gerutscht. Neben ihm stand der verstörte Rabbiner, die Arme vor der Brust verschränkt. Von den lauten Stimmen angezogen, waren Petrus' Frau, seine Mutter und die Magd auf den Stufen erschienen und hatten den Hauptmann der Tempelwache beiseite gestoßen, um das Geschehen zu beobachten.

»Verschwinde, Papier-Sikarier! Erzähl, was du in Kafarnaum gesehen hast! Erzähl ihnen, dass du Jesus gesehen hast! Sag ihnen, dass du das Märchen namens Jesus gesehen hast! Möge jedes deiner Worte ein Nagel in ihrem faulenden Fleisch sein! Und bereue auf der Stelle, denn in deinem Fall wird eine Ewigkeit nicht dafür ausreichen!«

Verstört raffte Malkiyya sein Gewand und entfloh mit kurzen erstickten Schreien durch den Garten. Der Hauptmann, gefolgt von seinen Männern, eilte hinterdrein. Als sie an Jesus vorbeikamen, sahen sie ihn an, als sei er eine Spukerscheinung.

»Wollt ihr mich festnehmen?«, schrie er sie an. »Wagt es nur!«

Sie wichen bleich zurück. Dann rannten sie, so schnell ihre Füße sie trugen, dem Gerichtsschreiber nach.

Alle, die sich im Garten befanden, verharrten eine Weile wie erstarrt. Petrus, Andreas, Johannes, Jakobus, Bartholomäus, Maria, Marta, Lazarus, Abel, die Frau von Petrus und seine Mutter, die Dienerschaft. Und Raguel. Zwei Welten waren aneinander geraten, die Welt des Lichts und Glaubens und die der begriffsstutzigen Beamten, die sich bei der ersten Gelegenheit in Folterknechte verwandelten. Die erste hatte die zweite in die Flucht geschlagen. Und plötzlich liefen sie alle zu Jesus, umarmten ihn und bedeckten ihn mit Küssen. Sie seufzten. Er musste vor Zorn nach Atem ringen. Die Frauen schluchzten

»Ehre sei Gott!«, rief Raguel. »Ehre sei Gott!«

Er fiel vor Jesus auf die Knie und weinte.

»Ehre sei Gott!«

»Ehre sei Gott!«, wiederholte Thomas mit dröhnender Stimme.

»Sorgt dafür, dass sie triumphiert, die Ehre Gottes!«, antwortete Jesus. »Raguel, möchtest du mit einem Geist zu Abend essen?«

Der Rabbiner machte ein so verblüfftes Gesichts, dass Lazarus in schallendes Gelächter ausbrach. Jesus lächelte. Doch er war sich des Ernsts der Lage bewusst. Die Waffenruhe war beendet: Innerhalb eines einzigen Tages waren dic Feindseligkeiten mit den Zeloten des Südens, mit Herodes Antipas und dem Hohen Rat wieder ausgebrochen. Seit seiner Festnahme und Kreuzigung hatte sich nichts zum Guten geändert, ganz im Gegenteil, die Haltungen hatten sich verhärtet. Offensichtlich war ein auferstandener Jesus für sie gefährlicher als der vor der Kreuzigung. Der Kampf ging weiter.

15

Dämonen und Sterne

Bewundern. Verehren. Glauben. Im unendlich Kleinen, Vergänglichen, Unbedeutenden, Flüchtigen das unendlich Große, das Innewohnende, Prachtvolle, Unvergängliche finden.
Lässt man sich vom Geist beherrschen, wird der Körper göttlich.

Ich bin eine Mauer, meine Brüste gleichen Türmen.
Da hab ich in seinen Augen Gefallen gefunden.
Salomo besaß einen Weinberg in Baal-Hamon;
Den Weinberg übergab er Hütern.
Für seine Frucht würde jeder tausend Silberstücke bezahlen.
Mein eigener Weinberg liegt vor mir.
Die tausend lass ich dir, Salomo,
Und zweihundert noch denen, die seine Früchte hüten.

Er hatte ihre Brüste, ihren Leib, ihre Hände und Füße göttlich gemacht, ganz so wie seine Schultern, sein Leib und seine Beine göttlich waren. Er hatte in ihr ein Licht entzündet, und ihr Körper war Licht geworden.
Keine Frau der Welt, so dachte sie, ist mir gleich.
Sie seufzte. Sie wusste, dass sie sterblich war. Sie war wie tot gewesen, als sie ihn tot geglaubt hatte. Aber jetzt war

sie unsterblich, weil sie ihn liebte. Er schenkte das Leben. Hatte er nicht Lazarus von den Toten zurückgeholt? Was hätte sie anderes tun können, als ihn selbst aus dem Grab zu holen? Er war sie, und indem sie ihn dem Tod entrissen hatte, hatte sie sich selbst gerettet.

Zum ersten Mal seit Monaten wurde sie sich wieder des eigenen Körpers und auch des seinen bewusst. Streichelte er ihre Brüste, hätte sie ihn gerne gestillt. Nahm er sie, hätte sie ihn gerne geboren. Wenn das Lodern ihres Leibes sich in ein Schluchzen in ihrer Kehle verwandelte, war ihr, als würde die Nacht sie in den Himmel emportragen. Und wenn er seinen Kopf zwischen ihren Brüsten vergrub, schien ihr die Zeit aufgehoben: Sie war zugleich tot und lebendig, endlich und unendlich, erfüllt von einem Sein ohne Grenzen.

Er ist mein Gesetz, dachte sie etwas später. Er ist meine Religion. Aber er ist auch der Geist. Er ist ein Mensch und doch vom Geist Gottes erfüllt.

Sie sprach mit ihrer sterblichen Stimme zu ihm: »Du hast die Dämonen aus mir ausgetrieben, und die Sterne haben in mir Einzug gehalten. Dich zu lieben heißt, den Herrn zu lieben, der dich gemacht hat.«

Er streichelte ihr Haar.

»Als Malkiyya hier war, habe ich an etwas gedacht«, fuhr sie fort. »Deine Macht ist umso größer, als dieser Mann glaubte, du seist von den Toten auferstanden. Diese Macht brauchst du, da du den Kampf fortsetzen willst.«

Er verstand ihre Andeutung.

»Wenn du nicht die Herzen der Menschen erwecken kannst, dann wecke ihre Angst. Ab jetzt wird man dich überall fürchten, sie werden sich voller Angst und Hochachtung vor dir verneigen, so wie der Weizen sich vor dem Schnitter neigt.«

Er lächelte. »Und meine Jünger? Sie auch?«
»Du hast ihre Schwäche ermessen? Deine Macht wird ihre Stärke sichern.«
»Maria, die einzige Furcht, die ich verbreiten will, ist, wie du weißt, die vor dem Allmächtigen. Die sollen all jene zu spüren bekommen, in deren Herzen Ungerechtigkeit herrscht.«
Er ging hinaus, um seinen Körper zu reinigen, nicht von der Frau, sondern vom eigenen Schmutz, von Staub und Schweiß. Das war einer der Punkte, in denen er seit Qumran nicht mit der Lehre der Bücher übereinstimmte: Nur in den Augen der Unreinen war die Frau unrein. Gott hatte sie geschaffen, also war sie zu Seinem Ruhm bestimmt. Gott hatte alle Körper geschaffen: Wenn sie Ihn anerkannten, brauchten die Worte der Bücher sie nicht zu reinigen, da sie bereits rein waren. Und wenn sie Ihn nur mit Worten anerkannten, waren alle Opfer und Rituale der Welt nutzlos.

16

Der Fehlschlag

Das Wenige, was von Kajaphas' Gesicht zu sehen war und nicht von den buschigen Brauen, dem Oberlippen- und Backenbart verdeckt war, erinnerte an ein unruhiges, wütendes Tier. Er saß in einem majestätischen Sessel, fast einem Thron, aus Zedernholz, dessen Armlehnen mit silbernen Löwenköpfen verziert waren. Das Kinn auf die Brust gedrückt, hielt er die Hände um die Mäuler der Raubtiere geklammert. Sein Blick fixierte die Person – man wäre geneigt zu sagen die Kreatur –, die vor ihm auf einem niedrigen Sitz kauerte: in sich zusammengesunken, den Kopf gesenkt, wie leblos.

Der Hohepriester schwenkte eine kleine Glocke, ein Diener öffnete die Tür zu dem Privatarbeitszimmer und eilte zu seinem Herrn.

»Hol mir Saulus!«, befahl Kajaphas. »Wo auch immer er sein mag.«

Saulus hielt sich zu diesem Zeitpunkt beim Schatzmeister des Hohen Rates auf. Wenig später war er zur Stelle. Sobald er den Raum betrat, begriff er die Lage und witterte Unheil. Er hatte Malkiyyas Reise nach Kafarnaum selbst angeregt, und die war ganz offensichtlich nicht eben glücklich ausgegangen.

»Du hast mich rufen lassen, Hoher Priester?«

Kajaphas deutete mit dem Kinn auf den Gerichtsschreiber. »Sprich, Schreiber!«

»Ich habe ihn gesehen«, sagte Malkiyya mit einer Stimme, die aus dem Jenseits zu kommen schien.
»Wen hast du gesehen?«, fragte Saulus.
»Den Messias. Den Auferstandenen.«
»Wo hast du ihn gesehen?«, Saulus sah ihn ungläubig an und schluckte.
»In Kafarnaum, im Haus von Petrus.«
»Woran hast du ihn erkannt?«
»An den vernarbten Wunden des Kreuzes.«
»Vielleicht war es ein anderer Missetäter.«
»Nein, er hat mich gleich mit meinem Namen angesprochen. Er hat das umgestoßene Tintenfass erwähnt. Daran hätte sich kein anderer erinnern können. Er weiß alles. Ich habe sein Gesicht wiedererkannt.«
Saulus' Bestürzung währte nicht lange.
»Warum hast du ihn nicht festgenommen? Du warst doch von Wachen begleitet.«
Malkiyya hob das Gesicht zu Saulus.
»Einen Messias festnehmen? Den Zorn des Himmels herausfordern? Der Hauptmann und seine Männer hatten noch mehr Angst als ich! Hast du denn keinen Glauben?«
Saulus und Kajaphas wechselten Blicke.
»Gut, Malkiyya«, sagte der Hohepriester, »ich glaube, du brauchst etwas Ruhe.«
»Ruhe? Warum?«
»Ich schlage dir vor, einige Tage freizunehmen.«
Malkiyya starrte den Hohen Priester an, als sei er von Sinnen.
Saulus sah wieder die Verhandlung vor sich, empfand die bedrückende Stimmung, den Geruch nach Wachs und nach dem Schweiß, nach dem Atem derer, die dort versammelt waren, um ein Urteil zu fällen, von dem sie

wussten, dass es von Übel war. Er sah wieder Malkiyya, der unbeeindruckt den Richterspruch niederschrieb. Ein Triumph der Macht und des Ruhms des Tempels. Der durch den galiläischen Prediger angezettelte Aufruhr war gebändigt. Und er, Saulus von Aristobul, hatte sich dazu beglückwünscht. Er hatte stets alles verabscheut, was die Ordnung und Macht bedrohte, nach der er strebte. Doch der Magier von Galiläa, denn er war zweifellos ein Magier, verkörperte Unordnung, Herausforderung, Schimpf, Schande und Beleidigung. Und Gefahr. Er, Saulus, hatte also mit Befriedigung beobachtet, wie Malkiyya, im Schein der Kerzen über sein Pult gebeugt, jenes Urteil, ausgesprochen im Namen der Ordnung, des Tempels und der bestehenden Macht, auf den Papyrus brachte. Tod. Geißelung. Kreuz.

Der erbärmliche Anblick, den Malkiyya jetzt bot, löschte die Erinnerung an diesen Triumph mit einem Schlag aus. Selbst Saulus überkam plötzlich Angst: Die Ordnung hing also von dem Galiläer ab.

Malkiyyas Wandlung besiegelte diesen Fehlschlag. Und Saulus verabscheute Fehlschläge ebenso wie Unordnung. Seine Frau hatte es ihm gesagt: »Du liebst die Ordnung mehr als dein Leben, Saulus. Du bist ein echter Römer. Darum werden uns die Leute hier auch nie verstehen.«

»Geh jetzt!«, befahl Kajaphas dem Schreiber.

Dieser erhob sich und steuerte wie benommen auf die Tür zu.

Als er sie hinter sich geschlossen hatte, sagte Kajaphas mit dumpfer, finsterer Stimme: »Diese Reise war keine gute Idee, Saulus. Malkiyya hat sich, wie du vorgeschlagen hattest, mit einem Hauptmann und vier Wachen nach Kafarnaum begeben. Er ist zu Petrus, dem Jünger von Jesus, gegangen. Und dort hat er Jesus gesehen ...«

»Du glaubst, dass er Jesus wirklich gesehen hat?«, rief Saulus verblüfft aus.

»Ja, daran scheint mir kein Zweifel mehr zu bestehen. Der Hauptmann und die vier Wachen haben ihn ebenfalls gesehen. Er hat also überlebt. Er ist es eindeutig, er hat sich nur den Bart abgenommen, damit wir ihn nicht erkennen. Und jetzt muss ich hören, der Messias sei gekommen – welche Gotteslästerung!«

»Dann müssen wir eine größere Abordnung schicken! Man muss Jesus und seine Jünger festnehmen!«

Der Hohepriester sah ihn finster an und seufzte ungeduldig.

»Willst du, dass die gesamte Abordnung, die wir dorthin schicken, in seinen Bann gerät?«, rief Kajaphas aufgebracht. »Der Hauptmann und die vier Wachen, die in Kafarnaum waren, haben ihren Dienst im Tempel schon gekündigt. Und du hast ja selbst gesehen, in welcher Verfassung Malkiyya ist. Es ist offenkundig, dass er nicht als Gerichtsschreiber im Dienst des Tempels bleiben kann. Ganz davon zu schweigen, dass er und die Wachen durchaus in der Lage sein könnten, zum Feind überzulaufen und Gefolgsleute von Jesus zu werden.« Erregt fächelte Kajaphas sich Luft zu und fuhr dann fort: »Ich sage ja, das war wirklich keine gute Idee, die du da hattest.«

»Aber wir waren doch einer Meinung«, warf Saulus ein.

»Ja ... Ich habe mich beeinflussen lassen.«

Saulus schluckte seinen Ärger hinunter. Staubkörner tanzten in den Sonnenstrahlen. Vielleicht waren er, Kajaphas, Malkiyya und all die anderen nichts als Staubkörner in einem riesigen Sonnenstrahl.

»Und was sollen wir denn jetzt tun? Uns diesem Mann widerstandslos ausliefern?«

»Saulus, der auferstandene Jesus ist viel gefährlicher, als

er es vorher war. Allein sein Anblick erschreckt alle und seine Feinde noch mehr als die anderen. Ich frage mich, ob nicht selbst du in seinem Angesicht umschwenken würdest.«
Er lauerte gespannt auf Saulus' Reaktion. Der starrte ihn wütend an.
»Ich? Ich, Hohepriester? Du verdächtigst mich?«
»Offenbar ist alles möglich«, murmelte Kajaphas und gestikulierte wild mit den Händen.
Saulus stieß einen erstickten Laut der Empörung aus, doch Kajaphas schien dem keine Bedeutung beizumessen.
»Kurz«, fuhr er fort, »Jesus gilt fortan als der Gesandte des Allmächtigen und als der Messias, der Israel von ich weiß nicht was befreien wird. Wir müssen jetzt jeden unmittelbaren Zugriff vermeiden, denn der würde uns nur zum Schaden gereichen. Außerdem befindet Jesus sich zur Zeit in Galiläa, wo wir nicht eingreifen dürfen. Wenn wir trotzdem eine Strafexpedition dorthin schicken, würden wir genau das auslösen, was wir vermeiden wollen: einen Aufstand.«
Unaufgefordert nahm Saulus Platz.
»Wenn ich dich also recht verstehe, Hohepriester, hat dieser Mann die Partie gewonnen. Wir können nichts gegen ihn ausrichten. Er wird seine Weissagungen wieder aufnehmen. Und mit noch größerem Erfolg als zuvor. Er wird nach Judäa ziehen und zum König gekrönt werden.«
»Nein!«, schrie Kajaphas und richtete sich in seinem Sessel auf. »Nein! Wir müssen verhindern, dass er nach Judäa kommt! Der Mittelpunkt der israelischen Macht, *unserer* Macht, ist Jerusalem. Wir müssen verhindern, dass er nach Jerusalem kommt.«
»Und wie?«

»Ich weiß es nicht«, antwortete Kajaphas gedehnt. »Noch nicht.«
Er erhob sich und schenkte sich Wein aus einer goldverzierten Glaskaraffe in einen ebenfalls goldverzierten Glasbecher. Er trank langsam zwei Schlucke, dann stellte er den Becher ab.
»Erinnerst du dich«, fragte er Saulus, dessen Züge durch den Ärger noch hässlicher waren als ohnehin schon, »erinnerst du dich an diesen Judas, einen Iskarioten, der zu den Jüngern Jesu zählte und uns den Ort verraten hat, an dem sich dieser am Vorabend des Pascha-Festes befand?«
Saulus nickte. Der Hohe Rat hatte befürchtet, dass Jesus zum Pascha-Fest, das mehr als hunderttausend Pilger nach Jerusalem brachte, besonders mitreißende Predigten halten würde. Das hätte zu Unruhen führen können. Die Tempelpriester, der Oberbefehlshaber der Wache und zahlreiche Mitglieder des Hohen Rates hatten das Schlimmste befürchtet. Man musste Jesus also dringend festnehmen. Aber all die, die ihn so sehr fürchteten, wussten nicht einmal, wie er aussah. Der Befehlshaber der Tempelwache hatte daraufhin eine List vorgeschlagen: den einzigen unter seinen Jüngern zu bestechen, der nicht Galiläer war, damit er den Ort preisgab, an dem sich Jesus am Vorabend des Pascha befand, und ihnen den Mann zeigte. Dreißig Denare hatten den Handel besiegelt.
»Judas war nicht der Einzige, der sich Jesus vom Hals schaffen wollte«, sagte Kajaphas. »Die Zeloten von Judäa beschuldigen ihn, das Volk vom bewaffneten Kampf abzulenken.«
Er leerte sein Glas und schnalzte mit der Zunge. Saulus wartete den Rest seiner Ausführungen ab.
»Und dann?«, erkundigte er sich schließlich.

»Deshalb muss man die Zeloten von Judäa aufschrecken. Man muss ihnen Furcht einjagen, ihnen zu verstehen geben, dass Jesus, gestärkt durch seine vermeintliche Auferstehung und seine Erfolge in Galiläa, bald nach Judäa kommen und ihre Ziele gefährden wird.«

»Wir haben keine schlimmeren Feinde auf der Welt als die Zeloten! Es ist ihre erklärte Absicht, uns zu vernichten, sobald sie die Römer vertrieben haben.«

»Ich weiß, ich weiß. Und an dieser Stelle solltest du ansetzen.«

Ohne seine Ungeduld zu verbergen, wartete Saulus auf eine Erklärung. Er hatte genug von diesen Ränken, die so ausgeklügelt waren, dass sie am Ende zum Scheitern verurteilt waren.

»Und was soll ich dabei tun?«, fragte er schließlich.

»Zwei oder drei Zelotenführer in Jerusalem und Umgebung ausmachen und Gerüchte ausstreuen, die sie in höchsten Schrecken versetzen. Ihnen zu verstehen geben, dass die Ankunft Jesu in Judäa unmittelbar bevorsteht. Dass er unbesiegbar ist. Dass sie, wenn sie sein Wirken nicht im Keim ersticken, selbst ersticken werden.«

Saulus schien nicht eben überzeugt.

»Was erhoffst du dir davon?«

»Ich denke, wenn sich ein Dutzend Zeloten auf Jesus und seine Jünger stürzen und sie niedermetzeln – nicht in der Stadt Jerusalem, sondern außerhalb –, ist die Gefahr endlich gebannt.«

»Das ist nicht leicht in die Wege zu leiten.«

»Es ist die einzige Möglichkeit.«

Saulus hätte sich gewünscht, dass ihm der Hohepriester ein Glas Wein anbot, doch die Einladung kam nicht. Er durfte nicht einmal das Glas des Hohepriesters berühren. Obwohl er beschnitten war – davon hatte sich vor seiner

Einstellung ein Priester des Tempels überzeugt –, war er verdächtig, weil er Römer war.

»Wenn die Zeloten zu einem solchen Übergriff bereit wären, so wie du sagst, hätten sie das längst in Galiläa getan.«

»Die Zeloten von Galiläa sind anders als die von Judäa. Die von Galiläa werden nie vergessen, dass Jesus ein Landsmann ist. Unter seinen Jüngern gab es neben Judas Iskariot einen weiteren Zeloten namens Simon. Aber er war Galiläer. Er hat ihn nicht verraten. Verstehst du? Die Galiläer sehen Jesus als einen der Ihren, auch wenn er kein Zelot ist. Einige von ihnen träumen sogar davon, ihn zum König von Israel krönen zu lassen. Das wäre die Rache Galiläas an Judäa.«

Saulus schien nicht zu verstehen. Seine Augenbrauen, die wie ein durchgehender Balken von einer Schläfe zur anderen reichten, verzogen sich eigenartig.

»Du verstehst nichts von der Geschichte Israels, nicht wahr?«

Diese Bemerkung versetzte Saulus einen Stich ins Herz. Sie erinnerte ihn abermals schonungslos daran, dass er hier nicht als Jude angesehen wurde. Obwohl seine Mutter Jüdin war, war er doch römischer Staatsbürger und sein Vater Nabatäer und noch dazu Herodianer. Er stand in den Diensten der Juden. Ein hochrangiger Diener gewiss, aber kein Herr. Er war allzu geneigt, dies immer wieder zu vergessen. Es gelang ihm, seine Gemütsbewegung zu verbergen.

»Dieses Land«, fuhr Kajaphas fort, »war nur zwei Generationen lang vereint unter David und unter seinem Sohn Salomon. Unter Jerobeam wurde es dann geteilt, und so ist es, von einigen kurzen Zwischenspielen abgesehen, auch geblieben. Seit Jahrhunderten hält der Norden, vor allem Galiläa, Efraim für die wahre Hauptstadt des vollkommenen Königreichs, und der Süden, das heißt vor allem Judäa, hält Jerusalem für die wahre Hauptstadt. Die Galiläer werden Jesus nicht verraten, allein schon deshalb nicht, weil er in Jerusalem gerichtet und verurteilt wurde.«

Saulus fragte sich, welche Bedeutung all das jetzt noch hatte. Im Moment standen der Hohe Rat und er selbst einem Fehlschlag gegenüber.

»Ich habe einen Einwand«, sagte er. »Wenn sich die judäischen Zeloten auf den Galiläer Jesus stürzen, werden ihnen die Zeloten von Galiläa den Krieg erklären und jene Art Aufruhr heraufbeschwören, den wir vermeiden wollen.«

»Eben!«, rief Kajaphas und setzte eine listige Miene auf. »Verstehst du denn den Trick nicht? Es geht darum, die Kräfte des Bösen gegeneinander aufzuhetzen. Was kann den Augen des Allmächtigen wohlgefälliger sein als ein Bruderkrieg unter Dämonen? Die Römer würden eingreifen, um die Zeloten niederzuwerfen, und wir wären sie und Jesus zugleich los. Zwei Fliegen mit einer Klappe geschlagen!«

Saulus misstraute solch komplizierten Ränkespielen grundsätzlich. Je mehr verschiedene Elemente im Spiel waren, desto schwieriger war es, sie zu beherrschen. Wenn Jesus nach Judäa kam, dann wahrscheinlich in Begleitung von galiläischen Zeloten, und die Zeloten von Judäa, die nicht dümmer waren als Kajaphas, würden eine Falle wittern; sie würden sich hüten, etwas gegen die Galiläer zu unternehmen, und Jesus käme ungeschoren davon. Inzwischen wäre es jedoch zu einem Aufstand gekommen, der dem Tempel zum Nachteil gereichen würde.

»Ich will es versuchen«, murmelte er träge und erhob sich.
Schlecht gelaunt überquerte er den Innenhof des hasmonäischen Palastes und hob den Blick zu jenem Flügel, in dem das Prätorium untergebracht war.
»Ist denen da oben«, so dachte er sich, »denn nicht bewusst, dass Jesus auch für sie eine Bedrohung ist?«
Er musste Mittel und Wege finden, die Gunst des Pilatus zurückzugewinnen. Natürlich war da dieser Fuchs von Kratylos, der ihm ins Gesicht gespuckt hatte. Aber wenn es ihm gelang, eine Privataudienz beim Statthalter zu bekommen, würde er ihm darlegen, dass das erneute Auftauchen von Jesus, Jeschua, wie sie ihn nannten, auch für ihn erhebliche Gefahren mit sich brachte. Vielleicht konnte er dabei die Römer gegen Jesus aufhetzen. Die ließen sich gewiss nicht von einem von den Toten Auferstandenen beeindrucken. Das wäre ein wesentlich wirksamerer Weg als der Rückgriff auf die Zeloten von Judäa, eine Lösung, die ihm viel zu vertrackt erschien. Die Römer wussten, was Ordnung bedeutete und wie man sie durchsetzte.
Plötzlich wurde ihm klar, dass er diese Sache zu seiner ureigensten gemacht hatte. Er war besessen von Jesus.

17

Ein paar Krumen von diesem Mahl

Gut«, sagte Jesus am Tag nach der wilden Flucht des Malkiyya – es war in etwa zur selben Zeit, da Kajaphas und Saulus sich den Kopf zerbrachen, wie sie sich vor der Gefahr durch den so genannten Messias schützen könnten –, »jetzt müssen wir die anderen wieder finden. Philippus, Matthäus, Jakobus, den Sohn des Alphäus, Thaddäus, Simon den Zeloten, Judas, den Sohn des Jakobus, Natanael. Wisst ihr, wo sie sind?«, fragte er die Anwesenden.
»Ich weiß, wo Thaddäus ist«, sagte Johannes. »In Tiberias.«
»Jakobus, der Sohn des Alphäus, ist, glaube ich, Fischer am Hule-See«, erklärte Andreas. »Und Natanael ist nach Kana zurückgekehrt.«
Andere Orte wurden aufgezählt: Betsaida, Daphne, Tyrus. Doch das waren nur Vermutungen, beruhend auf Hinweisen, die sie einander gegeben hatten, als sie Jerusalem am Tag der Kreuzigung verließen. Vielleicht hatten sich die fehlenden Jünger auch anderswohin zurückgezogen. Nur eines war gewiss: Sie waren alle nach Norden gezogen, vor allem nach Galiläa, wo sie sich drei Jahre zuvor Jesus angeschlossen hatten. Kein Einziger war aus freien Stücken in Judäa, dem fortan verhassten Land, geblieben. Doch ganz offensichtlich hatten sie sich aus den Augen verloren. Was tun? Sich auf die Suche nach ihnen zu machen

war nicht nur ein unsicheres, sondern auch ein gefährliches Unterfangen, denn das Auftauchen der Soldaten des Herodes Antipas in Magdala bewies, dass auch der Tetrarch von Galiläa aufgeschreckt war.
»Holt mir Joachim!«, sagte Jesus.

Joachim ben Joachim erschien am Abend, nachdem er seine Herde heimgetrieben hatte. Der Zelotenführer legte weder Staunen noch Furcht an den Tag. Seine Haltung war ehrerbietig und einfach. Dass Jesus lebend sein Grab verlassen hatte, beeindruckte ihn nicht; die Gegenwart Gottes war Teil seines Lebens. Das war die Erklärung für die offenkundige Ungezwungenheit, mit der er am Vortag vor Jesus getreten war, um ihm den Dolch des von Simon ben Josias gesandten Mannes zu zeigen.
»Meister, du hast mich gerufen, hier bin ich.«
»Ich hatte einen Jünger namens Simon. Ich bin ihm in En-Dor begegnet. Weißt du, wo er jetzt ist?«
»Ich werde es für dich herausfinden.«
»Ich hatte noch andere Jünger. Kannst du dir ihre Namen merken? Philippus, Matthäus, Judas, der Sohn des Jakobus, Thaddäus, Jakobus, der Sohn des Alphäus, und Natanael. Kannst du sie finden?«
»Philippus, Matthäus, Judas, der Sohn des Jakobus, Thaddäus, Jakobus, der Sohn des Alphäus, und Natanael. Ich glaube, ich weiß, wo Simon der Zelot ist. Er müsste noch immer in En-Dor sein. Herr, wenn sie deine Jünger waren, sind sie bekannt, und ich werde sie ohne Mühe finden. Gib mir ein paar Tage Zeit!«
»Wenn dir das hilft – wir glauben zu wissen, wo sich drei von ihnen aufhalten: Thaddäus müsste in Tiberias sein, Jakobus, der Sohn des Alphäus, als Fischer am Hule-See und Natanael in Kana. Und wenn du sie alle ge-

funden hast, Joachim, sage ihnen, dass ich sie hier in Kafarnaum im Hause des Petrus erwarte. Vielleicht glauben sie dir nicht. Sag ihnen dann, dass Petrus, Andreas, Jakobus und Johannes, die Söhne des Zebedäus, sowie Bartholomäus schon hier sind. Ebenso wie Lazarus«, fügte Jesus hinzu und sah Letzteren an. »Geh, der Herr möge dich schützen!«

Der Mann verneigte sich und küsste Jesus die Hand.

Lazarus folgte Joachim und reichte ihm eine Börse, um ihn für die Unkosten und die Tage, an denen er nicht würde arbeiten können, zu entschädigen.

»Ich werde meinen Sohn schicken«, sagte Joachim und schob Lazarus' Hand sanft zurück.

»Dann gib es deinem Sohn!«, beharrte dieser.

Jesus verlangte, dass sie alle ihre Arbeit als Fischer wieder aufnehmen sollten, bis Joachim seine Aufgabe erfüllt habe. Sie mussten sich ihr Brot verdienen. Maria, Marta und Lazarus kamen bereits für den Unterhalt von Jesus auf wie schon damals, da Jesus Maria von den Dämonen befreit hatte. Jakobus, Johannes und Bartholomäus holten also ihr Boot und fischten gemeinsam mit Petrus und Andreas.

»Wir werden unseren Auftrag fortführen, sobald wir alle wieder vereint sind, dann werde ich euch auch sagen, worin dieser besteht.«

Neun Tage später traf Natanael als Erster ein. Jesus saß mit Maria und Lazarus im Garten; Marta half den anderen Frauen in der Küche. Thomas war zum Rabbiner Raguel gegangen, um sich mit ihm zu unterhalten. Da erschien Natanael. Langsam stieg er die drei Stufen zum Garten hinab und blieb stehen. Er zitterte nicht, und sein Gesicht zeigte keine Gefühlsregung. Jesus hatte sich erhoben, ging ihm entgegen und sah ihn lange an. Zur Verwunderung von Maria und Lazarus ergriff Natanael nicht die Handgelenke Jesu, um sich zu vergewissern, dass er es war, er untersuchte nicht seine Füße und stellte keine Fragen. Er hörte nur auf sein Herz. Er sah Jesus an, erkannte ihn und lief auf ihn zu. Sie umarmten sich wortlos.

»Mir kam zu Ohren, du seist zurückgekommen«, begann er. »Aber ich wusste nicht, wo du warst. Simon, der Zelot, den ich manchmal besuchte, hatte ebenfalls von deiner Rückkehr gehört, doch auch er wusste nicht, wo du warst. Er fragte sich, ob die Leute nicht die Wirklichkeit mit ihrem Wunsch verwechseln. Alle, die mir von deiner Wiederkehr berichteten, schienen an ihr zu zweifeln. Ich nicht. Was ich nicht glauben wollte war, dass du tot bist.«

Jesus lächelte und umarmte ihn erneut. Er hatte mit Tränen gerechnet und fand doch nur das Lächeln des Vertrauens. Dann zog Natanael mit einer Geste, die Jesus erstaunte, Maria an sich und umarmte sie ebenfalls. Statt Worte brachten sie nur Gestammel hervor, denn das Herz verstand besser zu sprechen als der Mund. Maria war verwirrt und holte eilig Wein, Brot und Salz. Jetzt wandte sich Natanael an Lazarus, und auch die beiden jungen Männer begrüßten sich stürmisch. Seit dem letzten Mahl vor Pascha hatten sie sich nicht mehr gesehen. Natanael erkundigte sich nach den anderen.

»Diejenigen, die schon da sind, habe ich zum Fischen geschickt. Auf die anderen warten wir noch«, erklärte Jesus. Dann fügte er hinzu: »Ihr habt euch verstreut.«

»Ja, wir haben uns verstreut. Am Tag nach Pascha waren wir betrübt, ich glaube nicht, dass einer von uns gefeiert hat …«

»Du hast nicht den Folgetag des Pascha-Festes gefeiert?«

Dieses Fest zur Erinnerung an den Exodus war Anlass

zu großen Feierlichkeiten, die bis spät in die Nacht andauerten und die Bande zwischen Familie, Nachbarn und Freunden stärken sollten.

»Nein, ich habe gefastet. Wer hätte einen Bissen hinunterbringen können? Ich musste immer an unser letztes Mahl denken und weinte. Ich weiß, dass auch Petrus und Andreas gefastet haben. Am Samstag sind Johannes, Jakobus, Bartholomäus und ich auf die Straße gegangen, und die Leute haben uns erkannt und beleidigt. Sie haben uns als Zeloten beschimpft, die Lage war bedrohlich. Hätten wir den Mund aufgemacht, hätte uns die Tempelwache verhaftet und sicherlich getötet. Maria und Lazarus, aber auch Josef von Arimathäa boten an, uns in Betanien aufzunehmen, aber wovon hätten wir leben sollen? Zudem war es gefährlich; die Tempelwache hatte von Judas erfahren, dass wir uns in Betanien in Marias Haus getroffen hatten. Und Josef war verdächtig, weil er und Nikodemus dich ins Grab gelegt haben. Ich bin am Sonntag morgens aufgebrochen. Jerusalem war für mich ein Albtraum, ich hatte Angst, den Verstand zu verlieren …«

»Es war der Tag, an dem Maria das leere Grab entdeckt hat«, erklärte Lazarus.

Natanael wandte sich zu Lazarus um. Sein Blick ruhte länger auf ihm, als man bei der Art ihrer Beziehung erwartet hätte. Das sollte bedeuten: Ja, ich weiß, du und deine Schwestern, ihr steht ihm näher als ich.

Dann fuhr er fort: »Mir ist nicht bekannt, was danach geschehen ist. Seit wann bist du in Kafarnaum?«

»Seit fast drei Wochen.«

»Und wo warst du vorher?«

Jesus musste lachen. Natanaels Unbefangenheit belustigte ihn. Die anderen hatten nicht ein einziges Mal gefragt, wo er sich während der Zeit, da er vermeintlich im

Reich der Toten gewesen war, aufgehalten hatte, aber Natanael, vertraut mit dem Göttlichen wie dem Irdischen, hatte sich gleich erkundigt. Leicht verlegen begann jetzt auch Natanael zu lachen.

»Habe ich etwas Dummes gesagt?«

»Nein, ich bin ein Mensch, Natanael.«

»Das weiß ich. Aber nicht nur das.«

»Das Kreuz ist eine Tortur. Ich musste mich also erholen. Ich war zunächst in Bet-Basi, dann in Kochba bei Dositheus.«

»Dositheus?«

»Ein Ehemaliger aus Qumram.«

»Ein Freund des Täufers?«

»Ja.«

»Warum sagt man, er sei der Messias?«

»Israel erwartet den Messias. Es sieht ihn überall. Ist das Dositheus' Schuld?«

Natanael senkte den Kopf. Als er ihn wieder hob, erklärte er: »Das ist alles ohne Bedeutung. Du bist ja da.«

»Ich werde nicht immer da sein.«

»Ich auch nicht. Ich habe keine Erinnerung mehr und keine Zukunft. Du bist mein Licht. Du bist das Licht all derer, die sich dir genähert haben. Du bist das Licht der Welt. Das ist nur möglich, weil dir das göttliche Licht innewohnt. Befiehl, ich gehorche.«

Gott macht die Pfütze auf dem Weg, in der sich das Sonnenlicht so kraftvoll spiegelt, dass sie plötzlich das ist, was Ihm auf Erden am nächsten ist.

»Gott segne dich, Natanael!«, sagte Jesus langsam.

»Du hast mich gesegnet. Ich bin alt geworden«, fuhr Natanael fort, »jede Stunde zählte wie ein Tag, jeder Tag wie ein Monat, jeder Monat wie ein Jahr. Ich sehe dich, und ich lebe.«

Die Nacht senkte sich über die Felder, die Obsthaine und den See von Galiläa. Petrus, Andreas, Jakobus, Johannes, Bartholomäus, Thomas, Lazarus und jetzt auch Natanael aßen zu Abend. Ein mit Öl angemachter Salat aus Saubohnen, gebratene Schleien mit gebackenen Zwiebeln und Honigfladen. Dazu köstlicher Wein aus Galiläa. Maria bediente Jesus und nur ihn, sie allein schenkte ihm den Wein ein. Wie konnte man so lächeln, wenn man am Kreuz gehangen hatte?, fragte sich Thomas. Sie tranken reichlich, und die Frauen in der Küche sagten beglückt zueinander: »Dieser Mann hat so sehr gelitten, und dennoch schenkt er so viel Freude.«

Unterdessen gerieten Kajaphas, Herodes Antipas, Simon ben Josias und der Senat von Rom in wachsende Unruhe. Sie aßen mit schlechtem Appetit, und ihr Schlaf war von Würmern zerfressen. Was hätten sie nicht für ein paar Krumen von diesem Mahl gegeben und für eine Stunde von dem Schlaf, der ihm folgte?

18

Ein Gespräch in der Taverne

Der Orient ist den Römern unerträglich. Ist einmal der Rausch seiner Düfte verflogen – von Narzissen, Kurkuma, Jasmin, Nelken, Hyazinthen, Sandelholz, wilden Rosen, Koriander, Pfeffer, Zedernholz, all diesen Orgasmen für die Nase –, verflogen der niedere Zauber seines Prunks – purpurne Rohseide, welche die Haut erschaudern läßt, Leinen, gewebt aus Luft, die sie liebkost, blaues, goldverziertes Glas aus Syrien, in dem der Wein funkelt und wie ein sündiger Liebestrank wirkt, Möbel aus Perlmutt und Silber, Elfenbein eingelegt mit Granatsteinen, die die Lust an der Macht zu verkörpern scheinen –, verflogen die Trunkenheit des jungen Fleisches, die umso köstlicher ist, als es sich scheu gebärdet, der Reiz der Mittagsruhe, der eindrucksvollen Dämmerung und der Sonnenuntergänge, die das Meer purpurn färben und doch tosende Vorboten der Hölle sind: Wenn all das verflogen ist, wird der Römer rebellisch. Er besitzt durchaus Identität. Doch der Orient verwässert sie. Ein Römer in diesen Gefilden ist vergleichbar mit einer Perle im Essig. Am Morgen bleibt nichts als ein schwärzlicher Kiesel. Er hatte seine Götter, und die waren klar umrissen, aussagekräftig, vernünftig. Doch neben Baal wirkt Jupiter wie ein Garnisonschef, Minerva neben Ischtar wie eine spröde Unfruchtbare, Apollo gleicht neben dem wundervollen Tammus mit seinem Hinterteil aus Alabaster einem ländlichen Stutzer. Ganz

zu schweigen von Jahve, dem Gott der Juden, ein unvergleichlicher Potentat, da niemand je versucht hatte, seine Züge darzustellen. Unberechenbar und eifersüchtig, so wie das Volk, dem er sich offenbart hatte, fähig zu ungeheurer Großzügigkeit – den Lauf der Sonne am Himmel anzuhalten, damit Josua den Sieg davontragen konnte –, aber auch zu wütender Gehässigkeit – ein Gemetzel an den Säuglingen im Volk der Amalekiter anzuordnen.
Der Fremdling von der anderen Seite des Meeres war von Tausenden sinnlicher, findiger, verfügbarer Götter umgeben, die die Juden nie aus den kaiserlichen und senatorischen Provinzen zu vertreiben vermocht hatten, denn diese waren im Norden von Phöniziern, im Süden von Nabatäern, im Osten von Moabitern und Galaadern und im Westen vom Meer begrenzt. Von jenem Meer, über das ständig neue Götter kamen, die der Cilicier, der Pamphylier, der Dalmater und der Skythen. Götter aus Gold, Silber, Kupfer, aus Lapislazuli, Perlmutt und Elfenbein; Götter, die alles vermochten: verführen, beschwören, schaden, den Wurfspieß unfehlbar führen, Söhne zeugen.
Bedenkt man dazu noch die Fliegen, Skorpione, Bandasseln, den Geruch nach gebratenem Knoblauch, die unschickliche Vertraulichkeit des Blicks, die offenbart, was man zwischen den Beinen hat und was man damit anfängt oder auch nicht, und stets diese spöttische oder argwöhnische Verachtung gegenüber dem Heiden, einem grobschlächtigen Kerl, der vom Allmächtigen mit mangelnden geistigen Fähigkeiten bestraft wurde. Es war vor allem die Verachtung, die gereizt machte, denn sie drückte deutlich Folgendes aus: Armer Fremder, der du deine Gesetze für allumfassend hältst! Erbärmlicher Dummkopf, der du den einzigen und unsichtbaren Gott nicht kennst! Bedau-

ernswerter Stutzer, der du nur an dein Schwert und an deine Zirkusgötter glaubst!

Pilatus misstraute auch der Gewalttätigkeit und Unbeständigkeit der Orientalen. Hatte er nicht während seiner Militärzeit von den unaussprechlichen Gräueltaten der Vesper von Ephesus gehört, die sich ein halbes Jahrhundert zuvor zugetragen hatten? Achtzigtausend Römer waren von der vom pontischen König Mithradates aufgehetzten örtlichen Bevölkerung niedergemetzelt worden. Achtzigtausend! Es hatte der ganzen Gewalt des Marius bedurft, um diese Leute die Hochachtung vor den römischen Adlern zu lehren. Und der Statthalter wusste nur zu gut, dass sich eine einfache Auseinandersetzung auf der Straße im Handumdrehen in einen Aufstand verwandeln konnte. Der Tribun Claudius Lysias, der die sechshundert Männer der Garnison in der Burg Antonia befehligte, war angewiesen worden, Wachen rund um die Uhr aufzustellen, um sich nicht überrumpeln zu lassen.

In der ersten Zeit war Procula, die Gemahlin des Statthalters, gebannt gewesen von den Erzählungen der Dienerschaft. Unter ihnen gab es keine Juden, das war zu gewagt, aber eine Tyrenerin, eine Syrierin und einen Nabatäer. Sie alle sprachen ein griechisches Kauderwelsch, das ihre Herrin unglaublich belustigte. Dann hatte sich Proculas Neugier auf die Amulette gerichtet, die Hals, Handgelenke oder Knöchel der Bediensteten schmückten: kleine Götzenbilder aus polierter Bronze, die einen nackten Mann mit einer Scheibe auf dem Kopf darstellten, das war Napir, der Mondgott von Elam, der Weisheit und Kenntnis der Seele anderer verlieh, oder jene Frau, die auf einem Löwen ritt, die kanaanäische Göttin Kadesch, die über Liebe und ein glückliches Geschlechtsleben herrschte.

Schließlich hatte der Nabatäer ihr von dem Magier Jesus

erzählt, der Wunder vollbrachte und die Güte des Herrn pries. Er war im Besitz der Güte und der Kraft seines Gottes, heilte Kranke und Gebrechliche und entriss vorzeitig Verstorbene dem Grab. Sie hatte ihn in Sichar in Samarien zum ersten Mal gehört; dort hatte sie auch Johanna, die Frau des Kammerherrn von Herodes Antipas getroffen, und die beiden Frauen waren durch ihre Verehrung für diesen Magier Freundinnen geworden.

Pilatus war des Tages überdrüssig, aber auch der Juden, Judäas und ganz Palästinas. Und des Orients. Mussten die Menschen dort, wo die Sonne aufging, wirklich so finster und undurchsichtig sein?

Zu jener Stunde, da dieses Gestirn versank, sagte er zu Kratylos: »Lass uns in die Thermen gehen! Dann essen wir zusammen in der Herberge der Legionäre.«

Kratylos genoss die Ehre einer solchen, eher seltenen Einladung. Er erriet, dass sein Herr ihm etwas anvertrauen wollte. Und auch er hatte ihm im Gegenzug etwas Wichtiges mitzuteilen. Im Tepidarium erklärte ihm der Statthalter, während er sein nach einer üblen Wunde – ein Schwertschlag bei der Niederwerfung des Legionärsaufstandes in Pannonien im ersten Herrschaftsjahr des Tiberius – vernarbtes Bein massierte: »Saulus war heute bei mir.«

»Ich habe ihn auf dem Gang gesehen. Er hat sich bestimmt über mich beklagt.«

»Dazu habe ich ihm keine Gelegenheit gegeben. Ich habe ihm geantwortet, dass das Anspucken eine geringfügige Strafe sei im Vergleich zu der, die eine Hinrichtung ohne meine Genehmigung verlangt hätte. Dann hat er um meine Unterstützung gebeten.«

»Deine Unterstützung?«

»Gegen Jesus. Er behauptet, dass das Märchen, demzufolge der Magier Jeschua auferstanden sei – Pilatus hatte einige Mühe, die lateinischen Worte *ressurexit est* herauszubringen, da sie ihm gleichsam im Halse stecken blieben –, den Tatsachen entspreche, was ihn so gut wie unbesiegbar mache und die römische Macht gefährde. Ein Gesandter des Hohen Rates habe ihn in Begleitung seiner Wachen in Kafarnaum gesehen, und alle seien völlig verstört gewesen. Die Wachen hätten sofort ihren Dienst aufgekündigt, und der Gesandte sei von seinem Posten entlassen worden, so kopflos sei er gewesen.«

Pilatus griff nach einem Schwamm, tauchte ihn in ein Wasserbecken, erfrischte Gesicht und Körper damit und saugte dann gedankenlos an ihm, um seinen Durst zu stillen.

»Bis hierher stimmt sein Bericht«, bemerkte Kratylos. »Unser neuer Spion Alexander hat sich mit dem Hauptmann der Wache angefreundet, der in Kafarnaum war. Die Verwirrung dieses Mannes hat ihn verwundert, ein kräftiger Kerl, der einen vernünftigen Eindruck macht und der sich trotzdem den Jüngern Jesu angeschlossen hat.«

»Saulus behauptet«, so fuhr Pilatus fort, »Jesus sei eine Gefahr für alle senatorischen Provinzen. Gestärkt durch den Ruf des Übernatürlichen werde er sich bald nach Jerusalem begeben, um sich zum König ausrufen zu lassen. Dann würde sich das Volk erheben und die Priester des Tempels ermorden. Die Legion wäre völlig überfordert.«

»Ich finde seine Sorge um die Angelegenheiten des Reichs rührend.«

»Ich auch«, sagte Pilatus. »Kurz, er wollte, dass ich eine militärische Abordnung schicke, um Jesus zu verhaften. Denn allein schon sein Überleben sei, so behauptet er, ein Hohn für die Gesetze des Imperiums.«

»Und?«
»Ich habe ihm geantwortet, dass Galiläa nicht unter meiner Gerichtsbarkeit steht, sondern unter der des Herodes Antipas. Und dass ich völlig sicher sei, dass eine Abordnung römischer Soldaten, die in Galiläa eindringt, um einen Propheten festzunehmen, dort einen Aufstand auslösen wird, in den sich dann sofort die Zeloten einmischen. Ich habe ihm gesagt, ich zöge es vor, die Dinge ihren Lauf nehmen zu lassen.«
Kratylos griff zu einem Bimsstein und bearbeitete gewissenhaft seine Fußsohlen.
»Er war enttäuscht«, fügte Pilatus hinzu.
»Dieses Gefühl wird sich bei ihm in den nächsten Tagen noch verstärken. Unserem Spion Alexander, der übrigens eine Sonderzuwendung bekommen sollte, ist ein guter Fang gelungen. Nachdem er erfahren hatte, dass Saulus dem Gesandten der Stadt eine an den Senat gerichtete Nachricht übergeben hat, ist es ihm gelungen, diese an sich zu bringen, ehe sie Aschkelon erreicht hat.«
»Wirklich ein guter Fang«, bemerkte Pilatus, dessen Neugier geweckt war. »Eine Nachricht von Saulus an den Senat?«
Kratylos sah ihn verschmitzt an. »Die Nachricht steckt in meiner Manteltasche.«
»Und was besagt sie?«
»In seiner Eigenschaft als römischer Bürger klagt er dein Verhalten in der, wie er es nennt, Sache des falschen Propheten Jesus an und vertritt die Auffassung, dass du den Interessen des Reichs schadest. Er versichert, dass Jeschua von dir und deiner Frau vor dem Tod gerettet worden sei, den er für sein aufsässiges Verhalten verdient habe. Er beteuert, dieser Prophet schmiede in Galiläa neue Ränke und plane, nach Jerusalem zu ziehen, um sich dort zum

König krönen zu lassen, und somit Unruhe zu stiften. Schließlich wundert sich Saulus über deine Arglosigkeit angesichts dieser Gefahr.«

»Das hat er geschrieben?«, tobte Pilatus und sprang auf. »Warum hast du mir das nicht früher gesagt?«

»Ich erfuhr es, wenige Minuten bevor du mich eingeladen hast, den Abend mit dir zu verbringen.«

»Ah, dieser Hundesohn!«, schrie Pilatus und gab mit Donnerstimme einen Schwall militärischer Flüche von sich. Offenbar sprach niemand im Tepidarium Latein, ausgenommen ein Legionär, der einen Lachanfall bekam. Die anderen beobachteten den Statthalter, wie er nackt dastand, sich auf die Schenkel schlug und Worte ausstieß, die sicherlich beleidigend waren, ehe er sich wieder setzte.

»Ah, der kann was erleben, dieser Kümmerling!«, drohte Pilatus.

»Ich habe ihm schon ins Gesicht gespuckt«, sagte Kratylos ruhig. »Er wollte dich so unter Druck setzen. Offenbar hat er diese Auseinandersetzung um Jeschua zu seiner persönlichen Angelegenheit gemacht.«

Nachdem sie im Wasserbecken waren, mit Benzoetinktur und Asphodelusgeist massiert und abgerieben worden waren – ein Luxus, der hochrangigen Kunden vorbehalten war –, begaben sich Pilatus und Kratylos in die Herberge der Legionäre. Dort wurden sie mit Hochrufen begrüßt. Pilatus verneigte sich, schüttelte hier eine Hand, klopfte dort auf eine Schulter, tauschte Scherze und Neuigkeiten aus. Dann nahm er an einem Tisch Platz, den der Wirt ein wenig beiseite geschoben hatte, um seine Ehrerbietung gegenüber dem erlauchten Gast zu beweisen, und bestellte einen großen Krug des berühmten gelben Weins, der aus Sorrent kam und mehrere Jahre gereift war. Er lauschte, während der Wirt, der selbst kochte, in einem recht weichen Griechisch die Gerichte aufzählte und beschrieb. Kratylos und er bestellten Kichererbsensalat mit gebratenen Speckwürfeln und Meeräsche im Teigmantel mit Koriander und Oregano.

Kratylos zog den Brief des Saulus an den Senat aus der Manteltasche. Pilatus entfaltete ihn und las ihn mit gerunzelter Stirn.

»Der Brief eines Schurken«, bemerkte er. »Dein Spitzel Alexander hat in der Tat eine Sonderzulage verdient, und du hast gut daran getan, diesem Lemuren ins Gesicht zu spucken. Ich habe ja immer gesagt, dass diese Herodianer ein Natterngezücht sind, aber auf mich hört ja niemand.«

Er steckte den Brief ein und füllte die Gläser mit dem gelben Wein. Um Kratylos' Mund spielte jenes doppeldeutige Lächeln, das für ihn so bezeichnend war.

»Ich habe über die ganze Sache nachgedacht«, erklärte Pilatus. »Alles in allem ist es bedeutungslos, auch für das Reich, ob dieser Jeschua nun auferstanden ist oder nicht. Das ist eines jener Wunder, die dem orientalischen Aberglauben entspringen, doch was auch geschehen mag, unsere Macht kann es nicht erschüttern. Es sollte uns nur dazu anhalten, unsere Politik neu auszurichten. Vor nunmehr fünfundzwanzig Jahren haben diese Banditen, die Zeloten, angefangen, draußen auf dem Land unsere Soldaten umzubringen. Zunächst waren wir überrascht, dann haben wir begonnen, planmäßig vorzugehen. Wenn wir unterwegs sind, reisen wir nicht mehr nachts, unsere Nachhut ist stets in Bereitschaft. Wir haben die Bäume an unseren Straßen gefällt, so können sie nicht mehr aus dem Unterholz springen, um uns anzugreifen. Jetzt stören uns die Zeloten nicht mehr als die Mücken. Für den Tempel und die Bärtigen des Hohen Rates stellen sie aber wirklich eine Bedrohung dar.«

Er trank einen Schluck Wein und schnalzte mit der Zunge.
»Man sagt, dieser Wein würde mit dem Alter besser. Ich finde, dass er lediglich seinen Kieselgeschmack verliert«, bemerkte er. »Aber gut, zurück zu unserer Sache! Nehmen wir an, dass dieser Jeschua nach Jerusalem kommt, auf seinem Weg Furcht und Verehrung sät und dann zum König gekrönt wird. Was geht uns das an? Entweder akzeptiert er unsere Vormundschaft oder er lehnt sie ab. Im letzteren Fall werden wir seinen Aufstand niederschlagen.«
Kratylos kostete den ersten Löffel Kichererbsensalat und genoss den gebratenen Speck. Letztlich aß man gar nicht so schlecht in der Herberge der Legionäre, auch wenn der Wirt einst Koch in irgendeiner Satrapie Kleinasiens gewesen war, sich mit seinem ehemaligen Herrn zerstritten und sich dann in Jerusalem im Schatten der Legionsadler niedergelassen hatte.
»Trotzdem ist der Senat beunruhigt«, sagte Kratylos.
»Heute Morgen habe ich den Grund dafür erfahren«, sagte Pilatus. Der Senat nimmt sich der Sache mit solchem Eifer an, weil sich die jüdische Gemeinde von Rom bei einem Senator beklagt hat. Sie haben Angst vor den Unruhen, die ein Dutzend der Gefolgsleute Jesu dort verursachen, und sicherlich haben sie ihr Gejammer mit einer prall gefüllten Börse begleitet. Eine Belanglosigkeit!«
Kratylos bedauerte es, keine militärische Erfahrung zu haben. Die Feingeistigkeit war eine schöne Sache, doch in größeren Zusammenhängen zu denken war auch nicht schlecht.
»Eine Sache fällt mir allerdings auf«, fuhr Pilatus fort. »Nämlich dass ein einziger Mann soviel Unruhe in einem Land stiften kann. Es muss also ziemlich schlecht um Is-

rael stehen. Jesus erinnert mich an ein Messer, das mit Leichtigkeit eine überreife Frucht durchschneidet. Und«, fügte er lächelnd hinzu und griff mit Daumen und Zeigefinger in seine Meeräsche, »wenn ihn diese Frau – wie nennst du sie noch, Maria, ja, Maria – nicht vom Tode gerettet hätte, wären Saulus, der Hohe Rat, die Zeloten und ich weiß nicht wer noch nicht so außer sich.«

Kratylos brach in Lachen aus.

»Also ist es eine Frau, die Israel in Gefahr bringt!«, stellte er fest. »Die Juden haben ganz Recht, sich vor den Frauen in Acht zu nehmen.«

»Unsere Frauen«, bemerkte Pilatus in gewollt belehrendem Ton, »sind auch nicht übel.«

»Du willst also sagen, Statthalter, eine Liebesgeschichte hat ausgereicht, um Israel in Bedrängnis zu bringen!«

»Trinken wir also auf Venus!«, sagte Pilatus, plötzlich von dem gelben Wein und dem guten Essen angetan.

Die Legionäre, die sich freuten, ihren Statthalter gut gelaunt zu sehen, legten zusammen, um ihn zu einem weiteren Krug gelben Weins einzuladen. Alle tranken auf Venus, und die Stimmung war ausgelassen.

Man hätte meinen können, die Schwingen der römischen Adler über Judäa zu vernehmen.

19

Der Geist

Ein üppiges Festmahl, Manassah! Hörst du?«, rief Herodes Antipas. »Ich will dieser halben Portion, dieser Morgenkreatur, zeigen, was ein echter Herodianer ist. Und alles, was dazugehört! Lass auch die Gemächer vorbereiten – mit den Dienern und den Bädern und den Duftstoffen ... Alles!«

»Aber was will er denn überhaupt von uns?«, erkundigte sich Manassah.

»Was weiß ich? Doch wenn er etwas von uns will, so ist er unterlegen. Wir müssen also dafür sorgen, dass er sich noch unterlegener fühlt und das Ausmaß meiner Macht ermessen kann. Lass die besten Tänzerinnen und Tänzer der Dekapolis kommen! Es reicht nicht, ihn zu erniedrigen, wir müssen ihn auch betören!«

Manassah lachte; schon lange hatte er seinen Herrn nicht so gut gelaunt erlebt. Eine Nachricht von Saulus hatte genügt, um seine animalischen Geister zu wecken. Saulus, von Aristobul abstammend, ein Vetter also, so wie man bei den Herodianern Vetter war – diesem Stamm von Verderbten und Blutschändern, in dem man sich untereinander vermählte und Gemahl oder Gemahlin austauschte und sich angriff, denn in ihren größenwahnsinnigen Träumen fühlten sich alle als Fürsten und machten sich Erbe, Länder und Pfründe streitig. Und dabei verschuldeten sie sich. Der Zwerg Saulus – Sohn eines unbedeutenden Prin-

zen, den Herodes der Große, weil er im Hintergrund Intrigen schmiedete, um an die Macht zu gelangen, noch auf dem Totenbett zum Tode verurteilt hatte – war unter den Herodianern einer der Glücklosesten. Da sein Vater kein Reich besessen hatte, waren ihm nur ein paar verstreute Ländereien zugekommen. Er war nicht einmal, wie sonst üblich, nach Rom geschickt worden. Die Römer nahmen die jungen Prinzen der besetzten Länder zugleich als Geiseln und Mündel auf, um sie im strengen Geiste der *mens romana* zu erziehen und ihnen, mit viel Glück, Verschwendungssucht und Lasterhaftigkeit auszutreiben. Saulus war nichts weiter geblieben als seine römische Staatsbürgerschaft, die Apanage der Herodianer und dazu eine ausgeprägte Machtgier.
Hoch oben von seinem Bergfried aus sah Herodes Antipas ihn näher kommen. Begleitet von sechs Reitern – sechs Reiter! –, in einen scharlachroten Umhang gehüllt. Scharlachrot – für wen hielt sich der Wurm?
Nachdem er am Eingang der Festung die militärische Garde passiert hatte, wurden er zusammen mit seinem Gefolge am nächsten Portal von zwei nubischen Wachen empfangen, die jeder einen Geparden an einer Goldleine führten, um dann durch einen endlosen, von Fackeln erleuchteten Gang in einen großen Saal geleitet zu werden. Dort erwartete ihn in all seiner Pracht und Herrlichkeit auf einem mit Teppichen ausgelegten Podest der Tetrarch von Galiläa und Peräa – der Kammerherr zu seiner Rechten, ein zweiter Kammerherr zu seiner Linken, während zwanzig Soldaten seiner galatischen Leibwache ein doppeltes Ehrenspalier bis zum Thron bildeten, der aus Ebenholz gefertigt und mit Gold und Perlmutter verziert war. Zwei weitere schwarze Wachen mit nacktem Oberkörper, den Dolch mit Goldknauf am Lendenschurz, hielten

rechts und links vom Podest zwei weitere Geparden an goldenen Leinen. Überall stiegen von hohen Dreifüßen Schwaden glimmenden Weihrauchs und Sandelholzes zur Zederndecke.
Saulus erfasste die Szenerie mit einem Blick. So viel Prunk war ein untrügliches Zeichen für die Eitelkeit des Potentaten.
»Sei gegrüßt, Tetrarch!«, rief er heiter, als er vor dem Podest stand, das ihn noch kleiner erscheinen ließ.
»Sei gegrüßt, Vetter!«, erwiderte Herodes Antipas. »Willkommen in Machärus!«
Er erhob sich und stieg vom Podest herab. Die beiden Männer umarmten sich, wobei Saulus' Nase auf dem Granat- und Türkisanhänger seines Gastgebers ruhte und seine Brust von dessen mit Halbedelsteinen gespickten Goldgürtel erdrückt wurde. Der Besucher wandte sich zu seinem eigenen Gefolge, wo ihm ein purpurnes, mit einer Kordel verschlossenes Seidenetui überreicht wurde, das er an den Tetrarchen weitergab. Der löste die Kordel und zog aus dem Säckchen eine silberne Wasserkaraffe, eine Nielloarbeit, die mit Mondsteinen verziert war.
»Ein königliches Geschenk!«, rief Herodes Antipas.
»Das hängt davon ab, wer der Schenkende oder der Beschenkte ist«, erwiderte Saulus und deutete ein Lächeln an.
Herodes Antipas antwortete mit einem kurzen Lachen und übergab das Geschenk Manassah, der es dem zweiten Kammerherrn übergab, welcher es wiederum dem Haushofmeister übergab und so fort, bis die Wasserkaraffe in der Tiefe des Saals verschwunden war.
Saulus wurde in seine Gemächer geleitet, sein Gefolge in die ihren. Zwei Sklaven boten dem Besucher ihre Dienste an, der Haushofmeister trug eine Schale mit

Früchten herbei, dazu eine Karaffe mit Wein und ein goldverziertes Glas. Er kündigte an, das Abendmahl werde bei Sonnenuntergang gereicht. Saulus trat ans Fenster und betrachtete die Landschaft, sein Blick wanderte das Jordantal hinauf. Dahinter, hinter dem Horizont, spielte sich alles ab: in den widerspenstigen Gebieten von Galiläa.

Pilatus hatte sich gegenüber Saulus' Ermahnungen taub gestellt. Der Tempel war ohnmächtig, gelähmt von der Angst, weitere Beamte und Wachen zu verlieren, wenn diese Jesus begegnen würden. Saulus' letzte Rettung war Herodes Antipas, der Herr über Galiläa. Er allein besaß die Macht, den Auferstandenen, dessen Gefährtin und diese ganze Bande von Rebellen um ihn herum ergreifen und verhaften zu lassen. Gelänge es ihm, würde ihm das, wenn schon nicht bei Pilatus und dessen Freunden in Rom, so doch beim Tempel zu Ruhm verhelfen.

Der Plan von Kajaphas, abzuwarten, bis sich Jesus nach Judäa vorgewagt hätte, um ihn dann durch die Zeloten ergreifen zu lassen, war ein unsicheres Gebäude aus Spekulationen mit viel zu vielen Wenns und Abers.

Und scheiterte er, so würde er nicht der einzige Verlierer sein. Zunächst würde vielmehr die Priesterschaft von Jerusalem von einer religiösen Welle hinweggefegt, gegen die ein paar Dutzend Männer der Tempelwache machtlos waren. Dann Herodes Antipas, der einer Hand voll besessener Galiläer ausgeliefert wäre, die ihn festnehmen und niedermetzeln würden. Denn diese Festung war ein lächerlicher Schutz. Bestenfalls würde Herodes Antipas eingeschlossen, ein Gefangener, der auf die Hilfe des römischen Heeres warten würde – das nur kam, wenn es die Zeit dazu hatte. Denn es wäre anderweitig beschäftigt. Jerusalem würde durch die steigende Zahl der Anhänger Jesu und durch die Zeloten mit Feuer und Schwert verwüstet. Rom käme, um die Ordnung aufrechtzuerhalten, mit der Garnison in der Festung Antonia nicht aus; Pilatus müsste die Legion in Cäsarea, ja, sogar Truppen aus Syrien anfordern.

Er, Saulus, war der Einzige, der das alles ganz deutlich sah. Welche Einsamkeit! Die anderen waren von der Macht geblendet.

Mit stoischer Ruhe ertrug er das künstliche Gepränge des Festes, die Musik, die an seinen Nerven zerrte, die Misstöne der Zupfinstrumente, das Klirren der Triangel, den vulgären Klang der Tamburine! Er zwang sich, möglichst wenig vom Weine zu trinken. Die ausgewählten Speisen ließen ihn gleichgültig. Die Wachteln mit Rosinenfüllung, eingelegt in Zwiebeln, die Fische, farciert mit Rüben, das Gazellenfleisch, gekocht in Wein und Gewürzen, das Gold- und Silbergeschirr, die goldfunkelnden Gläser aus Syrien, die Blumengirlanden, all das war Blendwerk, das nur der Eitelkeit des Herodes Antipas schmeicheln sollte.

Saulus wartete auf das Gespräch unter vier Augen, das der Tetrarch lustvoll hinauszögerte. Aber schließlich konnte Herodes Antipas nicht mehr ausweichen.

»Herodes, willst du diese Festung behalten?«, fragte Saulus unvermittelt.

Der Tetrarch betrachtete ihn aus seinen hervorquellenden listigen Augen, schien aber trotzdem überrascht von dieser Frage.

»Natürlich. Warum?«

»Galiläa ist in Gefahr, weißt du das nicht?«

»Und warum sollte Galiläa in Gefahr sein?«

»Wegen der Anhänger dieses Jesus. Du weißt schon, der

Schüler dieses Predigers, den deine Frau Herodias enthaupten ließ.«

Wie immer glitt bei der Erinnerung an dieses Ereignis ein Schatten über die Miene des Tetrarchen. Er kniff die Augen zusammen und versuchte, die Beweggründe des Saulus in dieser Angelegenheit zu erraten. Und er entsann sich der Bemerkung, die sein Kammerherr Manassah vor wenigen Tagen gemacht hatte: Saulus war von Kajaphas beauftragt worden, Erkundigungen einzuholen, was die Auferstehung Jesu betraf. Aber was wollte er von ihm?

»Ein paar Dutzend Leute«, erwiderte er. »Nichts, was mich beängstigen könnte.«

Eine ausgemachte Lüge, denn er wusste sehr wohl, dass diese paar Dutzend Leute innerhalb von wenigen Tagen einen großen Teil Galiläas um sich scharen könnten.

»Herodes«, entgegnete Saulus, »die Lage ist viel zu ernst, um sich mit Ausflüchten zu begnügen. Du weißt sehr wohl, dass Jesus auf die Unterstützung Galiläas und selbst eines Teils von Judäa zählen kann. Eine Woche vor der Verurteilung durch den Hohen Rat wurde er in Jerusalem wie ein König empfangen. Es wurden Palmzweige auf seinen Weg gestreut. Du weißt, was das zu bedeuten hat.«

Der Tetrarch nahm zur Kenntnis, dass sein Gast kaum das Glas zum Mund geführt hatte. Was zum Teufel wollte Saulus? Manassah, der an den Mienen der beiden erahnte, dass ihr Gespräch eine ernsthafte Wende genommen hatte, trat näher und setzte sich neben seinen Herrn.

»Hat Kajaphas dich geschickt?«, fragte Herodes Antipas.

»Auch Kajaphas ist beunruhigt, doch ich bin nicht sein Gesandter.«

»Ist es etwa die Sorge um meinen Thron, die dich hierher geführt hat?«, erkundigte sich Herodes Antipas spöttisch.

»Nein, es ist die Sorge um mein Schicksal und das von ganz Palästina. Und wenn der Aufstand Jerusalem und Judäa erfassen sollte, gebe ich nicht mehr viel auf deinen Thron und den aller Nachfahren von Herodes dem Großen. Auch nicht auf das Schicksal des Hohen Rates und das der ganzen Priesterschaft des Tempels. Und an der Stelle des Pontius Pilatus möchte ich auch nicht sein.«

»Aber was willst du dann?«

Saulus kaute an seinem Oberlippenbart. Manassah hatte den Kopf auf die Seite gelegt und knabberte an einem trockenen Sesamkuchen.

»Auferstanden oder nicht – Jesus befindet sich in Galiläa«, erwiderte Saulus. »In Kafarnaum. Er wurde dort gesehen. Er muss verhaftet werden, bevor Galiläa Feuer fängt, das dann auf Judäa übergreift.«

»Und warum ergreift ihn die Tempelwache nicht?«

»Sie hat es versucht. Kajaphas hat sechs Männer verloren.«

»Wurden sie getötet?«, fragte Manassah erschrocken.

»Nein, weit schlimmer. Diese Männer haben Jesus wiedererkannt, und da sie glauben, er sei dem Grab entstiegen, also auf übernatürliche Weise auferstanden, hat sie das Entsetzen gepackt. Sie sind nach Jerusalem zurückgeeilt, um anzukündigen, dass sie ihren Dienst verlassen werden. Jetzt steht zu befürchten, dass alle jene, die diese Expedition wiederholen, dasselbe Schicksal ereilt.«

»Du willst sagen, dass die Tempelwache außerstande ist, diesen Mann festzunehmen, um zu prüfen, ob er ein Betrüger ist oder nicht, und wenn er das ist, das Urteil zu vollstrecken, das bereits verkündet wurde?«, erkundigte sich Manassah beunruhigt.

»So ist es«, bestätigte Saulus.

Der ohrenbetäubende Einsatz der Musiker kündigte den

Auftritt der Tänzer und Tänzerinnen an. Der Zeremonienmeister schickte sie ans andere Ende des Saales, wo sich Saulus' Geleit und mehrere nabatäische Stammesfürsten aufhielten, die vor Begeisterung laut aufschrien. Während die Knaben und Mädchen mit ihren aufreizenden Bewegungen zu tanzen begannen, nahmen die drei Männer ihr Gespräch wieder auf.
»Aber Pilatus – er muss eingreifen!«, rief der Tetrarch. »Schließlich verfügt er über die notwendigen Einsatzkräfte ... Seine Männer werden sich doch wohl nicht von einem Messias einschüchtern lassen ... Das heißt von Jesus, weil der ihnen gar nichts bedeutet ...«
»Erstens ist Pilatus der Meinung, es sei an dir, in Galiläa einzugreifen, weil dir diese Provinz untersteht. Zweitens glaubt er, eine Intervention in Galiläa würde eher dort einen Aufstand auslösen als dass sie einen solchen in Judäa verhindern könnte. Übrigens habe ich den Senat davon in Kenntnis gesetzt. Ihm sind solche jüdische Geschichten letzten Endes gleichgültig.«
Saulus genehmigte sich einen Schluck Wein und fuhr fort. »Seine Haltung Jesus gegenüber war schon am Tag von dessen Verurteilung verdächtig. Man fragt sich, ob er Jesus ohne den Widerstand des Hohen Rates nicht einfach hätte laufen und sich zum König hätte krönen lassen.«
»Ich habe solchen Unsinn bereits gehört!«, rief Herodes Antipas, der seine Besorgnis nicht mehr verhehlen konnte. »Die Römer verstehen nichts von Palästina! Und werden niemals etwas von diesem Land verstehen! Jesus als König, stell dir nur vor, Saulus! Das bedeutet Krieg!«
Die Bedingungen im Saal waren nicht dazu angetan, Betrachtungen über die Römer anzustellen. Tänzer und Tänzerinnen gaben sich gewagten Verrenkungen hin, die dem einzigen Zwecke dienten, den Zauber ihrer jugendlichen

Körper zu unterstreichen. Saulus bedachte sie mit einem strengen Blick. Manassah schien verblüfft.
»Und was, glaubst du, soll ich jetzt tun?«, fragte Herodes Antipas schließlich.
»Deine Galater schicken. Sie sind Heiden. Sie werden sich nicht von Jesus in Angst und Schrecken versetzen lassen.«
»Saulus«, sagte Manassah schließlich, »das Problem ist nicht nur der Schrecken, den Jesus verbreitet. Wir haben es mit einem politischen Problem zu tun. Ein Eingreifen der Galater hätte die gleichen Folgen wie das der römischen Truppen.«
Saulus hielt dem finsteren Blick seines Gegenübers stand. »Wir sind diesem Mann also alle ausgeliefert. Wir alle.«
»Diesem Mann«, wiederholte Herodes Antipas nachdenklich. »Oder vielleicht dieser Frau ...«
»Was willst du damit sagen?«
»Maria. Maria aus Magdala. Maria, die Schwester des Lazarus. Diejenige, die ihn gerettet hat. Sie hat ihn auf diese Weise zu einem übernatürlichen Wesen gemacht.«
Saulus grübelte über diese Deutung nach, als ein kleines Gefolge auf die drei Männer zusteuerte. An seiner Spitze schritt die Gemahlin des Tetrarchen, Herodias, gefolgt von ihren Dienerinnen. Saulus kannte sie nicht, wusste aber sofort, wer sie war. Nur eine Prinzessin konnte sich so hochmütig bewegen. Nur eine so herrische Frau hatte den Tod des Mannes befehlen können, der sie beleidigt hatte, indem er sie öffentlich an ihre Missetat erinnerte: ihren Gemahl zu verlassen, um sich mit ihrem Schwager zu vermählen. Blutschande! In ebendieser Festung hatte sie den Täufer enthaupten lassen. Saulus musterte sie voller Grauen. Ist die Maske der Jugend einmal gefallen, verflüchtigt sich auch der Schein von Sanftheit, den machtgierige Frauen im schmeichelhaften Duft der Nacht bis-

weilen noch auszustrahlen vermögen. Sie blieb vor ihrem Gemahl stehen. Von den drei Männern, die vor den Speisen am Boden hockten, erhob sich Manassah als erster und verneigte sich tief.
Saulus sah plötzlich das Bild der Maria aus Magdala und das der Herodias aufeinanderprallen: das von Liebe und das von Gewalttätigkeit.
»Mein edler Gemahl, der Tetrarch, heißt seinen Vetter also in seiner Zitadelle willkommen«, ließ sie sich mit einer Stimme vernehmen, die zugleich von Ironie und tiefster Herablassung zeugte.
Jetzt erhob sich auch Saulus und stand vor ihr, die Augen auf Höhe ihres Halses aus milchweißem Alabaster. Ein Geschmeide in Form aus Mondsichel, Saphiren, Perlen und Aquamarinen funkelte an diesem Hals. Ein Duft, der seine Sinne betäubte, stieg von den Brüsten der Prinzessin auf. Er hob den Blick und sah die Maske jetzt ganz aus der Nähe, Lider, die dick geschminkt waren, um die Falten zu kaschieren, die schwarz funkelnden Augen. Und er wusste sofort, dass sie ihn abschätzte: kleiner Mann, ohne Macht und Vermögen, was willst du von meinem Gemahl? Lilit, dachte er, Adams erste Frau, Lilit, die Unfruchtbare, Lilit, die Verstoßene, die heulend umherirrt und die frauenlosen Männer nachts heimsucht.
»Was ist es, was euch so ernst dreinblicken lässt?«, wollte sie wissen.
»Jesus, der Auferstandene«, erwiderte Herodes Antipas, der als Einziger sitzen geblieben war.
Sie machte eine Handbewegung, und eine Dienerin ihres Gefolges eilte davon, um ein hohes Kissen zu holen. Schließlich nahm sie Platz und streckte einen in goldenen Ledersandalen steckenden Fuß vor, dessen hennarot

gefärbte Sohle zu erahnen und der gewiss mit Duftölen eingerieben war. Saulus setzte sich wieder, Manassah aber blieb stehen.

»Galiläa«, sagte sie mit einem falschen Lachen, »ist jenes Land, in dem die Toten niemals gehen, wie es der arme König Saul erfahren musste, als die Totenbeschwörerin von En-Dor den Geist des Propheten Samuel anrief. Man gebe wir Wein!«

Eine Dienerin ihres Gefolges hielt ihr ein Glas hin, das Herodes Antipas mit sorgenvoller Miene füllte.

»Der Hanf und der Knollenblätterpilz genügen, um viele Menschen zu trösten, die von den alltäglichen Banalitäten bedrängt werden. Einige aber verlangt es nach stärkeren Drogen, dann lauschen sie den Propheten«, fuhr sie fort. »Leider betäubt der Wein der Propheten den Geist und macht das Herz verrückt. Weil er auf Samuel gehört hat, hat König Saul den Verstand und seinen Thron verloren. Und jetzt haben wir es mit denen zu tun, die auf Jesus gehört haben.«

Herodes Antipas hob den Blick zur Decke.

»Jesus ist also auferstanden«, fuhr sie fort, »und das führt den edlen Vetter nach Machärus. Aber inwiefern beängstigt das Saulus, und was kann Herodes Antipas tun, um ihn zu beruhigen?«

»Jesus gilt fortan als übernatürliches Wesen und als Messias«, erwiderte Saulus. »Galiläa läuft Gefahr, Feuer zu fangen, das auf die übrigen Provinzen überspringt. Ich bin hier, um mich mit meinem Vetter darüber zu beraten.«

»Und warum nicht mit dem Statthalter von Judäa?«, fragte Herodias.

»Ich habe ihn darauf angesprochen. Er meint, Galiläa unterstehe nicht seiner Gerichtsbarkeit.«

Er hob die Schultern. Sie ließ den Wein in ihrem Glase kreisen, als lese sie darin die Zukunft.
»Ich habe versucht, die Schlange im Ei zu töten«, sagte sie mit finsterem Blick, »aber es ist mir nicht gelungen. Es ist nicht gut, wenn die Propheten unsere Angelegenheiten bestimmen. Sie zählen zu einer Rasse von Heuchlern.«
Ihr Tonfall war heftig geworden.
»Was sie wollen, ist der doppelte Zepter – der des Himmels und der Erde.«
Herodes betrachtete sie besorgt.
»Sie sind die Feinde der Könige. Als die Juden ihn gebeten haben, einen König für sie zu wählen, fühlte sich Samuel, der erste ihrer Könige, benachteiligt. Hatten sie nicht einen König in ihm? Nur widerwillig ernannte er Saul und hatte anschließend nichts Eiligeres zu tun, als ihn wieder abzusetzen.«
Woher kennt dieses Weib die Bücher?, fragte sich Saulus.
»Jetzt sage ich euch, was ihr auf den Mauern dieses Saals lesen werdet, wenn ihr diesen Mann nicht festnehmt.« Sie streckte den Arm nach rechts. *»Mene!«* Sie streckte den Arm nach vorn. *»Tekel!«* Und sie deutete schließlich mit dem Arm nach links. *»Upharsin!«*
»Hör auf, Weib!«, schrie Herodes Antipas erschrocken.
Sie erhob sich.
»Herodes«, sagte sie und beugte sich zu ihm hinab, »man hat Jesus beinahe zum König ernannt! Zum König von Jerusalem! Der Titel, der dir verweigert wurde. Also zum König von Israel! Man hätte dich vom Thron gestürzt. Aber du bist das eine Mal gerettet worden: Man hat ihn gekreuzigt. Dann musste deine Mutter eingreifen und zusammen mit Gott weiß welchen Frauen eine Verschwörung schmieden, um ihn vom Tod zu erretten. Du hingegen wirst kein zweites Mal gerettet!«

Ihre Stimme übertönte jetzt die Musik, und die Tänzer hielten inne.
»Ich weiß nicht, ob er tot ist oder lebt, aber ich weiß, dass ich seinen Geist auf diesem Fest spüren kann!«, rief sie. Damit machte sie, gefolgt von ihren Dienerinnen, auf dem Absatz kehrt.
Ihr Gemahl, Saulus und Manassah verharrten eine lange Weile wie erstarrt.
»Aber ich kann doch nichts tun!«, jammerte der Tetrarch. Stille machte sich im Saal breit. Nur die Nachtfalter waren zu hören, die knisternd in den Flammen der Fackeln verbrannten. Der Wind bewegte die Wandbehänge. Man hätte meinen können, ein zorniger Geist zerre an ihren. Saulus fröstelte.

20

Die Predigt im Garten

Der Sohn von Joachim hatte sich beeilt. Die Jünger trafen fast gleichzeitig ein.

Der erste war Simon der Zelot. Seine gedrungene Gestalt verweilte einen Augenblick auf der Schwelle zum Garten, dann ging er auf Jesus zu, der gerade allein war. Er reckte den Hals, um sich zu vergewissern, dass der, der vor ihm stand, wirklich sein Meister war.

»Simon«, sprach Jesus mit ruhiger Stimme.

Der Unterkiefer des Jüngers zitterte.

»Du!«

Er fiel auf die Knie, neigte den Kopf und vergrub das Haar in Jesu Gewand.

»Steh auf!«

Simon ergriff Jesu Hände und küsste sie, dann erhob er sich und umklammerte seine Arme.

»Ich wusste es, ich wusste es! Der Herr konnte uns nicht so einfach aufgeben! Ich habe gebetet. Du bist zurückgekommen.«

Er bemerkte eine der Narben an Jesu Handgelenk und untersuchte die Spur des Nagels, die jetzt einen Perlmuttschimmer hatte. Dann beugte er sich über seine Füße und strich mit den Fingerspitzen sanft über die Narben.

»Leidest du?«

»Nein. Ich bewege mich etwas langsamer, das ist alles.«

»Wo warst du die ganze Zeit?«

»Ich musste mich erholen. Und du?«
»Die anderen haben es dir sicher erzählt. Für mich war wie für sie alles vorbei. Ich bin nach En-Dor zurückgekehrt. Ich bin Gemüsebauer, wie du weißt. Ich habe meine Arbeit wieder aufgenommen. Ich zähle zu den Soldaten der Zelotentruppe.«
Er betrachtete Jesus.
»Komm nach More, das ist in der Nähe meiner Heimat. Dort werden die Könige gemacht. Wir machen dich zum König. Wir, Joachim und alle anderen, krönen dich.«
»Es geht nicht um Königsehre, Simon.«
»Nein, aber nur ein König kann dieses Land läutern. Und das bist du, du, unser Messias.«
»Wer würde mich salben, Simon? Es ist zu spät, um darüber zu reden.«
»Wo sind die anderen?«, fragte Simon.
»Auf dem See beim Fischen.«
In diesem Augenblick tauchte Maria auf. Sie ergriff die Hände Simons, und er betrachtete sie.
»Ich weiß nicht, was du getan hast, aber du hast gut daran getan, weil du hier bist.«
Sie nickte.

Als Petrus und die anderen abends vom Fischen heimkehrten, trafen Thaddäus aus Tiberias und Jakobus ein. Einen Augenblick herrschte Durcheinander in Petrus' Garten. Die schon Anwesenden empfingen die Neuankömmlinge mit Freudenschreien, und die zuletzt Eingetroffenen blickten sich verwirrt um.
»Wo ist er?«
»Bist du blind?«
Erneute Schreie, Tränen, Küsse, Gefühlsausbrüche.
Sie nahmen an der Seite von Jesus Platz. Thaddäus brach

in Tränen aus, und Jakobus, der Sohn des Alphäus, war wie vor den Kopf geschlagen. Er war ein Halbbruder Jesu. Man nannte ihn Sohn des Alphäus, weil er der einzige unter den vier Brüdern war, der von ihrem Onkel Alphäus an Kindes statt genommen worden war. Er war auch der Einzige gewesen, der sich den Jüngern angeschlossen hatte. Die Blutsbande zwischen ihnen hatten sich durch besondere Zuneigung und Achtung noch verfestigt. Jesus nahm ihn zur Seite.

Jakobus ergriff die Hand von Jesus und legte sie auf seine Wange.

»Kleiner Bruder«, sagte er, »du lebst. Deine Hand ist warm. Wie kommt es, dass du am Leben bist?«

»Ich wurde gerettet.«

»Von wem?«

»Von Maria. Anderen Frauen. Männern. Sie haben sich verschworen, damit man mir nicht die Beine bricht. Ich habe im Grab die Augen geöffnet.«

»Maria«, murmelte Jakobus.

»Sie hat sich gegen meinen Tod aufgelehnt. Gegen die Qualen. Sie wollte rückgängig machen, was Menschen getan haben. Sie hat Malthake, Josef von Arimathäa, Nikodemus und andere davon überzeugt. Sie hat Geld aufgebracht, um die Soldaten zu bestechen.«

»So wie du ihrem Bruder das Leben erneut geschenkt hast, hat sie es dir ein zweites Mal geschenkt. Und du wusstest gar nichts von der Verschwörung?«

»Wie hätte ich davon erfahren können? Ich war der Gefangene von Kajaphas und den Priestern. Vielleicht hat sie mir auch keine falschen Hoffnungen machen wollen. Vielleicht fürchtete sie, ich könnte ihre Hilfe zurückweisen. Vielleicht war sie selbst nicht sicher, dass die Verschwörung gelingen würde. In gewissen Momenten ist der menschliche Geist unerklärlich, unentwirrbar wie Leinenfäden, mit denen eine Katze gespielt hat. Ich weiß, dass sie bis zu dem Augenblick, als sie mich wiedergesehen hat, keine Nachricht von mir hatte und nicht wusste, ob ich am Leben war oder tot.«

»Wissen die anderen etwas von der Verschwörung?«

»Nein. Sie würden sich weigern anzuerkennen, dass eine Frau, aus der ich die Dämonen ausgetrieben habe und in der sie eine Sünderin sehen, mir das Leben hat retten können. Auf jeden Fall ist es die Eingebung des Herrn, die Maria geführt hat.«

»Aber dann, als sie dich ins Grab gelegt haben?«

»Man hat mir vor der Marter Myrrhewein eingeflößt. Ich befand mich in einem traumlosen Schlaf. Als ich schließlich die Augen öffnete, bekam ich schwer Luft. Das Leichentuch war nur über mir zusammengeschlagen, sie hatten es nicht zugenäht. Und sie hatten das *sudarion* nicht über mein Gesicht gelegt. Ich schlug das Tuch zurück und verspürte unerträgliche Schmerzen in meinen Handgelenken und Füßen. Da kamen Männer und trugen mich davon. Es waren Josef von Arimathäa, Nikodemus und ihre Diener. Ich hatte Mühe, wach zu bleiben, und noch mehr, mich aufrecht zu halten. Ich wusste nichts, ich verstand nichts. Ich habe alles erst später erfahren, als ich in Kochba war.«

»Bei Dositheus?«

Jesus nickte. Es folgte ein Schweigen.

»Das Fleisch ...«, sagte Jakobus nach einer Weile.

Ihre Blicke kreuzten sich.

»Es wurde vom Herrn geschaffen«, sagte Jesus.

Er ließ den Blick auf Jakobus ruhen, eine Mischung aus Geduld und einem Anflug von Spott. Sein Bruder, wie er ihn nannte, obwohl sie verschiedene Mütter hatten, hatte sich Maria gegenüber nie feindselig gezeigt, nicht einmal herablassend, wie er es von Thomas und Philippus gewohnt war. Doch er gehörte zu jenen, die über das körperliche Verlangen den Schleier des Schweigens legten: Es war ein irdisches Verlangen. Und seit Beginn seiner öffentlichen Predigten hatten ihn Jakobus und die anderen mit einer Schwärmerei verklärt, die jedes körperliche Verlangen ausschloss.

»Das Fleisch bringt den Geist nicht zum Schweigen«, fuhr Jesus fort. »Es schwächt nur die Schwachen. Die Brust einer Frau nährt den Säugling und löscht den Durst des Mannes.«

Dieses Bild ließ Jakobus zusammenzucken.

»Ich will versuchen, stark zu sein«, sagte er. Und nach einer Weile: »Weiß deine Mutter es noch nicht?«

»Sie darf nicht in Gefahr gebracht werden. Die Spione des Tempels sind überall. Sie könnten sie verhören. Was hast du am Hule-See gemacht?«

»Ich habe zusammen mit Gefährten gefischt. Ich musste mir meinen Lebensunterhalt verdienen. Ich konnte nicht in Jerusalem bleiben. Ich war dein Bruder und dein Jünger. Ich bin am Tag nach deinem … Tod … aufgebrochen.«

»Und deine Frau und deine Kinder?«

»Sie wurden von meinem Bruder Simon aufgenommen. Sie sind alle in Jerusalem: deine Mutter, Josef, Simon, Judas, Lydia und Lysia.«

Beide schwiegen eine Weile. Jakobus dachte an die glücklichen Tage zurück, vor langer Zeit, als er für seinen kleinen Halbbruder, damals fünf Jahre alt, einen Drachen gefertigt hatte und mit ihm am See von Galiläa entlanggelaufen war, während der Drachen hoch oben im Wind knatterte. Er entsann sich des ernsten Gesichts von Jesus, als er ihm erklärt hatte, dass die Seele nach dem Tod wie dieser Drachen war, dass sie eine Weile an die Erde gebunden sei und dann entfliege und verschwinde. Ihre Wege hatten sich getrennt, als Jesus dem Täufer begegnet war. Dann hatten sie sich hier in Kafarnaum wieder getroffen, nachdem Jesus die Glaubensgemeinde von Qumran verlassen und zu predigen begonnen hatte. Und Jakobus hatte seine Familie verlassen, um seinem jüngeren Halbbruder zu folgen.

»Was willst du tun, jetzt, da du uns alle versammelt hast?«

»Ihr werdet es bald sehen. Mein Auftrag war nicht abgeschlossen.«

»Wenn du zurückgekommen bist«, sagte Jakobus, der Sohn des Alphäus, nach einer Weile mit finsterer Stimme, »dann, weil das Ende der Zeit nahe ist.«

»Wenn ich zurückgekommmen bin, Jakobus, dann, damit das Reich Gottes errichtet wird. Damit ihr die Gerechten versammelt habt, wenn die Zitadellen zusammenstürzen.«

Jakobus, der Sohn des Alphäus, nahm die Hand von Jesus und legte sie auf sein Herz.

»Ich bitte dich, beruhige mein Herz!«

Jesus legte ihm die andere Hand auf die Stirn.

»Friede sei mit dir! Und sei ohne Furcht! Öffne die Augen dem Licht, denn es soll in dir wohnen, damit du es verbreiten kannst!«

Und ähnlich wie es Thomas ergangen war, begann jetzt auch Jakobus zu weinen. Aber seine Tränen flossen ganz friedlich.

Am nächsten Tag, zur Stunde des Abendmahls, traf als Letzter Philippus ein. Die Witterung war mild, und so hatten sie beim letzten Tageslicht die Tische aus den Häusern von Petrus und Andreas im Garten aufgestellt.

Die Jünger begannen eben mit dem Essen, als Petrus' Mutter Philippus in den Garten führte. Beim Anblick der versammelten Schar schien er von heftigem Schwindel erfasst zu werden. Sie unterbrachen das Mahl, denn ihnen wurde die Bedeutung seines Erscheinens bewusst. Die Gruppe war endlich vereint mit Ausnahme des Judas Iskariot. Aber diesmal wussten sie mit jeder Faser ihres Herzens, dass der Allmächtige sie beschützte. Alles ging zu Ende, und alles begann von neuem. Was, das hätten sie nicht sagen können, doch das Gefühl eines Neuanfangs war eindeutig.

»Bin ich tot, ohne es zu wissen?«, murmelte Philippus, als er die Versammlung erblickte.

Jesus erhob sich.

»Komm, Philippus! Ich habe dich gehört. Komm, setz dich! Ja, in deinem alten Leben bist du tot. Komm und teile unser Mahl!«

Er ließ den Jünger an seiner Seite Platz nehmen.

»Dein Gesicht ist verändert«, sagte Philippus, »aber deine Stimme ist so kräftig wie immer.«

Jesus schenkte ihm Wein ein und reichte ihm das Glas.

»Trink, es ist der erste Wein in deinem neuen Leben!«

Dann wandte er sich an die anderen und sagte: »Was waren die Wochen, die uns von unserem letzten gemeinsamen Mahl trennen? Kaum ein Lidschlag im Auge des Herrn. Für uns hienieden jedoch war es eine lange Nacht, die einem Tag ohne Ende vorausging. Fortan wird die Sonne über den Herzen der Ungerechten untergehen, nicht aber über den euren noch über denen der Gerechten, die euch folgen werden. Trinkt auch ihr den Wein des neuen Lebens!«

Also tranken sie, und Jesus brach das Brot und verteilte es, wie er es für gewöhnlich tat.

»Jetzt könnt ihr zulangen«, erklärte er lächelnd, »denn ich weiß, dass mich fortan keiner von euch verraten wird.«

Erleichtertes Lachen machte sich in der Runde breit. Petrus' Dienerin in der Küche freute sich, Jesus und seine Jünger fröhlich zu sehen.

»Und dabei ist er erst vor wenigen Wochen dem Grab entstiegen«, bemerkte sie.

»Eben«, erwiderte Marta. »Die göttliche Natur ist nicht traurig, nur der Mensch ist es.«

Der Sommer ging seinem Ende zu, und die Abende wurden frischer. Marta, Maria und die Frau von Andreas bereiteten die Nachtlager für die vielen Besucher vor.

»Sie wundern sich über meine Anwesenheit«, vertraute sich Maria später Jesus an.

»Petrus sagte zu ihnen: Ohne dich würden sie weiter meine Abwesenheit beklagen.«

»Ich sehe dich, und du erfüllst mein Herz mit Freude«, fügte Maria im Dunkel hinzu. »Im Finstern sehe ich dich nicht, aber ich habe die Morgendämmerung in den Augen.«

Vor dem Einschlafen dachte er an die kurze Nacht im Grab zurück und dachte ein weiteres Mal, dass sie es war, die seinem Leben einen Sinn gegeben hatte.

Als die Fischer am folgenden Tag von der Arbeit zurückgekehrt waren, versammelte Jesus alle Jünger zum Abendmahl um sich.

»Die Pläne des Allmächtigen wurden vor den Augen aller ausgeführt«, verkündete er. »Doch nur jene, die mich gehört haben, als ich in der Finsternis dieses Landes predigte, haben sie begriffen. In der ersten Woche des zehnten Jubeljahrs kam Melchisedek, um die Kinder des Lichts aus der Sklaverei Satans zu befreien, und ich war das Opferlamm.«

Ein Schauer überkam seine Zuhörerschaft. Jesus blickte Johannes an und fuhr fort.

»Das Opfer ist vollbracht, das Blut wurde vergossen, der Altar ist verdammt. Die Kinder des Lichts sind fortan von den Kindern der Finsternis getrennt. Niemand wird sie verwechseln können. Die Väter sind von den Söhnen getrennt, der Bruder ist vom Bruder getrennt und der Freund vom Freund, je nachdem ob sie dem Licht des göttlichen Wortes oder aber der Finsternis derer angehören, die sich unter dem Einfluss Satans dieses Wortes zu ihren eigenen, selbstsüchtigen Zwecken bemächtigt haben.«

Sie fanden die Stimme wieder, die sie sechsunddreißig Monate lang gefangen gehalten hatte. Selbst die Vögel schienen zu verstummen, um ihr zu lauschen.

»Der Herr hat gewollt, dass ich tot und zugleich nicht tot bin. Ganz nach seinem Willen war ich das Lamm und jetzt«, sagte er mit plötzlich heftiger Stimme, »jetzt bin ich der Opferpriester. Das ist das erste Zeichen des Endes der Zeiten. Abel wird sich von der Verwundung durch Kain erholen, wer satt war, wird Hunger haben, und wer Hunger hatte, wird satt sein. Aber ich werde das Messer auf keines der Kinder der Finsternis niedergehen lassen, die Hand des Herrn wird über das Opfer entscheiden. Ihr seid meine Priester, ihr werdet kein Blut vergießen. Erinnert euch an Sodom und Gomorra, und überlasst euch eurem Vater!«

Er ließ den Blick vom einen zum anderen wandern und fuhr nach einer kurzen Pause in seinem Vortrag fort.

»Wir gehen ein letztes Mal nach Jerusalem ...« Mehrere Jünger zuckten zusammen. »... aber nicht, um Blut zu vergießen, sondern um den Gerechten dort zu verkündigen, dass sie nicht geträumt haben, dass sie sich nicht haben täuschen lassen. Ich bin in der Tat zurückgekommen, und ich gehe zu ihnen, damit sie sich auf das letzte große Opfer vorbereiten. Sie können mir keine Krone mehr anbieten, weil die, welche sie mir vor Pascha gereicht haben, in den Dreck gerollt ist. Auch ihre Stadt können sie mir nicht anbieten, nur das Feuer und das Blut werden sie zu läutern vermögen, dann aber wird die Stunde verstrichen sein.«

Maria stand am anderen Ende des Gartens, unbewegt, in Schwarz gekleidet und doch strahlend. Sie schien der Gegenpol ihres Meisters zu sein, wie das andere Ende einer Achse, die durch den Garten verlief.

»Ich führe euch nicht nach Jerusalem, damit ihr dort bleibt. Das wäre so, als würde Abraham seinen Sohn Isaak ein zweites Mal mit auf den Berg nehmen. Nein, ich führe euch hin, damit ihr von dort leichten Herzens in das neue Leben aufbrecht, das fortan das eure ist. Ich will, dass ihr in die Welt hinausgeht, um das Wort des Herrn zu verbreiten, das ich euch gelehrt habe. Ich will, dass ihr euer Leben lang seid wie die Bäume des Paradieses, die das ganze Jahr über Früchte tragen. Gebt eure Früchte all denen, die Hunger nach Licht haben. Ich schenke euch meine Gaben. Ihr werdet heilen, wie ich geheilt habe, trösten, wie ich getröstet habe, lieben, wie ich geliebt habe. Und ihr werdet die Dämonen austreiben, wie ich sie ausgetrieben habe.«

Er sah Tränen in den Augen des Lazarus schimmern, der vor ihm saß.

»Alles ist vollbracht«, schloss er. »Der Friede des Herrn möge eure Schritte beschützen, eure Arme stärken und eure Zungen lösen! Es wird nichts mehr geschehen, was nicht der Wille des Herrn ist. Lasst die Tränen, die ihr über Babylon vergossen habt, nicht euren Mund bitter machen!«

Er stand einen Augenblick reglos da, steuerte dann auf die Küche zu, bückte sich, griff nach einem der Wasserkrüge, die dort zum Kühlen standen, und nahm mehrere kräftige Schlucke. Die anderen erhoben sich und umringten ihn.

»Habt ihr mich verstanden?«, fragte er sanft.

»Ja!«, rief Johannes.

»Meister, ich habe nicht alles verstanden«, gab Petrus zu.

»Ich muss es also wie einst der Erzengel Gabriel machen«, ließ sich Jesus mit einem Lächeln vernehmen. »Ich werde euch bei Tisch antworten.«

Als alle saßen, sagte er: »Bevor ihr Fragen stellt, sollt ihr verstehen, dass die Erde wie das Meer ist. Das Kind sieht im Meer nur ein Durcheinander von Wellen, der Fischer und der Seemann erkennen darin Zeichen. Der Seemann weiß, dass die zehnte Welle die stärkste ist, und der Fischer weiß, dass sich unter den Wellen Strömungen befinden. Ich lehre euch, die göttliche Ordnung in dem zu erkennen, was wie Unordnung scheint.«

Er schenkte den Wein ein. Oliven, Frischkäse mit Zwiebeln und grüne Bohnen wurden in Schalen herumgereicht. Er war hungrig. Sie waren es auch.

»Nehmen wir die Ereignisse so, wie ihr sie gesehen habt«, fuhr er fort. »Jerusalem glaubte, sich meiner zu entledigen, indem es mich ans Kreuz schlug. Meine Henker hofften, von mir und euch würde am Tag nach Pascha kaum mehr gesprochen als von den Zeloten, die von den Römern festgenommen und oft getötet werden. Um die Verwirrung vollständig zu machen, haben sie mich zwischen zwei Zeloten ans Kreuz geschlagen. So wäre mein Erscheinen nur eine Begebenheit ohne Folge gewesen. Sie hätten erzählt, dass der Zelot Jesus, der ich nicht bin, von den Rö-

mern hingerichtet worden sei. Außerhalb von Jerusalem hätte man dem keine Bedeutung beigemessen, schon gar nicht in Galiläa. Wer also hatte ein Interesse daran?«
Maria schenkte ihm Wein nach. Er legte etwas Käse mit Kräutern auf ein Stück Brot und biss mit Appetit hinein.
»Der Tempel!«, rief Lazarus.
»Der Tempel, in der Tat«, sagte Jesus. »In den sechsunddreißig Monaten, in denen ich predigte, fürchteten die Priester immer mehr den Einfluss eines Mannes, den sie als einen Rivalen von Kajaphas sahen, und vor den Anhängern, die sich uns anschlossen. Seht nur, wie blind sie sind! Sollte ich Kajaphas seinen wurmstichigen Thron streitig machen und seine Pergamentrollen, deren Geist er mit jedem Wort, das er ausspricht, verrät? Was seht ihr bis jetzt? Einen irdischen Wendepunkt. Aber übergeht nicht die Wachsamkeit des Herrn! Er hat ihre lächerlichen Pläne durchkreuzt. Denn, wisst ihr, jeder menschliche Plan ist lächerlich. Der Herr, unser Vater, hat gewollt, dass ich dem Grab entkomme. Deshalb ist, wie ich schon sagte, das Lamm zum Opferpriester geworden, und der Allerhöchste erfüllt das Herz dieser undankbaren Stadt mit Furcht. Wir haben erfahren, dass diejenigen in Judäa, die mir zugehört haben, wieder Hoffnung geschöpft haben. Sie wissen, dass ich wieder unter euch bin, so wie die Vögel wissen, dass der Frühling wiederkehrt. Aber die Tempelwache verfolgt uns jetzt noch schonungsloser. Manche lässt sie sogar hinrichten. Sie hat einen der Unseren gesteinigt, Stephanus.«
Sie schrien laut auf.
»Du hast gesagt, du würdest kein Blut vergießen. Wie aber sollen wir über die triumphieren, die es vergießen?«, fragte Jakobus, der Sohn des Alphäus.
»Nicht wir werden triumphieren, Jakobus, sondern der

Herr. Siehst du nicht, dass diese Stadt wie ein Schiff ist, das im Sturm auseinander bricht?«

Früher waren ihnen solche Erklärungen selten vergönnt gewesen, weil er abends meist zu erschöpft gewesen war. Jetzt war er ausgeruht und gerne zu Erläuterungen bereit. »Selbst die Zeloten sind sich untereinander nicht einig«, bemerkte er finster. »Leider sehe ich schon den Tag, an dem ein Scheiterhaufen entflammen wird.«

Sie senkten die Köpfe.

Etwas später nahm Johannes ihn beiseite und fragte: »Was nützt es, das Wort zu verbreiten, wenn die Tage gezählt sind?«

»Sie sind für Jerusalem gezählt. Anderswo leben Menschen, die nach Licht hungern.«

In dieser Nacht kam es Johannes vor, als senkten sich die Sterne bis zu ihm herab. Die Nacht war so oft die Zeit der Ruhe gewesen, nun wurde sie die des Wachens. Früher hatte sie die Dämonen eingeladen, nun aber füllte sie ihm Mund und Herz mit einem Wein, unermesslich wie das Meer.

21

Jasmin, Sandelholz und Narde

Die Zeit der Weinlese kam, dann die der Getreideernte. Die Felder und die Weinberge von Idumäa, von Judäa und Samarien, von Nieder- und Obergaliläa, von Peräa und den neuen Provinzen Gaulanitis, Batanaia, Trachonitis und Auranitis sowie die der Dekapolis, die fortan eine syrische Provinz war, füllten sich mit Männern, Frauen und Kindern, die schwer arbeiteten, die schnitten und bündelten. Die Luft der Hügel und Ebenen war erfüllt vom nahrhaften Geruch der Garben und dem berauschenden der Trauben, die in den Körben platzten.

In Jerusalem erfuhr Kajaphas von seinen Spionen, dass Jesus und seine Jünger nebst ein paar Frauen und einer Gruppe von unbestimmten Personen Kafarnaum verlassen hätten und am See von Galiläa entlanggezogen seien. Sie seien inzwischen schon bis nach Sepphoris gelangt.

Kajaphas suchte zunächst Rat bei Hannas, seinem Schwiegervater und Vorgänger als Hohepriester, einem höchst erfahrenen Mann.

»Dieser Jesus hat es ganz offensichtlich eilig«, bemerkte Hannas. »Ich hatte mit seinem Vorstoß erst später gerechnet. Aber wie ich sehe, plant er ihn bereits für das Laubhüttenfest.«

»Kannst du einen tieferen Sinn darin erblicken?«

»In der Tat glaube ich einen Sinn darin zu sehen. Er beab-

sichtigt zum Erntefest, seinen Gegnern die Früchte darzureichen, die sie gesät haben.«
Finsteres Schweigen stellte sich ein.
»Wer sind die Frauen, die ihn begleiten?«, fragte Hannas nach einer Weile.
»Mit Sicherheit Marta und Maria ben Esra aus Magdala.«
»Ihr Vater hatte uns posthum einen großzügigen jährlichen Tribut zugesichert. Es muss sich also um eine wohlhabende Familie handeln. Ich schlage vor, sie in Abwesenheit als Komplizen eines zum Tode verurteilten Verbrechers zu erklären und ihre Güter beschlagnahmen zu lassen.«
»Wäre das nicht etwas zu kühn?«, fragte Kajaphas besorgt.
»Aber ist es nicht unser gutes Recht, mein Sohn? Schließlich haben es diese beiden Frauen und ihr Bruder gewiss ihrem Vermögen zu verdanken, dass die Verschwörung gelungen ist. Ohne Geld werden sie kaum in der Lage sein, ihre aufrührerischen Machenschaften fortzusetzen.«
Kajaphas dachte über den Vorschlag nach. Ja, die Genehmigung würde vom Hohen Rat nicht schwer zu erhalten sein.
»Ich würde sogar noch weiter gehen und, um der Gerechtigkeit zu dienen, auch gleich die Güter von Josef von Arimathäa und Nikodemus einziehen lassen«, fuhr Hannas fort.
»Aber die beiden gehören doch immer noch zu den dreiundsiebzig.«
»Gut, dann schließen wir sie eben aus. Man muss in Fällen wie diesem Strenge zeigen.«
Gleich am nächsten Tag wurden die drei Vorschläge des Hannas auf einer außerordentlichen Versammlung mit großer Mehrheit angenommen. Kajaphas atmete auf und gab Saulus Bescheid, der, den Fliegen gleich, stets zugegen

war, sobald es heiß wurde. Die Priesterschaft von Jerusalem war schließlich nicht einem Aufwiegler aus Galiläa ausgeliefert!
Zwei Verwaltungsbeamte des Tempels, begleitet von zehn Wachsoldaten, machten sich also umgehend auf den Weg nach Magdala.
Es gab nur einen Weg von Jerusalem direkt nach Magdala: die Straße entlang dem Jordan. Dort stießen die Gruppe, die mit Jesus gen Süden zogen, und die kleine Truppe des Tempels aufeinander. Im Gefolge von Jesus waren nur zwölf. Matthäus, der Zöllner, erkannte einen der Beamten des Tempels und setzte Joachim, der darauf bestanden hatte, Jesus mit einem Dutzend Zeloten bis zu seinem Ziel zu begleiten, davon in Kenntnis.
Denn Joachim hatte sich an sein Gespräch mit Simon, dem Sohn des Josias, erinnert.
»Meister, mein Meister, mein Messias, ich kann nur ruhig schlafen, wenn ich dich unter meinem Schutz weiß«, hatte er Jesus erklärt.
»Der Herr beschützt uns«, hatte Jesus erwidert.
»Der Allerhöchste beschützt dich, mein Messias, aber ich bin nicht sicher, dass Er auch die beschützt, die dich begleiten.«
Jesus hatte schließlich eingewilligt – um der Frauen willen.
»Wohin des Weges?«, rief Joachim den Tempelwachen zu.
»Nach Magdala«, antwortete einer der Beamten.
»Was wollt ihr dort?«
»Wir sollen im Namen des Tempels die Güter einer Familie von Ungläubigen beschlagnahmen«, rief der Beamte.
Alle hatten die Antwort gehört. Joachim, der die Gruppe von Jesus anführte, hieß sie mit einem Handzeichen anzuhalten. Drei Pferde, drei Esel, ein Maultier und die sie

begleitenden Menschen blieben also stehen. Jesus, der zu Fuß ging, ahnte, was geschehen würde.
»Welcher Familie?«, fragte Joachim.
»Die ben Esra, die Anhänger des Zeloten Jesus.«
Jesus zeigte keine Regung. Maria und Marta erstarrten auf ihren Eseln, Lazarus wurde kreidebleich. Die Jünger begriffen sofort, was geschehen war. Malthake, die Mutter des Herodes Antipas, die an der Reise teilnahm, Johanna, die Frau von Chuzas, und ihre Leute begriffen es auch. Der Tempel wollte sich rächen.
»He!«, rief Joachim seinen Männern zu. »Diesen Leuten aus Jerusalem dauert wohl das Leben zu lang!«
Die Miene des Beamten, der Joachim geantwortet hatte, wurde schlagartig ernst. Die Wachen legten die Hand an ihre Dolche. Sie hatten nicht wirklich an eine Gefahr geglaubt. Als sie das Ausmaß erkannten, war es zu spät. Die Galiläer stürzten sich schon auf sie und bedienten sich dabei einer bewährten List, indem sie kräftig an den Beinen der Reiter zogen und sie zu Boden warfen. Die sahen sich jetzt einer gewaltigen Überzahl von Feinden gegenüber und mussten entscheiden, ob sie um Gnade bitten, aufs Leben verzichten oder Reißaus nehmen sollten, wenn sie Letzteres noch konnten. Die beiden Beamten – Schreiber, die nicht im Kampf geübt waren – wurden verprügelt und durchsucht, die Urteile des Hohen Rates, die einer in seinem Mantel trug, mit Dolchhieben zerfetzt und vom Wind fortgetragen. Ein Schreiber flehte, man möge ihn verschonen. Drei Wachen wanden sich schon am Boden.
»Lasst ihn am Leben!«, schrie Lazarus. »Er soll nach Jerusalem zurückkehren und seinen Herren berichten!«
Der Zorn der Zeloten war schwer zu dämpfen. Schon lange warteten sie auf eine solche Auseinandersetzung.

Jesus wohnte dem Schauspiel mit finsterer Miene bei.
Joachim packte den Beamten am Nacken. »Hast du verstanden, Rüpel? Ich lasse dich am Leben, damit du nach Jerusalem heimkehrst und deine Herren daran erinnerst, dass sie nicht in Galiläa herrschen!«
Damit versetzte er ihm einen Tritt ins Hinterteil. Der Mann nahm die Beine unter den Arm und ergriff die Flucht. Am Boden kniend, flehte der zweite Beamte um Gnade. Joachim zerrte ihn mit Gewalt vor Jesus.
»Hier siehst du den Zeloten Jesus, den deine Herren haben kreuzigen lassen, du Hund!«
Jesus betrachtete den Mann. Der fing, von Entsetzen gepackt, an zu zittern und besudelte sich vor aller Augen.
»Sag deinen Herren, dass ihre Sonne untergeht«, sagte Jesus ruhig.
Joachim versetzte dem Mann einen Fausthieb auf die Schulter, und der Beamte eilte hinkend hinter dem anderen her.
»Das ist nichts im Vergleich zu dem, was morgen sein wird«, sagte Jesus.
Die sieben überlebenden Wachen, die überwältigt und entwaffnet worden waren, beobachteten das Geschehen mit Todesangst.
»Kehrt nach Jerusalem zurück«, befahl ihnen Joachim. »Wir behalten die Pferde. Und lasst euch nicht einfallen, noch einmal nach Galiläa zu kommen! Sagt Kajaphas, dass er die Geier mästet, sollten er oder seine Mannen sich hier sehen lassen.«
Entsetzt von dem Anblick Jesu und den heftigen Beschimpfungen, ergriffen auch die Wachen die Flucht.
Die Gruppe verharrte eine Weile regungslos. Lazarus rang nach Luft. Er drehte sich zu Jesus um und sah ihn fragend an.

»Der Wahnsinn der Macht«, sagte Jesus, »ist ihr Grab.« Der Himmel färbte sich violett. Erschöpft von den aufwühlenden Ereignissen des Nachmittags, baten die Frauen, Rast machen zu dürfen. Und so hielt der Zug beim nächsten Dorf an. Die Bauern sahen die vielen Menschen mit Schrecken nahen. Sie mussten ihnen Strohlager und Mahlzeiten bereiten und ihre Pferde füttern; aber immerhin brachte ihnen das Geld und war besser, als eine Horde von Zeloten einfallen zu sehen.

Als er drei Tage später von den neun kleinmütigen, jammernden und hinkenden Männern die Geschichte erfuhr, schickte Kajaphas einen Boten auf die andere Seite des Hofes, ins Prätorium, um Pilatus um eine Audienz zu bitten. Der schickte ihm, zwecks Vermeidung jeden Missverständnisses, Kratylos, den Einzigen in seiner Verwaltung, der fließend Griechisch und Aramäisch sprach. Der Hohepriester und der Kreter trafen sich im Hof, da es dem Juden nach alter Sitte untersagt war, das Haus eines Heiden zu betreten, und dem Kreter wiederum jeder Zutritt zu einem jüdischen Gebäude verboten war. Zwei Priester gaben dem jüdischen Würdenträger das Geleit, während Kratylos nur vom ersten Schreiber des Prätoriums begleitet wurde.

Kratylos lauschte dem Bericht des Kajaphas und seiner Schlussfolgerung: »Es herrscht keine Ordnung mehr in Galiläa. Wir bestehen darauf, dass ihr sie wieder herstellt, oder wir beschweren uns in Rom.«

»Ich werde dem Statthalter deine Beschwerde mitteilen. Aber eines kann ich dir jetzt schon sagen: Er und der Senat werden dir antworten, dass Galiläa genauso wenig unserer Gerichtsbarkeit unterliegt wie der des Tempels«, antwortete Kratylos. »Wende dich an den Tetrarchen! Der könnte

gegebenenfalls den Statthalter um militärische Verstärkung bitten.«
Das konnte er sich freilich sparen: Herodes Antipas würde Pilatus niemals um Verstärkung bitten, käme das doch einem Eingeständnis seiner Machtlosigkeit gleich. Und wenn er trotzdem darum bäte, würde das auch nichts nützen. Die römischen Kohorten verließen ihre Garnison nur im Notfall: Ihr Oberbefehlshaber hatte laut und deutlich verkündet, seine Männer seien Soldaten und nicht zuständig, um für Ordnung zu sorgen.
Dem Hohepriester war sein Verdruss deutlich anzusehen. Das war leicht zu verstehen: Seine Abgesandten waren von den Begleitern Jesu verprügelt worden. Welch eine Schmach! Kajaphas erwähnte diesen ach so erschwerenden Umstand mit keinem Wort, Alexander aber, der Spion des Kratylos, hatte den Kreter davon unterrichtet. Die beiden vom Hohen Rat ausgesandten Amtsdiener waren in einem – seelisch wie körperlich – erbärmlichen Zustand von ihrem missglückten Unterfangen zurückgekehrt; den Wachen war es nicht besser ergangen. Alle neun waren wie ihre Vorgänger aus dem Tempeldienst entlassen worden.
Von diesem kurzen Gespräch in Kenntnis gesetzt, bemerkte Pilatus: »Als unsere Soldaten von den Zeloten getötet wurden, haben sich die Leute von gegenüber beglückwünscht. Jetzt soll es ihnen nicht besser ergehen!«
»Was Kajaphas so besonders aufbringt, ist die Tatsache, dass seine Leute von den Männern aus Jeschuas Gefolge angegriffen wurden, allem Anschein nach von Zeloten aus Galiläa«, erklärte Kratylos. »Und als sie gesehen haben, dass Jeschua lebt, hat sie das derart erschüttert, dass man sie aus dem Dienst entfernen musste.«
»Und wohin wollten Jeschua und seine Leute?«, fragte Pilatus zerstreut.

»Nach Judäa, wie es aussieht.«
»Ah, ja«, erwiderte Pilatus mit einem Achselzucken.
Offenbar ließ ihn diese Nachricht gleichgültig. Die römische Macht würde sich wegen eines jüdischen Predigers, der, wie es hieß, aus dem Reich jenseits des Styx zurückgekehrt war, keine Sorgen machen. Der Senat hatte ihm keine Fragen mehr gestellt.
Die Angelegenheit Jeschua kümmerte ihn also nicht mehr.
Von immer heftigerem Groll geplagt, schickte Kajaphas zwei Boten zum Tetrarchen nach Machärus. Mit aller ihnen zu Gebot stehenden Wortgewandtheit schilderten sie ihm das hässliche Missgeschick und die Schmach für das Ansehen des Tempels, die sich auf dem Boden seiner Tetrarchie abgespielt hatten. Herodes Antipas erkundigte sich, was die Abgesandten in Magdala zu tun gehabt hätten.
»Sie hatten den Befehl, die Güter der Familie ben Esra zu beschlagnahmen.«
»Ich weiß nichts von diesem Befehl, und ihr habt in meiner Tetrarchie keine Beschlagnahme ohne mein Wissen durchzuführen. Auf Beschluss des römischen Senats hin habt ihr außerhalb der Mauern des Tempels von Jerusalem keine Vollzugsgewalt. Ihr seid im Unrecht, und ich werde den Statthalter davon in Kenntnis setzen. Sollte ich erfahren, dass der Tempel seine Wachen ein weiteres Mal in mein Territorium schickt, lasse ich sie auf der Stelle verhaften und einkerkern.«
Er bot den Boten weder Kost noch Logis an, sondern schickte sie zurück, so wie sie gekommen waren. Als sie fort waren, sagte Herodes Antipas zu seinem Kammerherrn Manassah: »Wir sind noch einmal davongekommen. Sie hatten nur drei Tote. Wir sind einem Aufstand entgangen.«

Offensichtlich hatte die Regel Jeder-für-sich weiter Bestand, und das für lange Zeit: Keine der Mächte, die vorgaben, Teilgebiete von Palästina zu regieren, würde der anderen nachgeben; weder das Gesetz Mose noch die *Lex Romana* fanden hier Anwendung.

Die Beschlagnahme der Güter des Josef von Arimathäa und Nikodemus wurde nicht vollzogen. Der Ausschluss der beiden aus den Rängen des Hohen Rates aber sollte kostspielig werden, denn sie stellten augenblicklich ihre Abgaben an den Tempel ein – jenes Tempels, von dem Jesus behauptet hatte, er könne ihn zerstören und in drei Tagen wieder aufbauen.

Nachdem auch er von dem Zusammenstoß auf der Straße nach Magdala gehört hatte, stattete Saulus Kajaphas einen Besuch in dessen Palast unweit des Essenertor ab. Er traf ihn blass und eingefallen an.

»Wir haben keine Macht mehr«, murmelte er. »Außerhalb von Jerusalem sind wir nichts.«

»Ihr seid die Herren über das Gesetz für das ganze Volk«, erwiderte Saulus.

»Was ist das Gesetz ohne Waffen?«

Oder wohl eher: Was ist das Gesetz ohne die Unterstützung des Volkes, dachte Saulus. Wenn man ehrlich war, herrschte der Tempel nur über die Juden von Jerusalem, einen Teil der Juden von Judäa und die Rabbiner der Provinz, und vielleicht nicht einmal das. Die Mengen, die jedes Jahr zu Pascha nach Jerusalem pilgerten und die Schatzkasse mit ihren Gaben und Käufen von Opfertieren füllten, konnten die traurige Wahrheit nicht verschleiern: Diese Leute begaben sich zwar zum so genannten Sitz ihres Glaubens und in die Heilige Stadt, doch das hieß noch lange nicht, dass sie die Behörden den geheiligten Ortes achteten. Und in den Provinzen von Palästina erwärmte

die Kaste der Sadduzäer gewiss nicht die Herzen des Volkes, das alljährlich seinen Obolus an diese herablassenden Herrscher entrichtete.
Nachdenklich verließ Saulus das Haus des Kajaphas.
Es blieb ihnen also nichts anderes übrig, als abzuwarten, bis Jesus und sein Gefolge in Judäa eintrafen. Nicht mehr als eine Hand voll Menschen in Jerusalem und ganz Palästina bekümmerte das; und das waren vor allem diejenigen, die ihn fürchteten. Diejenigen, die ihn liebten, weil sie ihn einst hatten predigen hören, verbreiteten so verrückte Gerüchte, dass sie sich hüteten, ihnen wirklich Glauben zu schenken. Für die große Mehrheit der Juden außerhalb von Galiläa aber waren die Geschehnisse fünf Monate nach Jesu Kreuzigung nur noch eine Episode.
Ein Magier, sagte man, ausgestattet mit göttlichen Gaben. Doch man kannte da einen anderen, in Samarien, einen gewissen Simon. Auch Simon der Magier heilte. Es hieß sogar, dass er die Gabe besaß zu fliegen. Ja, Simon flog durch die Luft wie ein Vogel. Was nützte das? Das machte die Dinge auch nicht besser. Die Römer hielten noch immer Palästina besetzt.
»Dieser Mann ist ein Aufrührer«, hörte Kratylos einen reichen Bürger der Stadt sagen, den er oft zu Fragen des Katasters im Prätorium empfing. Auch er hatte Jesus reden hören. »Gewiss, er heilt Menschen, aber er ist ein Aufrührer. Was sollen wir mit Aufrührern? Sie schwächen unsere Gemeinde hier und jenseits der Grenzen. Und letzten Endes arbeiten sie unseren Feinden in die Hände.« Er beendete das Gespräch und warf dem Kreter einen vielsagenden Blick zu. Mit anderen Worten: Pilatus hatte ihn begnadigen wollen, weil er die Zwistigkeiten zwischen den Juden noch verschärfte.
Die schändliche Haltung, die sich als Weisheit tarnte

und besagte: »Das Leben geht weiter« und forderte: »Geschäft ist Geschäft«, setzte sich wieder durch. Unbeeindruckt von einem zufälligen Messias verkauften die Händler noch immer ihre kostbaren Möbel, ihre Haustiere, Geparden, Affen und Papageien, ihr Porzellan aus Asien, ihre seltenen Teppiche, ihre Seide, ihren Schmuck, ihren Purpur, ihre Amulette, ihre Duftstoffe, ihre ausländischen Weine und ihre Gewürze. Die jungen Leute aus den Kolonien, Griechen, Bithynier, Phrygier, Ägypter und selbst die Nabatäer und einige Juden, die es lange verabscheut hatten, sich nackt zu zeigen, bereiteten ihre Herbstspiele auf der großen Kampfbahn vor. Sie übten sich im Ringen, im Diskuswerfen, im Wettlauf und schwitzten den letzten Tropfen in den Thermen aus. Am Nachmittag konnten die Müßiggänger entlang der Stadtmauer den jungen Spaziergängerinnen nachschielen, die sich, gebührend begleitet von einer Amme oder einer Zofe, an der frischen Luft ergingen. Und so mancher Handel – handfester, aber weniger sichtbar – florierte, sobald die Nacht hereinbrach. Das war die Stunde, da in gewissen reichen Häusern die rhythmischen Klänge von Musikanten ertönten, die auf Festen aufspielten, während Golgota wie immer die Stadt überragte, gespickt mit Kreuzen, an denen tote Verbrecher hingen oder solche, die noch mit dem Tode rangen.
In den Kreisen der Reichen war es üblich, sich über den angenehmsten Aufenthaltsort in Palästina auszulassen. Cäsarea? Jericho? Man erwähnte natürlich Skythopolis und Philadelphia, die beiden größten Städte der Dekopolis, die auf römische Art mit breiten Alleen und Wasserleitungen wiederaufgebaut worden waren und wo sich die nobelsten Menschen große Villen errichten ließen, natürlich ebenfalls auf römische Art mit Terrassen, Säulengängen, Innenhöfen, Wasserbecken und Thermen im Innern.

Aber letzten Endes wollte niemand aus freien Stücken Jerusalem verlassen, um in einer dieser Städte ohne Vergangenheit zu leben. Ja, eine Villa in Skythopolis wäre angenehm. Aber Jerusalem ... Bei jedem Schritt konnte man sich sagen, dass man auf Boden trat, den einst der geflügelte Fuß Davids und dann der seines Sohnes Salomo berührt hatte. Als gläubiger Jude würde man die Stadt des Tempels nicht verlassen, als hellenisierter Jude nicht die Metropole der Kultur und als Heide nicht die Stadt, in der das Zentrum der römischen Macht, das Prätorium, residierte.

Niemand ahnte etwas von dem gefährlichen Widerspruch innerhalb dieser drei Welten.

Eines Nachmittags ließ sich Procula mit Einwilligung ihres Mannes von Kratylos in die *Straße der sieben Wonnen* unweit des Berges Ofel begleiten, um dort Duftstoffe und Gewürze zu kaufen. Die wollte sie Verwandten und Freunden mit der nächsten Triere nach Rom schicken.

Sie roch in einem Laden an einer Phiole mit Jasminöl und ließ Kratylos in einem Gemisch aus Griechisch und Aramäisch den Preis aushandeln, als sich plötzlich ihre Augen mit Tränen füllten. Der Kreter warf ihr einen fragenden Blick zu.

»Ich dachte an Maria«, sagte sie, »die Jeschuas Füße mit Duftöl gewaschen hat. Was mag aus ihm geworden sein? Und aus ihr?«

Aufgrund der Sprache und ihres Ranges in ihre Gemächer über dem Prätorium verbannt, kannte sie von der Welt nur die Dächer einer fremden Stadt, vernahm nur die spärlichen Bemerkungen, die ihr Gemahl über diese oder jene Nichtigkeit der niederen Politik fallen ließ, die weder ihr Herz berührten noch ihre Vorstellungskraft anregten. Ab-

gesehen von den wenigen Berichten Kratylos' über den Erfolg der Verschwörung, an der sie teilgenommen hatte, wusste sie nichts.
»Er ist genesen«, erwiderte Kratylos.« Sie ist bei ihm. Sie sind in Galiläa. Was den Rest angeht, bin ich auf Vermutungen angewiesen.«
»Hast du sie gesehen?«
»Ich habe Maria, ihre Schwester und ihren Bruder gesehen. Ihn nicht. Maria ist diesem Mann leidenschaftlich ergeben.«
»Wie ich sie verstehe!«, rief Procula. »Sie liebt ihn, und er verdient die Liebe der ganzen Welt!«
Kratylos nickte. Er wusste, die reiferen Frauen träumen von der Liebe.
»Was sind wir, wenn wir nicht nach diesem Gott streben?«, ereiferte sich Procula. »Ameisen. Unsere Götter sind aus Stein. Und es gibt viel zu viele von ihnen. Und überhaupt – welche Liebe schenken sie uns?«
Kratylos hob die Brauen.
»Ja, ich weiß«, murmelte sie. »Das sind ruchlose Worte. Aber dieser Mann … dieser Mann! Ich wäre ihm gefolgt. Ich hätte ihn gerettet. Ich hätte alles Menschenmögliche getan.«
»Und du hättest ein Land in Gefahr gebracht, Herrin.«
Procula schien überrascht.
»Maria? Welches Land soll sie in Gefahr gebracht haben?«
»Indem sie Jeschua aus dem Grab geholt hat, machte sie ihn zu einem Unsterblichen. Und dieser Unsterbliche ist für viele Menschen ein Gott geworden, und er versetzt das Land in Furcht und Schrecken.«
Procula verschloss die Jasminöl-Phiole wieder und dachte nach.
»Wenn er das Land in Gefahr bringt«, sagte sie daraufhin,

»dann, weil es von Lügen zerfressen ist. Eines ist gewiss – er ist die Wahrheit!
Bei Jupiter!, sagte sich Kratylos im Stillen. Sie ist wirklich überzeugt!«
»Vielleicht, Herrin«, sagte er. »siehst du ihn wieder. Es heißt, er sei auf dem Weg nach Judäa.«
»Wirklich? Glaubst du das?«, fragte sie und drückte sein Handgelenk.
Er nickte.
Sie bat ihn, drei Fläschchen mit Jasminöl zu erstehen, drei mit Sandelholz- und drei mit Nardenöl und einen guten Preis auszuhandeln.
Wird sie sie wirklich nach Rom schicken?, fragte sich Kratylos. Oder hofft sie auf eine Begegnung mit Jeschua, um seine Füße damit zu salben?

22

Zwei junge Juden
hoffen und bangen

Es war einer von diesen bleichen, ausgemergelten jungen Männern, bei denen man sich fragte, wie sie überhaupt die Kraft gehabt hatten, so groß zu werden. Er hieß Isaak, seine Eltern waren am Fieber gestorben; ihn schienen die Giftmücken verschmäht zu haben. Er ernährte sich von fast gar nichts, kleidete sich entsprechend und lebte von kleinen Arbeiten, die er für die Händler im Judenviertel am Tiber verrichtete. Er fegte die Läden aus, hütete Kinder oder eilte herbei, wenn es überraschend zu regnen begann, um die Gewürzsäcke mit Planen abzudecken.
Isaak hörte viel und gerne zu, vor allem den Reisenden, die aus Jerusalem kamen. Er träumte.
Eines Septembermorgens setzte plötzlich ein heftiger Schauer ein. Der Ölhändler Theophil ben Hamul rief nach Isaak, um die Pfützen aufwischen zu lassen, die sich auf dem Boden seiner Holzhütte bildeten. Der junge Mann war sofort zur Stelle. Er wischte nicht nur und wrang den Scheuerlappen immer wieder kräftig aus, nein, er fand auch den Spalt im Dach, durch den der Regen eindrang, und dichtete ihn im Handumdrehen mit Hilfe von Gips ab, den er mit Holzsplittern vermengte. Theophil, der äußerst dankbar war, gab ihm eine Münze und sah ihn zum ersten Mal mit gerötetem und heiterem Gesicht.
»Hast du dich endlich verliebt, Isaak?«

»Nein, meine Freude ist viel größer. Unendlich viel größer!«, rief Isaak verzückt.

»Erzähl!«

»Theophil, der Messias ist gekommen!«

»Der Messias? Wo?«, fragte Theophil und runzelte die Stirn.

»In Israel!«

Tatsächlich gingen seit einiger Zeit sonderbare Gerüchte um, die Reisende aus Israel verbreiteten; es ging um einen Mann, der in Galiläa erschienen sein sollte. Gegen Ende des Frühjahrs hatten gelegentlich Gespräche über diese geheimnisvolle Person zu heftigen Wortwechseln geführt. Das Oberhaupt der jüdischen Gemeinde von Rom beschwerte sich daraufhin beim Senat. Er verlangte, dass der Statthalter der senatorischen Provinz Judäa den Betrüger, der vorgab, der Messias zu sein, festnehmen lassen soll.

»Hör zu, Isaak, du bist jung. Unser Rabbi Laich, der ein Weiser ist, behauptet, dass es sich nur um zwielichtige Gerüchte handelt, von Menschen verbreitet, die Zwietracht unter uns säen wollen. Du bist nicht weiser als Laich!«

Isaak musterte sein Gegenüber mit seinen sanften dunklen Augen und schüttelte den Kopf.

»Theophil, ich fühle es in meinem Herzen.«

»Dein Herz kann dich täuschen.«

»Diesen Mann hat man ans Kreuz geschlagen. Er ist auferstanden. Man hat ihn gesehen. Er wurde also vom Allerhöchsten auserwählt. Er ist der Messias. Verstehst du nicht?«

»Wozu sollten wir einen Messias brauchen, Isaak?«

»Um unser Volk zu befreien. Sieh doch, wie wir leben! Unsere Bedingungen sind kaum besser als die von Skla-

ven. Israel ist von den Römern besetzt. Die Lage der Menschen dort dürfte kaum besser sein. Dieser Mann, er heißt Jeschua, hat gesagt: ›Das Reich des Herrn ist nahe.‹«
Theophil schüttelte bestürzt den Kopf. Die Gerüchte waren wirklich hartnäckig. Vor ein paar Tagen hatte ihm eine alte Frau das Gleiche erzählt. Er hatte auch sie gefragt, wozu die Juden einen Messias brauchten. »Die Hoffnung, Theophil, die Hoffnung. Hast du die Hoffnung aufgegeben?«
Die Hoffnung. Er wagte nicht, daran zu denken. Die Hoffnung verleitete zu gefährlichen Glaubensüberzeugungen. Die Hoffnung verführte zu Unbesonnenheiten. Ach nein, lieber keine Hoffnung, sie ist ein giftiger Likör. Er betrachtete die schmächtige Gestalt von Isaak.

»Die Seele ist wie eine Pyramide mit einer Spitze aus Kristall; je tiefer man hinein blickt, desto dunkler wird sie, am Grund ist sie dann für alles Licht undurchlässig.«
Die drei Schüler, die um Dositheus versammelt waren, warteten, wie das Gleichnis weitergehen würde. Sie hatten ihren Meister über diesen Jesus ausgefragt, dem man einen Empfang bereitet hatte, wie er nur Meistern vorbehalten war.
»Jesus ist Kristall. Es ist von oben bis unten transparent.«
»Ist er denn nicht ein Mensch?«
»Gewiss. Ich höre eure Fragen. Ich werde auf ein anderes Gleichnis zurückgreifen. Habt ihr in der Wüste schon diese durchsichtigen Steine gesehen, die sich an Stellen bilden, wo der Blitz eingeschlagen hat? Es waren zuvor lichtundurchlässige Steine. Der Blitz hat sie in Glas verwandelt.«
Sie dachten über das Bild nach.
»Was ist das für ein Blitz?«

»Die Offenbarung, die das Licht bringt.«
Dositheus saß auf der Bank in seinem Garten und reckte die Arme zum Himmel. Was lehrte er in dieser Gemeinde von Kochba anderes als die Kunst, Leere im menschlichen Geist herzustellen, um Raum für die Offenbarung zu schaffen? Die drei Novizen, die zu seinen Füßen saßen, verstummten für eine kurze Weile.
»Welchen Platz nimmt im Leben eines Menschen, der diese kristallene Natur erreicht hat, das Körperliche ein?«
Der Jüngste und der Neueste unter den dreien hatte diese Frage gestellt, Jeremias. Er gehörte erst seit wenigen Monaten zu ihnen. Die beiden Älteren hätten so etwas nie gefragt, weil sie die Antwort kannten.
»Wenn er das Körperliche einbeziehen will, so ändert das nichts an seiner Natur«, erwiderte Dositheus.
»Und bei Menschen, die nicht auf diese Weise vollkommen sind?«
»Das Körperliche verwurzelt in der Befriedigung des Fleisches und entzieht ihnen einen Teil ihrer Kraft.«
»Hat der Mensch, der diese kristallene Natur besitzt, denn kein Fleisch?«
»Doch, er besteht aus Fleisch und Blut wie jedes Wesen und ist gleichzeitig kristallen. Das unterscheidet ihn von den anderen. Er ist zugleich Geist und Körper. Lebendes Kristall. Edelstein aus Fleisch und Blut.«
»Kennt er also kein körperliches Verlangen?«
Dositheus betrachtete Jeremias eine Weile. Lächelte der Junge? Oder unterdrückte er einen Vorwurf?
»Er empfindet göttliche Liebe«, antwortete Dositheus schließlich. »Er empfindet sie für alle Lebewesen. Das Licht ist Wissen, und das Wissen ist Liebe.«
»Für alle Lebewesen? Auch die Menschen?«
Dositheus' Miene verriet Wachsamkeit.

»Alle Lebewesen tragen in sich einen göttlichen Funken«, sagte er. »Alle haben Liebe verdient. Und die Liebe verklärt das Fleisch.«

»Meister, darf ich dich zitieren?«, fragte Daniel, der älteste der Novizen, und nachdem Dositheus genickt hatte, erklärte er: »Die göttliche Liebe ist vor dem Fleisch. Sie ist vor der Teilung der Geschlechter. Beantwortet das deine Frage, Jeremias?«

Der junge Novize hob sein ebenmäßiges Gesicht zu dem älteren, dann wandte er sich zu Dositheus.

»Die Liebe?«, fragte er.

»Die Gabe. Du wirst nur durch die Gabe existieren.«

Dann holte der Meister zu einem Schlag aus. »Jeremias, wenn sie nicht dem Fortbestand der Art dient und wenn sie nicht göttlicher Natur ist, so ist die Geschlechtlichkeit unbedeutend. Dann ist sie ein Quell der Unruhe für den Geist.«

»Ich muss also kristallen werden?«, fragte Jeremias.

Daniel brach in Lachen aus.

Dositheus sagte: »Ja, wir sind hier versammelt, um den Geist zu lehren, das Fleisch zu beherrschen. Nicht um das Fleisch zu leugnen.«

Er hatte schon öfter solche Gespräche geführt, früher im Angesicht des Goldes der Wüste und des Silbers des Salzmeeres. Der menschliche Geist folgt immer denselben Wegen. Aber er hatte die Lehren seiner Meister erst viele Jahre später wirklich verstanden. Er rief sich Helena ins Gedächtnis zurück und vertrieb sie gleich wieder aus seinen Gedanken mit dem einfachen Satz: Sie war nicht Maria aus Magdala. Nein, Maria loderte wie der brennende Dornbusch. Sie bebte im Wind. Helena war voller Temperament. Zu temperamentvoll, also nicht rein genug. Sie passte als Gefährtin besser zu Simon dem Magier, der sich

der Kräfte des Geistes bediente, wie es gerade kam. Von ihren Dämonen befreit, war Maria dagegen leer gewesen wie ein neues Haus, und der Wind des Geistes hatte sich darin verfangen.
»Diese Frau, die mit deinem Freund Jesus gekommen ist ...«, begann Jeremias. Aber er konnte den Satz vor lauter Verwirrung nicht beenden.
»Sie ist eine Frau, und er ist ein Mann, und die menschliche Liebe vereint sie«, erwiderte Dositheus und ging über die gestellte Frage hinaus. »Jahwe sagte, bevor er Eva schuf: ›Es ist nicht gut, dass der Mensch allein bleibt.‹«
Dositheus musterte Jeremias, stellte fest, wie verwirrt er war, und sagte sich, dass er diesem Novizen besonders viel Aufmerksamkeit widmen müsse. Er hatte diese Schwierigkeiten selbst gekannt, das heißt, falls man sie so nennen konnte. Denn sie waren nur für denjenigen Schwierigkeiten, der sie nicht gelöst hatte. Diese Knaben ließen sich leicht von ihrer Geschlechtlichkeit verwirren; sie stellten sie in ihrer Unerfahrenheit in einen Gegensatz zum Geist. Und sie gerieten dabei manchmal in die Nähe gefährlicher Abgründe.
»Warum ist Jesus nicht einer der Unseren? Ihr wart zusammen in Qumran; warum habt ihr euch getrennt?«, wollte Jeremias weiter wissen.
Die unvermeidliche Frage. Daniel hatte sie ihm schon gestellt, als Jesus als Genesender unter ihnen weilte.
»Er hat sich dem Heil seines Volkes gewidmet und der Erneuerung des Wortes Gottes gemäß den Büchern seines Volkes. Es war nicht meine Entscheidung.«
»Ist es nicht auch dein Volk?«
Dositheus schüttelte den Kopf. »Es gibt nur ein einziges Volk auf Erden.«
»Warum hat man ihn gekreuzigt?«

»Weil er sich vom Gesetz seines Volkes entfernt hat.«
»Und inwiefern?«
»Er predigte die Liebe zum Feind. Die Juden glauben an den Gott der Rache, an den Gott der Heere, an den, der sie das Kind an der Brust und den Esel im Stall ihres Feindes schlachten lässt.«
»Die Juden lieben ihn also nicht?«
»Ihre Priester lieben ihn nicht«, seufzte Dositheus.
»Jesus liebt also die Heiden?«, fragte Jeremias weiter.
»Gewiss ... Und die Heiden beginnen, ihn zu lieben«, schloss Dositheus nachdenklich.
Im Gespräch mit solch unschuldigen Knaben lernte man letzten Endes ebenso viel wie in dem mit reifen Geistern.
»Wir müssen die Äpfel ernten, bevor es dunkel wird«, sagte er.
Sie erhoben sich, um die anderen Novizen zu rufen und die Körbe aus dem Schuppen zu holen.

23

Jenseits des Jordans

Das nächste Etappenziel war Skythopolis in der Dekapolis. Sie quartierten sich in der größten Herberge dieser neuen, reichen Stadt ein. Wieder errichtet auf den Trümmern des alten Bet-Schean, an dessen Mauern die Philister den Leichnam von König Saul und den seines Sohnes Jonatan nach der Niederlage im Gebirge Gilboa befestigt hatten, verströmte Skythopolis den Geruch nach Gottlosigkeit und heidnischen Freuden.

Die Propheten hatten sich getäuscht. Anders als Jeremias und Zacharias vorausgesagt hatten, war die Gegend kein Ort des Schreckens, und man lief nicht Gefahr, von den Löwen gefressen zu werden, es sei denn, man wurde ihnen im neuen Amphitheater zum Fraße vorgeworfen. Man sah nur Villen und Gärten inmitten von Feldern.

»Sie verherrlichen den Körper«, murmelte Jesus beim Anblick eines Standbilds der halb entblößten Diana, die den Platz vor einem Tempel schmückte. »Und in der Stunde der Angst wird ihre Seele schreien wie ein Kind, dessen Amme tot ist.«

Der Gouverneur der Stadt, ein Syrer, erfuhr, dass die Mutter des Herodes Antipas auf der Durchreise war; die Gemahlin Herodes' des Großen und Mutter des Tetrarchen Herodes Antipas verdiente in seinen Augen ein Zeichen der Hochachtung, zudem sie auch die Großmutter von Salome war, der ursprünglichen Gemahlin von Philippos, dem Tetrarchen der Dekapolis. Sicher wusste er nicht – oder gab vor, nicht zu wissen –, welche Abneigung Malthake gegen ihre eigene Nachkommenschaft hegte, und er beschloss, ihr zu Ehren ein Festmahl zu geben. Da Malthake ständig fürchtete, Jesus könne ein Unglück widerfahren, nahm sie die Einladung an.

In dem Glauben, es handele sich um das Gefolge der alten Dame, lud der Statthalter die ganze Mannschaft ein. Die Verwirrung steigerte sich noch, als er, ohne dass man den Irrtum aufklärte, Marta, Maria und Johanna für die Zofen Malthakes, die Männer für die Mitglieder des Fürstenhauses und die Zeloten für die Garde des Zuges hielt. Zum Erstaunen seiner Jünger und aller anderen wollte Jesus unerkannt bleiben, und sie fügten sich seinem Willen.

»Warum soll niemand wissen, wer du bist?«, fragte Lazarus, als sie sich auf dem Weg zum Gouverneurspalast befanden. Und alle blieben stehen, um seine Antwort zu hören.

»Ich bin es leid, Streitereien mit den Mächten dieser Welt auszutragen. Sie werden immer sagen: Das ist der, der das Gleichgewicht stört und uns unsere Herrschaft streitig macht. Ich spreche zu ihnen vom Licht und vom göttlichen Geist, und sie zittern um ihre irdischen Güter. Sie werden mich niemals hören – hat mein Leben das nicht zur Genüge bewiesen?«

Als sie am Tor der Residenz des Gouverneurs angelangt waren, fügte er hinzu: »Sie sind heute und morgen taub, und wenn ich nicht mehr bin, werden sie sagen: ›Ich habe ihn nicht gehört.‹ Ihr Unglück ist unermesslich.«

Und doch war er bester Laune, und im Gegensatz zur sich ärgernden Malthake genoss er es, an einem Nebentisch, fern vom Gastgeber, zu sitzen, der die Frauen nach griechischer Sitte bei Tisch empfing.

Der Statthalter, sein Name war Sybaris, war ein ehrenwerter Mann, und er hatte darauf bestanden, seine Gäste großzügig, sogar mit Prunk zu empfangen. Jesus ließ sich die erlesenen Gerichte schmecken, den Salat aus Pilzen und Krabben, mit Senf gewürzt, die Ente in einer Sauce aus roten Früchten. Schließlich fanden seine Jünger und die Zeloten, die neben ihm saßen, und selbst Thomas, der ewige Rebell, Geschmack an der sonderbaren Gegebenheit.

Sybaris war nicht dumm; er bemerkte schon bald, dass die Blicke seines Ehrengastes und all der anderen Geladenen ständig zu dem bartlosen Mann hin wanderten, den er zunächst für ein unbedeutendes Mitglied der Fürstenfamilie gehalten hatte.

»Wie heißt du?«, fragte er Jesus.

»Emanuel.«

Was stimmte, denn das war der Name, den man ihm vierzig Jahre zuvor im Tempel gegeben hatte.

»Woher kommt es, dass meine Gäste von dir so gebannt sind?«

»Weil ich der persönliche Magier von Malthake bin. Sie lesen von meinen Gesten ab, ob der Augenblick günstig ist.«

Als Johannes die Miene von Malthake, Marta und Maria sah, konnte er nur schwer ein Lachen unterdrücken. Sein Nachbar Matthäus versetzte ihm einen Rippenstoß.

»Du bist also Magier«, fuhr Sybaris fort. »Dann sage mir, was ich von dem anderen Magier halten soll, dem aus Galiläa, der so aufrührerische Reden gehalten hat, dass die Juden ihn ans Kreuz geschlagen haben, und der nun angeblich aus dem Grab auferstanden ist.«

»Du meinst sicher Jesus.«

»So ist es.«

»Warum glaubst du, seine Reden seien aufrührerisch?«
»Ich habe sie nicht selbst gehört, aber man versicherte mir, er habe den Armen den Himmel versprochen und ihn den Reichen versagt.«
»Glaubst du, Sybaris, dass du eine so prunkvolle Tafel vorfinden wirst, wenn deine Seele die Erde verlassen und ihre sterbliche Hülle hienieden zurückgelassen hat?«
»Nein, gewiss nicht.«
»Du hast Recht. Deine Seele wird nicht mehr den Samos-Wein trinken, nicht mehr das zarte Entenfleisch essen, von dem ich gerade koste. Wovon, glaubst du, wird sie sich nähren?«
»Gewiss von geistigen Dingen«, antwortete Sybaris, der sichtbar Gefallen an dem Gespräch mit diesem Emanuel fand.
»Und welchen?«
»Ich weiß nicht … die ewige Tugend.«
»Welches sind deiner Meinung nach die Menschen, die diese geistigen Dinge am besten kennen, weil sie gelernt haben, auf die realen zu verzichten?«
»Die Armen«, gestand Sybaris lächelnd zu. »Aber wie sollte ich, der ich nicht Jude bin, über Menschen regieren, die glauben, sie seien mir im Himmel überlegen? Sie würden mich verspotten, ich hätte keine Befehlsgewalt mehr, und es würde mit der ganzen Stadt bergab gehen.«
»Glaubst du, du würdest schlechter regieren, wenn dich die Armen deiner Stadt mehr liebten?«, fragte Jesus, immer noch lächelnd. »Glaubst du nicht, deine Aufgabe wäre leichter zu bewältigen, wenn du ihre Herzen mit Anteilnahme füllen und dafür sorgen würdest, dass sie sich nicht mit leerem Magen schlafen legen?«
Die Zeloten ließen sich nicht das Geringste von dem Gespräch entgehen.

»Und wenn ich täte, was du sagst, käme ich dann mit ihnen in den Himmel?«
»Zweifelst du noch daran?«
Sybaris brach in Lachen aus und fragte: »Sag mal, Emanuel, bist du vielleicht ein Anhänger von diesem Jesus?«
»Wenn seine Lehre dich überzeugt hat, Statthalter, wer wäre ich, um es nicht zu sein?«
»Fürstin, dein Magier ist sein Geld wert. Wenn du seiner überdrüssig bist, dann schick ihn mir! Er soll eine Lebensrente von mir erhalten. Jetzt sag mir noch, Emanuel, glaubst du, dass Jesus sein Grab verlassen hat?«
»Ich weiß nicht, Sybaris, denn ich kenne nur ein Grab – das des Vergessens. Wenn man sich dieses Mannes erinnert, dann ist er wirklich aus seinem Grab gestiegen.«
Bis zum nächsten Ziel, Änon bei Salim, sprach der ganze Zug von nichts anderem als von diesem Essen beim Statthalter Sybaris – auch die Zeloten, denn sie waren entzückt von der Bescheidenheit Jesu, der sich nicht zu erkennen gegeben hatte. Sie erinnerten sich gegenseitig an die lustigsten Augenblicke und lachten. Und Jesus lachte, weil er sie lachen sah.
Während des Aufenthalts am Zielort aber nahm sein Gesicht einen immer ernsteren Ausdruck an. Denn in Änon hatte ihn Johannes der Essener, den man auch den Täufer nannte, in den Jordan getaucht. Und Jesus hatte sich diesem rein essenischen Einführungsritual unterworfen. Er wusste, dass er damit in die Gemeinschaft der Gerechten eintrat, wie sie sich selbst nannten. Er hatte sich ihnen in der Wüste angeschlossen. Er hatte ihre Lehren befolgt. Er hatte mit ihnen gearbeitet, und da er Zimmermann war, konnte er sich nützlich machen. Hier war er Dositheus begegnet. Während der kühlen Abende von Qumran hatten sie endlose Gespräche geführt …

Er begab sich zuerst allein an den Ort, wo jener Johannes ihn durch das Ritual in die Gemeinde aufgenommen hatte. Er hatte ihn reingewaschen. Und so hatte sich Jesus von den Priestern getrennt. Und von dem blinden Gehorsam gegenüber dem Wort, das sie mit Besessenheit lehrten. Er erkannte den Ort am Flussufer wieder, der menschenleer war. Lange betrachtete er das Gras und das vorbeifließende Wasser. Für ihn war dies einer der außergewöhnlichsten Orte der Welt. Hier hatte er seine ersten Schritte auf dem schwierigen Weg getan, der ihn zum Licht führen sollte. Er betete.

Er vernahm ein Murmeln und sah Malthake nahen, gefolgt von Marta, Maria und Johanna. Auch sie, so erklärte sie ihm, komme als Pilgerin wieder hierher. Sie erinnere sich, als sei ihr erster Besuch gestern gewesen: Neugierig geworden durch die Berichte ihrer Dienerinnen von einem Mann, der vom Herrn sprach, wie kein Rabbiner je von ihm gesprochen hatte, sei sie ihnen ans Ufer des Jordan gefolgt und habe den Lehren des Täufers gelauscht, die bei den Pharisäern solche Entrüstung auslösten. Sie habe sich damals in ihrer Ehe mit dem Tyrannen so unglücklich gefühlt, und die Worte des Täufers hätten den Schleier zerrissen und die Wahrheit ans Licht gebracht. Sie hätten den Schmerz, die Demütigung und die Verzweiflung gelindert. Sie erinnerte sich, wie Johannes sie mit dem Wasser des Jordan benetzt und sie gesegnet habe mit den Worten: »Sei reingewaschen, Frau, von all deinen Sünden!« Danach habe sie sich unendlich erleichtert gefühlt. Und sie habe gelernt zu beten. Dann aber sei das Unheil erneut über sie hereingebrochen. Und als ihre Schwiegertochter Herodias Rache an dem Täufer übte, der sie beleidigt hatte, habe sie diese, deren Gemahl Herodes Antipas und ihre Enkel-

tochter Salome in diesem und im anderen Leben verflucht.
»Damals«, sagte sie mit finsterer Stimme, »sind Himmel und Hölle aufeinander geprallt. Der Mann, der die Menschen lehrte, sich von der Last der Selbstsucht zu befreien, wurde von den Soldaten der Hölle ergriffen, und es war ein Mann von meinem Blut, der sie ausgesandt hatte. Wehe dem Geschlecht der Herodianer! Wehe!«
Maria war erschrocken über die Heftigkeit des Fluches.
»Es ist doch dein Blut, Malthake!«, hielt sie ihr besänftigend entgegen.
»Eben! Deshalb verdoppele ich meine Flüche«, erwiderte die alte Frau und reckte die Arme gen Himmel. »Wäre der Himmel gnädiger mit mir gewesen, so wärest du, Maria, von meinem Blut, und ich könnte glücklich sterben, statt in Schande und Zorn. Du, eine Frau, hast mich aufgesucht, damit wir den Mann, der uns alle läutern wird, der Finsternis entreißen.«
»Friede, Malthake!«, sagte Jesus zu ihr. »Die Mütter sühnen nicht für ihre Söhne und die Söhne nicht für ihre Väter. Dein Herz ist großmütig, besudele es nicht mit Hass. Der Herr wird sich um jene kümmern, die sich gegen den Geist versündigt haben.«
Sie brach in Tränen aus.
»Ich habe nur dafür gelebt, dich zu hören!«
Jetzt traten auch die Jünger zu ihnen, gefolgt von den Zeloten.
»Kommt«, sagte Jesus zu ihnen. »Hier hat man mich reingewaschen.«
»Von der Erbsünde«, sagte Petrus.
»Jetzt habe ich auch euch reingewaschen«, erwiderte Jesus. »Bedenkt, dass der übelste Schmutz euch nicht mehr besudeln kann, wenn ihr in euren Herzen das Licht des

Herrn bewahrt. Es gibt keine Sünde mehr, wenn ihr euch vom Licht abwendet.«
Sie kehrten zu ihrer Herberge zurück.
»Und was wirst du uns in Jerusalem sagen?«, fragte Thomas unterwegs.
»Wenn ich es dir jetzt sagen würde, wäre das so, als gäbe ich dir grüne, unreife Früchte zu essen. Habe Geduld, der Monat Tischri ist nahe und auch das Laubhüttenfest.«

Drei Tage später erreichten sie Adam. Wie immer nach Sommerende hatten heftige Regenfälle den Jordan anschwellen lassen. Jesus deutete auf den Fluss.
»Hier, an dieser Stelle, hat das Wasser aufgehört zu fließen, als Josua den Jordan überqueren wollte, und so konnten die Hebräer ihn überschreiten. Wir waren der Sklaverei des Pharaos entflohen und in dieses Land gekommen, das der Herr unseren Vorfahren versprochen hatte. Ihr werdet einen anderen Fluss überqueren müssen. Denn die Juden sind wie zu Zeiten von Moses Gefangene eines Pharaos, eines anderen, weit übleren. Es ist der, der von ihnen selbst geboren wurde, und ihr habt gesehen, welches Schicksal er denen vorbehält, die versuchen, sich von seinem Joch zu befreien.«
»Dieser Pharao – residiert er in Jerusalem?«, fragte Joachim.
Jesus nickte. »Er klebt an seinem Thron, und er ist grausamer als Nebukadnezzar, weil er die Juden zwingt, sich ins Innere ihrer selbst zu verbannen.«
Rufe der Zustimmung waren von den Zeloten zu hören.
»Jesus ist unser König! Jesus ist unser Messias! Entthront den Pharao von Jerusalem!«
Er wandte sich zu ihnen: »Friede! Wie ich euch gesagt habe, will ich euch nicht dazu bringen, Blut zu vergießen.

Das Blut zieht neues Blut nach sich, das Schwert ruft nach dem Schwert. Erinnert euch an die Worte aus dem Deuteronomium: »Verflucht sei, wer den Blinden an den Abgrund führt!« Die unter euch, die einst die Große Hure fallen sehen, werden nicht genügend Tränen haben, um ihrem Kummer Ausdruck zu verleihen. An jenem Tage werden sie den Hebräern in der Wüste ihre Leiden neiden. Nein, ich führe euch weit fort von diesem Ort der Vernichtung. Wo auch immer ich dann sein werde, werde ich zu unserem Vater beten, euch und euren Kindern den Anblick dieses Schauspiels der göttlichen Rache zu ersparen. Ich weiß, was ihr sucht, aber ich will nicht, dass ihr den Tag eures Sieges beweint.«

Als es Nacht geworden war, fragte Maria ihn: »Wo findest du die Kraft, so klar zu sein, so stark? Wo findest du diese unerschütterliche Güte? Diese Kraft, mein Geliebter zu sein und der Vater dieser Menschen?«

»Ich habe bisweilen versagt«, sagte er. »Eure Kraft ist es, die mich trägt.«

24

Die Klinge wetzt sich an der Klinge

Saulus blickte finster drein.
Die Luft, die er atmete, schien ihm vergiftet, das Essen, von dem er kostete, schal, und seine Nächte dienten nur noch als Spielplatz für die Ängste, die er am Tag unterdrückte.
Seine Frau schlief nicht mehr. Warum hatte sie sich mit diesem düsteren und unfruchtbaren Zwerg vermählt, der so häufig von unbegreiflichem Zorn gepackt wurde?
Das Übel, von dem er seit seiner Kindheit befallen war, verschlimmerte sich noch. Eines Abends, als er mit seinen Gefolgsleuten speiste, trat plötzlich Schaum aus seinen Mundwinkeln. Seine Augen quollen aus ihren Höhlen, und er stieß grässliche Laute aus, wie ein Hund, den man erdrosselt. Er fiel von seinem Stuhl, und sein Sekretär Pedanius stürzte herbei, drückte seinen Kiefer auseinander und schob ihm gewaltsam ein Stück Holz zwischen die Zähne, damit er sich nicht die Zunge abbiss. Die anderen sahen entsetzt zu, wie Saul sich am Boden wand. Man hielt ihn gewaltsam fest. Er röchelte. Mehrere unter den Männern glaubten, die Dämonen hätten sein Leben davongetragen. Andere sahen ganz im Gegenteil einen Beweis seiner Macht darin: War das heilige Übel nicht den Führern vorbehalten?
Daraufhin schluckte er noch mehr Arzneien. Ein Händ-

ler aus Korinth stellte ihm verschiedene Mittel aus Hanf und Mohn zusammen, Pillen, Absud und Tropfen, deren Dampf er einatmen musste. Doch wie gewöhnlich verfiel er nach deren Gebrauch in tiefe Benommenheit. Der Verlust der Leidenschaft ist wie der Verlust der Zähne.
Hin und wieder befehligte er noch Unternehmungen gegen Menschen, denen man vorwarf, Jünger des Magiers Jesus zu sein. Er und seine Männer tauchten im Morgengrauen auf, weckten die Verdächtigen, schlugen sie, zertrümmerten ihre Einrichtung und schüchterten ihre Familien ein. Doch er war nicht mehr mit dem Herzen bei der Sache. Empört über den Lärm und die Grausamkeit, lehnten sich Nachbarn der Opfer auf und drohten, die Folterer zu verprügeln; sie beschwerten sich bei der Tempelwache, ein gewisser Saulus und seine Horde von Haudegen stifte Unruhe in ihrem Viertel.
Der Oberbefehlshaber der Tempelwache forderte ihn auf, sich bei seinen Überfällen zu mäßigen. Man bezahle ihn nicht, damit er Aufsehen errege; das vermittele den Leuten den Eindruck, der Tempel stürze sich auf die Jünger Jesu, weil er Angst vor ihnen habe.
Es gelang ihm, einen Zeloten aus Betfage zu bestechen und zu überreden, als Spion für ihn zu arbeiten. Ein näselnder Hirte mit Armen so dick wie Schenkel, der beim Sprechen mit seinem Dolch hantierte, sich die Wange mit der Klinge kratzte und sie über die Handfläche strich, um ihre Schärfe zu prüfen. So erfuhr er, dass Jesus, begleitet von etwa vierzig Personen, das Jordantal heraufkam.
»Der ist doch euer Feind? Warum lasst ihr ihn nicht verhaften?«, fragte Saulus.
»Weil unser Anführer seine Meinung geändert und beschlossen hat, dass dieser Jesus den Leuten des Tempels Angst macht und uns letzten Endes zuarbeitet. Außerdem

wird dieser Jesus von unseren Kameraden aus Galiläa begleitet, und es ist nicht der rechte Augenblick, Streit untereinander anzufangen.«

Wieder einmal kochte Saulus vor Zorn. Unglaublich! Niemand wollte diesen Mann verhaften! Der Tempel, weil er sich vor ihm fürchtete, Herodes Antipas, weil er um jeden Preis einen Aufstand in Galiläa verhindern wollte, die Römer, weil ihnen Jesus gleichgültig war, und die Zeloten, weil er ihren Zwecken diente.

»Willst du die ganze Last der Welt auf deinen Schultern tragen?«, fragte seine Frau eines Abends überdrüssig, weil sie den Grund für seine Unzufriedenheit kannte. »Hältst du dich für einen Propheten? Soll er doch kommen, dieser Jesus! Dann wird man schon weitersehen.«

»Er wird einen gewaltigen Aufstand auslösen«, erwiderte er.

»Und?«

»Wenn er scheitert, gibt es Krieg. Wenn er erfolgreich ist, gibt es trotzdem Krieg!«

»Und? Das ist die Sache der Römer, nicht die deine. Du bürgst nicht für die Ordnung im Land.«

»Ach, ihr Frauen …«, murmelte er.

»Was, wir Frauen? Bist du aus dem Leib eines Mannes geboren?«

»Es war eine Frau, die ihn aus dem Grab geholt hat.«

»Und es sind Männer, die ihn wieder hineinbringen wollen«, entgegnete sie bitter.

»Diese Frau ist mit Sicherheit eine Hexe.«

»Die einzige Hexerei in dieser Angelegenheit, Saulus, ist wohl die Liebe. Und die ist eine Hexerei, auf die du dich nicht verstehst«, schloss sie.

Solche Streitgespräche hoben Saulus' Laune nicht. Doch er musste sich mit dem unvermeidlichen Schiffbruch abfinden. Die Resignation weckte seine Neugier: Er versuchte, sich zu erklären, worin die Anziehungskraft Jesu bestand. Durch welchen Zauber war das Volk von ihm bis zur Verzückung begeistert, so dass es ihn vor wenigen Monaten sogar zum König krönen wollte? Was lehrte dieser Jesus denn, von dem er, Saulus, nichts wusste? War das Gesetz nicht ein für alle Mal festgeschrieben? Und waren die Juden nicht seit der Zeit von Mose damit zufrieden?

Er kannte im Tempel einen Gelehrten des Rechts: Simon ben Lakich, den man auch Simon den Vermittler nannte, ein Pharisäer und Schüler von Gamaliel, dem berühmten Meister der Gesetzesauslegung. Simon galt als ein gemäßigter Mann, und vielleicht würde er mehr von ihm erfahren, denn er war nur seitens seiner Mutter Jude und kaum mit den Geheimnissen des Glaubens vertraut. Also suchte er Simon ben Lakich auf.

»Dieser Jesus, Rabbi, was ist der Grund für die Gegnerschaft zwischen ihm und euch? Und für den Zauber, den er auf die Menschen ausübt?«

Simon musterte ihn einen Augenblick. Er kannte alle Missetaten des Saulus und wie sein Meister Gamaliel, mit dem er sich ausgetauscht hatte, missbilligte er sie zutiefst. Aber treu dem Grundsatz, dem zufolge der gute Same bisweilen auch auf kargem Boden keimen kann, antwortete er ihm dennoch.

»Das scheint eine Frage zu sein, die viele Geister quält. Ich kann nur einige Gesichtspunkte zusammenfassen, die ich glaube verstanden zu haben.«

Simon betrachtete die Lampe, die auf seinem Arbeitstisch brannte, als erwartete er eine Eingebung von ihr.

»Eine Ursache des Zwistes, aber nicht die einzige, ist, dass Jesus von den Essenern in Qumran an den Ufern des Salzmeeres ausgebildet wurde. Und seit zwei Jahrhunderten schon verachten die Essener uns.«

»Und warum?«

»Unter anderem weil sie uns vorwerfen, wir hätten uns hellenisieren lassen, hätten griechische Namen angenommen, würden heidnische Rituale dulden und uns sogar von ihnen beeinflussen lassen. Für sie sind wir Thronräuber, ja, Gräuel der Verwüstung. Sie betrachten sich als die Gerechten, als die Kinder des Lichts, und uns als die Kinder der Finsternis.«

Simon unterdrückte ein Lächeln und fuhr fort.

»Wie die Zeloten, die doch so viel weniger gelehrt sind als sie, erwarten die Essener, dass wir die Waffen gegen die Römer erheben und den Glauben und die Priesterschaft wiederherstellen, so wie sie zur Zeit Salomos waren. Aus Verachtung uns gegenüber haben sie sich in die Wüste zurückgezogen. Dort kopieren sie die Bücher auf ihre Art, manche schreiben sie sogar neu und geben vor, sie seien sehr alt.«

Simon seufzte.

»Du weißt ja, wenn wir uns gegen die Römer auflehnen würden, käme das unser Volk teuer zu stehen. Denn jeder Versuch, sie zu vertreiben, würde misslingen, und hinterher würde es uns noch schlimmer ergehen als zuvor.«

»Aber dieser Jesus scheint nicht den Krieg gegen die Römer zu predigen.«

»Nein. Übrigens hat er die Essener schon vor langer Zeit verlassen. Dieser Mann ist klug. Ich bin ihm nie begegnet, ich kenne von ihm nur die Worte, die mir zugetragen wurden, und ich kann ihm seine Geistesschärfe nicht absprechen, nur weil unsere Meinungen auseinander gehen. Aber ich glaube nicht, dass er die Bücher studiert hat, aus denen er gerne zitiert. So bezeichnet er sich als Men-

schensohn. Aber hätte er nur die Psalmen gelesen«, sagte Simon und runzelte die Stirn, »so hätte er nicht die Worte im Psalm hundertsechsundvierzig übersehen können: ›Verlasst euch nicht auf Fürsten, auf Menschensöhne, bei denen es doch keine Hilfe gibt.‹ Wenn er die ersten Verse der Hymne auf den Allmächtigen Gott im Buch Ijob gelesen hätte, wie würde er sich dann nicht an die beiden Verse erinnern: ›Wie wäre ein Mensch gerecht vor Gott, wie wäre rein der vom Weib Geborene? Siehe, selbst der Mond glänzt nicht hell, die Sterne nicht rein in seinen Augen, geschweige denn der Mensch, die Made, der Menschensohn, der Wurm.‹ Sich danach als Menschensohn zu bezeichnen heißt, die Verachtung auf sich zu ziehen. Ich weiß, dass die einfachen Menschen ihn Rabbi nennen, doch kein Meister kann sich daran erinnern, ihn jemals als Schüler gehabt zu haben. Man klagt uns an, gewiss, uns, die Gelehrten, einen engen Geist zu haben, und vielleicht trifft das auf manche von uns sogar zu. Aber wer ist schon vollkommen? Auf jeden Fall können wir einen Mann nicht ernst nehmen, der uns beleidigt und der nicht einmal die Bücher kennt, aus denen er zitiert?«
Saulus dachte über Mittel nach, diese Ausführungen für sich zu nutzen. Schließlich fragte er: »Hat er die Essener aus eigenen Stücken verlassen, oder haben sie ihn davongejagt?«
»Das weiß ich nicht. Wir fragen uns, wenn wir, was nicht immer der Fall ist, die Muße dazu haben, nach den Gründen, aus denen er den Rat der Zwölf, der den Meister der Essener, den so genannten Meister der Gerechtigkeit, einst umgab, übernommen hat. Tatsächlich hatte er vor seiner Verurteilung zwölf Jünger um sich geschart, doch sofern wir richtig unterrichtet sind, waren es nicht immer zwölf, sondern auch vierzehn oder gar fünfzehn. Wenn er

die Essener aus eigenen Stücken verlassen hat, dann vielleicht, weil er den Widerspruch der Leute von Qumran begriffen hat. Einerseits bereiten sie sich auf den bewaffneten Kampf vor – denn sie sind bewaffnet –, andererseits erwarten sie nichts anderes vom Himmel mehr als den weltweiten Untergang, das Vorspiel zum Ende der Zeiten und zum Erscheinen des Messias. Jesus hat also, so scheint es mir, seine eigenen Lehren in Anlehnung an die der Essener entwickelt.«

Simon hob die Augen zum Himmel.

Durch das geöffnete Fenster drang das Rumpeln eines Handkarrens und der monotone Singsang eines Gemüsehändlers, der seinen Salat, seinen saftigen Knoblauch und seine duftenden Gurken anpries. Dann die Stimme einer Frau, die ihn herbeirief, und das Lachen einer anderen Frau. Trotz des bevorstehenden Unheils ging das Leben weiter mit seiner Sanftheit, seinen Gerüchen, seinen unschuldigen Sorgen.

»Eine seiner empörendsten Erklärungen und sicher diejenige, welche die Feindseligkeit unserer Priesterschaft verstärkt hat, war die, dass er nicht gekommen sei, um das Gesetz Mose abzuschaffen, sondern es zu vervollständigen. Das ist unerhört. Kein Prophet hat es gewagt, sich als Nachfolger des Moses auszugeben. Ganz zu schweigen von einer anderen Behauptung, gemäß der der Mensch nicht für das Gesetz gemacht sei, sondern das Gesetz für den Menschen. Wie kann jemand, der sich als Gesandter des Allerhöchsten erachtet, die von Mose diktierten Gesetze in Frage stellen? Wir konnten daraus nichts anderes schließen, als dass dieser Mann ein Ketzer ist.«

Simons Züge verhärteten sich.

»Aber welches ist denn seine Lehre?«, fragte Saulus.

»Um sie zu verstehen, musst du wissen, dass in unserer

Gedankenwelt zwei Richtungen existieren; die eine leitet sich aus dem Levitikus und den Numeri ab, die andere aus dem Deuteronomium. Die erste stellt fest, dass die Priester die Vermittler zwischen seinem Geschöpf und dem Allmächtigen sind, und die andere ...«, hier deutete Simon ein Lächeln an, »... sagt es nicht so klar. Sie überlässt die Anwendung des Gesetzes den Weisen und nicht nur den Priestern. Darüber hinaus sind die beiden Richtungen gelegentlich im Widerstreit: Gemäß dem Levitikus sind die Väter verantwortlich für die Sünden ihrer Söhne und die Söhne für die ihrer Väter. Das Deuteronomium sagt genau das Gegenteil. Jesus scheint in vielerlei Hinsicht unserer deuteronomischen Richtung nahe, der levitischen auf jeden Fall feindlich gegenüberzustehen. Wenn er überhaupt ...«, Simon hob die Hände, »... eine Ausbildung in dieser Hinsicht erfahren hat.«

Er seufzte, betrachtete sein Gegenüber und fuhr fort.

»Ich kann dir nicht sehr viel mehr über die Feinheiten des Gesetzes sagen, Saulus, und ich glaube auch nicht, dass du dessen bedarfst.«

»Weil ich Römer bin.«

»Ich weiß nicht, wie du dies und sein Gegenteil und jenes und sein Gegenteil in Einklang bringst. Dein Gewissen muss darüber entscheiden.«

»Du hast mir aber noch nicht erklärt, warum Jesus die Menge so in seinen Bann zieht.«

»Er zieht vor allem die Menschen von Galiläa in seinen Bann, die Judäa seit Jahrhunderten feindlich gegenüberstehen. Weniger feindlich als die von Samarien, gewiss, aber doch feindlich. In dieser Hinsicht ganz den Vorstellungen der Essener treu, ist er als der Messias aufgetreten, der Israel von seinem Joch befreien würde. Deshalb wollten sie ihn selbst in Judäa zum König krönen. Kommen wir zu unserem Ausgangspunkt zurück: Wäre er zum König gekrönt worden, so hätte es einen Aufstand gegeben. Doch ich frage mich, wer die Salbung vollzogen hätte, die einzig in der Lage gewesen wäre, seinen unrechtmäßigen Titel Messias zu rechtfertigen.«

»Aber Nikodemus?«, rief Saulus. »Wie hat ein so bekannter Gelehrter des Rechts von den Lehren des Jesus verführt werden können?«

Simon kniff die Augen zusammen; es war ihm unangenehm, über einen Amtsbruder zu sprechen. Und sein Besucher stellte wahrlich viele Fragen.

»In dieser Sache sollte man ihn persönlich fragen. Soweit ich weiß, gehört Nikodemus jener Gruppe von Rechtsgelehrten an, die der Ansicht sind, die Sterblichen könnten die Pläne des Allerhöchsten nicht verstehen. Obwohl er so gut wie wir die Brüche und Widersprüche der Lehre Jesu kennt, weigert er sich doch, die Möglichkeit zu verwerfen, dass die *schekhinah*, die Gnade Gottes, einem Menschen gewährt wurde. Darüber hinaus weigert er sich, die politischen Folgen dieser Lehren zu bedenken, wobei er ohnehin das Todesurteil verabscheut, Sonderfälle ausgenommen. Für ihn ist Jesus ein Heiliger, und das allein zählt. Habe ich deine Fragen beantwortet?«

Saulus bestätigte dies. Er bedankte sich bei Simon, bedauerte aber, mangels allgemeiner Kenntnisse nicht tiefer gehende Fragen gestellt zu haben. Auch an Wissen um das Judentum mangelte es ihm. Aber hätte ihm Simon überhaupt auf solche Fragen geantwortet?

»Ist man denn wirklich sicher, dass er lebt?«, erkundigte sich Simon.

»Es scheint so. Er soll sich auf dem Weg nach Judäa und sicher auch Jerusalem befinden.«

»Man hat uns davon berichtet. Ich habe mich schon gefragt, ob es nicht ein Betrüger ist, der seinen Platz eingenommen hat.«

»Nein, es ist kein Betrüger«, erwiderte Paulus nachdenklich. »Kein Mann kann bei der Frau, die ihn liebt, vorgeben, ein anderer zu sein.«

Simon dachte über die Antwort nach. »Maria ben Esra?«

»Ja.«

»Sie hat alles in die Wege geleitet, versichert man mir.« Die Stimme Simons wurde verträumt.

»Eine verderbte Frau!«, schrie Saulus. »Die Frauen sind verderbte Wesen!«

»Ich sehe in ihrem Fall keine Verderbtheit«, erwiderte Simon ruhig. »Ich denke, Sara, die Frau Abrahams, hätte das Gleiche getan.«

Saulus bedachte ihn mit einem empörten Blick. »Aber sie gefährdet das ganze Land!«

»Sara entzweite Ismael mit dem Geschlecht Abraham, indem sie ihn zusammen mit seiner Mutter in die Wüste jagte. Das Schicksal eines ganzen Stammes wurde so gefährdet.« Und da Saulus durch diese Bemerkung entwaffnet schien, fügte Simon in heiterem, fast spöttischem Tonfall hinzu: »Die Liebe, Saulus.«

»Die Liebe?« Hieß das, die Rabbiner fingen an, so zu reden wie die Frauen?

Der verständnislose Ausdruck in Saulus' Gesicht verriet Simon, dass die Unterhaltung von jetzt an langatmig werden würde. Wie hieß noch das Sprichwort? »Die Klinge wetzt sich an der Klinge«, aber der Geist seines Besuchers schien aus Holz zu sein. Mit einem freundlichen Lächeln bedeutete er ihm, dass ihr Gespräch beendet sei.

25

Aser

Als er nach Phaselis kam, bemerkte Jesus einen kranken Jungen, der sich, auf die Hände gestützt, dem langen Zug entgegenrobbte. Er ging zu ihm, sah die dürren Beine, beugte sich hinab und hob das Gesichtchen an. Auch Lazarus war herbeigeeilt, eine Münze in der Hand. Der Blick des Jungen traf den von Jesus. Der Junge lächelte. Jesus fasste ihn unter den Achseln und hob ihn hoch, sodass der kleine Krüppel jetzt auf den Füßen stand. Jesus stützte ihn und sah ihm tief in die Augen.

»Ich kann nicht …«, murmelte das Kind.

»Bitte den Herrn, der dich geschaffen hat, dass er dir die Kraft gibt!«

»Herr«, rief der Junge mit tränenerstickter Stimme, »gib mir Kraft!«

Seine Miene war plötzlich wie versteinert, sein Blick starr, als durchlebe er ein unbeschreibliches Gefühl. Er öffnete den Mund, stieß kleine Schreie aus, rang nach Luft und klammerte sich am Arm Jesu fest.

»Ich glaube …«

Jesus stützte den Jungen noch immer.

»Deine Beine sind schwach, sie können dich nicht so gut tragen, als wenn du sie jeden Tag benutzen würdest.«

Er machte einen Schritt, und der Junge setzte, noch immer an Jesu Arm geklammert, einen Fuß vor den anderen.

»Einige Tage lang wirst du noch mit einem Stock gehen müssen, und dann kannst du alleine laufen.«
Das Kind sah Jesus voller Erstaunen an.
»Du bist ein Engel, nicht wahr?«
Der Zug hatte angehalten.
»Du bist ein Engel, sag es mir, wie die, von denen der Rabbiner spricht.«
Jesus antwortete erst nach einer Weile: »Wenn du es glaubst, dann bin ich ein Engel.«
»Ich glaube es.«
»Gebt ihm einen Stock!«, rief Lazarus den umstehenden Jüngern und Zeloten zu.
Doch sie fanden keinen in der passenden Größe. So gingen sie weiter in die Stadt, der Junge noch immer an den Ärmel Jesu geklammert.
»Halt dich an mich, denn du wirst schnell ermüden«, sagte Jesus.
»Wenn ich mich an dich halte, werde ich nicht müde. Bleib bei mir!«
Die Passanten beobachteten verwundert den Zug, an dessen Spitze ein Mann und ein Kind gingen, das sich an ihm festhielt. Eine alte Frau mit einem Korb voll Aprikosen blieb stehen, kam dann auf das Kind zu und beugte sich zu ihm hinab.
»Du bist doch der Sohn von Nathan dem Färber?«
»Ja.«
»Aber seit ich dich kenne, bist du verkrüppelt. Wie kommt es, dass du jetzt laufen kannst?«
»Das war der Engel hier«, sagte das Kind und wandte sich zu Jesus um.
Die alte Frau musterte Jesus mit gerunzelter Stirn.
»Hast du ihn geheilt?«, fragte sie.
»Der Herr hat ihm die Kraft gegeben.«

»Du bist ein Engel?«, fragte sie und sah Jesus prüfend an.
»Wenn er es sagt.«
»Aber du siehst aus wie ein Mensch«, erwiderte sie und befühlte seinen Arm.
Eine kleine Gruppe von Menschen hatte sich angesammelt und näherte sich jetzt dem Zug.
Eine Frau rief: »Ein Engel! Ein Engel hat Nathans Sohn geheilt!«
Weitere eilten herbei, von Neugier getrieben.
»Aber ja, das ist doch der kleine Bettler, der immer am Stadttor sitzt!«
»Wer ist dieser Mann, der ihn geheilt hat?«, wollte jemand von Petrus wissen.
Der blickte Jesus fragend an.
»Sag es ihnen!«
»Das ist unser Meister Jesus.«
»Sucht lieber einen Stock, mit dem das Kind wieder laufen lernen kann«, sagte Jesus.
Die Menschen gerieten in Bewegung. Eine unglaubliche Erregung erfasste die Einwohner von Phaselis. Die Türen und Fenster der Häuser wurden aufgerissen, die Leute strömten auf die Straßen, liefen bald in die eine, bald in die andere Richtung, da sie zunächst gar nicht wussten, wo die Ursache des Trubels war. Nein, nicht hier, eher dort! Hunde bellten, die Jünger und Zeloten bildeten einen Schutzwall um Jesus.
Es war einer jener Menschenaufläufe, wie die Jünger sie von früher her gut kannten.

Nachdem Jesus sich zu erkennen gegeben hatte, fürchteten alle in seinem Geleit, dass es zu Auseinandersetzungen kommen würde. Niemand wusste Genaueres, aber Zeloten und Jünger waren sich einig, dass Unannehmlich-

keiten nicht ausbleiben würden. Der Hohe Rat, so versicherten die meisten, hätte die Gleichgültigkeit des Pilatus am Ende doch erschüttert, und bald würden in Phaselis römische Soldaten einmarschieren.
Mit der Geschwindigkeit eines Buschfeuers, das sich nach monatelanger Trockenheit in der Steppe ausbreitet, war der Name Jesu von Stadt zu Dorf, von Mund zu Mund geeilt. Die Menschen in Phaselis belagerten den Zug, Malthake, Maria, Marta und Johanna wurden fast von ihren Eseln gestoßen. Jesus musste den Jungen auf den Arm nehmen, damit er nicht gleich nach seiner Heilung niedergetreten wurde. Mit solchen Massenaufläufen vertrauter als die Jünger, versuchten die Zeloten, eine gewisse Ordnung herzustellen, damit Jesus und sein Gefolge sicher die Herberge erreichen konnten.
Aber es kamen nicht nur Juden herbeigeeilt, unter den Anhängern und Neugierigen waren auch Römer, Griechen, Syrer und Leute, in deren Religion es weder Engel noch einen Messias gab, die jedoch die eigenen Rituale vergaßen, sobald von etwas Übernatürlichem die Rede war. Die Verlockung des Wunders kannte keine Grenzen, und diese Menschen hatten lange genug zusammengelebt, um dieselben Hoffnungen und denselben Aberglauben zu teilen und zu wissen, dass sie sich im Grunde nur durch die Sprache unterschieden. Sie schrien also auf Aramäisch, Griechisch, Lateinisch und in noch anderen Zungen, und als der Zug endlich in der Herberge angekommen war, ließ sich die Menge auf der Straße vor dem Haus nieder, als wolle sie sich dort für die Nacht einrichten.
»Was wirst du tun?«, fragte Maria beunruhigt, nachdem Jesus seinen Durst gestillt und sich die Füße gewaschen hatte. »Diese Leute warten auf dich. Es sind auch Heiden unter ihnen.«

»Wenn die Juden mich nicht hören, aber die Heiden mich hören, so ist das der Wille Gottes«, antwortete er nachdenklich.

Der Junge, den er geheilt hatte und der widersinnigerweise auf den Namen Aser, glücklich sein, hörte, saß auf einem Schemel und blickte Jesus voller Verehrung an.

»Meine Brüder und meine Schwestern sind draußen«, rief er fröhlich.

Man hatte endlich einen passenden Stock für ihn gefunden, und er hinkte zu Jesus.

»Schon in wenigen Tagen kannst du ohne Stock gehen«, sagte Marta.

Das Kind schob den Kopf unter den Arm Jesu.

»Als wäre er dein Sohn«, murmelte Marta.

»Sie sind alle meine Kinder«, antwortete er.

Daraufhin warf sich Malthake in Johannas Arme und brach in Tränen aus.

»Jetzt kann ich beglückt sterben«, schluchzte sie.

»Die Stunde wird früh genug kommen«, meinte Johanna. »Zunächst müssen wir leben und wachsam sein.«

Jesus beschloss, mit Aser an seiner Seite vor die Tür zu treten.

»Der Herr hat gewollt«, sagte er, »dass dieses Kind geheilt wurde, weil es zu ihm gebetet hat.«

»Du hast es geheilt, das wissen wir. Also bist du der Gesandte Gottes!«, rief eine Stimme in der Menge.

»Euch wird kein Haar vom Kopf fallen ohne den Willen des Allmächtigen. Ihr alle habt gesehen, dass dieser Junge ein Krüppel war, ich habe ihm gesagt, er solle beten, er hat gebetet, und er wurde geheilt. Andere Krankheiten sind weniger sichtbar: die der Seele. Unter euch gibt es solche Kranke, denn selbst wenn sie laufen und sehen können, ist doch ihr Herz krank und ihr Geist blind, aber sie wissen es nicht. Denn das Herz dieses Volkes ist hart geworden, und mit ihren Ohren hören diese Menschen schwer. Ich bitte den Herrn, ihnen die Augen zu öffnen und ihnen die Kraft zum Gebet zu geben, dann werden auch sie geheilt werden. Aser hat ein reines Herz, darum war es ihm gegeben, Mitleid und Segen des Allmächtigen auf sich zu ziehen. Möge er euch ein Beispiel sein!«

In der ersten Reihe der Menge standen zwei Jungen und ein Mädchen, die etwas älter waren als Aser; Aser gab ihnen die Hand, sein älterer Bruder nahm ihn in die Arme und trug ihn auf seinen Schultern. Das Kind betrachtete die Menge und wandte sich erneut zu Jesus.

»Ich segne euch heute alle«, sprach dieser.

»Wohin gehst du?«, fragte ein Mann. »Bist du nicht auf dem Weg nach Jerusalem? Lass uns dir folgen und deinen Ruhm verkünden!«

»Nein, ich bin nicht gekommen, damit ihr meinen Ruhm verkündet. Ich bin nicht zurückgekommen, um eine Krone einzufordern. Ich bin auch nicht zurückgekommen, um Rache zu üben. Ich bin gekommen, um den Kindern der Finsternis die bevorstehende Ankunft des Engels des Zorns zu verkünden. Mögen sie Reue üben! Denn der Engel des Zorns wird unweigerlich kommen.«

»Bist du nicht lebend aus deinem Grab gestiegen? Bist du etwa nur zurückgekehrt, um die Ungläubigen triumphieren zu lassen?«, rief eine andere Stimme.

»Hört mir zu, die Stunde des Herrn ist den Menschen unbekannt. Niemand weiß, wo der Schatten des Zeigers unter der Sonne steht. Niemand kennt die Grenzen der göttlichen Geduld, bis zu dem Augenblick, da es zu spät ist. Die Ereignisse dieses Menschenalters hängen nicht mehr von den Menschen ab. Gestern hatte der Herr seinen Feinden Gelegenheit zur Reue gegeben. Sie haben sein Angebot zurückgewiesen und ihren Unglauben verkündet, indem sie den Menschensohn ans Kreuz geschlagen haben. Denn er hat ihre Hoffart verletzt, indem er sie zur Reue aufforderte. Der Schatten des Zeigers hat sich weitergedreht, die Stunde ist verstrichen, alles ist gezählt. Wenn ihr seht, dass die Mauern der bösen Zitadelle in Flammen stehen und einstürzen, so flieht! Denn das Schwert, das der Engel des Zorns führt, verschont weder Witwen noch Waisen, weder Jung noch Alt.«

Ein Raunen des Entsetzens ging durch die Menge.

»Aber die Gerechten? Gibt es nicht Gerechte unter uns?«, rief eine Frau.

»Die Gerechten sollen aus der verfluchten Zitadelle fliehen! Denn der Hieb des Schwertes wird keinen verschonen.«

Zwei Männer am Rande der Menge unterhielten sich halblaut: »Ich bedauere jetzt, dass er nicht zu uns gehört, wir haben ihn falsch eingeschätzt.«

Das war Simon ben Josias, der eigens aus der Schefela gekommen war, da er gehört hatte, Jesus sei auf dem Weg nach Jerusalem. Er wollte wissen, wie diese Reise verlief, die Jerusalem so sehr in Aufruhr versetzte.

»Habe ich es dir nicht gesagt? Aber du wolltest mir ja nicht glauben!«

Der andere war natürlich Joachim.

»Kannst du ihn nicht bitten, bei uns zu bleiben?«, fragte Simon.

»Du hast es doch gehört: Er trachtet nach nichts mehr, die Würfel sind gefallen.«

»Die verfluchte Zitadelle ist Jerusalem, nicht wahr?«

»Ja.«

»Aber wenn er nicht die Macht in der Stadt übernehmen will, was hat er dann vor?«

»Ich weiß es nicht. Ihr vielleicht eine letzte Warnung erteilen?«
»Ich werde anordnen, ihm Schutz zu gewähren.«
Joachim schüttelte den Kopf. »Warum hast du mir damals nicht geglaubt? Er hätte unser König sein können. Jetzt ist es zu spät.«

Jesus kehrte in die Herberge zurück. Die Menge verlief sich, die Herzen waren schwer. Aser wollte bei Jesus bleiben. Beim Essen ließ Jesus ihn neben sich sitzen.
»Du hast den Menschen Angst gemacht«, sagte Thomas und brach das Schweigen.
»Ihre Angst ist nur ein Frösteln, verglichen mit dem, was sie zur Stunde des Zorns empfinden werden«, antwortete Jesus.
»Warum hast du ihnen verwehrt, dir nach Jerusalem zu folgen?«
»Thomas, in Jerusalem wird man glauben, dass ich die Massen aufwiegeln will. Sie werden die Römer verständigen, und die werden sich verpflichtet fühlen einzugreifen. Darauf warten die Zeloten nur. Haben wir nicht oft genug besprochen, was dann folgen würde? Ich will kein Blut vergießen. Ich habe gesagt, der Schatten des Zeigers hat die Stunde der Reue hinter sich gelassen.«
»Und dann?«, fragte Johannes.
»Das liegt nicht mehr in meinen Händen, sondern in denen des Herrn, und später wird es in den euren liegen.«
Erschöpft von seinen Gefühlen, den Schreien der Menge und sicherlich auch von seinem ersten richtigen Essen seit langer Zeit, hatte sich Aser an Jesus gelehnt und war eingeschlafen.
Draußen vor der Herberge hielten Zeloten Wache. Es waren keine römischen Soldaten gekommen.

»Ich frage mich, ob wir nicht alle niedergemetzelt werden«, murmelte Lazarus und leerte sein Glas.
»Wenn du schon keinen Glauben hast, hast du dann nicht wenigstens einen Dolch?«, fragte Marta verärgert und reichte ihm ihren Dolch.
»Verzeih mir!«, flüsterte er. »Manchmal ist mein Herz zu kleinmütig.«
Jesus war nach oben gegangen; er wollte sich schlafen legen. Maria folgte ihm, um sein Lager zu bereiten. Sie brachte einen Krug mit frischem Wasser und eine Decke. Doch als sie mit einer Lampe in der Hand eintrat, lag er schon auf dem Strohsack. Sein regelmäßiger, tiefer Atem verriet ihr, dass er schlief. Aser lag an ihn geschmiegt. Die Lampe erleuchtete die dürren Beinchen des Kleinen und sein friedliches Gesicht. Maria betrachtete die beiden lange.
Morgen, dachte sie. Eines Tages …
Geräuschlos faltete sie die Decke auseinander und legte sie über Vater und Sohn, denn sie hegte keinen Zweifel mehr daran, dass sie Vater und Sohn waren. Andere hatten den Körper des Jungen gezeugt, doch Jesus hatte die Seele gezeugt. Dann verließ sie das Zimmer und legte sich mit Marta, Malthake und Johanna schlafen.

26

Gibt es keine Mutter? Gibt es keine Brüder?

Der letzte Halt vor Jerusalem war Jericho. Die Etappe verlief sehr bewegt, da sich trotz der Ermahnungen Jesu mehrere hundert Einwohner von Phaselis dem Zug angeschlossen hatten. Boten hatten in Jericho die Ankunft schon im Morgengrauen angekündigt: Der aus seinem Grab auferstandene Messias Jesus befand sich auf dem Weg nach Jerusalem. Er hatte ein verkrüppeltes Kind geheilt. In der Vorstellung der Menschen nahm die Geschichte immer größere Ausmaße an: Einige behaupteten, er habe alle verkrüppelten Kinder der Gegend geheilt. Man erwartete weitere Wunder.

Jesus vertraute Aser seinen Brüdern an, die ihm seit Phaselis gefolgt waren, und befahl ihnen, umzukehren.

»Der Herr hat ihn geheilt«, sagte er zu ihnen. »Ich will sein Leben nicht gefährden. Sonst würde ich mich gegen den Allmächtigen versündigen.«

Aser umarmte ihn. Jesus segnete ihn und strich ihm übers Haar.

»Geh und sei stark! Der Herr wacht über dich.«

Gegen Mittag zog eine gut eintausend Ellen lange Prozession durch die raue, ausgedörrte Berglandschaft in Richtung der neuen Stadtmauern von Jericho, der Palmenstadt. Im Grunde hatte sich hier seit Jahrhunderten nichts verändert, nur war an die Stelle von Josuas Trompeten das

Wort eines erleuchteten Mannes getreten. Diesmal zogen keine irdischen Truppen zur Eroberung des Gelobten Landes aus, sondern unsichtbare Heerscharen.

»Sieh da hinten!«, sagte Jesus zu Johannes und deutete auf einen hohen Gipfel. »Das ist der Berg der Versuchung. Als ich in jungen Jahren auf der anderen Seite war – dabei deutete er zum Salzmeer, das hinter den Bergen lag –, bin ich hinaufgestiegen. Dort hat mir Satan alle Reiche der Welt angeboten. Viele Jahre später haben die Hierosolomytana dasselbe getan, allerdings ohne böse Absichten. Weder damals noch gestern wollte ich die Krone. Begreifst du, dass mich kein Dämon jemals wird in Versuchung führen können?«

»Dämonen sind dumm«, meinte Johannes.

Jesus lachte. »Ja, du hast Recht, das habe ich auch immer gedacht. Es gibt nichts Dümmeres als einen Dämon. Eine Rasse, die keine Bildung besitzt, da sie weder lesen noch zuhören kann. Die Bosheit ist der Grundstein zur Dummheit.«

In der Stadt waren die Namen aller bedeutsamen Persönlichkeiten bekannt, die in dem Zug mitreisten. Kurz nachdem sie angekommen waren, kam ein Bote herangeeilt, um Malthake mitzuteilen, ihr Sohn Herodes Antipas halte sich im Palast seines Vaters auf.

»Mann«, rief die alte Frau, »lauf, um ihm zu sagen, dass ich mein Blut verfluche und dass meine Verwünschungen über seinem Haupt kreisen wie Geier über einem Kadaver!«

Die Nachricht wurde gewiss auf der Stelle übermittelt, denn als der Zug am Palast vorbeikam, sah man zwanzig Galater aus der persönlichen Garde des Tetrarchen mit aufgestellten Lanzen und zornigen Blicken vor den Türen stehen, als erwarteten sie, von der Menge niedergemetzelt zu werden. Kinder tanzten vor ihnen herum, warfen die Arme in die Luft und neckten sie: »Herodes, hier sind die Geier!«

Im Innern des Palastes bedauerte Herodes wohl zutiefst, Machärus verlassen zu haben, um die gute Luft von Jericho zu genießen.

Jesus sah all die Zeloten, die den Zug geleiteten, und ließ Joachim rufen.

»Ihr seid mehr geworden«, sagte er.

»In der Tat, Simon ben Josias und die anderen Führer wollten sich uns anschließen.«

»Die Zeloten aus dem Süden ziehen mit uns?«

»Ja, sie gehören jetzt auch zu deinen Verteidigern, so wie die von Galiläa. Sie sind der Meinung, dass ihr, deine Jünger und du, in Gefahr seid.«

»Ist dir bewusst, dass allein ihre Anwesenheit die Bevölkerung von Jerusalem in Schrecken versetzen wird?«

»Herr, das ist sie längst. Unsere Anwesenheit wird nur ihre bösen Absichten mäßigen können.«

Für ein längeres Gespräch war keine Zeit. Petrus, Andreas und Thomas beschleunigten den Schritt, bis sie Jesus erreichten, der in Sorge schien. Wieder einmal entglitt ihm die Lage.

»Ich bin kein Hauptmann«, sagte er, »ich bin nicht gekommen, um irdische Dinge zu regeln. Aber ich kann diese Leute auch nicht wegschicken. Sie haben weder meine Absichten noch euren Auftrag begriffen. Ich bitte den Herrn, dass ihre Anwesenheit nur als Zeichen verstanden wird.«

Am nächsten Tag im Morgengrauen schien das Leben in Jerusalem seinen gewohnten Lauf zu nehmen. Zur üblichen Stunde öffneten die Händler die Gitter ihrer Ge-

schäfte. Die Priester des Tempels traten mit nackten Füßen auf den Vorhof der Priester und den der Männer, um sie zu reinigen, die Bediensteten wuschen den der Frauen und den der Heiden. Die Geldwechsler und Verkäufer von Tauben und Opfertieren richteten sich wie immer auf dem Vorhof der Heiden ein. Auf der Terrasse der Burg Antonia fand die Wachablösung statt. Die Männer reinigten sich von ihren nächtlichen Ausdünstungen, kämmten Bärte und Haar und zogen ihre Sandalen an. Die Frauen und Dienstboten löschten die Lampen, fachten die Feuer in den Kaminen an, schlugen die noch lauwarmen Betten aus, schüttelten die Decken auf die Straße oder aus dem Fenster aus und fegten den Boden. Die Bäche der Oberen und der Unteren Stadt schwollen von den Abwässern der siebzigtausend Einwohner an – eine Zahl, die die letzte Volkszählung der Römer ergeben hatte. Die Obst- und Gemüsehändler kamen durch das Schaftor im Norden und das Essenertor im Süden in die Stadt und breiteten ihre Stände in der Unteren Stadt aus. Zum Laubhüttenfest, dem ersten Tag der Opfergaben, waren ihre Körbe randvoll. Es gab vor allem Weizen- und Gerstengarben, aber auch Äpfel, Birnen und Trauben. Man stand Schlange, um Wasser aus dem Brunnen zu holen, begann den Teig zu kneten, Knoblauch zu hacken und Geflügel zu rupfen. Kinder wurden geboren und stießen ihren ersten Schrei in diesem Tal der Tränen aus. Im Gymnasion wärmten die jungen Männer ihre Muskeln auf. Vor Spiegeln aus poliertem Silber schminkten Mädchen ihre Augen.
Pilatus trank sein morgendliches Glas Ziegenmilch mit Granatapfelsaft und nahm auf dem gewohnten Stuhl Platz, um sich dem Messer des Barbiers zu überlassen.
Im Palast des Kajaphas hingegen verrichteten die Diener ihre morgendliche Arbeit auf Zehenspitzen. Alle wussten

es. Alle zitterten: Der Hohepriester hatte diese Nacht nicht geschlafen.

Jerusalem war belagert. Es waren keine geordneten Heere, von denen die Gefahr ausging, nein, es waren die schlimmsten Belagerer, die man sich vorstellen konnte: geistige Legionen, solche, die heilige Angst auslösten.

Zur zehnten Stunde kam eine zehnköpfige Abordnung des Hohen Rates zum Palast des Kajaphas. Der Priester Gedalja führte sie zu seinem Herrn.

»Hohepriester, hat dich die *schekhinah* heute Nacht erleuchtet?«, fragte ihr Anführer.

Kajaphas schüttelte den Kopf.

»In Seiner unendlichen Weisheit stellt uns der Allerhöchste also auf die Probe«, antwortete er mit gebrochener Stimme. »Die Weisheit der Bücher hat mir keine für eine derart gefährliche Lage geeignete Lösung gebracht. Einst machte Er, dass sich der Boden unter den Schritten seiner Herausforderer öffnete. Doch der Boden hat sich noch nicht aufgetan, um diesen Gottlosen zu verschlingen.«

Wie es sich ziemte, hatte er es vermieden, den Namen jenes Gottlosen auszusprechen. Sie machten lange Gesichter, waren sie doch gekommen, um sich Mut zu holen, und nun vermochte ihr Oberhaupt ihnen nur seine Ungewissheit kundzutun.

»Handelt es sich um eine Art neuen Dämon, der aus dem *scheol* gekommen ist, um uns auf die Probe zu stellen?«, murmelte er.

Doch die Abordnung war zu verängstigt und nicht in der Stimmung, theologische Möglichkeiten zu erwägen.

»Aber sind wir überhaupt sicher«, fragte einer von ihnen, »dass er es wirklich ist?«

Die ewige Frage!

»Saulus hat die Antwort gefunden«, entgegnete Kajaphas

mit einer ungeduldigen Handbewegung. »Und sie ist nicht zu widerlegen. Er muss es sein, denn dieselbe Frau begleitet ihn. Kein Schwindler vermag an die Stelle des Mannes zu treten, den eine Frau in ihrem Fleisch erkannt hat.«
»Diese Maria aus Magdala?«
Es war auch nicht der richtige Zeitpunkt, um die Verschwörungen zu erörtern, mit der es dieser Frau gelungen war, einen Gekreuzigten aus dem Grab zu holen. Kajaphas nickte.
Er fuhr fort: »Es ist unzweifelhaft der Mann, den wir ans Kreuz geschlagen haben. Wir befinden uns wieder in derselben Lage, die ich vor dem letzten Pascha vermeiden wollte und die ich dank des Allerhöchsten imstande war zu meistern.«
»Hast du Pilatus in Kenntnis gesetzt?«
Er nickte.
»Er ist der Ansicht, dass zwei- oder dreihundert unbewaffnete Menschen, die sich auf Jerusalem zu bewegen, keine besondere militärische Wachsamkeit rechtfertigen. Er hat mir gestern geantwortet: ›Und was soll ich dann zur Zeit eures Pascha-Festes tun, wenn Zehntausende von Pilgern kommen?‹ Er sieht den Gottlosen nicht als Bedrohung für das Imperium der Heiden; er weigert sich, die dräuende Gefahr zu erkennen.«
Sie schwiegen eine Weile wie Verurteilte, die auf ihre Hinrichtung warten.
»Aber«, rief schließlich Omri, einer der Abordnung, »gibt es denn keine Mutter? Gibt es keine Brüder, die wir dazu bewegen könnten, diesen Mann vor den Folgen seines aufrührerischen Verhaltens zu warnen?«
Kajaphas dachte über den Vorschlag nach.
»Das wäre eine Möglichkeit«, gab er zu. »Nur eine Möglichkeit. Aber wir müssen sie erwägen.«

Er wandte sich an den Priester Gedalja und ordnete an, Saulus holen zu lassen. Unterdessen solle man Erfrischungen reichen.
Ein Diener brachte einen Krug mit Apfelsaft, Gläser und einen Teller mit kleinen Kuchen. Die Männer der Abordnung nahmen Platz und warteten auf Saulus.
»Und wenn man bedenkt, dass heute Laubhüttenfest ist!«, murmelte einer von ihnen. Das Fest der ersten Opfergaben. Welch bittere Frucht würde der Herr ihnen zu essen geben?

Sie kam kurz vor Mittag, gefolgt von Lydia und Lysia sowie von Josef, Simon und Judas – alles Halbgeschwister von Jesus, die aus einer früheren Ehe seines Vaters Josef stammten. Der vierte Bruder, Jakobus, war unter den Jüngern Jesu. Einige Bedienstete folgten ihnen. Saulus und zwei seiner Männer geleiteten sie. Gedalja schloss die Türen.
Sie war schwarz gekleidet, die übliche Farbe der Frauen, die sich keiner Selbsttäuschung mehr hingaben und deren trauriges Gesicht verriet, dass sie um die Gewalttätigkeit der Menschen wussten. Sie ließ einen müden Blick über die Würdenträger schweifen. Sie hatten einst die göttliche Gerechtigkeit verkörpert. Heute verkörperten sie nur noch die ihre.
»Fürchtet euch nicht«, erklärte Kajaphas, als die Familie eingetreten war. »Ich habe euch rufen lassen, um euch zu bitten, eine Aufgabe zu übernehmen. Ich will euch weder bedrohen noch zurechtweisen.«
Er ließ ihnen Getränke reichen, doch sie tranken nicht. Dann erklärte er, was er von ihnen erwartete: Sie sollten dem Zug dessen, den er nicht beim Namen nannte, sondern mit der Umschreibung »der Mann, der mit euch verwandt ist« bezeichnete, entgegengehen und ihn da-

von überzeugen, nicht mit seinem Gefolge die Stadt zu betreten, da das einen Aufruhr auslösen und zu Blutvergießen im Volk führen würde. Im Gegenzug verpflichtete sich Kajaphas, ihn nicht noch einmal verhaften zu lassen.
Nach kurzem Schweigen wandte sich Maria, die Mutter Jesu, an die Anwesenden: »Was ist für euch eine Mutter? Eine Frau, die anderen Frauen das Leben schenkt und, zum Glück ihres Gemahls, Männern, die Verbündete oder Feinde werden, Soldaten, die nach eurem Befehl oder gegen euren Befehl handeln. Sie ist eine Dienerin, so wie es im ersten eurer Bücher geschrieben steht. Sie wurde geschaffen, damit Adam nicht mehr allein sei …«
»Frau«, rief Kajaphas mit wutverzerrtem Gesicht, »ich habe dich vorgeladen, um dir eine Aufgabe anzuvertrauen, nicht um mir Schmähungen der Bücher anzuhören!«
»Genau so ist es, Kajaphas«, entgegnete sie ruhig, »du hast mich als Dienerin vorgeladen. Aber welche Macht sollte ich, eine Dienerin, über meinen Sohn haben? Er hat sein Leben geführt, wie der Herr es ihm befohlen hat. Der Herr hat ihm andere Worte eingegeben als die, die in euren Büchern geschrieben stehen. Ihr, die ihr euch als Meister über das Schicksal saht, ihr habt ihn ans Kreuz genagelt. Der Herr hat ihn vor dem Tod gerettet. Diese Ereignisse sind so bedeutsam, dass sie sich dem Einfluss entziehen, den ihr mir zusprechen wollt, weil es euch nützlich erscheint. Glaubt ihr denn, dass mein Sohn Jesus – wenn er wirklich lebt, wie ihr befürchtet – nicht um die göttlichen Pläne weiß? Wenn er lebt, kann er nur durch den göttlichen Willen aus dem Grab auferstanden sein. Bedarf es eines beredteren Zeichens für das Eingreifen des Herrn in dieser Sache?«
Sie rang nach Luft und redete dann weiter.

»Ganz offensichtlich seid ihr nicht mehr Herr der Ereignisse. Sie liegen jetzt in der Hand des Herrn und nur in der seinen. Ihr solltet meinem Sohn entgegeneilen, euch vor ihm auf die Knie werfen und um Vergebung bitten, denn er wird sie euch gewähren, er wird euch die Vergebung des Allmächtigen gewähren!«

»Frau!«, schrie Kajaphas.

Sie ließ sich nicht unterbrechen. Gestärkt durch ihre Schwäche fuhr sie fort.

»Aber nein, ihr schickt eine alte Frau, seine Mutter, ihr schickt seine Brüder und Schwestern als Abgesandte. Seht ihr, wie wenig Bedeutung ihr euch selbst, eurer Macht und eurem Ruhm zumesst? Ihr empfindet Furcht, ihr seid von ihr besessen; ihr seid grausam, wenn ihr mächtig seid, ihr schlagt die Gerechten ans Kreuz, und wenn ihr machtlos seid, wendet ihr euch an die Frauen! Was sollte ich, eine alte Frau, denn im Sinne eurer Macht und eures Ruhms ausrichten?«

Sie ließ den Blick erneut über die Versammelten gleiten.

»Warum legt ihr ihm nicht selbst eure Bedenken dar? Solltet ihr Angst haben, einem Mann gegenüberzutreten, der aus dem Grab auferstanden ist, in das ihr ihn befördert habt?«

Kajaphas rutschte unruhig auf seinem Sessel hin und her. Die Versammlung blieb lange stumm. Die Mutter dessen, den sie für ihren Feind, für den Feind schlechthin hielten, hatte das Offenkundige ausgesprochen. Es stimmte, sie waren machtlos. Und sie waren gezwungen, eine Frau zu Hilfe zu rufen. Einige von ihnen empfanden Scham.

»Ich werde dennoch gehen«, schloss sie. »Nicht um die Pläne des Herrn zu durchkreuzen und auch nicht, um euch einen Gefallen zu tun, sondern um meinen Sohn wiederzusehen. Denn das letzte Bild, das ich von ihm

habe, ist das eines Mannes, der an ein elendes Kreuz geschlagen war.«
Sie wandte sich ihren Stiefkindern zu. Josef, der Älteste, der etwa fünfzig war, ergriff das Wort: »Wir kommen mit dir, Maria«, erklärte er. »Aber nicht als Abgesandte dieser Menschen. Wir können nicht die Verbündeten derer sein, die Jesus gekreuzigt haben.« Er wandte sich an Saulus: »Und auch nicht derer, die seine Jünger verfolgen, ihre Häuser verwüsten und sie steinigen. Wir gehen, um einen heiligen Mann zu treffen, der auch unser Bruder ist.«
Er drehte sich auf dem Absatz um, ohne sich zu verneigen, ohne Ehrerbietung. Seine Brüder folgten ihm mit Maria, dann die Schwestern. Sie traten hinaus und ließen bleiernes Schweigen zurück.

27

Ein anstrengender Tag

Der Hauptmann schritt unruhig auf der Terrasse des Turms Antonia auf und ab. Die Zenturionen, die an den vier Ecken des Turms Posten bezogen hatten, sollten ihm jede verdächtige Bewegung und den geringsten Zwischenfall melden, der sich auf den Straßen oder auf dem Tempelvorhof zutrug.

Aber woher sollte man wissen, welches Ereignis harmlos und welches verdächtig war? Die Scharen von Gläubigen, die ihre Opfergaben zum Laubhüttenfest darbrachten, waren so groß wie immer an Festtagen, und zwangsläufig rempelten sich die Leute hier und da an und beschimpften sich.

Also waren die Römer gezwungen, sich auf die Tempelwachen zu verlassen, von denen etwa dreißig am Tor standen; hundert weitere waren rund um den Vorhof der Heiden verteilt. Oben vom Turm aus erkannte man ihren Befehlshaber in seiner kurzen Tunika und den roten Stiefeln, der über die Gläubigen wachte.

Die Priester nahmen die Gaben am Tor zwischen dem Vorhof der Heiden und dem der Frauen entgegen und übergaben sie den Dienern. Diese luden sie in Körbe und trugen sie dann auf den Schultern in die Vorratsräume des Tempels.

Saulus hatte seine sechs Häscher zusammengerufen und hielt sich für die Tempelwache bereit. Für den Fall, dass

etwas geschehen sollte. Doch wenn es wirklich zu einem Zwischenfall kam, war es schon zu spät zum Eingreifen, das wusste er nur zu gut.
»Er hat sich den richtigen Tag ausgesucht, dieser Auferstandene!«, rief der römische Hauptmann oben auf dem Turm. Er ließ sich einen Krug Bier bringen, stellte ihn auf die Brüstung der Terrasse und beobachtete weiter das Treiben auf der Straße nach Betfage. Die Luft war schwül. Der Tag würde sicher nicht ohne ein heftiges Gewitter vergehen.

Im Prätorium saß Pilatus an seinem Tisch und ging ruhig seiner Arbeit nach, das heißt, er überprüfte die Liste der Soldaten und die Konten des Prätoriums.
Ihm gegenüber fertigte Kratylos Abschriften von verschiedenen Dokumenten an. Auch er gab sich gelassen, war aber innerlich aufs Höchste angespannt. Stimmen, die aus dem Erdgeschoss heraufdrangen, schreckten ihn auf. Er eilte zum Fenster und beugte sich hinaus. Nichts. Ein Streit unter den Dienstboten. Heute übertrugen die Fliegen ihre Erregung auf ihn. Er erhob sich, um einen Sack mit Zedernholzspänen und Chrysanthemenblättern zu holen.
Pilatus bedachte ihn mit einem spöttischen Blick. Kratylos fing ihn auf und unterdrückte ein Lächeln.
Mittags verlangte der Spion Alexander Pilatus zu sprechen. Er hatte unter den Gläubigen den Zug der Malthake ausgemacht, in dem sich zweifellos auch Jesus befand. Er schien auf das Schaftor zuzusteuern.
»Meiner Ansicht nach wird er von etwa dreißig Zeloten geschützt«, erklärte Alexander.
Pilatus nahm die Nachricht schweigend zur Kenntnis.
»Ich würde gerne etwas essen«, sagte er. »Und ich möchte

einen Krug Bier. Ich hätte auch Lust auf ein Stück Schinken, aber ein solches Ansinnen ist ja in diesem Land, als würde man die Gestirne vom Himmel verlangen.«
Kratylos schickte einen Diener, um Bier, ein halbes Huhn und zwei kleine Sesambrote zu holen, die Pilatus so gerne aß.
Gegen halb eins machte der Zenturion an der Nordecke des Turms Antonia unter einer Staubwolke eine ungewöhnliche Bewegung im Fluss der dahinziehenden Pilger aus. Da es aber keine weiteren beunruhigenden Anzeichen gab, machte er kein Aufhebens von seiner Beobachtung. Es handelte sich um drei Männer und drei Frauen, die die Straße nach Betfage stadtauswärts gingen, so als hätten sie ihre Opfergaben schon abgeliefert. Sie sahen nach rechts und nach links, wie um Freunde zu suchen. Sie hielten bei einer Gruppe an, und als diese die Straße verließ und den Weg zu den Berghängen von Getsemani einschlug, folgten sie ihr. Die Pilger auf der staubigen Straße kümmerten sich nicht weiter darum.

Die erste Person, die Maria in dem Zug erkannte, der auf Jerusalem zusteuerte, war ihre Namensschwester, die Gefährtin ihres Sohnes. Sie ging auf sie zu, und auch Maria aus Magdala erkannte Maria und stieg von ihrem Esel. Sie umarmten sich, was das Vorankommen der Nachfolgenden behinderte. Die beiden weinten, die anderen Frauen sahen sie und verstanden. Marta und Johanna stiegen ebenfalls von ihren Reittieren ab und begrüßten die Mutter Jesu, selbst Malthake, die sie nicht kannte, stieg ab, schloss sie in die Arme und sagte: »Gebenedeit sei die Frucht deines Leibes!«
Der Erste, den Josef, der ältere Halbbruder Jesu, erkannte, war sein Bruder Jakobus, der zu Fuß ging. Auch sie

umarmten sich und konnten ihre Tränen nicht zurückhalten. Dann entdeckten auch Simon, Judas und, wenig später, Lydia und Lysia ihren Bruder Jakobus und schlossen ihn in die Arme. Sie hatten ihn nicht mehr gesehen, seit er fünf Monate zuvor am Tag nach Pascha aus Jerusalem geflohen war.

So hatten sich zwei kleine Gruppen gebildet, die den Zug aufhielten. Maria befreite sich aus den Armen der Maria aus Magdala und sah sich um.

»Ist er wirklich bei euch? Wo ist er? Stimmt es, dass ...«

»Er geht da vorne, mit Petrus und Johannes.«

Die Namensschwestern lösten sich von ihrer Gruppe und bahnten sich einen Weg durch den Strom der Pilger, die sich beklagten, dass sie angerempelt wurden.

Petrus und die anderen Jünger waren der Mutter Jesu vertraut, doch der Mann, der neben Petrus ging, erschien ihr zunächst fremd. Er war es, der sie gewahrte. Er blieb vor ihr stehen, und sie erkannte diesen Blick wieder. Diese leuchtenden Augen.

Sie streckte die Hände nach ihm aus, als wäre sie plötzlich erblindet. Er ergriff sie und zog sie an sich.

Sie strauchelte. Er stützte sie. Einer der Zeloten reichte ihm seine Feldflasche, und er gab ihr zu trinken.

Es war unmöglich, länger auf der Straße zu verweilen. Sie befanden sich unterhalb des Gartens Getsemani.

»Lasst uns von der Straße gehen!«, rief Jesus.

Er stützte und führte seine Mutter durch das kleine Wäldchen mit seinen Wacholdersträuchern und Tamarisken den Hang hinauf. Die anderen folgten ihm, sie hatten verstanden.

Maria lehnte sich an einen Baum und öffnete die Augen, die sie bis dahin halb geschlossen gehalten hatte.

»Du lebst!«, flüsterte sie.

Tränen rannen ihr über die Wangen.
»Der Wille des Herrn ist unergründlich«, brachte sie mit gebrochener Stimme hervor.
Die anderen Frauen waren zu ihnen getreten.
Maria nahm ihren Sohn in die Arme und legte den Kopf an seine Brust. Dann trat sie einen Schritt zurück und ergriff seine Hände. Wie die anderen betrachtete sie die Narben auf der Ober- und Unterseite. Sie schüttelte den Kopf.
»Hier, sieh meine Füße!«, sagte er.
Verwirrt musste sie sich auf den Boden setzen. Sie trank erneut. Lydia und Lysia standen neben ihr.
Jetzt waren alle im Garten Getsemani versammelt. Die Hitze schien noch drückender geworden.
»Wo warst du die ganze Zeit?«, fragte Maria. »Ich hörte die verrücktesten Gerüchte, doch ich wollte nicht daran glauben.«
»Ich war zur Genesung in der Nähe von Damaskus, und ich fand es unvernünftig, mich erneut Kajaphas und seinen Schergen auszuliefern.«
»Kajaphas«, wiederholte sie. »Er hat uns geschickt, deine Brüder, deine Schwestern und mich.«
»Was will er?«
»Er und seine Berater bitten dich, nicht in die Stadt zu kommen, denn du würdest einen Aufstand auslösen, der viele Menschen das Leben kosten könnte.«
»Das sagen sie nur aus Furcht.«
»Genau das hat ihnen auch Maria gesagt«, warf Josef ein.
»Aber ich werde trotzdem nach Jerusalem gehen«, erklärte Jesus.
Ein Raunen ging durch den Zug. Die Zeloten reckten die Hälse.
»Gehen wir wirklich?«, fragte Simon ben Josias.

»Eure Stunde ist noch nicht gekommen«, entgegnete Jesus. »Ich gehe allein.«
Alle schrien laut auf.
»Allein?«, rief sein Bruder Jakobus entsetzt.
Jesus nickte. »Wartet hier auf mich!«
Er stieg den Hang des Gartens Getsemani hinab, jenes Gartens, in dem er damals alles gesehen und verstanden hatte. Sie sahen, wie er sich in den Strom der Pilger mischte, und folgten ihm mit den Augen, bis seine Gestalt von einer Staubwolke verschluckt wurde.

Oben unter den Bäumen hatten sich die beiden Namensschwestern auf ihre Mäntel gesetzt, nebeneinander.
»Sag mir«, erkundigte sich die Ältere, »was ist wirklich geschehen? Ich weiß nichts, man hat mir nichts berichtet. Er lag im Grab, dann wurde behauptet, er habe es verlassen, und ich wagte weder daran zu glauben noch zu zweifeln.«
Die andere Maria begann zu erzählen: »Als am Vorabend des Pascha-Festes die Strafe verkündet wurde, haben wir uns verschworen …«

Inmitten der Pilgerschar betrat er die Stadt durch das Schaftor. Kein zudringlicher Blick begegnete ihm. Er ging zu jenem Teich mit dem hebräischen Namen Betesda, zu dem fünf Säulenhallen gehörten. Wie immer war dieser Ort von Menschen bevölkert, die von den Reichen und vom Glück vergessen worden waren: Bettler, Kranke und Verstoßene. Man hatte ihnen einige Brosamen von den Gaben überlassen, die den Priestern zugedacht waren, und der Boden war mit Apfelgehäusen und Aprikosenkernen übersät.
Jesus betrat die zweite Halle, die dem Bad der Menschen

vorbehalten war, in der größeren darunter wurden die Schafe gewaschen. Beide wurden von derselben Wasserleitung gespeist.

Er entledigte sich seiner Kleider und legte sie auf eine steinerne Bank. Sein Blick fiel auf einen Mann, wenn man ihn überhaupt als solchen bezeichnen konnte, der ihn im Dämmerlicht anstarrte. Jesus sah sein Gesicht an und begriff. Der Mann litt unter einer Hautkrankheit, wenn er ins Wasser ginge, würde er es verunreinigen. Man würde ihn schlagen.

»Willst du baden?«, fragte ihn Jesus.

»Ich werde mich später draußen im Regen waschen«, antwortete der Mann mit dumpfer Stimme, die wie die eines lebendig Begrabenen klang. »Ich würde gerne meine Pein abspülen.«

»Nur der Herr kann dich von deiner Pein reinwaschen.«

»Kann er das?«, fragte der Mann bitter.

»Bitte ihn! Jetzt. Sofort.«

»Ich kann nicht beten. Was sollte ich ihm sagen?«

»Herr, wasche mich rein von meiner Pein!«

Der Mann schien unentschlossen, vielleicht verunsichert. Wirklich beten! Jesus saß am Rand des Beckens, sein Blick war unverwandt auf ihn gerichtet.

»Worauf wartest du?«, fragte ihn der Unglückliche herausfordernd.

»Ich warte, dass du betest, damit dein Körper und deine Seele rein werden und du mit mir in das Becken steigen kannst.«

Diesmal schien der Mann verblüfft. Sein Blick ruhte eine Weile auf Jesus.

»Herr«, rief er endlich verzweifelt und hob die Augen zum Himmel. »Herr, wasche mich rein von meiner Pein!«

Jesus füllte beide Hände mit Wasser und spritzte es dem

Mann ins Gesicht. Der rang nach Luft, fuhr sich mit den Händen übers Gesicht, und der Schorf blieb an seinen Händen kleben. Verwundert sah er Jesus an. Noch immer ungläubig, betastete er wieder und wieder sein Gesicht.

»Bete!«, befahl Jesus. »Danke deinem Herrn!«

Der Mann erhob sich, streckte die Arme aus und betete mit solcher Inbrunst und so laut, dass ihm ein Badegast zurief: »Geh doch in den Tempel, wenn du beten willst!«

Jesus spritzte dem Kranken erneut Wasser ins Gesicht.

»Dein Schorf ist reingewaschen, wisch ihn säuberlich ab und bade!«

Der Mann fuhr sich wieder übers Gesicht und musterte Jesus.

»Es gab nur einen Mann, der solch heilige Wunder vollbringen konnte …«

Jesus hörte ihm nicht zu, sondern stieg ins Wasser. Mit drei Schwimmzügen hatte er sich entfernt. Als er sich wieder angezogen und gekämmt hatte, war der Mann verschwunden. Er sah ihn draußen, reglos, Augen und Handflächen zum Himmel gerichtet.

»Ich müsste tausendfach sein«, dachte er.

Ziellos lief er durch Jerusalem. Er wusste, dass er die Stadt nie wiedersehen würde, so hatte er es beschlossen. Die Stadt des David und des Salomo war tot, sie war voller Freude gewesen, doch jetzt verströmte ihr Überfluss einen ranzigen und traurigen Geruch. Der verratene Glaube umschloss sie mit Groll, und die römische Besatzung machte sie zu einer Grabstele. Die Menschenmenge verströmte jämmerliche, abstoßende Langeweile. Wäre er in Begleitung der Seinen und der Zeloten gekommen und hätte er

sich zu erkennen gegeben, so wäre die Stadt jetzt nur noch Blut und Feuer. Aus Liebe zum Herrn? Nein, aus der Vorliebe für Wunder und aus Verachtung für schale Menschen, vor allem, wenn sie Priester waren.
Man hatte es ihm schon damals in Qumran gesagt: »Ein nichts sagender Priester ist schlimmer als ein Dämon, und die Einhaltung des Wortes ist der Verrat am Geiste. Wir setzen nie wieder einen Fuß nach Jerusalem, die Stadt ist voller kraftloser Dämonen und halb gebackenem Brot.«
Schweren Herzens betete er vor dem Tempel, ohne einzutreten, und machte sich auf den Weg zum Schaftor.

Zur selben Stunde, als Jesus Getsemani verließ, hatte Procula von den Dienern erfahren, dass sich Jesus in der Nähe von Jerusalem aufhalte, und sie begab sich in die unteren Stockwerke, um Kratylos zu suchen. Sie stellte ihm keine Fragen, und der Kreter brauchte sie nur anzusehen, um zu wissen, was sie wollte.
»Die Nachrichten, die ich vor einer Stunde bekommen habe, besagen, dass sich der Zug dem Schaftor nähert. Doch der Wachposten auf dem Turm Antonia hat ein eigenartiges Gedränge am Fuße der Berghänge von Getsemani bemerkt.«
Sie nickte.
»Kein Wort zu meinem Mann! Ich bin zum Abendessen zurück.«
Da sie Jerusalem nicht kannte, nahm sie ihre syrische Dienerin mit, um sich den Weg zeigen zu lassen. Sie waren dem Staub ausgesetzt, dem Gedränge der Menge, die ihren entgegenkam, und der lastenden Gewitterschwüle. Nach einer Stunde waren sie unterhalb des Gartens Getsemani angelangt.
Procula blickte sich verängstigt um, denn plötzlich wur-

de ihr bewusst, wie befremdlich dieser Ausflug war. Sie, eine Römerin und noch dazu die Gemahlin des Statthalters von Judäa, durchstreifte die Gegend in der Hoffnung, den jüdischen Magier zu finden, den die Behörden verurteilt hatten. Aberwitzig! Doch sie wusste genau: Hätte sie es nicht getan, hätte sie sich das ihr Leben lang nicht verziehen. Eine Flamme des Wahns, verborgen im tiefsten Herzen, ist das Wertvollste überhaupt ... Sie hob den Blick und gewahrte eine Gruppe von Menschen in dem Wäldchen. Doch sie konnte sie nicht klar erkennen, kniff die Augen zusammen und beschloss schließlich, sich den Leuten zu nähern. Ihr Gewand verfing sich in den Zweigen, sie war außer Atem und schwitzte ... Eine Frau erhob sich und kam ihr entgegen.

»Maria!« Sie hielten einander die Hände.

Jetzt trat Malthake hinzu. Sie umarmte Procula. Maria, die Mutter Jesu, musterte die Neuangekommene. Eine Frau wie sie, freilich in Weiß statt in Schwarz gekleidet, doch dasselbe Schwarz im Blick. Sie erriet, wer die Fremde war.

»Das ist seine Mutter. Die Mutter Jesu«, sagte Maria und deutete auf die Frau, die unter einer Eiche saß.

Als sie zu Maria ging, überkam Procula Furcht. Was würde geschehen? Sie war immerhin die Frau des Statthalters, der Jesus den Juden ausgeliefert hatte ...

»Komm!«, sagte Maria und erhob sich.

Procula näherte sich vorsichtigen Schrittes.

»Wir wissen, wie die Menschen sind«, sagte Maria.

Sie standen einander gegenüber. Jede erkannte in den Augen der anderen Schmerz, Mitgefühl und die Fähigkeit zu weinen, die den Männern nicht gegeben ist. Ein goldenes Band vereinte die Mutter des Opfers und die Gemahlin des Henkers. Im kaiserlichen Rom, ganz so

wie in Israel, betrachteten Mütter und Gemahlinnen die Würdenträger und Krieger mit denselben Augen: Eine Frau hat dich zu Welt gebracht, eine andere wird dich beweinen.
»Ich weiß, was du getan hast«, sagte Maria.
»Fast nichts, aber ich konnte ...«
»Was zählt, ist das Herz. Du warst eine Heidin, doch du bist es nicht mehr, weißt du das?«
Procula lächelte.
»Du hast den Gott des Herzens erkannt, und es gibt nur einen; mein Sohn ist sein Gesandter.«
Procula sah fragend in diese Augen, die gezeichnet waren vom Alter und von unterdrückten Gefühlen.
»Wo ist er?«, fragte die Römerin.
»In der Stadt«, seufzte Maria.
Procula stieß einen Schrei aus. Maria ben Esra kam herbeigelaufen.
»Ihr habt ihn nach Jerusalem gehen lassen?«, rief Procula. »Aber ... Alles wird von vorne anfangen!«
»Sein Wille hat Vorrang«, antwortete Maria
»Aber ich bezweifele, dass sie ihn erkennen werden.«
»Wann kommt er zurück?«
»Er hat gesagt, dass er zurückkommt. Also warten wir. Du kannst mit uns warten.«
Sie beobachteten den Weg. Die Zeloten murrten, sie hatten eine schöne Gelegenheit vertan. Zum Laubhüttenfest hätten sie gerne in Jerusalem die verfaulten Früchte abgeschlagen. Simon ben Josias träumte laut vor sich hin, wie er diesen Schurken Kajaphas vierteilen und entkernen würde. Sie lachten.
Philippus träumte: Er hoffte, dass es bald regnen würde. Die anderen Jünger antworteten ihm nicht.
Jakobus setzte sich zu seiner Stiefmutter. Malthake ließ

aus ihrer Vorratstasche Brot, Kuchen und Wasser verteilen und bat Bartholomäus, in der Stadt Nachschub zu besorgen, für den Fall, dass sich die Wartezeit verlängern sollte.

Endlich sahen sie einen Mann kommen, doch es war nicht der, auf den sie warteten.

28

Abschied von Babylon

Am Ende hatte Saulus die Nerven verloren.
Nachdem er sich lange mit gespitzten Ohren im Tempel herumgetrieben hatte, war es ihm gelungen, vom Befehlshaber der Wache den Bericht der auf dem Turm Antonia postierten Zenturionen zu bekommen – nur Nebensächliches: Man hatte eine Gruppe ausgemacht, die sich ohne offensichtlichen Grund in den Garten von Getsemani zurückgezogen hatte. Sie war nicht groß genug, um eine Gefahr darzustellen, und man bezweifelte, dass es einen Zusammenhang mit dem bewaffneten Trupp gab, von dem gewisse Leute einen Angriff befürchteten. Außerdem hatten die am Schaftor aufgestellten Wachposten keine Verdächtigen durchziehen sehen.
Für Saulus blieb eine Tatsache bestehen: Der Zug, von dem seine Spione gesprochen hatten, war nicht in Jerusalem angekommen. Er schien sich in der Natur aufgelöst zu haben. Getsemani lag auf dem Weg, es konnte sich also bei den Menschen, die sich dort niedergelassen hatten, nur um nämlichen Zug handeln. Sie warteten sicherlich die Nacht ab, um Jerusalem anzugreifen.
In seiner Erregung versuchte Saulus sich vorzustellen, wie dieser Angriff aussehen würde. Vielleicht versuchen sie, eines der Gebäude in Brand zu stecken. Den Tempel! Genau, das war es, sie würden versuchen, im Schutz der Nacht den Tempel abzubrennen! Oh, diese Schurken! Bei

näherer Überlegung schien ihm ein solcher Plan allerdings irrwitzig. Aber was taten diese Menschen dann dort am Berghang? Sie hatten offensichtlich mit Jesus zu tun; da dieser Mensch viel redete, hörten sie ihm wohl zu. Eine günstige Gelegenheit, sich ihn aus der Nähe anzusehen.
Er rief zwei von seinen Häschern und machte sich mit ihnen auf den Weg nach Getsemani. Alles geschah überstürzt, im Fieber des Jägers beschlossen, der eine Beute jagt. Unterwegs wurde ihm klar, dass sein Geleitschutz angesichts der Zelotenmiliz nicht viel ausrichten könne; vielleicht sollte er umkehren, um Verstärkung zu holen. Dann überlegte er es sich wieder anders: Woher sollte er diese Verstärkung bekommen? Pilatus wollte nichts von der Sache wissen, und die Tempelwache wäre wahrscheinlich nicht einverstanden, ihre Truppe zu verringern. Außerdem würde er sich lächerlich machen, falls es sich bei den im Garten Getsemani Versammelten nur um müde Pilger handelte. Also setzte er seinen Weg fort, man würde sehen.
Außer Atem kam er am Fuße des Berghangs an und hob den Blick: Es waren tatsächlich Menschen dort oben versammelt, aber sie schienen nicht angriffslustig. Er wusste nicht mehr, was er von der Sache halten sollte, er erkannte viele Männer, aber auch Frauen. So machte er sich auf seinen kurzen Beinen an den Aufstieg.
Die erste Frau, die er traf, war weiß gekleidet. Procula. Procula hier! Er frohlockte. Nun hatte er seine Beute. Eine andere Frau wiederum erkannte ihn, es war Malthake. Sie erhob sich und trat ihm entgegen. Sie sah ihn spöttisch herausfordernd an.
»Saulus von Aristobal! Der Enkel der zweiten Gemahlin von Herodes dem Großen! Welchem unglücklichen Umstand verdanke ich diese Begegnung?«

Sprachlos starrte Saulus sie an. Petrus musterte ihn finster, und Jakobus, der Bruder Jesu, kam auf ihn zu.
»Du bist Saulus? Du hast Stephanus steinigen lassen? Was willst du hier?«
Die Reihe der Zeloten schloss sich dichter um die kleine Gruppe. Die Miene von Saulus' Häschern verfinsterte sich. Viele der hier Versammelten, das hatten sie erkannt, waren keine Gefolgsleute Jesu, sondern Zeloten. Zornig und besorgt zugleich blickte sich Saulus um. Aller Augen richteten sich auf ihn.
»Wo ist er?«, fragte er mit einer Autorität, über die er gar nicht verfügte.
»Wer?«, fragte Simon ben Josias.
»Jesus!«
Höhnisches Gelächter erhob sich. Maria ben Esra trat zu ihm.
»Du wirst ihn nicht sehen. Geh!«
»Wer bist du, Frau?«
Aber er erriet, dass es die Anführerin der Verschwörung war.
»Das spielt keine Rolle. Geh!«
»Im Namen des Hohepriesters Kajaphas …«
Bei der Erwähnung des Namens trat Simon ben Josias so nahe an Saulus heran, dass jeder der beiden Männer den Atem des anderen spüren konnte.
»Weißt du, was ich mit deinem Kajaphas mache, kleiner Mann?«, fragte er, zog seinen Dolch und richtete ihn in die Luft.
Saulus wollte nach dem eigenen Dolch greifen, doch Simons Hand legte sich auf seinen Arm.
»Versuch es nicht, kleiner Mann, sonst mache ich mit dir das, was ich Kajaphas zugedacht habe!«
Saulus blickte sich um: Wieder einmal war er ohnmäch-

tig. Keiner würde den Finger rühren, wenn man ihn hier umbrachte. Ohnmächtig! Er machte seinen Arm frei und trat einen Schritt zurück.

»Ihr wollt mir nicht sagen, wo er ist, aber ich werde ihn finden«, brüllte er.

»Bete zu Satan, der dein Herr ist, dass du ihn nicht findest, kleiner Mann«, entgegnete Simon, »denn er wäre der letzte Mensch, den du auf der Welt gesehen hättest.«

Saulus erbleichte. Auch Joachim kam auf ihn zu, die Hände ausgestreckt, als wolle er ihn erwürgen.

»Saulus, ich weiß nicht, was mich zurückhält, dich auf der Stelle in jene Hölle zu schicken, aus der du gekommen bist. Man hat es dir schon gesagt, und ich wiederhole es zum letzten Mal: Geh!«

Saulus wich einen Schritt zurück. Sein Blick suchte seine Kumpane: zwei Füchse im Hundezwinger. Rückzug war angesagt.

Und vor allem diese unbestreitbare Erkenntnis: Jesus war der stärkste Mann von Palästina. Stärker als Pilatus, als Herodes Antipas, als Kajaphas. Er war tatsächlich der König der Juden!

Saulus machte auf dem Absatz kehrt und trat den Rückweg an. Seine Begleiter liefen, so schnell sie konnten, den Hang hinab. Hinter ihnen erhob sich lauter Beifall. Er wandte sich um.

»Fahr zurück zur Hölle, Saulus! Auch dort werden wir Feuer legen!«

Unterwegs traf er auf Kratylos. Die beiden Männer hielten inne und musterten sich lange schweigend. Dann setzte Saulus mit gesenktem Kopf seinen Weg fort.

»Herrin«, rief Kratylos, als er in Getsemani ankam, Procula zu, »es wird spät, und das Gewitter wird bald losbrechen.«

»Ich bin gekommen, um diesen Mann zu sehen, und er ist in Jerusalem.«

»In Jerusalem?«

»Ich will ihn sehen.«

»Der Statthalter ist in Sorge.«

»Geh!«, sagte Maria zu der Römerin. »Ich werde ihm sagen, dass du hier warst. Er wird dich segnen.«

Tränenüberströmt verabschiedete sich Procula von den Frauen, dann ging sie, die Schultern vom Schluchzen geschüttelt, den Weg hinab. Unten angekommen, sah sie einen Mann, der auf sie zukam. Sie kannte ihn nicht, aber sie wusste, dass er es war. Sie sank vor ihm auf die Knie und ließ ihren Gefühlen freien Lauf.

»Ich habe gewartet, um dich zu sehen, nur um dich zu sehen«, stieß sie schluchzend hervor.

Sprach er Griechisch? Sie hob das Gesicht zu ihm.

»Steh auf, Procula!«, erwiderte Jesus, ebenfalls auf Griechisch. »Deine Tränen haben dich reingewaschen.«

Sie küsste seine Hände und erhob sich.

»Geh«, sagte er, »sei ohne Furcht! Ab jetzt wacht der Herr über dich.«

Kratylos musterte den Mann beeindruckt.

»Du?«, flüsterte er.

»Du bist der Bote, nicht wahr? Das ist die Rolle der Engel«, erklärte Jesus und legte die Hand auf seine Schulter.

Bei der Berührung zuckte Kratylos zusammen.

»Sei auch du ohne Furcht! Das Gedächtnis des Herrn ist ehern.«

Damit setzte er seinen Weg fort.

Endlich brach das Gewitter los, allerdings nur über Jerusalem, so als wolle es seinen Zorn ganz auf diese Stadt konzentrieren. Von der Höhe des Gartens Getsemani aus blickte Jesus auf den Regen über der Stadt, der an einen Trauerschleier erinnerte.

»Mein Auftrag ist beendet«, sagte er. »Der eure beginnt.«

Alle Blicke richteten sich auf ihn.

»Manchmal sieht man den Blitz in ein ausgedörrtes Feld einschlagen und es in Flammen setzen«, fuhr er fort. »Dann kommt der Wind und trägt die Samen weit fort, sie keimen anderswo und bringen junge Ähren hervor. So war es durch den Willen des Herrn in den Jahren, in denen ich Sein Wort dem Heiligen Geist nach gepredigt habe. Jerusalem ist wie dieses ausgedörrte Feld, und so weit sein Einfluss reicht, sind auch die Herzen verdorrt. Die Ohren hören nicht, die Augen sehen nicht. Es ist ein Feld des Todes. Doch der Wind ist aufgekommen, es ist der Wind des Herrn, der nie nachlässt.«

Er ließ den Blick über die Versammlung schweifen.

»Ihr seid die Samen. Verteilt euch auf der fruchtbaren Erde. Ihr werdet die Sämänner des Herrn sein. Mein Wort ist so einfach wie der Stamm einer Palme und ebenso fein. Es wird in den reinen Herzen keimen. Ich verleihe euch die Macht, die der Herr mir gegeben hat: Heilt leidende Körper, um den Geist zu befreien, erleichtert leidende Herzen, um dem Körper Kraft zu geben. Ich sage euch, Geist und Körper sind eins im Licht des Herrn. Er hat die Welt nicht geschaffen, um sie zu verachten. Er ist die Freude. Wenn ihr Sünde seht, so erinnert euch, dass er nicht zur Zerstörung, sondern zur Vergebung aufruft, nicht zur Selbstverachtung, sondern zur Reue.«

Der Wind bewegte die Zweige über ihren Köpfen.

»Eure Mütter, Schwestern, Frauen und Töchter werden euch bei Ansaat und Ernte helfen. Der Herr hat ihnen die Hälfte eurer Sonne, eures Mondes und eurer Sterne gegeben. Predigt nicht aus Geiz, wie es die Männer von Jerusalem tun, macht ihnen nicht ihren Anteil am göttlichen Erbe streitig. Ohne die Frauen seid ihr nichts als fruchtlose Bäume. Gebt nicht dem Stolz nach, der euch in Gräber verwandelt, besessen von Verlangen. Und wenn sie euch zur Sünde treiben, so bedenkt, dass diese Sünde zuerst in eurem eigenen Geist entstanden ist. Macht ihr sie für eure Sünden verantwortlich, so werdet ihr zu Vogelscheuchen, die der Wind nach Belieben schüttelt.«

Er hörte fast ihren Atem und fragte sich, was davon übrig bleiben würde, wenn er nicht mehr da wäre, ihn anzufachen.

»Wenn ihr wirklich meinen Geist in euch tragt, jenen Geist, den ich im Auftrag des Herrn, unseres Vaters, an euch weitergegeben habe, dann werdet ihr Wunder vollbringen. Doch hütet euch vor der Wirkung dieser Wunder: Sie nähren den Aberglauben der Menschen. Sie befriedigen ihre Lust am Neuen, doch sie fördern nicht ihren Glauben. Ein Mensch, der nur an den Herrn glaubt, weil er ein Wunder gesehen hat, ist kein Gläubiger. Er ist ebenso verachtungswürdig wie die Heiden, die sich an Zirkusspielen ergötzen. Ein Wunder beweist nichts, auch Dämonen und zweitrangige Geister, die sich in allen Gossen der Welt herumtreiben, können sie vollbringen. Hört auf mich, nährt bei denen, die euch zuhören, nicht die Vorliebe für Wunder, denn dann wäret ihr gezwungen, am nächsten und am übernächsten Tag Wunder zu vollbringen. Wollt ihr etwa sein wie jene Magier, die jeder für ein Geldstück auf dem Markt sehen kann und am nächsten Tag wieder vergisst?«

Sein Blick erfasste jeden von ihnen. Petrus, der ihn verleugnet hatte, Andreas, der hartnäckig und sorgenvoll war, Johannes und Jakobus, die Eifrigsten – zu eifrig vielleicht –, Thomas, der so schwer glauben und so schnell lieben konnte, sein Bruder Jakobus, der verschlossen und vorsichtig war, Matthäus, so karg mit seinen Worten und so begierig auf die der anderen, Natanael, Bartholomäus, Simon der Zelot, Philippus, Thaddäus, Judas, der Sohn des Jakobus ... Und Lazarus, der ihn liebte wie ein Sohn, wie ein Bruder, wie eine Frau. Sie waren so zerbrechlich! Sein Herz war erfüllt von der Unruhe des Vaters, dessen Kinder aus dem Haus gehen.

»Man wird versuchen, euch in Streit zu verwickeln. Haltet euch fern davon, denn auf das Feuer folgt neues Feuer, überschüttet sie stattdessen mit eurer Geduld! Hütet euch vor dem Unbedeutenden, es ist eine List des Teufels. Worte sind gut, wenn sie vom Geist erfüllt sind, und schlecht, wenn sie nur der Eitelkeit derer schmeicheln, die sie aussprechen. Haltet euch fern von Boshaften und Dummen, man wirft den Wölfen kein Brot vor.«

Er wandte sich kurz gen Jerusalem.

»Und hört auch dies: Im Augenblick haben die Schlangen den Flügelschlag des großen Schlangenbeschwörers gehört und verhalten sich ruhig in ihren Löchern. Für eine Zeit werdet ihr Frieden haben, aber nicht lange. Sobald die Sonne scheint, kommen die Giftschlangen wieder aus ihren Löchern. Früher oder später werden euch die Männer von Jerusalem für die Demütigung, die sie heute erfahren haben, bezahlen lassen. Sie wussten alle, dass wir hier waren, dass derjenige, den sie ans Kreuz geschlagen haben, lebend in diesem Garten war, aber sie haben es nicht gewagt, auch nur einen Mann auszusenden, um mich zu verhaften, denn sie wussten, dass sie damit ihr eigenes Todesurteil unterschrieben hätten.«

Mit einer Handbewegung deutete er auf die Zeloten.

»Diese Männer hier sind eure Wächter. Aber nicht für immer. Heute kreuzen sich unsere Wege, doch morgen werden sie ihren Kampf wieder aufnehmen. Es sind Soldaten des irdischen Aufstandes, ihr aber seid Boten des himmlischen Aufstandes. Ihr Kampf dauert eine Zeit, euer Kampf ist unendlich. Sie werden Feuer über Babylon bringen, haltet euch fern von dem Brand, denn es wird der größte seit Sodom und Gomorra sein. Der Zorn des Herrn wird furchtbar sein. Er duldet die Sünden der Ungläubigen, nicht aber die jener Diener, die sich als gläubig bezeichnen. Haltet euch fern, denn die Samenkörner, die ihr in euch tragt, könnten versengt werden!«

Er schwieg eine Weile. Sie warteten auf ein ermutigendes Wort. Die Wolkendecke riss auf, und Jerusalem entflammte im Kupferton der untergehenden Sonne. Bei diesem Anblick glaubte man, die Trompeten zu hören und das Flammenmeer zu sehen.

»Was mich betrifft«, schloss er, »so ist mein Auftrag beendet, das habe ich euch gesagt. Ich würde euch nur vom Kampf ablenken. Ich könnte mich ihrem Hass nicht ewig entziehen; wenn sie mich sähen, würden sie mich erneut anprangern. Ihr würdet mich immer beschützen müssen, dabei werdet ihr euch ab jetzt selbst schützen müssen. In ihrer Blindheit glauben die Männer von Jerusalem, ich würde ihnen ihre Macht neiden und ich sei euer Befehlshaber. Jetzt glaubt diese kranke Eule Kajaphas, ich sei gekommen, um ihm seine Tiara wegzunehmen, und die Priester, die die Aprikosen vom Laubhüttenfest essen, blicken sich furchtsam um, weil sie sich vorstellen, ich wollte ihnen den Tribut abnehmen, den sie dem Volk entrissen haben. Sie meinen, ich strebe nach der Krone Israels. Ihr wisst, dass das falsch ist. Wenn ich nicht mehr da sein werde, werden sie bemerken, dass ihr wahrer Feind der Himmel ist. Auf ihn können sie keine Pfeile abschießen, und die Wolken können sie nicht ans Kreuz schlagen.

Aber dann wird es zu spät sein. Der Würgeengel wird bereits über ihren Köpfen schweben.«

Er murmelte, er habe Durst, und ein Zelot reichte ihm seine Flasche. Die Gruppen lösten sich auf. Man fragte ihn, wohin er gehen würde, und er sagte, er wisse es noch nicht.

»Wer wird unser Anführer sein?«, fragte Petrus.

»Die besten Ratschläge wird euch mein Bruder Jakobus geben können.«

Tränen flossen, und die Umarmungen wollten kein Ende nehmen.

»Es wird Nacht«, sagte er, »kehrt jetzt nach Jerusalem zurück! Grüßt Josef von Arimathäa und Nikodemus von mir!«

Er ging mit Maria, Marta und Lazarus den Pfad hinab. Mit Lazarus half er den Frauen auf ihre Esel, und sie schlugen den Weg nach Betanien ein.

29

Die Wut des Windes

Am Abend saßen Pilatus und Kratylos noch immer im Arbeitszimmer. Wolken von Insekten, angezogen vom Licht, umschwirrten die beiden Fackeln in ihren eisernen Haltern. Trotz seiner scheinbaren Gleichgültigkeit gegenüber der Gefahr eines Volksaufstands war der Statthalter länger im Prätorium geblieben, für den Fall, dass sich doch irgendein Zwischenfall ereignen sollte.

Wie er es gefordert hatte, erschien der Befehlshaber der Festung Antonia vor der nächtlichen Wachablösung zum Bericht.

»Keine besonderen Vorkommnisse, Statthalter. Die Warnungen, die einige Leute ausgegeben haben, waren unbegründet.«

»Gut, lass trotzdem deine Posten auf dem Turm und mehrere Wachen an den Toren der Stadt! Ich wünsche dir eine gute Nacht.«

Der Befehlshaber verbeugte sich und zog sich zurück. Sichtlich zufrieden erhob sich Pilatus.

»Thermen und Abendessen?«, fragte er Kratylos mit einem Anflug von Belustigung in der Stimme.

Der Sekretär verneigte sich und rief die Diener, um die Fenster schließen und die Fackeln löschen zu lassen.

Als sie im Bad waren, fragte Pilatus knapp: »Hat sie ihn gesehen?«

Kratylos nickte.

»Unsere Religion reicht ihr also nicht mehr«, stellte Pilatus fest.

»Wir haben keinen Gott der Güte.«

»Was sollte das Kaiserreich mit einem Gott der Güte anfangen?«, seufzte Pilatus.

Kratylos enthielt sich der Bemerkung, dass ein solcher vielleicht nützlicher wäre als ein Gott des Weins und der Diebe.

»Ich habe ihn auch gesehen«, sagte er.

Pilatus hob die Brauen. »Er war also doch hier. Was ist geschehen? Hatte er Angst, den Rubikon zu überschreiten?«

»Nein«, sagte Kratylos und schüttelte den Kopf, »ich glaube, er ist ein guter Mensch. Hätte er sich hier gezeigt, hätte es einen furchtbaren Massenauflauf gegeben, bei all diesen Leuten, die wegen des Festes nach Jerusalem gekommen sind. Sie hätten ohne weiteres den Tempel besetzen und den Bärtigen zu Leibe rücken können. Dann hätten unsere Soldaten reichlich zu tun gehabt.«

»Und wir hätten vor einer großen Schwierigkeit gestanden«, warf Pilatus ein. »Denn wäre es zu Auseinandersetzungen im Tempelinneren gekommen, hätten wir genau genommen die Abgrenzung des Vorhofs der Heiden nicht überschreiten dürfen. Aber natürlich hätten wir auch nicht zulassen können, dass die Priester in jenem Bereich, den sie das Allerheiligste nennen, niedergemetzelt werden. Wir hätten also die uns verbotenen Teile des Tempels entehren müssen. Daraufhin hätten sich die Juden wieder einmal in Rom beschwert. Dieser Jeschua hat uns, ohne es zu wissen, einen guten Dienst erwiesen.«

»Und wir säßen um diese Stunde nicht hier in den Thermen«, fügte Kratylos hinzu. »Denn der Aufruhr hätte mit

Sicherheit die ganze Nacht angedauert. Auf die Legionen aus Cäsarea und Jericho hätten wir bis morgen warten müssen. Wie du siehst, war die Warnung des Saulus nicht aus der Luft gegriffen.«

Der Statthalter kratzte sich entschlossen den Kopf und verzog das Gesicht, als ihm der Schweiß von der zerfurchten Stirn in die Augen rann.

»Ja, und er wäre der Erste gewesen, der sich beklagt hätte, weil wir nicht auf seine Warnung gehört haben.«

»Er war übrigens auch im Garten Getsemani.«

Pilatus zog die Brauen hoch. »Um Jeschua zu sehen?«

»Ja, aber er hat ihn nicht gesehen.«

»Warum?«

»Jeschua ist später zurückgekommen.«

»Zurückgekommen? Woher?«

»Aus Jerusalem.«

Pilatus beugte sich zu Kratylos vor: »Er war in Jerusalem?«

»Ja, allein.«

Verblüfft lehnte sich Pilatus wieder zurück.

»Ein mutiger Mann.«

Er dachte über die Neuigkeit nach.

»Ist Saulus dort aufgetaucht, um Jeschua festzunehmen?«

»Nein, er wurde nur von zwei Männern begleitet. Dabei musste er wissen, dass er auf einen starken Gegner treffen würde. Die Zeloten hätten kurzen Prozess mit ihm gemacht. Wenn du mich fragst, fühlt sich Saulus irgendwie von Jeschua angezogen. Er wollte ihn nur sehen. Jeschua ist der mächtigste Mann von Palästina. Er versetzt den höchsten Würdenträger der Juden in Angst und Schrecken, denn Kajaphas hat schließlich bei dir um Hilfe nachgesucht. Er jagt auch Herodes Antipas Furcht ein. Und wie wir gerade festgestellt haben, hätte er auch uns vor erhebliche Schwierigkeiten gestellt, wenn er sich zu erkennen gegeben hätte. Er gilt jetzt als übernatürliches Wesen.«

Pilatus hatte ihm aufmerksam zugehört.

»Er war wirklich der König der Juden«, murmelte er. »Dieses Land hätte einen König wie ihn gebraucht. Schade, dass er nicht eroberungslustiger war!«

Kratylos schlug ein Bein übers andere.

»Er wäre kein gewöhnlicher König gewesen, Statthalter. Er hat mir die Hand auf die Schulter gelegt. Und ein Schlag hat mich durchzuckt, als hätte ich einen dieser Zitteraale berührt.«

Pilatus fuhr sich übers Gesicht, sein Blick war sorgenvoll.

»Nun, all das ist vorbei«, sagte er. »Ich bin nicht Konsul an den Ufern des Styx. Unsere Götter reichen mir. Ich möchte nach Rom zurück. Und ich habe Hunger.«

Um sich selbst davon zu überzeugen, dass er den gesunden Menschenverstand seines Herrn schätzte, zwang sich Kratylos zu einem Lachen. Pilatus sah ihn an und lachte ebenfalls.

Etwas später, als sie sich zur Herberge der Legionäre begaben, erklärte er: »Saulus' Haltung ist eigenartig. Er ist also in der Hoffnung nach Getsemani gegangen, einen Blick auf Jeschua werfen zu können. Du hast Recht. Er scheint in seinem Bann zu stehen. Es würde mich nicht wundern, wenn er bald eine Kehrtwende machen würde.«

Gedalja schenkte Kajaphas Wein ein und reichte ihm das Glas.

»Die Gefahr ist vorüber«, sagte er. »Sie haben es nicht gewagt.«

Kajaphas nippte an seinem Glas und verzog das Gesicht.

»Die Nachricht, die ich heute Morgen von Saulus bekam, hat mir gar nicht gefallen. Auch nicht der Ton, in dem er sie überbracht hat.«
Gedalja war dabei gewesen. Auch er hatte den herausfordernden Unterton in Saulus' Stimme wahrgenommen, als er dies verkündet hatte, dass sich Jesus am Vortag in die Stadt begeben habe.
»Und nichts beweist, dass er nicht noch immer hier ist«, fügte Kajaphas hinzu.
»Wenn das der Fall ist, erfahren wir es auf Umwegen durch die Anwesenheit seiner Jünger.«
»Die jedenfalls können nicht auf unsere Gnade zählen. Dieses Unkraut muss mit der Wurzel ausgerissen werden«, brummte Kajaphas.
Gedalja schwieg zu dieser Forderung. Wie viele, die im Dienst der Macht stehen, wusste er mehr als sein Herr über die Dinge, die dieser zu entscheiden glaubte, und er zweifelte, dass es so einfach wäre, dieses Unkraut auszureißen. Doch es ist ungeschickt, seinem Herrn zu widersprechen. Dabei verliert man nur seine Stellung, und allzu oft trifft der Rat auf taube Ohren.
Der Vertrauensmann des Hohepriesters wusste nämlich um die Entschlossenheit und die Zahl der Zeloten. Und er wusste, dass beide stetig zunahmen. Das Unkraut waren nicht die Jünger Jesu, sondern die Zeloten.

Wie oft zur Tagundnachtgleiche kam in dieser Nacht heftiger Wind auf.
Aber der Wind hat etwas zu sagen für jene, die ihn hören wollen. Dieser hier tobte und sprach von Zorn und Zwietracht. Er ließ das große Segel des Tempels knattern, als hätten sich die Manen der Propheten seiner bemächtigt, um es zu zerreißen. Er zerrte an den Laken, die die Frauen

zum Trocknen auf ihren Terrassen aufgehängt hatten, und er wirbelte die Leibwäsche der Jungfrauen und der Greise über die Stadtmauern hinweg bis in die Bäume auf dem Ölberg. Er zerzauste die Baumkronen, rüttelte an den Türen, ließ die Fensterläden, die nicht verriegelt waren, gegen die Hausmauern schlagen und riss sie aus den Angeln. Er trieb den Unrat in den Rinnsteinen vor sich her und stimmte im Tyropöon-Tal eine Totenklage an, die so schauerlich war, dass die Menschen oben auf der Brücke, die Beine unter die Arme nahmen, in dem Glauben, die unerlösten Toten heulen zu hören.

Er hielt die Stadt wach in der Furcht vor etwas Unbeschreiblichem.

Vom Lärm der herabstürzenden Dachziegel und der Tontöpfe, die auf den Terrassen zerbrachen, wurde Kratylos aus dem Schlaf gerissen. Er erhob sich und sah aus dem Fenster. Ein solcher Sturm konnte nur ein Vorzeichen sein.

»Es ist nicht meine Stadt, es sind nicht meine Leute, und es ist nicht meine Religion«, sagte er bei sich. »Aber wie soll man da nicht auf den Gedanken kommen, dass die Götter manchmal den Fuß auf die Erde setzen.«

Auch Saulus hörte den Wind. War es der Wind oder das Toben seiner Seele? Als das Morgengrauen seinen von Albträumen heimgesuchten Halbschlaf beendete, fühlte er sich benommen. Er verließ das Haus nicht und sprach mit niemandem. Den ganzen Tag verbrachte er stumm und zurückgezogen in seinem Zimmer.

Seine Frau machte sich Sorgen. Er antwortete nur mit rauer Stimme: »Diesem Mann kann man nicht widerstehen.«

Sie wusste, von wem er sprach. Sie hätte sich darüber freuen müssen. Doch wie so viele Frauen war sie der Ge-

fühle der Männer, vor allem dieses Mannes, überdrüssig geworden. Er teilte Stolz, Geltungssucht und Reizbarkeit mit all denen, die fürchten, in den Augen ihrer Mitmenschen zu klein zu erscheinen.
Und Saulus war in der Tat klein …

30

Der Abschied

Du hast ihnen einen furchtbaren Schrecken eingejagt«, sagte Josef von Arimathäa. »Einen bleibenden dazu. Man hat mir erzählt, Kajaphas und Hannas täten kein Auge mehr zu, und ihre Schlaflosigkeit ließe sie aussehen wie Gespenster. Ich befürchte eine Verzweiflungstat von ihrer Seite. Der Wolf ist nie gefährlicher, als wenn er mit dem Rücken zur Wand steht.«

Weiser Josef. Umsichtiger Josef. Ergebener Josef. Es war das zweite Mal innerhalb der letzten Monate, dass er nach Betanien kam, um Jesus zum Aufbruch zu bewegen. Sein Sohn, der hinter Jesus auf dem Esel gesessen und ihn während des nächtlichen Ritts vom Grab nach Bet-Basi gestützt hatte, hockte zusammengesunken auf seinem Stuhl und rang die Hände. Sein Blick war flehend. Er zitterte. Nikodemus, ein kleiner kahlköpfiger Mann, den Jesus zum ersten Mal wiedersah, stand sorgenvoll neben seinem Ratsbruder.

Jesus seufzte müde.

Wie zwei Statuen lehnten Marta und Maria an der Wand des großen Zimmers in ihrem Haus in Betanien, ihr Blick finster wie die Nacht.

»Nikodemus und ich haben noch immer Freunde im Hohen Rat«, fuhr Josef fort. »Sie vertrauen uns so manches an. Kajaphas hat vor, eine große Fahndung einzuleiten, um dich festnehmen zu lassen.«

»Wie seinerzeit mit Judas«, murmelte Lazarus.
»In der Tat, wie seinerzeit mit Judas«, sagte Nikodemus.
»Er kennt dieses Haus. Hierher wird er seine Bluthunde als Erstes schicken«, erklärte Josef. »Du sagst, dein Auftrag sei beendet. Glaubst du nicht, du würdest ihn verraten, wenn sie dich erneut festnehmen?«
Jesus nickte. Im Geiste durchlebte er noch einmal die grauenvollen Erinnerungen: Die Nägel, die sich mit jedem Hammerschlag tiefer in seine Handgelenke bohrten, dann in die beiden übereinander gelegten Füße. Die Benommenheit durch den Myrrhewein, die dem Tod vorauszugehen schien, die Aprilkälte und der Wind, die an seinem nackten Körper nagten, der eisige Schweiß, das mühselige Atmen, der Drang, Wasser zu lassen, der schwarze Schleier ... Dann der quälende Schmerz der Wunden, die Atemnot, die Verwirrung, die Angst im Grab und der fremde Geruch des feuchten Gesteins, das malmende Geräusch, als der Grabstein zur Seite gewälzt wurde, die Übelkeit, und das allgegenwärtige Leiden ...
»Du musst dich so schnell wie möglich in Sicherheit bringen!«, mischte sich Maria ein.
»Nach Galiläa!«, rief Lazarus.
Weder Josef noch Nikodemus schienen von dieser Lösung überzeugt.
»Ich fürchte, Kajaphas und Hannas sind zu allem bereit, um sich von der unerträglichen Belastung zu befreien, die du für sie darstellst«, erklärte Josef. »Galiläa steht unter der Herrschaft dieses Fuchses Herodes Antipas, und ich glaube fast, dass Kajaphas bereit wäre, jeden Preis zu zahlen, um dort ein waghalsiges Unterfangen durchführen zu können. Nein, in Galiläa bist du nicht in Sicherheit.«
»Aber die Zeloten?«, fragte Lazarus.

»War nicht auch Judas ein Zelot?«, gab Nikodemus zu bedenken.
Schweigen legte sich über den Raum. Draußen vor der Tür summten die Bienen.
»Wohin dann?«, fragte Maria.
Jesus hörte, wie sich diese Menschen für ihn einsetzten. In gewisser Weise war er trotzdem tot. Er war fortan ein anderer. Im Geiste überflog er Palästina, seine Seen, seine Hügel, seine Städte, seine Wüsten. Er hatte dem Land die Früchte des Herrn darbieten wollen, doch die Hüter der Bücher hatten sie zurückgewiesen. Er empfand eine widersprüchliche Mischung aus Bitternis und Heiterkeit: verraten, aber frei. Nun gut, diese Welt war tot. Sie würde bald einen anderen, viel gewaltsameren Tod sterben, das spürte er mit jeder Faser seines Körpers. Israel war von einer unheilbaren Krankheit befallen, denn es wollte an erster Stelle Israel und nicht das Land des Herrn sein. Geblendet von der Sonne, die den Eingang durchflutete, oder vielleicht auch von dem Brand, den er ahnte, den er fast sah, legte Jesus die Hand vor die Augen.
»Syrien«, sagte Josef, »bis dorthin reicht die Macht des Kajaphas nicht.«
»Wieder Kochba?«, fragte Jesus.
»Irgendwo in Syrien. Dort bist du in Sicherheit.«
Jesus dachte lange nach.
»Ich werde sicherlich Dositheus besuchen. Aber dann ziehe ich vielleicht weiter. Auf alle Fälle brechen wir nächste Woche auf.«
Er hob den Blick. Seine Antwort schien die anderen nicht zufrieden zu stellen.
»Wollt ihr, dass ich morgen aufbreche?«
»Ich sehe ein«, sagte Maria traurig, »dass es besser ist, wenn du allein gehst. Und bald. Wir zittern um dich.«

Dann fügte sie hinzu – und das war für die Runde fast eine Herausforderung: »Ich komme nach.«
Josef, sein Sohn und Nikodemus nickten.
»Ich schlage vor, dass du dich morgen mit meinem Sohn auf den Weg machst«, sagte Josef. »Er ist hier in der Gegend nicht bekannt, aber ich empfehle dir, auf dem Seeweg nach Syrien zu reisen, das heißt von Joppe nach Tyrus. Es wäre zu gefährlich, Judäa, Samarien und einen großen Teil von Galiläa zu durchqueren, wo es von Spitzeln wimmelt. Von Tyrus aus reist du am sichersten über Chalkidiki nach Damaskus.«
Jesus nickte. Der Vorschlag klang vernünftig. Er verdankte ihnen sein Leben, und neben der Tatsache, dass er selbst seinen Verfolgern ein für allemal entkommen wollte, verstand er, dass sie für seine Sicherheit sorgen wollten.
In diesem Augenblick tauchte Thomas auf: kleinlaut, ratlos, unzufrieden, mürrisch.
Jesus hatte ihm aufgetragen, zusammen mit den anderen Hoffnung zu verbreiten, doch ganz offensichtlich gefiel ihm seine Aufgabe nicht. Verwunderte Blicke empfingen ihn. Jesus konnte nicht umhin, angesichts der Verwirrung seines Jüngers zu lächeln.
Thomas wandte sich heftig an ihn:
»Du hast mich nicht erwartet, ich weiß. Ich kann mich nicht von dir entfernen. Vielleicht bin ich zu schwach, aber allein habe ich nicht genug Licht. Ich habe ständig Angst, dass es ganz erlischt.«
»Dann bleib bei mir. Aber ich gehe weit fort von hier.«
»Mit dir ist nichts weit. Ohne dich ist alles weit.«
»Gut«, sagte Jesus und lud ihn mit einer Handbewegung ein, Platz zu nehmen.
Marta bat die Gäste zum Essen.

Jesus sprach wenig. Während er von den Saubohnen in Öl und Knoblauch kostete, die vor den kleinen gebratenen Fischen mit Minze gereicht wurden, sagte er: »Wehe den Ländern, aus denen die Propheten fliehen müssen wie Diebe!«
Dann: »Taube Ohren erregen das Mitleid des Herrn, taube Herzen hingegen seinen Zorn.« Schließlich sagte er: »Noch nie hat man erlebt, dass ein vom Aussatz zerfressenes Haus nicht einstürzt, noch nie hat man erlebt, dass die Schafe der schlechten Hirten nicht von den Raubtieren gefressen werden.«
Im Murmeln der Nacht sagte er zu Maria: »Wenn ich nur dich gerettet hätte, wäre es schon der Mühe wert gewesen.« Und er sagte auch: »Weder Zeit noch Raum können uns trennen. Das sind Vorstellungen der Menschen, und ich weiß, dass du sie überwunden hast. Ich werde immer bei dir sein.«
»Ich werde zu dir kommen, wo immer du sein magst«, antwortete sie. »Ich bin deine Dienerin.«
Da ihn schnell der Schlaf übermannte, sagte er nicht, was er noch dachte: Das Fleisch verklärt das Fleisch, Gegensätze ziehen sich an und vermischen sich, so war das Paradies vor der Schlange.

Der Sohn des Josef hieß ebenfalls Josef. Er war ein junger Mann, der mehr mit den Augen sprach als mit der Zunge.
Um während der dreitägigen Reise von Betanien nach Joppe nicht die Aufmerksamkeit möglicher Spitzel zu erregen, nahmen sie nur einen Esel; Jesus und Josef ritten abwechselnd darauf, wenn sie müde waren, Thomas indes versagte sich solche Bequemlichkeit. Sie machten in Emmaus und in Lydda Halt. Jesus hatte von Maria eine gut gefüllte Börse mit auf den Weg bekommen und Josef eine

von seinem Vater, doch sie reisten bescheiden. Abends aßen sie nur wenig – Eier, Käse, Oliven, bisweilen gebratenen Fisch –, und sie tranken nur billigen Wein. Es war Herbst, und manchmal regnete es, dann suchten sie unter einem Baum Schutz und teilten Brot, Feigen und Käse mit Thomas, der nichts dabeihatte.

In Joppe blühte Josef wieder auf. Er gestand, die ganze Reise über gezittert zu haben.

»In jener Nacht, als wir auf dem Esel nach Bet-Basi geritten sind und ich dich gestützt habe, hatte ich das Gefühl, das Schicksal der Welt in meinen Armen zu tragen. Ich litt für jede deiner Wunden und betete zum Herrn, mir die Kraft zu geben, das Ziel zu erreichen.«

Am Abend ihrer Ankunft lud Josef seine Reisegefährten zu einem Festschmaus ein: eingelegte Fischrogen in Olivenöl, gefüllte Wachteln, ein Viertel gebratene Ente mit Schalottenessig, Waffeln mit Honig und Rosinen, dazu griechischen Wein. Er lachte und berauschte sich. Jesus lachte, weil er ihn glücklich sah.

»Wie lernt man, ein guter Mensch zu sein?«, fragte der junge Mann.

»Indem man stets bedenkt, dass der Herr der einzige Richter ist. Die Gerechtigkeit der irdischen Richter ist die der Menschen, und die trachten danach, die anderen zu beherrschen. Wer könnte es wagen, ein Urteil zu fällen, wenn er bedenkt, dass der Herr vielleicht verzeihen würde?«

»Aber bist du nicht selbst ein Richter? Beherrschst du nicht die, die sich dir nähern? Und fürchtet nicht jeder, du könntest ihn missbilligen?«

»Wenn ich über die Menschen herrsche, dann, weil ich sie Güte lehre. Doch Kajaphas habe ich nie beherrscht, das wird der Herr übernehmen.«

»Aber du bist doch vom Herrn bevorzugt?«
»Spitze die Ohren, hör den Herrn in deinem Herzen, dann wirst du es auch sein.«
»Aber bist du nicht auch bisweilen erzürnt?«
»Bin ich nicht ein Mensch? Ich errege mich über die, die taub bleiben wollen, da sie den Herrn durch ihre Hoffart beleidigen.«
»Aber hast du nicht dem Gesetz getrotzt?«
»Für wen war es denn gemacht, wenn nicht für die Menschen? Diejenigen, die im Namen des Gesetzes Vergebung verweigern, begehen ein unverzeihliches Verbrechen, da sie sich in den Rang des Herrn erheben.«
»Würdest du Schweinefleisch essen?«
»David hat von den Schaubroten gegessen, weil er und seine Gefährten Hunger hatten. Wenn ich nur Schweinefleisch hätte, würde ich es essen.«
»Und der Ehebruch?«
»Wenn er ein Diebstahl ist, ist er ein Verbrechen. Aber kein Gesetz verbietet, ein herrenloses Schaf in seinen Stall zu bringen.«
Jesus sah den jungen Josef forschend an. »Was würdest du tun, wenn du nicht die Vorstellungen der Sünde hättest? Würdest du dich schlimmer als ein wildes Tier gebärden?«
»Du sagtest soeben, das Gesetz sei für die Menschen gemacht?«
»Es ist gemacht, um ihre bestialische Natur zu zügeln.«
»Und das Fleisch?«, beharrte Josef.
Jetzt spielten Musiker in der Herberge auf. Jesus schenkte Wein nach. Wie sollte man nicht erschüttert darüber sein, dass die Lebenden das Leben so sehr fürchteten?
»Es ist nicht gerecht, dass die Alten es den Jungen so sparsam zugestehen, nur weil sie selbst leichter darauf ver-

zichten können«, gab er zu bedenken. »Man muss das Fleisch essen, solange man Zähne hat.«

Josef hielt sich zunächst zurück, brach dann aber in herzliches Lachen aus.

»Aber es ist auch nicht gerecht, dass die Jungen ihr Verlangen, das stärker ist als das der Alten, zum Gesetz erheben. Ist es sinnvoll, dem überhaupt so viel Bedeutung beizumessen? Heißt das nicht, das Verlangen zu einer Sünde zu machen, ehe es überhaupt eine ist? Zeigt das nicht die Abwesenheit des Herrn im Herzen? Die Männer haben Angst vor ihrem Samen und die Frauen vor ihrem Blut, weil sie vergessen, dass beides der Wille des Herrn ist. Doch wenn die Gedanken mehr um das Fleisch als um den begehrten Menschen kreisen, so fehlt die Liebe.«

Sie ließen sich das Mahl gut schmecken. Ohne dass Josef es bemerkte, veränderte sich die Beziehung zwischen Jesus und dem jungen Mann. Jedes Alter hat seine Erfahrungen. Als Vierzigjähriger – er war also doppelt so alt wie Josef – hatte Jesus so viel mehr Erfahrung. Denn für die Auserwählten ist jeder Tag wie ein Jahr. Der junge Mann, der noch immer in Jesus steckte, suchte einen Bruder, der reife Mann fand einen Sohn. Er dachte, dass seine Jünger wohl nichts anderes gewesen waren als Söhne. Qumran war eine Schule gewesen, die den Menschen reif machte: Man kristallisierte den Geist heraus wie bei syrischem Glas, bei dem man die opake Kieselsäure in Glas verwandelte, das so durchsichtig war wie die Luft, und je glühender das Feuer war, umso transparenter wurde das Glas.

Gegen Ende des Essens spürte Jesus, dass der Geist seines Reisegefährten noch nicht gesättigt war, und er sagte zu ihm: »Die Priester des Tempels haben noch nicht begriffen, dass der Menschensohn in all seiner Herrlichkeit wiederhergestellt werden muss. Die Zeit, da wir Sklaven waren, ist vorbei. Das Gesetz kann nicht das Gesetz des Pharao sein. Die Schuld kann nicht ewig sein. Die Sühne darf nicht nur im Feuer der Opfer vollzogen werden, sondern auch durch die Reue. Ich bin gekommen, um euch zu erlösen, denn der Allmächtige ist nicht nur Gerechtigkeit, sondern auch Güte. Er ist die Hoffnung.« Er beugte sich zu Josef hinüber. »Verstehst du das?« Josef nickte. Und plötzlich ereiferte er sich: »Indem sie sich als ewige Hüter des Gesetzes ausgeben, wollen sie nur ihre eigenen Vorrechte bewahren. Sie bereichern sich an den Abgaben, die sie bekommen. Sie sind wie jene Diener, die denken, das Haus ihres Herrn sei das ihre. In ihren Händen ist das Wort des Herrn vertrocknet.«

Schließlich trieb der Schlaf die drei Männer in ihre gemeinsame Kammer. Die Nacht war klar und kalt. Josef träumte, er würde nackt, strahlend und vertrauensvoll dem Schlamm entsteigen, und der Regen wasche ihn rein. Ein tiefes Glücksgefühl überkam ihn.

Am nächsten Tag begleitete Josef Jesus und Thomas zum Hafen, und der Abschied war überschwänglich.

»Ich würde dir so gern folgen«, sagte Josef.

»Jetzt kannst du mir im Geist folgen, und übrigens musst du nicht mir folgen, sondern dem Weg, den ich dir gewiesen habe. Gehe also mit jenen, die mich gehört haben! Grüße deinen Vater von mir!«

Josef entfernte sich mit traurigem Schritt.

Jesus und Thomas suchten am Kai nach einem Schiff, das sie nach Joppe bringen würde. Viele fuhren die Küste bis Antiochia hinauf, legten in Apollonia, Cäsarea, Ptolemais, dann in Sidon, Byblos und Zypern an und fuhren je nach Jahreszeit und Ladung manchmal auch noch weiter. Die beiden fanden ein Schiff, das zwei Stunden später auslaufen sollte, eine Handelsgaleere mit Segeln und Rudern, eine *histikiopos triskalmos*. Der Bug war mit einem großen, bunt bemalten Gänsekopf verziert. Sobald die Überfahrt mit dem Kapitän ausgehandelt war, drängte Thomas darauf, dass sie an Bord gingen und sich hinter der hohen Reling des Bugs niederließen.

»Warum diese Eile?«, fragte Jesus.

»Ich habe am Kai Leute gesehen, die uns beharrlich beobachteten. Dich hätten sie zwar nicht erkennen können, aber mich.«

Schließlich wurde die Vertäuung gelöst, und schwankend wie eine Betrunkene entfernte sich die Handelsgaleere mit Ruderkraft vom Ufer. Dann wölbte sich das rechteckige Großsegel und knatterte im Wind, das Besansegel flatterte zunächst, bis es gespannt war. Die Matrosen und die Taue ächzten, die Planken knarrten, die Ruder holten am unteren Bordrand aus. Plötzlich wurde es kühler, und die Gischt veränderte den Geruch. Jesus stützte sich auf die Reling und beobachtete, wie sich die Küste von Judäa entfernte. Und ein ganzes Land.

Er sah sich als Kind, wie er mit Jakobus einen Drachen im Wind steigen ließ. Er sah sich schwitzend auf den Feldern von Qumran, wie er Entwässerungsgräben zwischen den Salatbeeten grub. Er sah die feurigen Augen, das hagere Gesicht des Täufers. Er sah auch die Ufer des Sees von Galiläa und erinnerte sich an die großzügige Wärme des Wassers, das seine Silbermünzen endlos verteilte. »Bist du der, auf den wir warten, oder wird ein anderer kommen?« Wird ein anderer kommen?

In Rom erwachte der junge Isaak mit stechenden Schmerzen in der rechten Schulter und einem Lächeln auf den Lippen.
Am Vorabend war er von Männern verprügelt worden, die ihn als Hund im Dienste des Ketzers Jesus beschimpft hatten. Zum ersten Mal hatte er zurückgeschlagen. Aber er hatte einen Hieb mit einer Holzlatte auf die Schulter versetzt bekommen, der noch schmerzte.
Am gestrigen Abend war er in die geheime Gemeinschaft der Brüder aufgenommen worden, die gegründet worden war, um Jesus, dem Messias der Hoffnung, zu huldigen. Sie hatten ihn feierlich im Namen des Herrn getauft, um ihn vom Makel seines früheren Lebens reinzuwaschen. Dann hatte er erstmals am Ritual des Abendmahls teilgenommen, denn die Jünger Jesu, wie sie sich nannten, trafen sich jeden Sonntagabend zu einem feierlichen Essen, eine Erinnerung an das letzte, das sie mit ihrem Herrn eingenommen hatten, ehe er von den Schurken festgenommen worden war. Das Ritual war von einem Purpurhändler in Rom eingeführt worden, der ein Schüler von Jakobus, dem Bruder Jesu, gewesen war. Jesus hatte ihn unterrichtet und beauftragt, das Ritual weiterzuverbreiten.
Am Anfang des Mahls hatte Isaak vernommen, wie der Älteste der Bruderschaft erklärte: »Jesus, Gesandter und Sohn Gottes, ist die Hoffnung. Er hat uns von unseren Sünden befreit. Seid nun glücklich im Herrn! Esst und trinkt Ihm zu Ehren!«
Isaak war glücklich. Er fühlte sich von einer tiefen Kraft erfüllt. Doch es blieb weiterhin schwer, Arbeit bei den Juden zu finden, merkwürdigerweise wurde sie ihm fast nur von Heiden angeboten. Sie wunderten sich über die Heiterkeit dieses Jungen. Sie fragten ihn nach dem Grund.

Und wenn er ihn ihnen nannte, dann hörten sie zu, ohne Ärger, sogar mit einer gewissen Neugier.
»Je zahlreicher wir sind, umso stärker werden wir sein, und umso leichter werden wir der neuen Wahrheit zum Sieg verhelfen«, hatte der Älteste erklärt. »Verbreitet die gute Botschaft und bringt uns Schüler!«

31

Die Krone und die Güte

Vier Tage dauerte der Fußmarsch von Tyrus nach Kochba, wo Jesus und Thomas nur einen Tag blieben.

»Ich bin gekommen, um dir zu danken«, sagte Jesus zu Dositheus.

»Ich danke dem Herrn, dass ich auserwählt war, Seinen Gesandten aufzunehmen.«

Doch ein Funke der Verwunderung blitzte in den Augen des einstigen Esseners auf. Er warf einen Blick auf den Gefährten Jesu. War dies das ganze Geleit jenes Mannes, der, wie ihm Reisende aus Judäa berichtet hatten, den Hohepriester Kajaphas, den Tetrarchen Herodes Antipas, vielleicht gar den Statthalter Pilatus um den Schlaf brachte?

»Wohin gehst du?«, fragte er schließlich.

»Mein Auftrag ist beendet.«

Auf diese Worte folgte Schweigen. Dositheus schien erschüttert.

»Aber du hast Tausende und Abertausende von Anhängern, das weiß ich. Du hättest noch mehr gewinnen können. Die Zeloten ...«

»Man kann nicht nachholen, was der Herr einmal gewollt hat«, unterbrach ihn Jesus. »Wir müssten Blut vergießen. Wenn wir siegen, würde man mir die Krone anbieten. Soll ich etwa über Ruinen herrschen? Wir müssten uns wieder gegen unsere Feinde verteidigen. Soll ich im Namen des Herrn der Güte andere verfolgen? Ich sagte es schon, ich will nicht über diese Welt herrschen. Und wenn wir verlören, würde ich erneut ans Kreuz geschlagen. Wozu soll das gut sein? Ist der Geist nicht das Wesentliche? Meine Jünger werden das Wort verbreiten, das ich ihnen anvertraut habe. Die Bemühungen der Blinden können den Weizen nicht am Sprießen hindern. Kein Mensch auf der Welt kann etwas dagegen tun, dass der Baum grün wird, wenn die Jahreszeit gekommen ist. Die Zeit des Herrn lässt sich nicht aufhalten.«

»Du gehst also, um kein Blut zu vergießen. Du gehst aus Güte.«

Jesus nickte. Thomas saß tief ergriffen da. Welcher Mensch hatte je aus Güte auf eine Krone verzichtet? Aber dies war kein Mensch wie die anderen …

»Du liebst die Juden«, sagte Dositheus nachdenklich.

»Bin ich nicht selbst einer? Wie sollte ich mein Volk nicht lieben?«

»Und wohin gehst du?«, fragte Dositheus.

»Dorthin, wo der Menschensohn nicht verhasst ist. Weit weg. Zu meinem Volk. Aber ich werde in Damaskus Station machen.«

»Weit weg, zu deinem Volk?«, wiederholte Dositheus. »Das verstehe ich nicht.«

»In Asien gibt es Juden, die nicht aus dem Exil zurückgekehrt sind.«

In der Tat berichteten Reisende, die über die Seidenstraße aus Asien gekommen waren, um ihre kostbaren Stoffe in Tyrus und Sidon mit Purpur färben zu lassen, immer wieder von dort in den Bergen lebenden Juden. Sie wussten nichts von den Stürmen in Israel.

»Und Maria?«

»Sie wird nachkommen, wenn ich weiß, wo ich bleibe.«

Weiter hinten im Garten, dort, wo das Gemüse der Glaubensgemeinschaft gedieh, erkannte Thomas drei Frauen, alle drei jung. Er dachte an das Gespräch zwischen Jesus und Josef. Das Fleisch hatte ihn nur selten gequält, sein Verlangen war gering, und die wenigen einschlägigen Erfahrungen, die er gemacht hatte, waren ihm wie Kindereien erschienen. Körperliche Beziehungen zu pflegen hätte bedeutet, eine Familie zu gründen, seine Familie aber war die Welt. Eine der jungen Frauen wandte sich um und betrachtete den Besucher. Allein an der Bewegung ihrer Hüften glaubte er zu erkennen, dass dieser Frau der Umgang mit dem Fleische nicht fremd war. Aber mit wem pflegte sie ihn? Mit Dositheus? Er hatte sicherlich Ersatz für seine Gefährtin Helena gefunden und sah keinen Grund zur Enthaltsamkeit. Oder mit den jungen Männern der Sekte? Er dachte an die Gesprächsfetzen, die er während seiner Reisen aufgeschnappt hatte. Dositheus lehrte die mystische Geschlechtlichkeit. Aber war Geschlechtlichkeit nicht immer mystisch? Er dachte an den Gott der Güte. Er verstand nichts mehr. Diese Menschen gerieten auf Irrwege. Er seufzte. Er wäre gern anderswo gewesen.
Doch es wurde Nacht, und Jesus hatte die Gastfreundschaft des Dositheus angenommen. Thomas und Jesus aßen also mit den etwa dreißig Schülern des einstigen Esseners zu Abend. Die jungen Frauen nahmen ihr Mahl in einem Nebenraum ein, zu dem die Tür geöffnet war. Die Unterhaltungen aus beiden Räumen erfüllte die vom Wein aufgeheizte Luft. Thomas spürte eine Art Schwindel.
»Bislang lebten wir in einer bekannten, wenn auch feindlichen Welt, jetzt ist es eine andere, die mir befremdlich erscheint«, vertraute er Jesus später an. »Ich fühle mich nicht angezogen von diesem Ort.«
»Du sprichst so, weil es nicht dein Licht ist, das diesen

Ort erhellt, und weil niemand hier unserer Helligkeit bedarf. Morgen tragen wir das Licht, das uns anvertraut wurde, in ein noch fremderes Land, aber wir werden lernen, es zu lieben, weil die Menschen dort die Hände nach unseren Lampen ausstrecken werden.«

Auf dem Weg nach Damaskus fragte Thomas: »Hast du nie versucht, Dositheus zu bekehren?«

»Der Feigenbaum wächst nicht wie der Granatapfelbaum«, antwortete Jesus lächelnd, »und ich habe oft genug gesagt, dass man keine junge Haut auf alte Schläuche näht. Seine Lehre wird eines Tages vergessen sein, aber die des Herrn ist ewig.«

In Damaskus war der Ruf Jesu bis an den Hof des nabatäischen Eparchen Omar vorgedrungen. Die Türen seines Palastes öffneten sich jenem Mann, dessen Wundertaten durch die Güte des einzigen und allmächtigen Gottes der Juden zustande kamen und der durch die Undankbarkeit der Menschen gekreuzigt worden war. Die Heiden waren im Grunde einfache Menschen. Thomas mietete für sich und Jesus ein Zimmer im zweiten Stock eines Privathauses; es lag an der steilen Straße des Goldschmieds Nimrod, die bis zur Stadtmauer führte.

Jesus bat den Eparchen, man möge sie benachrichtigen, wenn die nächste Karawane nach Asien aufbreche, um dort Gewürze, Duftstoffe und andere Kostbarkeiten für die reichen Müßiggänger zu kaufen, die sich lieber mit Affen, Panthern oder Papageien umgaben als mit Ihresgleichen. Omar versicherte ihm, er werde sich darum kümmern und sein Kammherr werde ihn rechtzeitig in Kenntnis setzen. Es würde nicht länger als zwei oder drei Wochen dauern.

Jesus ließ sich wieder einen Bart wachsen.

Einige Tage später bekam er unerwarteten Besuch.

32

Ein Besuch in der Strasse des Goldschmieds Nimrod

Jeder Verdacht ist wie ein Wurm in der Seele, und der schlimmste von allen ist der, den der Mensch gegen sich selbst hegt. Auch wenn sich gleichgültige Wesen über die Wertschätzung anderer hinwegsetzen können, so gibt es doch nur wenige, denen Zweifel an der eigenen Klugheit nicht zu schaffen machen.

Nachdem ihm klar geworden war, dass keine Macht, weder die römische noch die des Tetrarchen, noch die der Geistlichkeit beabsichtigte, Jesus festzunehmen, aus Furcht, dadurch ein Unglück auszulösen, kam Saulus zu dem Schluss, dass dieser der mächtigste Mann Palästinas war. Dass es also ein Fehler gewesen war, diesen Mann zu verfolgen und anzuprangern, mit anderen Worten, dass er nicht so klug gewesen war, wie er gehofft hatte.

Solche Feststellungen lähmen den Geist, wenn er auf Messers Schneide steht, wie die Seelen auf jener Brücke, die im Glauben der Mesopotamier nach dem Tod überschritten werden muss; die Seelen der Gerechten überqueren sie ohne Furcht, die der Bösen stürzen hinab. Falls er seine Meinung über Jesus änderte und bereit wäre, ihn als Erneuerer der jüdischen Religion zu betrachten, befürchtete Saulus, es in dem Falle bereuen zu müssen, wenn der Rädelsführer, wie er ihn bezeichnete, am Ende doch noch festgenommen und in den diesmal unumgänglichen Tod geschickt würde. Wenn er indes auf seiner Meinung beharrte, könnte er sich in einem Irrtum verrennen, der seine Selbstzweifel noch verschlimmern würde. Außerdem konnte man nie wissen: Schließlich war Saulus selbst zur Hälfte Jude und hegte eine gewisse Furcht vor allem Übernatürlichen. Und wenn nun Jesus wirklich durch göttlichen Willen von den Toten auferstanden war? Und wenn die Berichte der Spitzel, er sei im letzten Augenblick vor dem sicheren Tod gerettet worden, der alle Gekreuzigten erwartete, nur eine Falle für seine Feinde waren? Eine List, um ihre Bosheit zu entlarven? Dann war er, Saulus, der Rache der übernatürlichen Mächte ausgeliefert. Aus dem tiefblauen Himmel konnte ein Blitz niederfahren, um ihn zu vernichten. Oder die Erde konnte sich unter seinen Füßen auftun. Oder die Geister seiner Opfer konnten aus dem Grab auferstehen, um ihn durch Jerusalem zu jagen.

Also suchte er Zuflucht bei der Überlegung, die er schon hundertmal durchgespielt hatte: Wenn Jesus ein übernatürliches Wesen war, hätte er sich nicht den Bart abgenommen, um seinen Verfolgern zu entkommen, sondern er hätte sich an jenen gerächt, die ihn ans Kreuz geschlagen hatten …

So schwankte Saulus mehrere Tage lang von einer Ansicht zur entgegengesetzten und spielte, hungrig nach Neuigkeiten, erneut mit dem Gedanken, Maria aus Magdala festnehmen zu lassen, um sie zu verhören und sich Klarheit zu verschaffen. Klarheit, großer Gott! Endlich wissen! Seinen Spitzeln zufolge hatte sie Betanien verlassen und war nach Magdala zurückgekehrt. Mit etwas gutem Willen könnte Kajaphas den Tetrarchen Herodes Antipas zur Festnahme dieser Frau, ihrer Schwester und ih-

res Bruders – auch so ein Auferstandener – bewegen, um sich ein Bild zu machen von dem, was richtig und was falsch war.
Doch diese Hoffnung wurde ebenfalls enttäuscht.
»Sollen wir uns jetzt an Frauen vergreifen?«, hielt ihm Kajaphas entgegen. »Haben wir uns nicht schon lächerlich genug gemacht?«
Dann wurden die Berichte der Spione zahlreicher: Die wichtigsten Jünger Jesu, die, die man jetzt als die zwölf bezeichnete, hatten Galiläa verlassen und sich nach Judäa an die Ufer des Sees Gennesaret zurückgezogen. Doch niemand hatte Jesus in ihrer Gesellschaft gesehen, weder dort noch anderswo, denn schließlich hatte man ihn erkannt, gab es doch außer den Römern und Griechen nicht viele, die glatt rasiert waren.
Ein anderer Hinweis: Einer seiner Jünger, genannt Thomas, der Zwilling, erkennbar an seinem ausgemergelten Gesicht und seinem spitzen Kinnbart, war im Hafen von Joppe in Begleitung eines glatt rasierten Unbekannten, wahrscheinlich Jesus, gesehen worden und dann verschwunden. Die beiden Männer hatten sich also eingeschifft, aber mit welchem Ziel, das wusste man nicht.
Der letzte Hinweis war sicherlich der wertvollste: Ein Diener aus dem Hause des Josef von Arimathäa, der gehört hatte, dass Saulus Auskünfte über Jesus den Nazarener suchte, war erschienen, um ihm eine zu verkaufen: Jesus solle sich in Damaskus aufhalten und unter dem Schutz des Eparchen Omar stehen. Er gab sogar den genauen Aufenthaltsort an: die Straße des Goldschmieds Nimrod. Woher der Diener das wisse? Er lausche an den Türen. Dafür hatte er dreißig Denare verlangt und drei bekommen.

Das hatte Saulus' Jagdfieber geweckt. Und wenn er alle Mächte des Himmels und der Hölle überwinden musste, er würde nach Damaskus reisen. Und dann? Da niemand das Risiko eingehen wollte, würde er den Urheber dieser höllischen Unordnung persönlich festnehmen.

Aber ein Teufel, vielleicht auch ein Engel, weckte Zweifel in seinem Geist. Er konnte das Offenkundige nicht verneinen: Hinter der Fassade der römischen Ordnung war dieses Land wurmstichig. Seit fast drei Jahrhunderten mit fremden Religionen konfrontiert, waren die Juden der strengen Gesetze überdrüssig, die sie vom Rest der Welt trennten und ihnen jede andere Beziehung als die des Handels mit den heidnischen Gemeinschaften untersagten, dazu die gemischte Ehe und die gewöhnlichen Vergnügen des Lebens, die andere mit dreister Leichtfertigkeit genossen. Sie sehnten sich nach einem weniger strengen Gesetz. Und einem nachsichtigen, lächelnden Gott statt einem furchterregenden und rachsüchtigen.

Die Worte des Rabbiners Simon kamen ihm wieder in den Sinn: Jesus hatte sicher Gott gelästert, indem er erklärte, nicht gekommen zu sein, um das Gesetz abzuschaffen, sondern um es zu vervollständigen. Aber musste es nicht in der Tat um Nachsicht und Vergebung erweitert werden? War das nicht der tiefere Grund für den Erfolg der Lehre Jesu, den Simon nicht erkannt hatte?

Darüber konnte Saulus mit niemandem reden. Sein ohnehin schon gestörter Schlaf wurde immer löchriger. Die Nahrung verlor ihren Geschmack. Saulus fürchtete, durch seine Erregung weitere Anfälle zu erleiden, vor allem, wenn er allein, wenn niemand in der Nähe war, um ihn festzuhalten und ihm ein Stück Holz zwischen die Zähne zu schieben, damit er sich nicht die Zunge abbiss …

Er ersetzte das Opium, das ihn betäubte, durch Hanf, der ihm Angstträume bescherte.
Er musste nach Damaskus. Nach Damaskus!
Eines Morgens nahm er all seinen Mut zusammen und begab sich zu Kajaphas.
Er traf ihn in Gesellschaft seines Schwiegervaters und Amtsvorgängers Hannas an. Er musterte die beiden einen Augenblick: zwei gespenstische Bildnisse aus unterirdischen Grabkammern.
»Jünger Jesu, vielleicht auch er selbst, sind in Damaskus!«, verkündete er triumphierend.
Die beiden Sadduzäer blinzelten ihn verblüfft an. Jetzt erinnerten sie ihn an zwei Eulen.
»Und?«, fragte Kajaphas schließlich.
»Sie verbreiten dort ihre aufrührerische Lehre.«
»Und was willst du tun?«
»Sie festnehmen!«
»In der Provinz Syrien? Omar ist ein Heide, der nur unter der Oberaufsicht der Römer regiert«, warf Kajaphas griesgrämig ein. »Und der Konsul Vitellius mag die Juden nicht!«
»Der Eparch Omar ist ein Mann, der Ehrfurcht vor der Macht hat. Er wird sich dem Befehl des Hohepriesters von Jerusalem nicht widersetzen. Und in Damaskus hat Jesus keine Anhänger. Seine Verhaftung würde also keinen Staub aufwirbeln.«
Kajaphas sah Hannas fragend an, doch der verzog keine Miene und blieb stumm.
»Was schlägst du vor?«, fragte Kajaphas.
Saulus erwiderte: »Diese Leute festzunehmen und nach Jerusalem zu bringen.«
»Du willst Jesus in Damaskus verhaften und ihn in ich weiß nicht wie vielen Etappen nach Jerusalem bringen?

Aber du würdest unterwegs zwanzigmal niedergemetzelt! Allein schon von den Zeloten.«

Ein solcher Plan konnte das reinste Pandämonium entfachen, das wusste Saulus wohl. Aber die gegenwärtige Lage, die ihn vor Angst lähmte, durfte nicht andauern. Die Zahl der Jünger Jesu nahm beständig zu. Und Saulus war entschlossen, mit einem offiziellen Auftrag nach Damaskus zu gehen.

»Ich werde ihn zurückbringen, ohne dass er erkannt wird«, erklärte Saulus. »Ich verfüge über die nötigen Mittel. Niemand wird erfahren, wer er ist, bis ich ihn, an Händen und Füßen gebunden, nach Jerusalem bringe.«

Er wusste, die Aussicht, Jesus endlich in Händen zu haben und den Albtraum, der seit über einem Jahr auf ihnen lastete, ein für allemal loszuwerden, war unendlich verlockend für die beiden Männer.

»Glaubst du, dein Plan geht auf?«, fragte Hannas.

»Mit der nötigen Entschlossenheit sicherlich.«

Der ehemalige Hohepriester hob den Arm und ließ ihn wieder auf die Lehne seines Stuhls sinken.

»Einen Versuch ist es wert«, sagte er schließlich.

Kajaphas dachte einen Augenblick nach.

»Was benötigst du?«, fragte er Saulus dann.

»Eine Vollmacht. Die Kosten werden nicht weiter ins Gewicht fallen: Ein Dutzend Männer reichen mir.«

Kajaphas wandte sich an Gedalja: »Gut, lass den Schreiber rufen!«

Mit klopfendem Herzen, unterzeichneten und versiegelten Briefen sowie einer gefüllten Börse verließ Saulus den Palast des Kajaphas.

Einige Tage nachdem sich Jesus und Thomas behelfsmäßig in der Straße des Goldschmieds Nimrod eingerichtet hatten, verbreitete sich das Gerücht in der Stadt, dass der neue Bewohner des Viertels nicht nur ein Schützling des Eparchen, sondern auch ein großer Prophet und Magier der Juden war, jener Jesus, den sie in ihrer Undankbarkeit gekreuzigt hatten, der aber durch seine himmlische Kraft lebend sein Grab verlassen hatte. Es hieß, er tue Wunder und heile Kranke. Und sie strömten herbei. Wie früher begann er zu heilen. Hätte er es verweigern können? Er war sich bewusst, dass sie nach Wundern verlangten, er aber auf die Welt gekommen war, um das neue Wort zu verkünden. Doch sein Mitleid war stärker.

Der erste Mensch, den er dem Grab entriss, war ein Säugling, ein grünliches Paket, das die Mutter ihm an die Brust gedrückt darbot. Er schlug die Tücher zurück, die den Kopf verhüllten. Beim Anblick der halb geschlossenen Augen und der durchscheinenden Haut, die sich über die Schädeldecke spannte, schnürte sich ihm die Kehle zusammen. Er schob die Hand unter die feuchten Tücher, um einen winzigen Hauch von Leben auszumachen, und fand schließlich das Herz. Eine Spur von Leben.

»Sie heißt Balkis«, sagte die Mutter kläglich.

Ein Mädchen. Bei der Berührung Jesu zuckte es zusammen und bewegte das kleine Ärmchen.

»Möge der Herr dir Kraft geben!«, murmelte er.

Die Mutter hielt das für einen Trost, weil ihre Tochter gestorben war, und stieß ein Wehgeschrei aus. Sie stand so nah bei Jesus, dass sein Atem ihr Haar streifte. Da hob sich die schmächtige Brust des kleinen Wesens, der Mund öffnete sich, und in den Augen funkelte Leben. Ein leises Wimmern stieg von dem Bündel auf. Die Kleine bewegte sich.

»Sie lebt!«, schrie die Mutter.

»Der Herr wollte in der Tat, dass sie lebt«, sagte Jesus.

Tränen rannen über die Wangen der Frau. Mit der freien Hand umklammerte sie die Rechte von Jesus und küsste sie innig.
»Die himmlische Kraft ist mit dir!«, rief sie und beugte sich hinab, um Balkis Gesicht zu beobachten, das langsam wieder rosig wurde. Sie ließ die Rechte Jesu los, wühlte in ihrer Tasche und zog, ohne seine ablehnende Geste zu bemerken, Geldstücke hervor. Doch sie war so aufgeregt und ungeschickt, dass die Münzen zu Boden fielen.
Als Thomas hinzukam, lief sie davon und rief wieder: »Die himmlische Kraft!«

Kurz darauf ging die Tür erneut auf, und ein Zenturio trat ein. Der schien beileibe nicht leidend. Jesus und Thomas sahen ihn fragend an.
»Der Eparch Omar schickt mich«, sagte er. »Ich soll für eure Sicherheit sorgen. Saulus von Aristobul ist in Damaskus. Er ist mit einem Dutzend Männer gekommen, und unsere Kundschafter verdächtigen sie, üble Absichten gegen dich zu hegen. Denn als Erstes hat er sich erkundigt, in welchem Haus du wohnst. Dann hat er sich zu dem Rabbiner der jüdischen Gemeinde begeben.«
Thomas stöhnte auf.
»Ihr habt nichts zu befürchten«, fuhr der Zenturio fort. »Wir überwachen sie, und der Eparch hat die Absicht, sie verhaften zu lassen. Wir warten nur noch auf einen Vorwand …«
Er hatte den Satz noch nicht zu Ende gesprochen, da flog die Tür mit Getöse auf. Ein kleiner Mann im dunklen Umhang stürmte in den Raum. Hinter ihm auf dem Gang waren bewaffnete Männer zu erkennen. Saulus, denn um ihn handelte es sich, musterte die drei Anwesenden, und sein Blick verweilte auf Jesus.

»Da ist er«, rief er seinen Männern zu. »Nehmt den Betrüger fest!«
Er trat auf den verblüfften Jesus zu. Die Häscher kamen ins Zimmer.
»Einen Schritt weiter, Saulus von Aristobul«, sagte der Zenturio und zog sein Schwert, »und deine Stunden sind gezählt.«
Er hielt das Schwert erhoben.
»Ich bin römischer Bürger!«, rief Saulus.
»Du bist Saulus von Aristobul, du hast dir gewaltsam Zutritt zum Haus dieser Männer verschafft, die unter dem Schutz des Königs und des Eparchen stehen. Deine Begleiter gehören zur Tempelwache von Jerusalem, die hier ebenso wenig Macht hat wie du. Unten wartet eine Abordnung, die euch festnehmen wird wie Strauchdiebe.«
»Ich habe Befehle aus Jerusalem«, schrie Saulus und zog die Vollmacht des Kajaphas aus seinem Umhang.
Der Zenturio schob sie mit der Schwertspitze zurück.
»Völlig bedeutungslos. Schick deine Männer fort!«
Er ging zum Fenster und rief etwas hinunter. Kurz darauf erzitterte das Haus unter den Schritten eines Trupps, der die Männer des Saulus umringte.
»Ich verkünde«, sagte der Zenturio, »dass dieser Mann, Saulus von Aristobul, auf Befehl des Eparchen hiermit festgenommen ist. Legt ihn in Ketten und bringt ihn ins Gefängnis.«
»Du wagst es, einen römischen Bürger festzunehmen?«, schrie Saulus.
»Auch ein römischer Verbrecher ist ein Verbrecher. Dafür wirst du dich vor dem Konsul Vitellius zu rechtfertigen haben. Und jetzt raus!«
»Du wirst nicht immer so gut beschützt sein«, rief Saulus Jesus zu.

»Woher rührt dein Hass?«, fragte dieser. »Warum verfolgst du mich?«
Die beiden Männer standen reglos da, jeder den Blick auf den anderen geheftet. In dem Zimmer über der Straße des Goldschmieds Nimrod herrschte Stille.
»Du bist vergänglich, doch das Wort des Herrn des Lichts ist ewig«, sagte Jesus.
Saulus schien wie vor den Kopf gestoßen. Zögernd streckte er Jesus die Hand entgegen, aber der Zenturio drängte ihn hinaus. Die Tür fiel ins Schloss. Aus dem Treppenhaus hallten die Schritte der Männer, dazu Schreie und Schläge.
Jesus und Thomas standen sich gegenüber.
»Immer fliehen«, murmelte Thomas.
»Morgen«, entgegnete Jesus, »werden sie es sein, die aus Jerusalem fliehen.« Und etwas später: »Ich hatte den Eindruck, Saulus wollte mit mir sprechen.«

33

Jenseits aller Worte

Arminius Flavius Alva, Hauptmann der vierten Legion, die im pannonischen Sirmium stationiert war, kehrte zu seinem Heimaturlaub nach Rom zurück. Er hatte erwartet, wie jedes Mal ein festlich geschmücktes Haus vorzufinden. Girlanden, zusätzliche Fackeln und ein besonderes Mahl, bei dem auch seine Leibspeise, gefülltes Geflügel mit Pilzen, gereicht würde. Doch das Haus war fast dunkel. Nur im Atrium brannte eine Lampe. Alles war still. Er rief. Gefolgt von einer alten Dienerin, erschien seine Frau auf der Schwelle. Er befürchtete einen Trauerfall.

»Was ist geschehen?«, fragte Arminius und stellte sein Gepäck ab.

Sie kam auf ihn zu, und sie umarmten sich schweigend.

»Dein Sohn ...«, begann sie.

Er war also nicht tot, sonst hätte sie gesagt: unser Sohn. Arminius trat einen Schritt zurück, um ihr Gesicht betrachten zu können.

»Er hat das Haus verlassen«, sagte sie.

Valerius war knapp vierzehn Jahre alt. Er war ihr Jüngster. Marcus, der Älteste, hatte schon eine eigene Familie, er war Senatsschreiber.

»Wo ist er?«

»Bei den Juden.«

»Bei den Juden?«

»Einer jüdischen Sekte.«
»Aber wo?«
»Ich weiß es nicht. Er lebt mit ihnen, irgendwo in ihrem Viertel.«
Sie nahmen Platz. Die Dienerin brachte mit Wein versetztes Wasser, und er trank gierig.
»Was ist denn das für eine Geschichte?«, fragte er.
»Er ist einer jungen Frau begegnet. Ich habe sie nie gesehen. Eine Jüdin. Er hat angefangen, mir ihre Worte zu wiederholen. Es ging um das Reich des einzigen Gottes der Juden, angekündigt von einem Gesandten, einem Propheten oder ich weiß nicht mehr was. Dieser Gesandte war von den schlechten Juden geopfert worden, und die guten Juden wollen auf der Welt Gerechtigkeit und Güte einführen.«
Arminius schüttelte den Kopf.
»Er redete mit einer Leidenschaft, die ich gar nicht an ihm kannte. Zuerst habe ich nicht weiter darauf geachtet. Junge Menschen begeistern sich für so viele Dinge, die sie dann vergessen. Aber er sprach von nichts anderem mehr. Er wollte der Sekte dieser Juden beitreten. Da erst horchte ich auf. Ich fürchtete, er hätte sich in die junge Frau verliebt und wollte sie heiraten. Ich habe Marcus zu Hilfe gerufen. Er ist sofort gekommen. Er hat sich lange mit Valerius auseinander gesetzt. Ich habe erregte Stimmen gehört. Nach diesem Gespräch war Marcus betroffen. Er sagte, diese Frau hätte seinen Bruder mit ihren Märchen verzaubert. Wie du weißt, bedienen sich diese Leute manchmal der Hexerei. In den folgenden Tagen ist Valerius verstummt. Er wollte meine Fragen nicht beantworten, weil er vorgab, ich könne ihn nicht verstehen, da ich nicht von der göttlichen Gnade berührt sei. Eines Tages ist er nicht mehr von der Schule nach Hause gekom-

men. Als Alexia sein Bett machte, fand sie eine kurze Nachricht: »Ich schließe mich Jesus an.« Ich habe wieder Marcus kommen lassen. Er hat Nachforschungen begonnen, die noch immer andauern. Keiner seiner Gefährten hat etwas von ihm gehört. Niemand weiß, wo er ist. Alles ist vergeblich. Seit drei Monaten habe ich kein Lebenszeichen mehr von ihm.«

»Ha, diese Juden!«, rief Arminius.

»Warte, die Juden haben Marcus bei seiner Suche unterstützt. Sie sagen, wegen dieser Sekte hätten sie ständig Schwierigkeiten, und sie hätten schon mehrere Mitglieder ihrer Gemeinschaft an sie verloren. Sie möchten sie auflösen. Man darf nicht die Juden tadeln, sondern vielmehr diese Sekte.«

Sie verstummte bedrückt.

»Vielleicht hatte ich Unrecht«, murmelte sie schließlich. »Ich hätte ihm besser zuhören sollen, als er von der Sache erzählt hat. Ein Wort hatte er ständig auf den Lippen: ›Güte‹. Er hat sich nicht mit Verbrechern eingelassen. Aber ich habe ihn verloren. Vielleicht ist er ja dort glücklicher …«

Sie brach in Tränen aus. Arminius legte ihr die Hand auf die Schulter. Aber er wusste nicht, was er sagen sollte. Wirklich nicht. Diese Sache war völlig widersinnig.

Eine Meile entfernt arbeitete Valerius als Wasserträger. Ein anstrengender Beruf, aber er verdiente sich seinen Lebensunterhalt, indem er Krüge in die verschiedenen Stockwerke der benachbarten Häuser trug. Er teilte sein Zimmer mit einem jungen Man namens Isaak. Er hatte sich die Haare wachsen lassen und band sie mit einer Lederschnur im Nacken zusammen. Das veränderte sein Aussehen beträchtlich. Er nannte sich fortan Jakob. Manchmal dachte

er an seine Familie, vor allem an seine Mutter, verwarf aber sogleich den Gedanken, zu ihr zurückzukehren.
»Eine Welt aus Stein«, vertraute er Sarah an, dem jungen Mädchen, das ihn in diese Gemeinde gebracht hatte. »Das Heer, der Staat. Ich bin nicht mehr als ein Soldat des Kaisers.«

Maria war mit Marta nach Magdala zurückgekehrt. Lazarus hatte sich der Gruppe von Johannes, Jakobus und Bartholomäus angeschlossen. Josef von Arimathäa besuchte sie in dem großen Haus aus schwarzem Stein, das am Seeufer lag, um ihr Neuigkeiten von der Reise und andere Nachrichten zu überbringen. Boten, die zwischen Damaskus und Jerusalem hin- und herreisten, unterrichteten ihn über das Geschick Jesu.
Der Wind blies kräftig von Norden, und sie saßen in dem großen Zimmer, das auf die Terrasse hinausging. Von den Kohlebecken vor den Fenstern stieg Rauch auf, und der Luftzug verbreitete duftende Schwaden im Zimmer, die an schalkhafte, wandernde Seelen erinnerten.
»Saulus hat nicht aufgegeben«, sagte Josef seufzend. »Mit einer Vollmacht von Kajaphas in der Tasche hat er versucht, Jesus in Damaskus festzunehmen. Der aber steht unter dem Schutz des Eparchen Omar, bis er eine Karawane gefunden hat, die zu den Seinen zieht, weit entfernt in den Orient. Saulus ist im Gefängnis. Willst du hier bleiben?«
Sie wusste, warum er die Frage stellte: Sie war in Gefahr.
»Ihre Spitzel haben aufgedeckt, wie wir unsere Verschwörung durchgeführt haben«, fuhr er fort. »Sie glauben, dass du den Aufstand neu angefacht hast und dass du ebenso gefährlich bist wie er. Ich denke, in Damaskus oder in einer anderen Stadt der Dekapolis wärst du sicherer.«

Sie überlegte eine Weile und antwortete: »Wenn ich mich in Sicherheit bringen muss, dann nur für ihn, so lange, bis ich wieder mit ihm vereint bin. Ich möchte ihm keinen Kummer bereiten, wenn mich diese Leute schlecht behandeln.«

Schlecht behandeln war untertrieben: Sie würden sie steinigen, das wussten sie beide.

»Der Tod als solcher macht mir keine Angst«, schloss sie. »Ich bin jetzt jenseits dieser Welt. Ich bin jenseits aller Worte. Es ist die göttliche Liebe. Ich wünsche sie jeder Frau, die das Licht empfangen hat.«

Nachwort

Vorbemerkung

Die vorangegangenen Seiten sind eine Art Fortsetzung des Romans *Ein Mensch namens Jesus,* den ich vor dreißig Jahren nach einer erneuten Lektüre der Evangelien begonnen hatte. Damals legte ich im Nachwort bereits dar, welche Freiheiten ich mir genommen habe, nicht so sehr gegenüber den Quellentexten als vielmehr gegenüber einer Tradition, die sich – so will es mir bis heute erscheinen – wesentlich hochfliegendere Freiheiten erlaubt hat.

Kernpunkte sind zwei wesentliche Lücken in den kanonischen Evangelien: Die Geschehnisse, die auf das Überleben Jesu folgten, und die Rolle, die Maria aus Magdala, später auch Maria Magdalena genannt, im Leben Jesu spielte.

Was die erste dieser Lücken angeht, so muss man nicht besonders bewandert in diesem Sujet sein, um die unklare und widersprüchliche Aussage der kanonischen Evangelien festzustellen. Man möge mir erlauben, diese Texte hier in extenso zu zitieren, damit der Leser selbst darüber befinden kann.

So schreibt Matthäus (28,16–20):

> Die elf Jünger gingen nach Galiläa auf den Berg, den Jesus ihnen genannt hatte. Und als sie Jesus sahen, fielen sie vor ihm nieder. Einige aber hatten Zwei-

fel. Da trat Jesus auf sie zu und sagte zu ihnen: Mir ist alle Macht gegeben im Himmel und auf der Erde. Darum geht zu allen Völkern, und macht alle Menschen zu meinen Jüngern; tauft sie auf den Namen des Vaters und des Sohnes und des Heiligen Geistes, und lehrt sie, alles zu befolgen, was ich euch geboten habe. Seid gewiss: Ich bin bei euch alle Tage bis zum Ende der Welt.

Markus schreibt (16,9–20):

Als Jesus am frühen Morgen des ersten Wochentages auferstanden war, erschien er zuerst Maria aus Magdala, aus der er sieben Dämonen ausgetrieben hatte. Sie ging und berichtete es denen, die mit ihm zusammen gewesen waren und die nun klagten und weinten. Als sie hörten, er lebe und sei von ihr gesehen worden, glaubten sie es nicht.

Darauf erschien er in einer anderen Gestalt zweien von ihnen, als sie unterwegs waren und aufs Land gehen wollten. Auch sie gingen und berichteten es den anderen, und auch ihnen glaubte man nicht.

Später erschien Jesus auch den elf, als sie bei Tisch waren; er tadelte ihren Unglauben und ihre Verstocktheit, weil sie denen nicht glaubten, die ihn nach seiner Auferstehung gesehen hatten. Dann sagte er zu ihnen: Geht hinaus in die ganze Welt, und verkündet das Evangelium allen Geschöpfen!

Wer glaubt und sich taufen lässt, wird gerettet; wer aber nicht glaubt, wird verdammt werden. Und durch die, die zum Glauben gekommen sind, werden folgende Zeichen geschehen: In meinem Namen werden sie Dämonen austreiben; sie werden in neuen Sprachen reden; wenn sie Schlangen anfas-

sen oder tödliches Gift trinken, wird es ihnen nicht schaden; und die Kranken, denen sie die Hände auflegen, werden gesund werden.
Nachdem Jesus, der Herr, dies zu ihnen gesagt hatte, wurde er in den Himmel aufgenommen und setzte sich zur Rechten Gottes.
Sie aber zogen aus und predigten überall. Der Herr stand ihnen bei und bekräftigte die Verkündigung durch die Zeichen, die er geschehen ließ.

Lukas beschreibt sehr ausführlich (24,13–53), dass am selben Sonntagmorgen die Frauen, die Jesus von Galiläa gefolgt waren, am Eingang des Grabes zwei Engel gesehen und die Apostel darüber unterrichtet hätten, die ihnen jedoch nicht glaubten:

Am gleichen Tag waren zwei von den Jüngern auf dem Weg in ein Dorf namens Emmaus, das sechzig Stadien von Jerusalem entfernt ist. Sie sprachen miteinander über all das, was sich ereignet hatte. Während sie redeten und ihre Gedanken austauschten, kam Jesus hinzu und ging mit ihnen. Doch sie waren wie mit Blindheit geschlagen, sodass sie ihn nicht erkannten. Er fragte sie: Was sind das für Dinge, über die ihr auf eurem Weg miteinander redet? Da blieben sie traurig stehen, und der eine von ihnen – er hieß Kleopas – antwortete ihm: Bist du so fremd in Jerusalem, dass du als Einziger nicht weißt, was in diesen Tagen dort geschehen ist? Er fragte sie: Was denn? Sie antworteten ihm: Das mit Jesus aus Nazaret. Er war ein Prophet, mächtig in Wort und Tat vor Gott und dem ganzen Volk.
Doch unsere Hohepriester und Führer haben ihn zum Tod verurteilen und ans Kreuz schlagen lassen.

Wir aber hatten gehofft, dass er der sei, der Israel erlösen werde. Und dazu ist heute schon der dritte Tag, seitdem das alles geschehen ist. Aber nicht nur das: Auch einige Frauen aus unserem Kreis haben uns in große Aufregung versetzt. Sie waren in der Frühe beim Grab, fanden aber seinen Leichnam nicht. Als sie zurückkamen, erzählten sie, es seien ihnen Engel erschienen und hätten gesagt, er lebe. Einige von uns gingen dann zum Grab und fanden alles so, wie die Frauen gesagt hatten; ihn selbst aber sahen sie nicht.
Da sagte er zu ihnen: Begreift ihr denn nicht? Wie schwer fällt es euch, alles zu glauben, was die Propheten gesagt haben. Musste nicht der Messias all das erleiden, um so in seine Herrlichkeit zu gelangen? Und er legte ihnen dar, ausgehend von Mose und allen Propheten, was in der gesamten Schrift über ihn geschrieben steht.
So erreichten sie das Dorf, zu dem sie unterwegs waren. Jesus tat, als wolle er weitergehen, aber sie drängten ihn und sagten: Bleib doch bei uns, denn es wird bald Abend, der Tag hat sich schon geneigt. Da ging er mit hinein, um bei ihnen zu bleiben. Und als er mit ihnen bei Tisch war, nahm er das Brot, sprach den Lobpreis, brach das Brot und gab es ihnen. Da gingen ihnen die Augen auf, und sie erkannten ihn; dann sahen sie ihn nicht mehr. Und sie sagten zueinander: Brannte uns nicht das Herz in der Brust, als er unterwegs mit uns redete und uns den Sinn der Schrift erschloss?
Noch in derselben Stunde brachen sie auf und kehrten nach Jerusalem zurück, und sie fanden die elf und die anderen Jünger versammelt. Diese sagten:

Der Herr ist wirklich auferstanden und ist dem Simon erschienen. Da erzählten auch sie, was sie unterwegs erlebt und wie sie ihn erkannt hatten, als er das Brot brach.
Während sie noch darüber redeten, trat er selbst in ihre Mitte und sagte zu ihnen: Friede sei mit euch! Sie erschraken und hatten große Angst, denn sie meinten, einen Geist zu sehen.
Da sagte er zu ihnen: Was seid ihr so bestürzt? Warum lasst ihr in eurem Herzen solche Zweifel aufkommen? Seht meine Hände und meine Füße an: Ich bin es selbst. Fasst mich doch an, und begreift: Kein Geist hat Fleisch und Knochen, wie ihr es bei mir seht. Bei diesen Worten zeigte er ihnen seine Hände und Füße. Sie staunten, konnten es aber vor Freude immer noch nicht glauben. Da sagte er zu ihnen: Habt ihr etwas zu essen hier? Sie gaben ihm ein Stück gebratenen Fisch; er nahm es und aß es vor ihren Augen.
Dann sprach er zu ihnen: Das sind die Worte, die ich zu euch gesagt habe, als ich noch bei euch war: Alles muss in Erfüllung gehen, was im Gesetz des Mose, bei den Propheten und in den Psalmen über mich gesagt ist. Darauf öffnete er ihnen die Augen für das Verständnis der Schrift. Er sagte zu ihnen: So steht es in der Schrift: Der Messias wird leiden und am dritten Tag von den Toten auferstehen, und in seinem Namen wird man allen Völkern, angefangen in Jerusalem, verkünden, sie sollen umkehren, damit ihre Sünden vergeben werden. Ihr seid Zeugen dafür. Und ich werde die Gabe, die mein Vater verheißen hat, zu euch herabsenden. Bleibt in der Stadt, bis ihr mit der Kraft aus der Höhe erfüllt werdet.

Dann führte er sie hinaus in die Nähe von Betanien. Dort erhob er seine Hände und segnete sie. Und während er sie segnete, verließ er sie und wurde zum Himmel emporgehoben; sie aber fielen vor ihm nieder. Dann kehrten sie in großer Freude nach Jerusalem zurück. Und sie waren immer im Tempel und priesen Gott.

Johannes ist noch ausführlicher (20,14-21, 25): Nachdem die Engel Maria aus Magdala gefragt hatten, warum sie weine, und sie ihnen berichtet hatte, sie wisse nicht, wo sich das Grab des Herrn befinde.

> ... wandte sie sich um und sah Jesus dastehen, wusste aber nicht, dass es Jesus war. Jesus sagte zu ihr: Frau, warum weinst du? Wen suchst du? Sie meinte, es sei der Gärtner, und sagte zu ihm: Herr, wenn du ihn weggebracht hast, sag mir, wohin du ihn gelegt hast. Dann will ich ihn holen. Jesus sagte zu ihr: Maria! Da wandte sie sich ihm zu und sagte auf Hebräisch zu ihm: Rabbuni, das heißt: Meister. Jesus sagte zu ihr: Halte mich nicht fest, denn ich bin noch nicht zum Vater hinaufgegangen. Geh aber zu meinen Brüdern, und sag ihnen: Ich gehe hinauf zu meinem Vater und zu eurem Vater, zu meinem Gott und zu eurem Gott. Maria von Magdala ging zu den Jüngern und verkündete ihnen: Ich habe den Herrn gesehen. Und sie richtete aus, was er ihr gesagt hatte.
> Am Abend dieses ersten Tages der Woche, als die Jünger aus Furcht vor den Juden die Türen verschlossen hatten, kam Jesus, trat in ihre Mitte und sagte zu ihnen: Friede sei mit euch! Nach diesen Worten zeigte er ihnen seine Hände und seine Seite. Da freuten sich die Jünger, dass sie den Herrn sahen.

Jesus sagte noch einmal zu ihnen: Friede sei mit euch! Wie mich der Vater gesandt hat, so sende ich euch. Nachdem er das gesagt hatte, hauchte er sie an und sprach zu ihnen: Empfangt den Heiligen Geist! Wem ihr die Sünden vergebt, dem sind sie vergeben; wem ihr die Vergebung verweigert, dem ist sie verweigert.
Thomas, genannt Didymus (Zwilling), einer der zwölf, war nicht bei ihnen, als Jesus kam. Die anderen Jünger sagten zu ihm: Wir haben den Herrn gesehen. Er entgegnete ihnen: Wenn ich nicht die Male der Nägel an seinen Händen sehe und wenn ich meinen Finger nicht in die Male der Nägel und meine Hand nicht in seine Seite lege, glaube ich nicht.
Acht Tage darauf waren seine Jünger wieder versammelt, und Thomas war dabei. Die Türen waren verschlossen. Da kam Jesus, trat in ihre Mitte und sagte: Friede sei mit euch! Dann sagte er zu Thomas: Streck deinen Finger aus – hier sind meine Hände! Streck deine Hand aus und leg sie in meine Seite, und sei nicht ungläubig, sondern gläubig! Thomas antwortete ihm: Mein Herr und mein Gott! Jesus sagte zu ihm: Weil du mich gesehen hast, glaubst du. Selig sind, die nicht sehen und doch glauben.
Noch viele andere Zeichen, die in diesem Buch nicht aufgeschrieben sind, hat Jesus vor den Augen seiner Jünger getan. Diese aber sind aufgeschrieben, damit ihr glaubt, dass Jesus der Messias ist, der Sohn Gottes, und damit ihr durch den Glauben das Leben habt in seinem Namen.
Danach offenbarte sich Jesus den Jüngern noch ein-

mal. Es war am See von Tiberias, und er offenbarte sich in folgender Weise. Simon Petrus, Thomas, genannt Didymus (Zwilling), Natanael aus Kana in Galiläa, die Söhne des Zebedäus und zwei andere von seinen Jüngern waren zusammen. Simon Petrus sagte zu ihnen: Ich gehe fischen. Sie sagten zu ihm: Wir kommen auch mit. Sie gingen hinaus und stiegen in das Boot. Aber in dieser Nacht fingen sie nichts.

Als es schon Morgen wurde, stand Jesus am Ufer. Doch die Jünger wussten nicht, dass es Jesus war. Jesus sagte zu ihnen: Meine Kinder, habt ihr nicht etwas zu essen? Sie antworteten ihm: Nein. Er aber sagte zu ihnen: Werft das Netz auf der rechten Seite des Bootes aus, und ihr werdet etwas fangen. Sie warfen das Netz aus und konnten es nicht wieder einholen, so voller Fische war es. Da sagte der Jünger, den Jesus liebte, zu Petrus: Es ist der Herr! Als Simon Petrus hörte, dass es der Herr sei, gürtete er sich das Obergewand um, weil er nackt war, und sprang in den See. Dann kamen die anderen Jünger mit dem Boot – sie waren nämlich nicht weit vom Land entfernt, nur etwa zweihundert Ellen – und zogen das Netz mit den Fischen hinter sich her.

Als sie an Land gingen, sahen sie am Boden ein Kohlenfeuer und darauf Fisch und Brot. Jesus sagte zu ihnen: Bringt von den Fischen, die ihr gerade gefangen habt. Da ging Simon Petrus und zog das Netz an Land. Es war mit hundertdreiundfünfzig großen Fischen gefüllt, und obwohl es so viele waren, zerriss das Netz nicht. Jesus sagte zu ihnen: Kommt her und esst! Keiner von den Jüngern wagte ihn zu fra-

gen: Wer bist du? Denn sie wussten, dass es der Herr war. Jesus trat heran, nahm das Brot und gab es ihnen, ebenso den Fisch. Dies war schon das dritte Mal, dass Jesus sich den Jüngern offenbarte, seit er von den Toten auferstanden war.
Als sie gegessen hatten, sagte Jesus zu Simon Petrus: Simon, Sohn des Johannes, liebst du mich mehr als diese? Er antwortete ihm: Ja, Herr, du weißt, dass ich dich liebe. Jesus sagte zu ihm: Weide meine Lämmer! Zum zweiten Mal fragte er ihn: Simon, Sohn des Johannes, liebst du mich? Er antwortete ihm: Ja, Herr, du weißt, dass ich dich liebe. Jesus sagte zu ihm: Weide meine Schafe! Zum dritten Mal fragte er ihn: Simon, Sohn des Johannes, liebst du mich? Da wurde Petrus traurig, weil Jesus ihn zum dritten Mal gefragt hatte: Hast du mich lieb? Er gab ihm zu Antwort: Herr, du weißt alles; du weißt, dass ich dich lieb habe. Jesus sagte zu ihm: Weide meine Schafe! Amen, Amen, das sage ich dir: Als du noch jung warst, hast du dich selbst gegürtet und konntest gehen, wohin du wolltest. Wenn du aber alt geworden bist, wirst du deine Hände ausstrecken, und ein anderer wird dich gürten und dich führen, wohin du nicht willst. Das sagte Jesus, um anzudeuten, durch welchen Tod er Gott verherrlichen würde. Nach diesen Worten sagte er zu ihm: Folge mir nach!
Petrus wandte sich um und sah, wie der Jünger, den Jesus liebte, (diesem) folgte. Es war der Jünger, der sich bei jenem Mahl an die Brust Jesu gelehnt und ihn gefragt hatte: Herr, wer ist es, der dich verraten wird? Als Petrus diesen Jünger sah, fragte er Jesus: Herr, was wird denn mit ihm? Jesus antwortete

ihm: Wenn ich will, dass er bis zu meinem Kommen bleibt, was geht das dich an? Du aber folge mir nach!

Da verbreitete sich unter den Brüdern die Meinung: Jener Jünger stirbt nicht. Doch Jesus hatte zu Petrus nicht gesagt: Er stirbt nicht, sondern: Wenn ich will, dass er bis zu meinem Kommen bleibt, was geht das dich an?

Dieser Jünger ist es, der all das bezeugt und der es aufgeschrieben hat; und wir wissen, dass sein Zeugnis wahr ist. Es gibt aber noch vieles andere, was Jesus getan hat. Wenn man alles aufschreiben wollte, so könnte, wie ich glaube, die ganze Welt die Bücher nicht fassen, die man schreiben müsste.

Offensichtlich haben Matthäus und Johannes, auch wenn sie beide zu den Jüngern zählten, nicht dieselben Erfahrungen gemacht; auch die Zeugnisse, die Markus und Lukas gesammelt haben, unterscheiden sich von den beiden Vorgenannten, aber auch untereinander. Was beispielsweise die Engel angeht, so gibt es bei Matthäus (27,2) nur einen, Markus (16,5) spricht nur von einem jungen Mann im weißen Gewand, Lukas (24,4) berichtet von zwei Männern und Johannes (20,11–12) schließlich von zwei Engeln. Man weiß auch nicht, ob das Grab offen oder verschlossen war, als Maria aus Magdala dort ankam: Lukas (24,2) sagt, es sei offen, Matthäus (27,1–2) hingegen, es sei verschlossen gewesen.

Nach Matthäus sehen sich die elf Jünger Jesus erst auf dem Berg in Galiläa wieder, ohne irgendwelche Zwischenfälle. Ein Tag wird nicht erwähnt.

Nach Markus erscheint er zuerst Maria aus Magdala auf dem Ölberg, dann den elf Jüngern auf dem Land in der

Nähe von Jerusalem. Es ist an einem Sonntagnachmittag oder Sonntagabend. Von Galiläa ist nicht die Rede.
Nach Lukas erscheint er zunächst zwei Jüngern auf der Straße nach Emmaus, unweit von Jerusalem, das heißt in Judäa, und sie erkennen ihn nicht. Dann zeigt er sich den beiden, und zwar nur den beiden, während des Abendessens in Emmaus. Später erscheint er den elf Jüngern und führt sie ohne offensichtlichen Grund nach Betanien, wo er sie dann verlässt. Auch hier wird Galiläa nicht erwähnt. Nebenbei tauchen noch zwei unbekannte Jünger auf, der eine heißt Kleopas, der Name des anderen ist nicht überliefert, über ihn gibt es zahlreiche Mutmaßungen.
Und nach Johannes erscheint Jesus an zwei verschiedenen Orten und zu drei verschiedenen Augenblicken: das erste Mal erscheint er an einem Sonntag in Jerusalem der Maria aus Magdala, dann den Jüngern, einmal in Abwesenheit von Thomas und einmal in Anwesenheit von Thomas, und schließlich ein drittes Mal nur sieben versammelten Jüngern: Petrus, Thomas, Natanael, Johannes, Jakobus, dem Sohn des Zebedäus, sowie »zwei anderen Jüngern«.
Zu diesen Widersprüchen hinsichtlich des Orts, des Zeitpunkts und der Umstände gesellen sich andere, nicht weniger verwirrende. So befiehlt Jesus nach Matthäus und Markus den Jüngern in aller Welt zu predigen, während er sie nach Lukas explizit anweist, in Jerusalem zu bleiben, bis sie »mit der Kraft aus der Höhe« erfüllt sind. Der Vorgang selbst wird in diesem Evangelium nicht beschrieben.
Weitere Ungereimtheiten, die den Rahmen dieser Abhandlung sprengen würden, wollen wir nur kurz ansprechen: nach Lukas wird die Wiederkehr im Gesetz des

Moses verheißen, was aber nicht der Fall ist; nach Johannes erscheint Jesus der Maria aus Magdala und trägt ihr auf, seine Brüder von seiner Auferstehung in Kenntnis zu setzen, sie jedoch informiert die Jünger. Und man sieht Petrus, wie er ganz allein ein Netz mit Fischen einholt, das sieben Männer nicht hätten an Bord ziehen können.

Eine eingehende Analyse der Evangelien des Lukas und des Johannes zeigt, dass diese zwar der literarischen Vorgehensweise ihrer Zeit entsprechen, nicht aber der Logik, die man von Jesus erwarten darf. Bei Lukas zum Beispiel bricht Jesus das Brot, verteilt es und verschwindet. Diese spektakuläre und phantastische Episode kommt im Text des Johannes nicht vor. Bei ihm fällt hingegen die Verwendung der symbolischen Zahl drei ins Auge, auffälliger ist aber noch das erzählerische Doppel-Ich in der folgenden Passage: »Dieser Jünger ist es, der all das bezeugt und der es aufgeschrieben hat; und wir wissen, dass sein Zeugnis wahr ist.« Der Erzähler ist zugleich das »ich« und das »wir«, das fiktive »wir« bestätigt das »ich«.

Natürlich können die Evangelien ihrem Wesen nach nicht so betrachtet werden wie andere historische Texte, dennoch darf man wohl Übereinstimmung und zumindest eine gewisse Logik erwarten. Dies ist jedoch nicht der Fall, da sie weder bezüglich des Orts noch der Umstände oder des Datums des Wiedererscheinens von Jesus übereinstimmen. Und das legt die Vermutung nahe, dass die Apostel von der Wiederauferstehung erst später informiert wurden, so wie Matthäus es schreibt; er ist neben Johannes der einzige Verfasser, der imstande gewesen wäre, die direkten Zeugnisse der Apostel zu sammeln und diesen letzten Teil des öffentlichen Lebens Jesu nach verschiedenen Aussagen zu rekonstruieren.

Der historische und psychologische Kontext

Ein weiterer verwirrender Zug der vier Evangelien: Sie spielen sich vor einem abstrakten Hintergrund ab, ohne Bezug zum realen historischen Kontext, an den das Leben Jesu jedoch eng gebunden ist.

Zu jener Zeit ist Palästina zwischen vier Mächten aufgeteilt, von denen mindestens zwei in latentem Konflikt stehen: die senatorische Provinz Judäa steht unter der Herrschaft des Statthalters Pontius Pilatus, Galiläa und Peräa unter der des Tetrarchen Herodes Antipas, eines der Söhne von Herodes dem Großen, Jerusalem hingegen unter der geistlichen Herrschaft des Tempels, der sich, entgegen dem Willen von Rom, bemüht, auch weltliche Autorität auszuüben, zumindest in der Heiligen Stadt, wie u. a. die Verhaftung und Verurteilung Jesu eindeutig zeigt. Die vierte Macht steht im Widerstreit mit allen anderen: Es handelt sich um die Zeloten, die seit dem Jahr 6 bewaffneten Widerstand gegen die Römer leisten, aber auch den drei anderen Mächten feindselig gegenüberstehen. Die beiden »Verbrecher«, zwischen denen Jesus am Kreuz hängt, sind Zeloten, mit denen man ihn auf diese Art gleichsetzt.

Gestützt durch seine unangefochtene militärische Stärke, hat Rom also eine äußerst explosive Situation geschaffen, deren es sich allerdings nicht bewusst zu sein scheint, da es sich in der Sicherheit wiegt, jegliche Erhebung gewaltsam niederschlagen zu können. Die Lage entflammt sich knapp vierzig Jahre später während der Belagerung von Jerusalem und der Zerstörung der Stadt durch die internen Kriege unter den drei rivalisierenden Zeloten-Richtungen. Flavius Josephus hat die Einzelheiten der gnadenlosen Grausamkeiten in seinem Werk *Bellum Judaicum* geschildert.

In Palästina wimmelt es demnach von Spionen dieser vier Mächte, die sich gegenseitig überwachen. Der bekannteste, weil einzig namentlich angeführte, ist Judas Iskariot, das heißt ein Sikarier und ein Zelot, durch dessen Hilfe es der Tempelwache gelingt, Jesus festzunehmen. Aber er ist auch der einzige der Apostel, der nicht aus Galiläa stammt, ein aufschlussreicher Hinweis, denn Simon der Zelot ist kein Verräter, und auch das ist bedeutsam, da sich aus beiden Tatsachen schließen lässt, dass die Zeloten von Galiläa Jesus nicht feindlich gesinnt waren, wohl aber die aus Judäa.

Bis zu seiner Kreuzigung wurde Jesus – und sicherlich auch seine Jünger – von den Spionen der Tempelwache bespitzelt, vermutlich auch von denen des römischen Statthalters und des Herodes Antipas. Man kann davon ausgehen, dass sich nach dem Verschwinden des Leibes Jesu, das der Tempel und die Pharisäer vorausgeahnt hatten, die Überwachung der Jünger und der aller Jesus Nahestehenden noch intensiviert wurde. Nichts war gefährlicher für sie als ein Wiederauftauchen jenes Mannes, der ihre Macht direkt gefährdete. Das berichtet Matthäus (27,62–66) ganz deutlich:

> »Am nächsten Tag gingen der Hohepriester und die Pharisäer gemeinsam zu Pilatus; es war der Tag nach dem Rüsttag. Sie sagten: Herr, es fiel uns ein, dass dieser Betrüger, als er noch lebte, behauptet hat: Ich werde nach drei Tagen auferstehen. Gib also den Befehl, dass das Grab bis zum dritten Tag sicher bewacht wird. Sonst könnten seine Jünger kommen, ihn stehlen und dem Volk sagen: Er ist von den Toten auferstanden. Und dieser letzte Betrug wäre noch schlimmer als alles zuvor. Pilatus

antwortete ihnen: Ihr sollt eine Wache haben. Geht und sichert das Grab, so gut ihr könnt. Darauf gingen sie, um das Grab zu sichern. Sie versiegelten den Eingang und ließen die Wache dort.«

Dabei wurde allerdings vergessen, dass auch die Wachen bestochen werden konnten.
Zu jener Zeit nahm auch die Verfolgung der Jünger und der Jesus Nahestehenden zu, und einer, der sich dabei besonders hervortat, war kein anderer als Saulus, der später unter dem Namen Paulus das Christentum im Abendland verbreiten sollte. Zusammen mit seinen Schergen und mit der offenkundigen Unterstützung des Tempels und des Hohen Rates ging er mit aller Strenge gegen sie vor (Apostelgeschichte 8,3):

»Saulus aber versuchte die Kirche zu vernichten; er drang in die Häuser ein, schleppte Männer und Frauen fort und lieferte sie ins Gefängnis ein.«

Die Macht, die ich ihm in der Rekonstruierung seiner Lebensgeschichte *Ein Mann namens Saulus* zugesprochen habe, hat bei einigen Anstoß erregt. Doch um eine solche Machtstellung in Jerusalem zu erlangen – einer Stadt, die sowohl unter der Kontrolle des Tempels als auch der Roms stand –, bedurfte es gewiss der offiziellen Unterstützung des Tempels und wohl auch der inoffiziellen des römischen Statthalters. Außerdem, und das belegt ebenfalls die Apostelgeschichte, schickte er nicht nur Leute ins Gefängnis, sondern auch durch Steinigung in den Tod.
In der Apostelgeschichte ist von fünftausend Jüngern die Rede, eine ansehnliche Zahl für eine Stadt mit etwa

sechzigtausend Einwohnern – und es gab wohl ebenso viele, wenn nicht mehr, in Judäa und noch einmal so viele in Galiläa. Die relativ weite Verbreitung der von Jesus ins Leben gerufenen Bewegung erklärt die brutale Verfolgung, von der in der Apostelgeschichte erzählt wird. In den Evangelien findet sie keine Erwähnung, ausgenommen bei Johannes (20,19), wo ihr ein Nebensatz gewidmet wird. Die Gefahr eines Schismas, die von Jesus ausging, bereitete der Geistlichkeit Kopfzerbrechen. Da Jesus bereits drei Jahre vor seiner Kreuzigung öffentlich zu predigen begonnen hatte, hatten seine Lehren genug Zeit, um Früchte zu tragen. Die Evangelien hingegen erwähnen diesen für das Verständnis der Geschichte entscheidenden Zusammenhang mit keinem Wort.
Man muss sich fragen, warum die Lehren Jesu solchen Erfolg hatten. Warum wandten sich Tausende von Juden – denn die ersten Bekehrten waren Juden – von der orthodoxen Lehre ab, die sie seit Jahrhunderten sorgfältig und fromm weitergegeben hatten, um einem Mann zu folgen, der sich gegen all ihre Traditionen stellte? Davon berichten die kanonischen Evangelien: Er vernachlässigte das Händewaschen vor dem Essen, hielt die Regeln des Sabbat nicht ein, beschimpfte die Priester, ließ sich in der Gesellschaft freizügiger Frauen sehen – zu jener Zeit eine ungeheuerliche Unschicklichkeit – und frönte dem guten Essen so sehr, dass er als Vielfraß bezeichnet wurde. So viel Provokation dürfte nur Misstrauen wecken, ihm aber brachte sie die Sympathie der Massen ein, denn sie waren – so heißt es – bereit, ihn zum König zu krönen. Dies ist ein nur selten erwähntes Paradox, das in der Entstehungsgeschichte des Christentums jedoch wesentlich ist.
Um es zu begreifen, muss man sich die ungeheuren Ver-

änderungen vor Augen halten, die sich in den drei Jahrhunderten vor der Ankunft Jesu, das heißt letztlich seit der Eroberung durch Alexander den Großen, in Palästina vollzogen hatte. Es war vorwiegend ein Agrarland mit einigen befestigten Orten gewesen, und mit Ausnahme von Jerusalem zählten die größeren Städte wie Jericho höchstens drei- bis viertausend Einwohner. Ansonsten gab es nur kleine Marktflecken, die sich um eine für Ackerbau und Viehzucht wichtige Wasserstelle gebildet hatten. Die Bevölkerung von Judäa, Galiläa, Samarien und den anderen Provinzen hatte nur wenig Kontakt zu anderen Völkern, vor allem zu den Kanaanitern, den Phöniziern, den Syrern und, im Süden, zu den Nabatäern und ihren jeweiligen Religionen. Die Juden hatten also ihren Lebensstil aus der Zeit der Eroberung Palästinas durch Josua im Großen und Ganzen beibehalten, und das trotz der beiden Deportationen.

Plötzlich, ab dem vierten Jahrhundert, kam es zu zwei großen Umwälzungen: Israel verlor seine Unabhängigkeit und wurde zugleich urbanisiert. Zuerst ließen sich die Griechen, dann die Römer in dem Land nieder und veränderten es kulturell und wirtschaftlich. Sie bauten neue Städte, gestalteten die bestehenden um und – das trifft vor allem auf die Römer zu – legten Straßen an, die schnellere Truppenbewegungen ermöglichten und den Handel förderten. Sie errichteten zahlreiche heidnische Tempel, legten Pferderennbahnen an, bauten Verwaltungsgebäude und schmückten die Städte mit Standbildern ihrer Götter und Göttinnen. Außerdem gestanden die Römer, die anfangs im Wesentlichen tolerant waren und dem Judentum nicht feindseliger gegenüberstanden als anderen Religionen, den anderen Völkern das Recht zu, ihre eigenen Kultstätten zu errichten.

Die Urbanisierung führte zwangsläufig zu einer Vermischung der Bevölkerung. So wurden die Juden täglich und direkter denn je mit den Religionen, Sitten und Kulturen der benachbarten Völker konfrontiert. Sie konnten sie nicht ablehnen – zum einen aus politischen Gründen, denn sie waren nicht mehr Herr über ihr Land, zum anderen aus ökonomischen Gründen. Denn jetzt beruhte der Reichtum Israels auf dem Handel mit den Heiden: Getreide, Öl, Wein, Vieh, Wolle, Leinen, Töpferware und andere gewerbliche Güter. Auch wenn sie sich dagegen auflehnten, dass der Tempel von römischen Adlern überragt wurde – was zu einem denkwürdigen Konflikt mit Pontius Pilatus führte –, und zu verhindern wussten, dass auf dem Vorhof der Heiden ein vergoldetes Bildnis des Caligula errichtet wurde – was ihnen wiederum Streit mit dem Kaiser einbrachte –, mussten sie doch die Gymnasien dulden, in denen sich die jungen Männer nackt zeigten, die Thermen, Freudenhäuser und Standbilder, die in ihren Augen unziemlich waren, sowie die Herbergen und Tavernen, in denen Waren aus Schweinefleisch angeboten wurde. Denn als Gipfel der Abscheulichkeit wurden nun in Israel Schweine gezüchtet, wie es aus Passagen des Evangeliums, die in Gerasa spielen, hervorgeht.
Nun hatte die Lebensart und die Religion der Heiden wesentlich weniger Verbote als die der Juden, von denen an erster Stelle die Einhaltung des Sabbats zu nennen ist. Die anderen Völker konnten arbeiten und freien Handel treiben, während die Juden zur rituellen Untätigkeit gezwungen waren und sich nicht mehr als einhundert Schritte von ihrem Haus entfernen durften, ein Problem, das zu Lebzeiten Jesu, besonders in Alexandria, Schwierigkeiten bereitete. Ganz gleich, ob es um Kleidung, Nahrung oder

Sexualität ging, die Heiden hatten ein wesentlich leichteres Leben und schienen doch keine Probleme mit ihren Göttern zu haben. Im Levitikus und in den Numeri ist nachzulesen, welche strikten Vorschriften die Priesterschaft von Jerusalem dem Volk auferlegte.

Jesus hatte es also mit einer radikalen Kluft zwischen jenen Juden zu tun, die beschlossen hatten, sich zu hellenisieren und die Einhaltung des Gesetzes behutsam an die politischen Bedingungen anzupassen, und jenen, die eine solche Anpassung des biblischen Erbes ablehnten, wie etwa die Essener. Die Ursache für diesen Konflikt war die Strenge des Gesetzes. Jesus hingegen führte den Begriff der göttlichen Vergebung ein und ging mit gutem Beispiel voran. An die Stelle des rächenden Gottes trat der Gott der Güte und des Lichts. Daher rührte der ungeheure Erfolg seiner Lehre und die zerstörerische Furcht, die sie bei der Priesterschaft auslöste.

Das ist auch der Grund für die fanatische Überwachung und Bespitzelung Jesu durch das Priestertum, die nur bei Johannes (20,19) kurz erwähnt wird. Die Verfolgung und Überwachung betraf nicht nur die Jünger, sondern auch Nahestehende wie etwa Maria aus Magdala, ihre Schwester Marta und ihren Bruder Lazarus. Auch das auffällige Verhalten von Josef von Arimathäa und Nikodemus, die bei Pilatus um den Leichnam Jesu gebeten hatten, um ihn in einem privaten Grab zu bestatten, während er sonst sicherlich wie die anderen durch gemeines Recht Verurteilten in ein Massengrab geworfen worden wäre, muss die Aufmerksamkeit der offiziellen Polizeikräfte und der Tempelspione erregt haben.

Die Schlussfolgerung drängt sich auf: Es ist undenkbar, dass die Nachricht von der Auferstehung Jesu nicht zu einem erheblichen Aufruhr geführt hat, und zwar nicht nur bei den Aposteln, sondern auch in der Gemeinschaft der Jünger und im Kreis der direkt betroffenen Machthaber – der Hohepriester, des römischen Statthalters und des Tetrarchen Herodes Antipas –, wovon im Evangelium keine Rede ist. Wir müssen indes daran erinnern, dass die kanonischen Evangelien in der uns überlieferten Version – und das gilt auch für die apokryphen, mit Ausnahme dessen des Thomas, das aus dem Jahr 70 stammt – Anfang des zweiten Jahrhunderts verfasst wurden und also nicht über die historische und somit psychologische Realität dieser Zeit informiert waren. Und ebendiese versuche ich zu rekonstruieren.

Die Hypothese des Komplotts

Diese widerspricht natürlich der christologischen Tradition, wie es die Reaktionen auf die vorangegangenen Bände dieses Werks mehr als deutlich gezeigt haben. Dennoch scheint sie mir nach mehr als dreißigjähriger Überlegung unausweichlich. Ich fasse die Hauptelemente zusammen:

1. Die Kreuzigung war eine langsame und grausame Folter, die nicht durch die beigebrachten Wunden, sondern durch Erstickung zum Tode führte. Ein Körper, der einer erzwungenen Dehnung unterliegt und an von Nägeln durchbohrten Handgelenken hängt, wird nur noch durch die Beine gestützt. Er kann die Anspannung der Brustmuskulatur und den Schmerz in den durchbohrten Handgelenken nur mildern, indem er sich mit den Beinen abstützt, was den Schmerz in den Füßen verstärkt, die einer über dem anderen liegend, mit einem einzigen Nagel durchschlagen sind. Will er den Schmerz in den Füßen und die Krämpfe in den Beinmuskeln lindern, belebt er den in den Handgelenken. In beiden Fällen ist die Ausdeh-

nungsmöglichkeit des Brustkorbs sehr gering. Der Gekreuzigte kann nicht richtig ein- noch ausatmen. Er ist zu einer oberflächlichen Atmung gezwungen, die unwillkürlich zu einer Azidose führt. Die Lähmung der Muskulatur, vor allem der Brustmuskulatur, in Verbindung mit der Azidose führt allmählich zum Ersticken.
Doch der Prozess dauert lange. Zeugenaussagen über diese Hinrichtungsart ist zu entnehmen, dass ein Gekreuzigter mehrere Tage überleben konnte. Man setzte seinem Todeskampf im Allgemeinen ein Ende, indem man ihm die Schienbeine und den Schädel zertrümmerte.
Im Falle Jesu war die Hinrichtung von bemerkenswert kurzer Dauer. Nach Markus (15,25) wurde er morgens gekreuzigt und war mittags tot. Lukas (23,46) und Matthäus (15,25) geben die Stunde der Kreuzigung nicht an, erwähnen aber, er sei gegen drei Uhr nachmittags gestorben. Er wäre also zwischen drei und sechs Stunden am Kreuz geblieben. Johannes gibt keine Zeit an, weder für die Kreuzigung noch für die Kreuzabnahme. Doch die vier Evangelisten sind sich darin einig, dass die Schienbeine Jesu nicht gebrochen wurden, ganz im Gegensatz zu denen der Verbrecher zu seiner Rechten und Linken. Dadurch ist ihr Tod gewiss.
Eine entscheidende Einzelheit, von der Markus berichtet (15,44–45): Als Josef von Arimathäa bei Pilatus um die Freigabe des Leichnams Jesu bat, war Pilatus überrascht, als er hörte, dass Jesus schon tot sei. Er ließ den Zenturio kommen und fragte ihn, ob Jesus bereits gestorben sei. Und nachdem er dessen Bericht gehört hatte, überließ er Josef den Leichnam. Der Bericht bezog sich sicherlich auf den Augenblick, als der Zenturio dem Gekreuzigten die Spitze seiner *lancea* in den Brustkorb stieß – eine Lanze mit einer schmalen, flachen Klinge, wie sie von römischen Sol-

daten getragen wurde, wenn sie nicht im Feld waren –, um sicherzugehen, dass er keine Reaktion mehr zeigte. Es handelt sich hier nicht um den Gnadenstoß, wie es die Tradition ohne irgendwelche Textgrundlagen behauptet, denn nirgendwo steht, dass dieser Lanzenstich, der nur bei Johannes erwähnt wird, das Herz traf. In der Liturgie des Johannes Chrysostomus und in den Akten des Pilatus wird übrigens angegeben, dass ihm der Stich auf der rechten Seite beigebracht wurde.

2. Die Umstände der Bestattung sind eigentümlich und das Zeugnis der Evangelisten Matthäus, Lukas und Johannes wieder einmal widersprüchlich. Nach Matthäus (27,59) hüllte Josef von Arimathäa den Leichnam *in ein reines Leinentuch.* Auch nach Lukas (23,53–54) nahm er ihn *vom Kreuz, hüllte ihn in ein Leinentuch und legte ihn in ein Felsengrab, in dem noch niemand bestattet worden war.* Kein Wort von den wohl riechenden Salben, die Nikodemus vorher gekauft hatte, sondern *die Frauen, die mit Jesus aus Galiläa gekommen waren ... kehrten heim und bereiteten wohl riechende Öle und Salben zu* (Lukas 23,55–56). Der Körper war also nicht der Tradition entsprechend gewaschen und das Leichentuch nicht zugenäht worden, da sich die Frauen am Samstagmorgen auf den Weg zum Grab machten, um die Totenwäsche vorzunehmen.

Nach Johannes (19,38–42) jedoch war Nikodemus bei der Beisetzung anwesend. Er brachte eine *Mischung aus Myrrhe und Aloe, etwa hundert Pfund* mit, die auf die Leinenbinden gegeben wurden. Aber hier ist die Eigenheit, dass Johannes nicht wie die anderen Evangelisten von einem Leichentuch spricht, sondern berichtet, die beiden Würdenträger hätten den Körper Jesu in *Leinenbinden*, auf Griechisch *othonia*, gewickelt, *wie es beim jüdischen Be-*

gräbnis Sitte ist (19,40). Dies ist mehr als unwahrscheinlich, da die Juden ihre Toten nie wie die Ägypter umwickelten. Das hätte eine Einbalsamierung erfordert, ein Prozess, der mehrere Wochen in Anspruch nimmt und unmöglich am Vorabend des Sabbat in Angriff genommen werden konnte (ganz zu schweigen davon, dass er eine Entleerung des Körpers voraussetzt, was für die Juden schändlich gewesen wäre.)

Also widersprechen sich Johannes auf der einen und Matthäus und Lukas auf der anderen Seite, was das Leichentuch und die Bestattung und auch was die Ausführenden betrifft. Und wäre Jesus bereits mit wohl riechenden Salben eingerieben worden, hätten die Frauen nicht am Sonntag wiederkommen und sie bringen müssen. Also haben entweder Matthäus und Lukas oder aber Johannes eine Geschichte erfunden. Nach einer ersten Analyse hat es den Anschein, als hätte sich Johannes geirrt, da die Juden niemals die ägyptische Einbalsamierungspraktik übernommen haben, die der einzige Grund für die Verwendung von Leinenbinden gewesen wäre. Aber dieser Punkt ist, wie wir später sehen werden, weit komplexer. Der Text des Johannes scheint also die abstrakte Rekonstruktion eines nicht mit den jüdischen Bräuchen Vertrauten zu sein. Doch was die Evangelien später berichten, lässt andere Schlussfolgerungen zu.

3. Die Entdeckung des leeren Grabes ist Gegenstand nicht minder offensichtlicher Widersprüche, die weiter oben erwähnt wurden. Und sie sind nicht die einzigen.

Nach Matthäus (28,1-7) begaben sich Maria aus Magdala und die andere Maria – eine rätselhafte Persönlichkeit, von der später die Rede sein soll – am Sonntagmorgen zum Grab und trafen dort den Engel an, der den Stein, den *dopheq,* von der Tür des Grabes wegrollte, ihnen sagte,

Jesus sei auferstanden und sie sollten die Nachricht den Jüngern überbringen.
Markus (16,9–11) erzählt nichts von diesen außergewöhnlichen und eigentlich erwähnenswerten Vorkommnissen, er schreibt, Jesus sei sogleich Maria aus Magdala erschienen, und diese habe die Jünger informiert, die ihr zunächst nicht glauben wollten.
Nach Lukas (24,2–11) war der *dopheq* bereits weggerollt, als sich Maria aus Magdala, Johanna – sie wird weder bei Matthäus noch bei Markus erwähnt – und Maria, die Mutter des Jakobus, zum Grab begaben. Sie sahen nicht einen Engel, sondern zwei, die ihnen sagten, Jesus sei auferstanden.
Johannes schließlich (20,1–9) erzählt, dass Maria aus Magdala allein zum Grab kam, und zwar am Sonntagabend, womit er Markus (16,2) widerspricht, der Sonntag im Morgengrauen erwähnt (dieser Punkt ist, wie wir später sehen werden, von großer Bedeutung). Bei ihm sah sie den weggerollten *dopheq*, aber keinen Engel.
Keiner der Evangelisten stimmt also bei diesem bedeutsamen Ereignis mit den anderen überein. Bei Lukas und Markus, die nicht zu den ersten Aposteln gehörten, ist das verständlich, denn sie waren nicht bei der Entdeckung des leeren Grabes anwesend und haben ihre Texte etwa ein Jahrhundert später mit viel Phantasie verfasst. Bleiben Matthäus und Johannes, die sich dennoch in fast allen Punkten ganz offensichtlich widersprechen. Haben auch sie das Ereignis literarisch rekonstruiert?
4. Der Bericht des Johannes aber entspricht in vielen Teilen nicht dem klassischen literarischen Vorgehen und enthält eigenständige Details, die glaubwürdig erscheinen. Er lässt vermuten, dass er auf Erinnerungen begründet ist, die der Verfasser selbst (oder sein Namensgeber?)

gesammelt hat. So berichtet er, Maria aus Magdala habe die Apostel Johannes und Petrus verständigt, die beide dorthin liefen. Johannes erreichte das Grab als Erster, doch nicht er betrat es, sondern Petrus. Was er dort vorfand, ist von höchstem Interesse: *Er sah die Leinenbinden liegen und das Schweißtuch, das auf dem Kopf Jesu gelegen hatte, es lag aber nicht bei den Leinenbinden, sondern zusammengebunden daneben an einer besonderen Stelle* (20,6–7). Eine außergewöhnliche und aufschlussreiche Genauigkeit: Dieses Tuch, das so genannte *sudarion*, wurde unter dem Leichentuch, dem *sindon*, auf das Gesicht der Toten gelegt, um den Schweiß aufzusaugen. Warum lag es »zusammengebunden an einer besonderen Stelle«? Ganz offensichtlich, weil es nicht benutzt worden war. Man kann sich kaum vorstellen, dass Jesus es nach seiner Auferstehung zusammengefaltet und in eine Ecke gelegt hätte. Also haben Nikodemus und Josef es ihm nicht aufs Gesicht gelegt.

Das Leichentuch hingegen wird nicht erwähnt.

Meine Schlussfolgerung ist, dass Nikodemus und Josef das *sudarion* nicht auf das Gesicht Jesu gelegt haben, um die ohnehin schwache Atmung nicht zu erschweren, denn er lebte noch.

Bleibt der Punkt der Leinenbinden. Hin- und hergerissen zwischen seinem Bestreben um Genauigkeit und seiner Theorie von einer übernatürlichen Auferstehung, hat Johannes seinem Text eine bestimmte Richtung gegeben, indem er vorgab, Josef und Nikodemus hätten Leinenbinden mitgebracht, um den Körper Jesu vor der Grablegung zu umwickeln; deshalb erwähnt er das von Josef gekaufte Leichentuch gar nicht. Doch in diesem Punkt widerspricht er sich selbst. Er weiß sehr wohl, dass die einzigen Leinenbinden, die im jüdischen Ritual Verwendung fanden, dazu dienten, Hände, Kinn und Füße zu umwickeln. Das zeigt er in dem Abschnitt über die »Auferweckung« des Lazarus, der herauskam, *seine Füße und Hände waren mit Binden umwickelt, und sein Gesicht war mit einem Schweißtuch verhüllt* (11,44).

Die Schlussfolgerung ist, dass Johannes vom Efraimtor aus auf dem verlassenen Golgota genau beobachtet hat, wie Josef und Nikodemus den Körper mit den *othonia* umwickelten; aber er wollte nicht sagen, warum, denn sie verbanden seine Wunden an Handgelenken, Füßen und Brust, weil sie noch bluteten.

Das heißt, Jesus lebte noch. Die Leinenbinden, die Petrus am Boden liegen sah, waren Verbände, die bei Jesu Verlassen des Grabes zu Boden geglitten waren.

Die Hypothese, dass Jesus überlebt hat, wird von einem anderen in den Evangelien erwähnten Punkt untermauert: Warum hat niemand Jesus – weder die ersten Jünger Jesu noch die Frauen, die ihn bei seinen dreijährigen öffentlichen Predigten begleiteten – nach seiner Auferstehung wiedererkannt? Es gibt kein theologisches Argument, warum Jesus sein Äußeres hätte verändern müssen. Doch Maria aus Magdala erkannte ihn sofort an seiner Stimme wieder, als er sie beim Namen rief, seine Stimme war also unverändert geblieben. Zuvor hatte sie ihn für den Gärtner gehalten (Johannes 20,15).

Diese Bemerkung scheint nebensächlich, doch sie liefert letztlich viele Informationen: Die Gärtner gehörten zu jenen Berufsgruppen, die in Jerusalem als unrein galten und deshalb keinen Bart tragen durften, damit man sie von den anderen unterscheiden konnte. Die Gärtner gingen mit Mist um, was nach dem Levitikus unrein machte. Wenn Maria aus Magdala Jesus für einen Gärtner hielt, bedeutet das, dass er bartlos war.

Wir haben es also mit einem Gekreuzigten zu tun, der nur wenige Stunden am Kreuz blieb, dem man nicht die Schienbeine brach, der das Privileg hatte, in einem neuen Grab beigesetzt zu werden und der überlebte. So viele Elemente, die zusammenkommen und die Hypothese untermauern, dass der Erneuerer der jüdischen Religion durch eine Verschwörung gerettet werden sollte.

Wer sind die Drahtzieher? Mit Sicherheit mussten sie reich sein, um den Lauf der römischen Justiz beeinflussen zu können. Man muss Josef von Arimathäa und Nikodemus, beide Mitglieder des Hohen Rates von Jerusalem, nennen, aber auch Maria aus Magdala, ihre Schwester Marta und ihren Bruder Lazarus.

Maria aus Magdala, die meisterwähnte Frau der Evangelien

Maria aus Magdala, der ich für diesen Roman den erfundenen Familiennamen ben Esra gegeben habe, ist die meisterwähnte Frau der Evangelien: Siebzehnmal ist von ihr die Rede, öfter als von Maria, der Mutter Jesu. Noch dazu ist sie, und da sind sich alle Evangelisten einig, die erste Person, der sich Jesus zu erkennen gibt, nachdem er das Grab verlassen hat. Welch großartige Auszeichnung in einer so symbolträchtigen Erzählung! Dennoch hat Maria aus Magdala in der deutenden Literatur nur ein beschämend geringes Interesse geweckt, wenn nicht gar Dementis.

Eine gewisse christliche Tradition beharrt seit dem sechsten Jahrhundert, der Zeit Gregors des Großen, hartnäckig darauf, zwischen Maria aus Magdala, gemeinhin Maria Magdalena genannt, der »Sünderin«, und einer anderen Maria, Maria aus Betanien, der Schwester der Marta und des wiedererweckten Lazarus, zu unterscheiden. Bis da-

hin hatte es diese Unterscheidung nicht gegeben: für die lateinische Kirche waren die beiden Marien ein und dieselbe Person.
So schreibt André-Marie Gérard in seinem *Dictionnaire de la Bible*, ihre Identifizierung sei schlecht fundiert gewesen, »wenn man die Texte des Evangeliums zugrunde legt«. Ich möchte ihm dasselbe Argument entgegenhalten, um nachzuweisen, dass seine Behauptung falsch ist. Es stehe nirgendwo geschrieben, dass Maria aus Magdala, genannt die »Sünderin«, und Maria aus Betanien ein und dieselbe Person waren und dass Maria aus Magdala nicht die Schwester der Marta und des Lazarus war.
Doch: kein anderer als der Evangelist Johannes (11,1–2) sagt: *Ein Mann war krank, Lazarus aus Betanien, dem Dorf, in dem Maria und ihre Schwester Marta wohnten. Maria ist die, die den Herrn mit Öl gesalbt und seine Füße mit ihrem Haar abgetrocknet hat; deren Bruder Lazarus war krank.*
Die Frau, die den Herrn mit Öl gesalbt hatte, ist sehr wohl Maria aus Magdala, es sei denn, man wollte behaupten, jedes Mal, wenn Jesus bei einem Mann namens Simon dem Pharisäer oder dem Aussätzigen zum Essen war, wäre eine Frau namens Maria gekommen und hätte Salböl über ihn gegossen. »Maria aus Betanien« als gesonderte Person ist eine bequeme Fiktion: Die Frau, der die christlichen Deuter diesen Namen gegeben haben, weil sie in Betanien auftaucht, wird in den Evangelien niemals als »Maria aus Betanien«, sondern als Maria aus Magdala bezeichnet. Die unterschiedlichen Örtlichkeiten rechtfertigen keinen Einwand, da die Menschen innerhalb des Landes reisten, vor allem um Jesus zu folgen, und Maria aus Magdala konnte ebenso gut ein Haus in Betanien besitzen, an einem Ort, an den sich Jesus oft begab.

Das könnte nebensächlich erscheinen, ist es aber nicht. Die Vertrautheit, die Jesus mit der Familie der Maria Magdalena verband, war ein Störfaktor – und ist es wohl immer noch – in einem bestimmten theologischen Zusammenhang, demzufolge Jesus zwar einerseits ein Mensch aus Fleisch und Blut war, andererseits aber keine so irdischen Beziehungen hat unterhalten können wie die, die sich abzuzeichnen scheinen, sollten Maria aus Magdala und die mutmaßliche Maria aus Betanien ein und dieselbe Person sein und gar sexuelle Bedürfnisse verspürt haben. Maria aus Magdala war also ein Störfaktor. Einige Gläubige hätten sich gewiss Fragen über ihre Verbindung zu Jesus gestellt. Darum musste ihre Beziehung zu Jesus durch so viele Marien wie möglich verwässert werden.

Demselben Konsensus fiel auch ein Absatz des ursprünglichen Markusevangeliums zum Opfer, der offenkundig verdächtig war und sich auf die Ereignisse bei der Auferweckung des Lazarus bezog: *Er ergriff die Hand des Jünglings und richtete ihn auf. Dieser aber liebte Jesus vom ersten Augenblick an und flehte ihn an, bei ihm bleiben zu dürfen. Gemeinsam verließen sie das Grab und begaben sich in das Haus des Jünglings, denn er war reich. Nach sechs Tagen sagte ihm Jesus, was er tun solle. Am Abend dieses Tages kam der Jüngling zu Jesus, nur mit einem leinenen Tuch bekleidet. Er blieb diese Nacht bei ihm, und Jesus lehrte ihn das Geheimnis des Reiches Gottes.*

Auch Johannes schien sich der außergewöhnlichen Beziehung zwischen Jesus und Maria aus Magdala bewusst zu sein, denn er lässt Jesus bei seiner ersten Erscheinung nach der Auferstehung eigenartige Worte sagen: »Halte mich nicht fest, denn ich bin noch nicht zum Vater hinaufgegangen.« Diese Worte sind aus drei Gründen befremdlich: Zunächst forderte Jesus am selben Tag Thomas auf, ihn zu berühren, und war doch offenkundig noch nicht zum Vater hinaufgegangen (Johannes 20,27); darüber hinaus lassen die Worte vermuten, dass es erlaubt sei, ihn zu berühren, nachdem er zum Vater hinaufgegangen wäre, was natürlich unmöglich sein würde; und hat Jesus nicht, als er am Kreuz hing, zu dem guten Verbrecher gesagt: »Heute Abend wirst du mit mir im Paradies sein.«? (Lukas 23,43) Das würde ganz eindeutig besagen, dass er schon zum Vater hinaufgegangen sei; mit dieser Ermahnung der Maria widerspricht er sich also selbst.

Bleibt die Tatsache, dass Lazarus reich war, das wissen wir von Markus. Dasselbe trifft auf seine Schwestern zu. Magdala, ebenfalls bekannt unter dem Namen Dalmanuta und Gabara lag am See von Galiläa, auch See von Tiberias genannt, und es gab achtzig Spinnereien in dem Ort, die feine Wolle herstellten. Magdala gehörte zu den drei Städten von Galiläa, deren Abgaben an den Tempel so bedeutend waren, dass sie auf drei Wagen verfrachtet werden mussten. Magdala galt auch als leichtlebige und korrupte Stadt, und wir wissen nicht, ob Maria in den Augen des Lukas »eine Sünderin« war (7,37–50), weil sie aus Magdala kam oder weil sie tatsächlich ein leichtes Mädchen war. Auf alle Fälle aber hatte sie Mittel dazu, ein kleines Vermögen an wohlriechendem Öl auf die Füße Jesu zu gießen.

Nachdem Stimmungs- und Verhaltensstörungen zu jener Zeit als Besessenheit gewertet wurden, galt Maria als »besessen«. Jesus heilte sie, sie brachte ihm seither offenkundige Leidenschaft entgegen. Da Jesus tatsächlich ein Mensch war, unterstelle ich ihm gleichartige Gefühle für diese Frau und eine körperliche Beziehung mit ihr. Ich bin nicht der Erste, der davon überzeugt ist, und wir haben weiter oben gesehen, dass auch die Evangelien die außergewöhnliche Rolle bestätigen, die sie in seinem Leben spielte: Er erschien nicht zuerst seiner Mutter, sondern der Maria aus Magdala.

Wir wissen auch aus den Evangelien, dass Maria Jesus durch ganz Galiläa und Judäa folgte; sie war es, die während der gesamten Zeit seiner öffentlichen Predigten für ihn und sicher auch für einen Teil seiner Jünger aufkam. Die Evangelien sind in diesem Punkt zwar sehr zurückhaltend, aber so bescheiden sie auch gelebt haben mögen, Jesus und seine Jünger waren keine Geister; vor allem Jesus war dem guten Essen zugetan. So ließ er sich ins Haus des reichen Zacharias zum Essen einladen und lehnte auch die Einladungen von Simon dem Pharisäer oder dem Aussätzigen nicht ab. Jesus und seine Männer mussten sich doch ernähren, in Herbergen übernachten und unter Umständen auch einen Mantel oder Sandalen kaufen. Außerdem waren die meisten verheiratet – ein weiterer Punkt, über den die Evangelien vorsichtig hinweggehen, nachdem sich bereits die stillschweigende Zensur beim Thema Sexualität durch das Urchristentum bemerkbar machte – und mussten, während sie Jesus folgten, Geld an ihre Familien in Galiläa schicken. Dafür hatte jemand aufzukommen. Am Abend des Urteils gehörte Maria sicher nicht zu denen, die ihren Meister verleugneten.

Ganz im Gegenteil: Sie legte die nötige Entschlossenheit für den Plan an den Tag, der letztlich einfach war und darin bestand, die Wachen zu bestechen, damit Jesus so spät wie möglich ans Kreuz geschlagen und so früh wie möglich wieder abgenommen wurde und man ihm nicht die Schienbeine brach. Diese Entschlossenheit wurde schon deutlich, als sie mit einer Haltung, die man heute als Dreistigkeit bezeichnen würde, das Haus von Simon dem Aussätzigen in Betanien betrat, um Haupt und Füße Jesu zu salben – und das in einer Gesellschaft, die man heute wiederum als chauvinistisch bezeichnen würde und in der die Frau letztlich nur als hoch gestellte Sklavin galt. Dazu bedurfte es schon einer gewissen Kaltblütigkeit.

Sie hatte einflussreiche Mitstreiter, die noch dazu von Rang waren: Josef von Arimathäa und Nikodemus, Gelehrter des Rechts, beide Angehörige des Hohen Rates, die in der offiziellen und inoffiziellen jüdischen Gesellschaft Unterstützung fanden, sowie Johanna, die Frau des Chuzas. Maria wusste sicher genau, dass Jesus neben Procula, der Frau des Pontius Pilatus, auch Anhänger in der Verwaltung des Herodes Antipas hatte: den Statthalter von Kanaan-Galiläa, dessen Sohn er geheilt hatte, und den Zenturio des Hauses Herodes Antipas, dessen Diener er geheilt hatte. Außerdem wissen wir von Lukas (23,3), dass der Tetrarch den dringenden Wunsch hatte, Jesus zu treffen.

Aus diesem Grunde habe ich auch Malthake, die Mutter des Herodes Antipas, mit zu den Unterstützern gerechnet, auf die Maria zählen konnte. Aber um Zenturionen zu bestechen, die zumeist vor Ort rekrutiert wurden und weniger streng waren als Römer aus alten Familien, brauchte man Männer, und das waren wahrscheinlich Josef von Arimathäa und Nikodemus. Sie wurden die treibenden Kräfte der Verschwörung, Maria war die Seele.

Dass es eine solche Verschwörung gab, scheint mir sicher. Dass Maria die Seele dieser Verschwörung war, scheint

belegt durch die Bedeutung, die sie in den Texten hat, und den sich daraus ergebenden logischen Folgen.
Ich halte es für mehr als wahrscheinlich, dass Jesus nicht von dem Plan unterrichtet war, wohl aufgrund der Liebe, die Maria aus Magdala ihm entgegenbrachte. Er war schon in Haft, als sie von dem Todesurteil erfuhr, und sie konnte ihn allein schon deshalb nicht vom Plan in Kenntnis setzen. Außerdem hätte das Unternehmen auch scheitern können, und es wäre unmenschlich gewesen, Jesus Hoffnungen auf eine Befreiung zu machen, wo er doch am Kreuz hätte sterben können. Ein weiterer Grund, ihn nicht zu informieren, war, dass Jesus den Plan vielleicht abgelehnt hätte, denn er fühlte sich bereits als Opferlamm.
Dass weder Maria und ihre Familie noch Josef und Nikodemus beschlossen haben, die Jünger zu unterrichten, ist in meinen Augen eine elementare Vorsichtsmaßnahme: Sie waren zahlreich, sie hatten Familien und hätten ein unvorsichtiges Wort fallen lassen oder sich verräterisch verhalten können.
Das ist meiner Meinung nach der Grund, weshalb die Jünger so überzeugt von der Auferstehung Jesu waren, obwohl er ihnen selbst sagte, dass ein Geist keine Fußspuren hinterlässt.
Das Außergewöhnlichste an der Geschichte der Maria aus Magdala ist, dass sie Jesus, indem sie ihn dem Grab entriss, in den Augen der Apostel einen übernatürlichen Charakter verlieh. Folglich war sie es, die Jesus zu einem göttlichen Wesen machte. Damit wird sie zur wahren Begründerin des Christentums, wie wir es heute kennen.
Hätte sie ihn im Grab gelassen, wäre er nichts anderes als ein weiteres Opfer des römischen Imperialismus und der Intoleranz der dekadenten Priesterschaft von Jerusalem.

Der Aufbruch Jesu

Die Texte der kanonischen Evangelien sind, was das Wiedererscheinen oder die Auferstehung Jesu angeht, nicht nur von eigentümlicher Abstraktheit und Widersprüchlichkeit, sie vermitteln auch den verwirrenden Eindruck von Heimlichkeit.

Man hätte erwartet, dass sich Jesus, nachdem er von den Toten auferstanden und durch seine Göttlichkeit unverletzlich geworden war, zumindest einmal in all seiner Herrlichkeit dem Volk von Jerusalem, von Judäa oder Galiläa gezeigt hätte. Doch er tat es nicht. Er erscheint nur den ihm Nahestehenden mit äußerster Unauffälligkeit, und die Gerüchte, die sich bis nach Rom verbreiten, bleiben eben nur Gerüchte. Dabei hätte er seine irdische Mission dadurch glanzvoll krönen können.

Wie wir bereits oben gesehen haben, hat er aus persönlichen Gründen darauf verzichtet. Hätte er sich noch einmal den Anprangerungen seiner Feinde, der Tempelpriester und Pharisäer, ausgesetzt, hätte er nur wenig Chancen gehabt, ihnen zu entfliehen. Es wäre zu einem Gemetzel unter seinen Anhängern gekommen, und er hätte die Früchte seiner dreijährigen öffentlichen Predigtarbeit gefährdet.

Doch vor allem angesichts der damaligen politischen Lage Palästinas – seine Äußerungen in den Evangelien zeugen von bemerkenswertem Vorherwissen – wusste er, dass sein Wiedererscheinen in kürzester Zeit zu erheblichen Unruhen geführt hätte. Man kann sich einen Volksaufstand in Judäa und Galiläa vorstellen, der zunächst das Ziel gehabt hätte, das Priestertum zu stürzen, das den Propheten gekreuzigt hatte, später dann, die Römer zu vertreiben. Aber Jesus wusste, dass die Römer mit eiserner Faust reagieren würden und dass ein Blutbad unvermeidlich wäre. Er wusste auch, dass die Zeloten im ganzen Land vertreten waren, dass sie die Erhebung für ihre Zwecke genutzt und mit unvergleichlicher Grausamkeit ans Werk gegangen wären. Dieses Blutbad hätte wohl nicht nur den offiziellen Judaismus zerstört, sondern auch den reformierten Judaismus, den Jesus predigte und der Zeit brauchte, um sich durch seine Jünger zu verbreiten.

Jesus hat in der Tat politisches Verständnis gezeigt, als er erklärte (Lukas 21,20–24): *Wenn ihr aber seht, daß Jerusalem von einem Heer eingeschlossen wird, dann könnt ihr daran erkennen, daß die Stadt bald verwüstet wird. Dann sollen die Bewohner von Judäa in die Berge fliehen; wer in der Stadt ist, soll sie verlassen, und wer auf dem Land ist, soll nicht in die Stadt gehen. Denn das sind die Tage der Vergeltung, an denen alles in Erfüllung gehen soll, was in der Schrift steht. Wehe den Frauen, die in jenen Tagen schwanger sind oder ein Kind stillen. Denn eine große Not wird über das Land hereinbrechen: Der Zorn (Gottes) wird über dieses Volk kommen [...] und Jerusalem wird von den Heiden zertreten werden, bis die Zeiten der Heiden sich erfüllen.* Das ist eine Vorwegnahme des Falls der Stadt Jerusalem, der im Jahr 70 folgen sollte. Ein namenloses Grauen, bei dem der Judaismus beinahe unter den Trümmern der Stadt begraben worden wäre, der Stadt, die seine eigenen Verfechter, die Zeloten, zerstört hatten. Der Judaismus überlebte nur, weil ein Rabbiner von dem römischen Feldherrn Titus die Erlaubnis bekam, die Gesetzesrollen mitzunehmen und an der Küste eine Rabbinerschule einzurichten.

Ende 33 war also der Auftrag Jesu abgeschlossen; er hatte seine Lehre verbreitet, und seine Jünger sollten sie in die ganze Welt tragen, einschließlich eines unerwarteten neuen Jüngers, nämlich Saulus', der sich nun nach römischer Manier Paulus nannte und den von Jesus reformierten Judaismus in eine neue Religion verwandelte – gegen den Willen des apostolischen Rates von Jerusalem, wie die Apostelgeschichte nachhaltig bezeugt.

Jesus war also in Lebensgefahr. Er konnte nicht immer den Häschern des Saulus und den Spionen des Tempels, ganz zu schweigen von denen des Herodes Antipas, entkommen. Eine zweite Kreuzigung wäre schlimmer gewesen als die erste. Er hatte nichts mehr in Palästina zu tun und musste das Land verlassen. Und er verließ es.

In einem früheren Buch habe ich die historischen Gründe und Dokumente geliefert, die zu der Annahme führen, dass sich Jesus in der Tat nach Kaschmir begab. In diesem Land gab es zahlreiche Nachfahren jener Juden, die nicht aus dem babylonischen Exil zurückgekehrt waren, worauf noch heute die Kaschmiri stolz sind. Jesus wusste, dass er dort kein Fremder sein, dass er sich höchstens nicht ganz heimisch fühlen würde. Er brach mit Thomas auf, Maria aus Magdala folgte ihm später. In Kaschmir gibt es neben dem Rauzabal, dem Grab Jesu in Srinagar, auch das Grab der Maria, heute Gegenstand volkstümlicher Verehrung.

Die Rolle, die Maria aus Magdala im Leben und Wirken Jesu spielt, wird offenbar auch in Zukunft verkannt bleiben. Zweitausend Jahre christlicher Kultur haben eine Legende verankert, in der es keinen Platz für sie gibt, weil sie eine Frau im Leben eines erleuchteten Mannes gewesen wäre. Als letzte Rache einer Geschichtsauffassung, die die Frau als Dienerin des Mannes sieht, hat man das Bild eines Auferstandenen geprägt und dabei das ihre verloren.

Möge dieses Buch wenigstens einigen Lesern vor Augen geführt haben, welche Bedeutung dieser Frau zukommt.

Es hätte eigentlich im Zusammenhang mit *Ein Mensch namens Jesus* erscheinen sollen, und für die Verspätung gibt es nur einen einzigen Grund: Manchmal brauchen geheime Überzeugungen Zeit, um zu reifen. Dann aber sind sie umso tiefer.

Inhalt

1 Die Besucher 5

2 Die Fliegen und die Gerüchte 13

3 Spion und Verfolger 21

4 Erklärungen und eine Tracht Prügel . 31

5 Der Abend in Magdala 41

6 Der Bericht des Lazarus 51

7 Begegnung am Berg Ofel 65

8 Vom Herrn gesandt 83

9 Angst und Zittern 99

10 Werft euren Anker im Himmel aus! . 113

11 Die Qualen des Herodes Antipas . . 129

12 Zwei Auseinandersetzungen 143

13 Die Gefährten des Judas 155

14 Drei Zwischenfälle in Kafarnaum . . 173

15 Dämonen und Sterne 191

16 Der Fehlschlag 195

17 Ein paar Krumen von diesem Mahl . 205

18 Ein Gespräch in der Taverne 213
19 Der Geist 223
20 Die Predigt im Garten 237
21 Jasmin, Sandelholz und Narde 251
22 Zwei junge Juden hoffen und bangen 265
23 Jenseits des Jordans 273
24 Die Klinge wetzt sich an der Klinge . 283
25 Aser 293
26 Gibt es keine Mutter?
Gibt es keine Brüder? 303
27 Ein anstrengender Tag 313
28 Abschied von Babylon 325
29 Die Wut des Windes 335
30 Der Abschied 343
31 Die Krone und die Güte 355
32 Ein Besuch in der Straße
des Goldschmieds Nimrod 359
33 Jenseits aller Worte 369
Nachwort 375